隔道无雨

方紫鸾/著

Wuhan University Press
武汉大学出版社

图书在版编目(CIP)数据

隔道无雨/方紫鸾著. -武汉：武汉大学出版社，2013.1（2019.9重印）
ISBN 978-7-307-10340-5

Ⅰ.隔…
Ⅱ.方…
Ⅲ.中篇小说—小说集—中国—当代
短篇小说—小说集—中国—当代
Ⅳ.I247.7

中国版本图书馆CIP数据核字(2012)第289973号

责任编辑：陈　岱
责任印制：人　弋

出　　版：武汉大学出版社
发　　行：武汉大学出版社北京图书策划中心
网　　址：www.wdpbook.com
电　　话：010—63978987
传　　真：010—67397417
印　　刷：天津兴湘印务有限公司

开　　本：880×1230　1/32
印　　张：11.5
字　　数：220千字
版　　次：2019年9月第1版第2次印刷
定　　价：56.00元

目　录

Contents

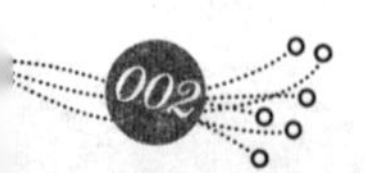

隔道无雨：一个骗子的宿命

两年前，自从小鱼儿不告而别后，吴艾明就改了名字。他去掉了中间的“艾”字，从此叫吴明。他想，即使以后的岁月再难觅得光明，他也不能再做一个无爱的人。

光明对吴艾明来说是奢求，是的，他曾经是个骗子，曾经活在黑暗中。而一个人习惯了黑暗，便很难再适应明亮的日光，那么强烈的光芒会灼伤他晦涩的眼睛。他无数次地在阳光下，本能地抬起双手遮在眼前。他苦笑，心想：当人做了太多坏事，便没有资格再活在青天白日下了。但他要昂起头活，因为小鱼儿一定希望他能够重生……

夜很深了，吴艾明放下手中的长锋中楷，一边打哈欠一边伸懒腰。奇怪的是，他竟然在有如此明显的瞌睡的动作时仍然没有睡觉的欲望，大约他早已习惯了黑白颠倒。

他转过身，望了望小鱼儿那露在棉被外面的脸蛋儿。他很喜

欢看她的睡样儿——噘着小嘴儿，翘了唇角，露出一侧酒窝，无比恬静无比纯真。

他忍不住坐到了床边，轻吻她的酒窝。

她睁开眼，给了他一个甜甜的乖乖的柔柔的笑容。

他吻了下她的额说：“乖，继续睡吧！”

她却紧紧抓住他的手腕，睁大眼，傻傻地望着他。

他笑了，脱了衣服，钻进被子，把她抱在怀里。

“你这么紧张我吗？怕我离开吗？傻孩子，我舍不得离开的！”他这么说时竟然有几分感动，恍惚地他不明白自己是在哄骗她还是真的有如此的感触，他惊觉自己的内心深处也会对女人有一丝无奈的怜惜。

此时，小鱼儿软软的身体在他的怀中蠕动，明亮的眼眸中流露出羞涩。她把头深埋在他的胸膛说：“这一刻是一天中最幸福的，我在你怀中，我们离得那么近，就好像一个人了。”

她有些沙哑的声音在静夜里透了些淡淡的清亮，那份清亮是因情而生的。她话语中的每字每句都饱含了她真实的情感——她是那么爱他。

她这样想着又有些晕沉，乏力地闭了眼，她的眼前出现了刚刚的梦魇——她误入了地狱，一条小小的鱼儿歇在一片漆黑的泥地上，还不停地唱着，想唤醒魔鬼的良知把她带入天堂。

她喃喃：“你会带我去天堂吗？”

吴艾明是清醒的，他没有回答她，只是更紧地抱住她。对于他无法回答的问题他总是选择回避。他回避的方式很多，或是捉摸不透的笑，或是飘忽不定的眼神，或是极其深情的注视，这些方式的运用就要看他所面对的是怎样的女人了。而对小鱼儿，他一时没能随心所欲地释放。

小鱼儿和过往的那些女人都不一样，他几乎不费吹灰之力便把她骗了个昏天黑地，她几乎没有一点防备地就投入到他的迷网之中。而当他沾沾自喜的时候，却越来越发觉了内心的不忍。他原本是不会对女人不忍的，女人在他眼里都是自甘被愚弄的，所以他从不为自己骗了那么多女人而愧疚。

他常常自问：怪我骗她们吗？他的脑海里出现一串女人的名字，他的眼中随之的是轻蔑和得意。是她们的私欲给了他机会，那又怎能怪他呢？但他没把小鱼儿放在那一串名字中，这个在他怀里静睡的女子，让他的思绪停了片刻，让他的心揪了一下。

对他而言，爱就是一种揪心的感觉，而这种感觉在他女儿呢喃出世的时候，在护士把那个粉嘟嘟的小女婴抱到他面前恭喜他做了父亲时便突然地出现了。之后的几年，这种揪心的感觉随着呢喃的大事小情，喜怒哀乐而不同程度地出现。毫无疑问，这个世界他只爱女儿呢喃。然而小鱼儿竟然也让他有了这种感觉，虽然很细微却是分明存在的，他不禁有些狐疑，轻轻地把小鱼儿的身体和自己脱离开，他在黑暗中诡异地笑，默默地告诉自己——一个不折不扣的骗子是不会爱上任何女人的。

是的，吴艾明是个骗子，更准确地说——他是个专骗女人的骗子。吴艾明也的确具备了作为一名骗子的条件——高高的个子，俊朗的外表，三十出头的成熟年龄却又无比浪漫撩人的笑容，时而还会流露出潇洒不羁的神情，再加上极感性的声音，简直就是老少通吃的。

唉！吴艾明轻叹了一声，这些年他可真没少骗女人，最多的时候他甚至同时周旋在六七个女人之间，然而他并不是花心的色鬼，他只为钱，只为证明他的特别的能力。有时他也觉得自己很无耻，但想想这一切都是为了让呢喃能过上着公主般的生活，他便心安理得了。有时吴艾明也十分后悔，像他这样的人怎么能够有女儿，简直是一种罪呀！而他如此地爱她，便是罪孽深重了。

吴艾明的前妻肖颖是个简单的女人，年纪很轻，模样俊俏，没什么学识也没有工作，但人很本分。她是不可能了解吴艾明的，也从没想过吴艾明为什么既无工作也无家底却似乎有花不完的钱。

吴艾明的字典里虽然没有“爱情”两个字，可他内心却又无比丰富，这样简单乏味的女人是无法拴住他的心的。于是婚后不久他便常常夜不归宿了。这次婚姻没能终结他骗女人的生活，反而由于呢喃的出生给了他继续深陷的借口。

肖颖对这些似乎一无所知又似乎视而不见，她虽简单却很实际，只要吴艾明每月按时把钱交给她，其他的事她并不关心。

吴艾明想离婚是在肖颖怀孕前夕，那时他已带着一身骗术去了北京，见到的市面大了，见到的女人的层次也高了，他整个人的包装也有了质的飞跃。他一下子好似被洗了脑——原本徒有外表的市井小混混变得优雅、健谈、风度翩翩。毋庸置疑，吴艾明是很有些小聪明的——学东西很快，消化事物、掌握时尚都在他转眼之间。

自身的资本厚实了，他的猎物也相应地变了——年轻的女子只能给他生理和感官上的刺激，对此他已没了兴趣。他把目光投向了比他年长的女人，那些女人残余了最后也是最磅礴的激情，他只需一个眼神便能把她们那激情燃着，直至烧到她们自己身上仍会咬紧了牙不喊疼——因为她们太寂寞了，撕心裂肺的痛才能让她们体会到释放的痛快。而吴艾明同时也得到他所要的东西——钱！女人们在那个时候完全丧失了理智，即使知道他就是为了钱，她们也会孤注一掷。

于是吴艾明练就了一套骗的手段——体体面面地出场，令女人们激动地以为自己遇到了青年才俊，以为老天在垂青，给了她们幸福的机会，以为自己犹存魅力，平添了些许妩媚。但那份妩媚很快便被折磨得了无踪影。吴艾明以原形毕露的招数让女人们体会出什么是另类——他时而像个流氓，时而如需要爱怜的孩子，时而是温存的男人，时而似冷酷无情的情人。

哈！吴艾明都很佩服自己，上天赋予了他太多的元素，一切的一切几乎都挥洒自如。他有时想，如若生活在三十年代的上海滩，或许他也能成为杜月笙那样的人物。

吴艾明曾经对小鱼儿说过杜月笙是他的偶像，小鱼儿却淡淡地抛给他一句：杜月笙虽是帮会头子，可他还算是个有良心的人。这句话把吴艾明噎得够呛，他假装愤怒地把小鱼儿压在身下，假装要掐她的脖子，可小鱼儿却把下巴扬得更高，她无畏的眼神反倒吓着了他。他有些无奈却又不甘败下阵来，于是变换了方式，嘻嘻地笑着呵她的痒，小鱼儿受不了这种手段，她缩紧了身子惨叫着求饶。吴艾明看着憋红了脸、喘着大气的小鱼儿，忽然很想把她抱在怀里。小鱼儿是任性倔强的，也是柔弱无助的，小鱼儿是可怜的、也是可爱又可气的。

吴艾明并没有抱起小鱼儿，而是翻身下床，熟练地点燃一根烟。他的烟盒里只剩了这一根烟，他把空了的盒子折了一下，于是隐去了烟盒的半截白色，唯有红红的色彩烧灼着眼睛。

吴艾明把空烟盒扔向小鱼儿说："还说会给心爱的男人买烟，只买了一次，就再没抽过你买的烟了。"

小鱼儿已经钻进了被子里，懒懒地却话中有话地回答着："只怕给你买烟的女人太多，我又何必瞎凑热闹。"这话说出，她便有些黯然，这分明是气话，可她怕被自己言中。她想起刚刚和他认识三天时，她就好像情窦初开的小女孩般在秋季乍冷的傍晚特意去烟草专卖店给他买烟。她从来没买过烟，她不是抽烟一族，她甚至讨厌烟雾和烟草味，然而她却兴致盎然地为他去买大红河。“唉！”小鱼儿轻叹，裹着被子蹭到吴艾明的身边，把下巴压在他的肩头。她想起他们的相识，她是常常想起的。

那是个初秋的傍晚，吴艾明开车途经护城河畔，远远地看到一个女子的背影——淡蓝色的紧身薄毛衣，黑色的长裙，一头长长的直发柔顺地垂于腰际。这个清纯、雅致的背影令吴艾明停了车。凭吴艾明对女人极高的灵敏度，他相信这该是个不错的猎物。

吴艾明走向了小鱼儿，小鱼便走向了地狱……

“一个人在这儿很容易出危险的！”吴艾明道出了斟酌好的开场白。

小鱼儿转过了身，吴艾明露出一丝不易察觉的笑，他看到小鱼儿一张文静的略显纯真的脸，特别是看到她因为吃惊而睁大了的极为清澈却又有些傲然的眼睛。这是他喜欢的类型，吴艾明是个骗子，是自己都认为良心都被狗吃了的，可他仍旧喜欢纯净、善良的女子。

他对女人的判断力是无与伦比的，眼前的这个女子不属于喧哗的大都市，她有些虚幻，有些缥缈。

吴艾明有了一丝犹豫，在北京的那几年，各色各样的女人都没能逃脱他的骗术，但她们都有着一个共性——实际。

吴艾明对那些精明且实际的女人太有办法了——贪钱的，他就装深情的大款；有钱有家的，他就成了重情冲动的小伙儿；时尚开放的，他便一副冷冷酷酷的样子。于是贪钱的，有钱有家的，时尚开放的，全都奉献了自己也奉献了金钱，而吴艾明更是心安理得地接受。

他曾含着泪却又异常狠绝地对小鱼儿说："她们贱，她们都想从我身上得到，所以她们才会失去。"

那一刻，小鱼儿有些混沌，她知道他的话没有道理却无法辩驳。再清醒的人在某一时刻，因某种感情也是会暂失原则的。聪明的小鱼儿也不例外。

小鱼儿的确是个出色的女子，年纪轻轻已是一家知名的律师事务所副主任，别看她外表柔弱，在法庭上却是干练而精明的，就是这样的女子，却在吴艾明深情且大胆的目光中丢失了智慧。四目相对的刹那，小鱼儿的心颤了一下，身体有些僵。

吴艾明真的是小鱼儿二十八年生命中从未见过的类型。小鱼儿觉得他不像这个世界的人，他的神采中有些怪异的东西，他不是寻常的帅、酷，也不是纯粹的邪意、狡黠。他唇角、眼中的笑意十分浪漫、温情，这是与小鱼儿共性的东西，能让她的心中犹如清泉流过，有种干净的通透的恬适，能让她很自然地报以同样浪漫温情的笑容而毫无敌意、戒心；而他的怪异仍如一块磁石，冷冷地却坚实地吸附住了小鱼儿的心，让她的心变得柔弱，变得空荡，只想附着在他的心上。

小鱼儿一张清秀的脸在夕阳的余晖的映照下，显现出无比的柔和，轻缓的流水声冲散了萍水相逢的陌生感。她甜甜地笑，她笑的时候眼睛睁得很大，眸中没有杂质。

吴艾明迟疑了，他倒有些胆怯了，他原以为这是个受了某种打击才徘徊在护城河畔的失意女子，而她的一脸笑容却如阳光般灿烂。

小鱼儿看上去只有二十四五岁，衣着神色俨如刚刚走出校门的学生，只是目光中偶显的冷静透出些许的成熟，吻合了她的年龄。

吴艾明忽然很想笑，他说：“我还以为你是有了想不开的事来这里寻找解脱的呢！不过你的笑容告诉我不是的。”

“呵呵！”小鱼儿轻笑出声。“我只是喜欢寂静人罕的时候站在这里，听水声，看浪花戏嬉，很惬意，很舒服。”

“噢，”吴艾明应着，心想：不过是个自恋的小白痴，没经过风雨，没有过身处绝境的时候，悠闲而舒适的生活让她不知道什么是艰难。哈哈！这样的女人更需要他这样的人来让她成长，狠狠地骗一骗她，然后让她明白自己什么也不是，从此会多了份平和，面对自己，面对别人时那份天生的优越感才会荡然无存。

吴艾明这么想着，眼中流露出极邪恶的光。他忙把目光投向远方，把那份邪恶尽量地拉远。

吴艾明的邪恶似乎是与生俱来的。

记忆中大多是把嘲笑他的孩子们打倒在地的情景。

吴艾明在几个月大时得了一场病，那场病让他的右腿出现了问题，他成了一个跛子。幸好并不严重，不知情的人几乎看不出来，甚至连他自己也没认为自己是个跛子。他从小就绝顶聪明，模样也十分机灵、讨巧，所以即使他做了坏事往往也没人相信，他便很自然地把所有的事都栽到别人身上。

终于有一次一个小伙伴不堪被他戏耍，一把鼻涕一把泪地哭喊道：“有什么了不起，不就是个小跛子吗！”

这是第一次被人直接地赤裸地戳穿这个事实。小吴艾明傻了，他的心里产生了最强烈也是最微妙的变化，他疯了般地大叫一声，

随之用他微跛的右腿狠狠地踢向对方，那小孩惨叫着倒下了，并且在床上整整躺了两个星期。可是吴艾明并不胆怯也不后悔。再见到那孩子时，他仍然紧握了拳，咬紧了牙，一副要拼命的样子。那孩子便再也不敢叫他小跛子了。

吴艾明在每次骗局败落时都会把这件事讲出来，想证明他之所以会有如此扭曲的心灵是上天对他的不公平。

而唯一会为他一掬同情之泪的只有小鱼儿。也只有小鱼儿在知道了他过去的情形下，仍然对他不离不弃。吴艾明常常问小鱼儿为什么会这么执著地爱着这么一个心理阴暗的异类。

小鱼儿并不回答他。她的思绪飞到了那家咖啡厅的楼梯口。

在那个楼梯口，吴艾明回转了身，脸上是那种能够将人融化了的笑意，他向她伸出手，“我可以从此牵着你的手吗？”

小鱼儿高高的鞋跟在平滑的台阶上扭了一下，她一只手忙扶住栏杆，另一只手只略一迟疑便伸了过去，而那片刻的迟疑仅仅缘于矜持。

吴艾明笑了，得意隐没在温柔注视中；小鱼儿笑了，羞怯淡化在怦然心跳中。

到那时，他们不过刚刚相识六个小时。

后来小鱼儿忿忿然地说：“你真能骗，只六个小时就能让我跟你亡命天涯。”

吴艾明哈哈地笑了，他说：“那全要感谢‘隔道无雨’了。”

隔道无雨是一种自然现象——一条街，一边大雨倾盆，另一边则晴空万里。

小鱼儿从来没看到过那种景观。

那天，她随吴艾明从护城河畔到了一家咖啡厅。他们选定了临窗靠街的座位。噢，不！他们别无选择，那是那晚那家咖啡厅唯一的余座，而且是情侣座。他们只能很近地靠坐着，有些尴尬，却都觉得这是天意，不同的是——小鱼儿以为这是上天安排给她的奇缘，她一直在期待着遇到不同寻常的缘；而吴艾明则认定，她是必然要落入他网中的鱼。一条小小的鱼儿从此将随他误入地狱。

小鱼儿满心觉得进入了幸福天堂，吴艾明的一字一句都说到了她心坎里，她常常被惊得目瞪口呆。她有些晕眩，实在不敢相信这世上竟有如此与她共鸣的人。她不由得把目光望向窗外，窗外街灯昏黄，透着寂寞的光，蓦地发现路过的骑车急驶的路人竟穿戴了雨具。

“下雨了，我竟不知。”小鱼儿微侧了头幽幽地说。

吴艾明顺势向她这边移了移，也向窗外望了望，笑着说：“现在是阴晴两重天呀！”

“怎讲？”小鱼儿奇怪这个男人的口中总有惊人之语。

吴艾明竟然大胆且亲切地拥住她，轻声说：“这好似隔道无雨，我们这里是晴朗的，如我们的心情；而这块玻璃的那一面就是阴雨绵绵了，如很多不如意的人的心情。”

小鱼儿被他拥着，心跳都要停止了，她倒很想立刻冲进暗淡的雨雾中，很想让雨冲透她灼热的心。

吴艾明看着她羞红的脸颊，一股真实的情感涌动，他轻轻地吻了她的颊。

小鱼儿不由得在他的怀中抖了一下。

吴艾明笑了，说：“你这一动真的像是一条小小的鱼儿，以后

我就叫你小鱼儿吧！”

小鱼儿挣扎出来，整整衣襟，捋捋长发，应该因他的放肆而愤然离去，却终没迈动有些僵了的腿。

于是她继续刚才的话题说：“我没见过隔道无雨，你见过？”

吴艾明皱了皱眉，他在皱眉的瞬间已编好了一个美丽的故事。吴艾明说：“那是我一段伤心的往事，从此我不能再爱，虽然我自己都无法确定我是否爱她——李凡尘。”

吴艾明痛苦地靠在了沙发背上，微闭了眼，思量着怎么用李凡尘这个虚构出来的为情而亡的女子来打动小鱼儿善良且柔弱的心。于是他带她进入了一个童话……

李凡尘像她的名字般清新脱俗，她害羞且寡言，她含蓄又大胆。她可以为吴艾明生，更可以为他死。

他们像所有情窦初开的小恋人们一样尽情地享受着阳光般的爱的滋润。

吴艾明常常骑着自行车带着李凡尘去郊外看日落。那里有一个小小的池塘，并不清澈，却让两个年轻人感到毫无压力的舒服。

他们把一颗颗小小的石子投向水面，在一阵阵微波荡漾之际感受到了神仙似的快乐。

吴艾明娓娓道来，沉浸在自己编织的故事中。

小鱼儿托了腮，心已经紧缩，她想那最终定是个悲剧，而经过那样一个美丽的悲剧的男子是否还会有爱的火花？小鱼儿竟然有些失落，先垂了泪珠儿。

吴艾明和李凡尘高中毕业了，他们以为自此可以将恋情坦于众人，可以自由自在地牵手天涯了。然而命运却让他们咫尺天涯了。

李凡尘随父母去了外省，吴艾明的父母坚决不同意儿子找一个外地的女朋友。起初吴艾明还常常给李凡尘写信，后来就只剩回信了。十几岁的男孩还不懂得珍惜感情，很快他周围又有了个漂亮可人的女孩，他渐渐地忘记了李凡尘。

吴艾明讲到这儿，已泪流满面。

小鱼儿不知该说什么该做什么，她只能呆呆地坐着，呆呆地望着他，但她体会出了他的心碎，她感动于他的心碎。

只过了两年，李凡尘的信也没有了，吴艾明几乎忘记了她。

一个夏天的下午，吴艾明兴冲冲地正要去赴一个约会，却在楼下看到了一个长发飘飘、温婉柔弱的身影——李凡尘！

吴艾明又带着李凡尘到了郊外那个小小的池塘边。他们静静地坐着，吴艾明不知说什么好，李凡尘原就是沉默少言的，没了吴艾明的言语带动，便只剩揉捏手中的白色手帕了。最终吴艾明想起了父母的再三阻拦，他说:“我们住在两个相隔那么远的城市，是很难在一起了，还是做好朋友吧！”

李凡尘抬起了头，眼中含泪却又绽放了温柔的笑靥。她轻轻地吻了吻吴艾明的额，便转身离去了。

吴艾明没有追她，他只是默默地注视她远去。

李凡尘渐渐走远。忽然他发现她走过池塘另一面时，那里竟是大雨倾盆。

李凡尘走入了雨里，而他呆愣在池塘的这一边，呆愣在晴天暖意下。

吴艾明突然抓住小鱼儿的手，贴在自己的脸上。

他痛苦地继续说："她死了，她在回去的一个月后就死了。她一个月几乎不吃不喝只发呆，最后根本查不出任何病因就死了。她父亲希望我去一趟，我去了，他交给我一摞她写给我却没寄出的信。她是因为思念我抑郁而死的。我害了她，要了她的命呀！"

吴艾明紧紧抱住小鱼儿，他的泪水肆虐地滴落在小鱼儿的颊上、肩头。

小鱼儿的两只胳膊僵在半空中，她不知该如何面对这个对另一个女子满心愧疚的男人。

吴艾明哀求着说："请你抱紧我好吗？当我在护城河畔看到你时，真的以为是李凡尘转世了呢。这么多年，我没再爱过，我真的不知道爱没爱过李凡尘，但她因我而死，我怎么能再爱呀！但看见你的刹那……"吴艾明捧住小鱼儿的脸说，"真的，太像了，那飘逸的长发，那清淡的装扮，那婉约的神韵。"

小鱼儿的心全乱了，她被他的故事弄得心痛不已，她心疼面前这个陌生的男子，心疼那个已经远离凡尘的女子。但她却不愿他把自己当作她的替身。

"你原来是在我身上找寻她的影子呀！那我告诉你，隔道无雨，阴阳两重天，伊人已去，我不是她！"

吴艾明再次抱紧她。"我见过的女人太多了，你不是她，可你比她更好，我相信我的直觉，我认定了你，你是我今生的终结者，你是李凡尘的化身，你又比她多了份坚定和大气，你是太优秀的女子了。"

小鱼儿更加心乱如麻，于是任由吴艾明吻她的眉，她的眼，她的唇。

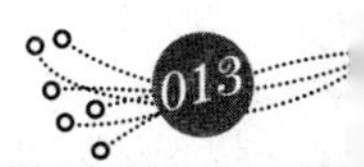

她自语：“天上人间，隔道无雨，生死相随。”

是的！小鱼儿只相信一见钟情！小鱼儿相信了吴艾明！

后来当小鱼儿开始怀疑吴艾明时，她一个人跌跌撞撞地跑到了护城河畔。她很想在这个梦开始的地方结束她梦幻的人生。

她实在太聪明了，能在刹那之间顿悟。明白了她会受骗是必然的，因为她从来就相信别人对她的溢美之词，并且深信她是吴艾明口中会令男人一见钟情的女子，这真的是她的致命处。

吴艾明在护城河畔找到了她。她只能相信吴艾明的拥抱和一句“我真的爱你”，因为她清楚自己的心底是愿意相信的。她伏在他的肩头，她哭道：“没有李凡尘，但小鱼儿误入了地狱，只有你才能带她逃生呀！”

吴艾明轻抚她的发，轻拍她的肩，吻干她的泪，带她回家。小鱼儿像个迷路的孩子，由他牵引着。

吴艾明有生以来第一次有了犯罪感，尽管从小到大，他几乎做尽坏事。他也有些怕，怕他会毁了她。毕竟小鱼儿和他所有的其他女人都不同。

吴艾明一直认为自己是个很有职业道德的骗子，每个女人都是心甘情愿地给他所需要的一切，但却没有一个像小鱼儿这样给了他全部的感情。他竟然梦到小鱼儿变成了有着一对翅膀的天使！

但他在心里坚决否认他对她动了一丝真情！

吴艾明哄了小鱼儿入睡，就像哄呢喃入睡一样。

呢喃，想到女儿呢喃，吴艾明不由得心烦意乱。他把小鱼儿放好，一根根地抽烟。烟盒空了，他又把空了的烟盒对折，只剩

下彤彤的红色烧灼着他的眼睛。失眠、抽烟、折烟盒这些已成他烦乱孤独的标志。

吴艾明的内心是十分孤独的，这一点只有小鱼儿体会得出……

那是他们刚刚生活在一起的一个晚上。

半夜醒来，小鱼儿看到白天还神采飞扬、虚张声势的吴艾明蜷坐在床边闷闷地抽着烟。她并不知他有怎样的心思，但她却一下子从后面抱住他。

她说，其实我们是两个真正的孤独的人。

这句话真的令吴艾明震惊，他想，一个多么爱他的女人才可能如此地体会出他孤独的心呀！

吴艾明骗过的女人形形色色，不管出于什么原因她们对他都非常好。可吴艾明真的很孤独，还是小鱼儿最终给了他最明白的解释——因为你心中没有爱。

吴艾明冷笑着反问："那你为什么也孤独？难道你和我一样？"

小鱼儿轻轻"哼"了一声说："我是把爱想得太完美了，而世间绝无那样的爱，怎会不孤独呢？"小鱼儿这么说着，眼圈便红了。

吴艾明忙把她抱在怀里，也不说什么，就那么拥着。

小鱼儿使劲儿扬起下巴，想让已流出的眼泪再倒流回去，只是即使眼泪能倒流，曾经付出的爱又怎能收回呢？

小鱼儿刚邂逅吴艾明时真的以为遇到了一个和她一样的人——一个和她一样渴望遇到一份真正的爱情的人。

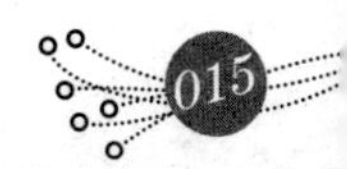

不同的是，小鱼儿有过一次退婚的经历，她最终没有回家乡杭州，没有和父母老友的儿子结婚，而是一个人留在了大学时生活过的北方大都市，选择了律师这个职业！

而吴艾明则有过一段不幸福的婚姻，有个四岁的女儿——呢喃。当然这一切都是吴艾明说的，而他说的几乎都不是真话，但呢喃却是真的！

吴艾明把呢喃的照片设成手机的屏保，每天都要问小鱼儿许多遍“她可爱吗”。

这个时候小鱼儿看到吴艾明眼中流露出最温柔最善良的目光，也流露出最幸福的感觉。她便会轻轻地把他搂在怀里，轻轻地说道：“我爱你。”

吴艾明便会冲动地吻她，紧握她纤纤的手儿说：“小鱼儿，我也爱你，可我不想骗你，我最爱的人只能是我的女儿，她是我的命，为了她我可以付出一切。”

小鱼儿无言以对，她说不清自己内心的想法。她感动于一个父亲对女儿的爱，可这个男人偏偏是她的爱人。她不妒忌那个小女孩，但她羡慕。于是她高高兴兴地让吴艾明用手机给她拍照，高高兴兴地帮吴艾明给呢喃的照片取名字。而翻到自己的照片时，她便停了意见，专注地望着他。

吴艾明戳了下她的额头说：“会给你一个适合的名字的。”吴艾明把手机举到眼前，彩屏中的小鱼儿穿了件黑色毛衣，颈间系了条白色的小丝巾，长长的秀发整整齐齐地滑下，她托腮浅笑，甚是娇娆。

吴艾明忍不住侧目注视她，当看到小鱼儿跷着脚丫，噘着嘴巴，傻愣愣的样子时又忍不住笑了。他说：“真的好似两个人，照

片中的你淡雅怡人，面前的你古怪精灵，可两个都真实，都美好！你真的是个宝！我一定要好好做个藏宝人，把你珍藏！”

于是小鱼儿又被感动得一塌糊涂。

吴艾明自认阅人无数，任何一个人都能被他一眼看穿，而小鱼儿，他越了解她，他越心慌。小鱼儿是个极致的女人——纯情得极致，善良得极致，聪明得极致，糊涂得极致，敏感得极致，厉害得极致，也爱得极致。

想到这，他不禁打了个寒战，想：当小鱼儿有一天彻底明白了他是骗她的，杀了他或杀了自己都不是新鲜事。尽管他是个骗子，但他并不想因此要了自己的命或是别人的命。于是他常常想是悄悄地离开，还是骗她一辈子。这样的矛盾中他守着她过了半年多，他还真的从没守着哪个女人整整半年多，即使是他的前妻肖颖。

吴艾明最后悔的事就是和肖颖结婚，更后悔肖颖为他生了呢喃。呢喃成了他一生的罪……这是常闪现在他脑海中的话，他总是怕呢喃哪一天也会像他一样——跛了一条腿！

吴艾明十七八岁时已是标准的翩翩美少年，尤其是他略带邪恶的坏坏的眼神更是令周围不谙世事的少女们神魂颠倒，甚至全都忽略了他微跛的右腿。而没有忽略这一点的倒是他自己。

他真的看到隔道无雨的景观是在十二三岁的时候，那时他是那么醉心地迷恋踢足球，他和一帮孩子们在马路一侧的空地上踢球，却发现马路另一侧的人们已处在大雨之下。他实在好奇，带着球便冲进雨里。他滑倒了，很疼！但他没哭。

一位阿姨扶起他，说：“孩子，腿不好就别踢球了。”

顿时他的泪水和雨水交融。他瞪圆了眼，露出似豹子一样凶狠的目光，把沾了污泥的球狠狠地投向那位阿姨，而后又跑回晴天下。

那时他就明白“隔道无雨”是属于他的两个极端。从此他不再把踢球当作玩乐，他要成为一名足球运动员。

中学时他一直是校队优秀的前锋，是女孩们追逐的目标，男生们嫉妒的对象。那些男孩们不明白一个右腿微跛的人竟比他们球技突出，令他们倾慕的女孩全都痴迷。他们暗地里说，不就是长了一张出众的面孔吗？不就是比任何一个同龄的男孩都坏吗？不就是会拿捏女孩的心吗？不管怎样也不是个健全的人，其实谁也比不了。

但他们是不敢当面说的，吴艾明的拳头是从不犹豫的。别说讥讽他，就算是一个不屑的眼神也能换来一顿拳打脚踢，而最终让男孩们一吐闷气的事发生了——吴艾明因为腿的原因落选了专业队。

吴艾明真的痛了，他痛的不是不能以踢球为职业，而是他清楚地知道了自己是个有残疾的人。他把那个被专业队选上的前锋打伤了，那个男孩就是小时候第一个骂他“小跛子”的人，他认为是他的辱骂让自己真的成了跛子。

这一次他没能平安度过，他因严重伤害他人被送进了少管所。之后，那些迷恋他的女孩儿全部无了踪影，吴艾明暗自庆幸他从没对任何一个女孩动过真心，女孩全都是现实且水性杨花的。少年吴艾明已认定男女之间只有游戏。

吴艾明从少管所出来之后便开始混迹江湖。但他从来不偷不抢，他觉得那样的事情太辱没他的智慧了。吴艾明的确有些小聪明，他很爱看书，并且过目不忘，他成了什么都略知一二的杂学

家。那些江湖混混们被他唬得不知所措，乖乖地听从着他一个个计划。

吴艾明的父母并没有管束他，他们觉得没能治好他的腿是欠了他的。他们更认为自己的儿子比谁都强，即使进过少管所，没有上大学。他们固执地幻想着儿子迟早会出人头地的。于是他们欣然接受着吴艾明拿回家的一笔笔钱。吴艾明也利用这些钱做起运输生意。他是要脱离那个圈子的，他把那段生活当作他人生中无奈的过渡。

吴艾明很会做生意，只两三年便买了车买了房，正当他自鸣得意，信心膨胀的时候，过去他策划的一桩敲诈案随着一个小混混的犯案被牵扯出来。吴艾明只好带足了钱跑路。

吴艾明骨子里真的是一个诗情画意的人，他跑路的时候竟然还在游山玩水。他从北跑到南，又从南跑到北，最后到了内蒙古大草原。他像个普通的游客一般和牧民们攀谈，在天高地远的草原上高唱牧歌，他的声音嘹亮干净，俨然是一个快乐的歌者。

他躺在草地上酣睡，他都奇怪自己的心为何能那么平静。他只苦思了片刻便明白，他早从几个月大时的那场病后便能接受任何事了。哈！他早已是个没心肝的人了。所以当警察出现他面前时，他的唇角竟然有一丝胜利的笑，他知道罪恶是逃脱不了法律的制裁的，他能够轻轻松松地过了这大半年已经是他的幸运了。

吴艾明原本至少要被判五年，由于花钱运作，只判了三年。而最终因为他表现良好，并且在狱中教犯人书法又减了一年的刑期。

吴艾明是从入狱的第一天开始练习书法的。他相信他身上有无穷的潜力，没有他学不会的，没有他做不成的——一个练书法的犯人，一个帅气内秀的犯人。即使做犯人他也要与众不同。

吴艾明还在牢狱两年时间中挖掘了他虚伪迎合的特质，他总会不露声色却又极恰到好处地拍一拍管教的马屁，不生硬不露骨，异常诚恳，连那些管教都有些怀疑这样一个文雅英俊，内敛有礼的青年怎么会是桩敲诈案的主犯呢？

吴艾明淡然一笑，一个替兄顶罪的故事便在监狱里流传开了。吴艾明成了监狱里极特殊的人物：管教们对他十分客气，甚至欣赏他的头脑和才气；犯人们对他十分尊敬，觉得他和他们不一样——他有文化又极义气可信。

吴艾明暗自冷笑，在他眼里，无论是管教还是那些犯人都是十足的小丑，他无需释放太多的智慧就能令他们相信他所说的一切。

吴艾明的过人之处还在于他很会表达，他有着出众的口才，一个简单的故事经由他生动的叙述就能吸引所有人的耳朵并且深信不疑。

他说，哥哥是父母抱养的孩子，哥哥是在知道真相后受不了打击才开始混迹江湖的。

他说，是父亲的一跪让哥哥无地自容，决心不再胡闹下去。

他说，可就在哥哥娶妻生子过上幸福且安稳的生活时，几年前的案子被翻了出来。于是为了全家，他毅然决定替兄顶罪。

他一边狠狠地吸了几口狱霸递给他的烟，一边坚定地说："家人对我最重要，为了他们，我不在乎自己。"

即使是犯人也佩服重情重义的汉子，吴艾明利用了这一点，隐藏了他阴暗奸诈的一面。

吴艾明在撒谎的时候总有种奇怪的感觉，他会深深地被自己编织的故事打动，好像他的所思所想所做真的如同故事中的他，

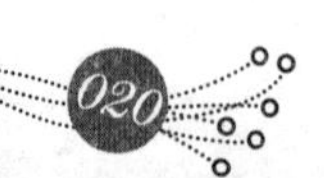

他在故事中体会着善良、美好、真诚。

吴艾明在许多不眠之夜常常问自己，为什么他会被那些真善美的东西感动，可自己却只有满心的邪恶呢？

吴艾明对小鱼儿说："我的良心被狗吃了，还剩下一点点都给了我的女儿、父母还有你，这辈子我只要对得起你们四个人就行。"

小鱼儿听了这话，便又没了方向，不知是否该相信这个男人，内心的挣扎比痛的感觉还难受！最终还是倒在他的怀里，暗自发誓：无论吴艾明有怎样的过去，都要和他共度未来……

吴艾明入狱后，运输公司就交给了他哥，两年来生意甚是清淡。吴艾明出来后便索性把公司转给了哥哥，自己到父母自营的药店帮忙。药店自然拴不住他的心。

刚巧几个狱友来找他，那几个人都是吃喝嫖赌无所不好的。吴艾明对吃喝不感兴趣，对嫖更是嗤之以鼻，觉得没本事的男人才去嫖，像他这样的是不必花那份钱的。但那个"赌"字却着实吸引了他。在他看来，赌博是运气加智慧的比拼。他想在其中印证自己的运气，他更坚信自己有那样的智慧。

吴艾明是不会放弃任何一个能让他挺起腰板的机会的，即使是不光彩的事。更何况在他的脑子里，也根本没有正或邪、对或错的概念。

他能坐在车里痴痴呆呆地欣赏雨后彩虹，感叹着自然的瑰丽奇幻；他也能坐在牌桌前大骂脏话，尽显流氓本色；他更能在许多场合摆出一派翩翩风度，让一个个与他偶然相逢的女子误入迷途。不过吴艾明很清醒，那些女孩是不能娶回家的，换言之，一旦她们知道他腿有残疾还进过监狱，恐怕除了哭喊着痛骂他，是不可能再扎在他怀里一声声地叫他“老公”了。

“呵呵。”吴艾明冷笑，自以为看透了女人！

肖颖是吴艾明的妈妈托药店的客人介绍的，那客人并不知道吴艾明的底细，很热心地把远房亲戚的女儿介绍给了他。

肖颖的确很漂亮，大大的毛毛眼，鹅蛋脸，白里透红的皮肤，高挑的身材，不说话的时候甚是楚楚动人。

吴艾明有过不少女人，但看见肖颖还是不由得吸了口气，这么漂亮的女人真的少见。尤其是这女人家世清白，虽然初中毕业后就没再升学，直接参加了一个新建大商场的培训，成了那家商场的售货员，但人很本分，喜欢叽叽喳喳地说话，没什么心眼儿。

吴艾明想，以自己的条件真想找个秀外慧中的女子为妻恐怕不太可能。肖颖这样的女人该是比较好的选择了。

那时的吴艾明还想过正常人的生活，娶妻生子过日子。至于浪漫的爱情，他可以在游戏中偶尔去体会。

肖颖对吴艾明也谈不上爱，或者说像她这样的女人也不太懂得什么是爱。当她把吴艾明的情况对商场里的小姐妹们说出来时，那些女孩子们都羡慕不已。吴艾明有车有房，仪表堂堂，就算没有正式工作，也比有工作挣不了几个钱的强多了。那些女孩们的虚荣心直接影响了肖颖，她也觉得自己是高攀了吴艾明。当然，她并不知道吴艾明还曾经进过监狱。

肖颖庆幸父母给了她姣好的面容，为她平添了资本，才能找到这么好的男朋友。于是半年之后，肖颖便嫁给了吴艾明。那时她只有 22 岁，年龄小，阅历浅，头脑很简单，吴艾明说什么便是什么。于是婚后的吴艾明仍然是一匹无缰的野马，没有丝毫的羁绊。

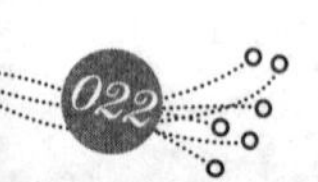

起初吴艾明心里美滋滋的，既娶了个如花似玉的姑娘，又可以继续他的潇洒人生，真的是两全其美。

后来他竟然越来越不满足了，毕竟和肖颖相处的时间最久，除了一张看着舒服的脸之外，肖颖让他忍无可忍。他讨厌肖颖一边看电视一边嗑瓜子，讨厌她哇啦哇啦地用方言说商场里的是非，讨厌她不能在他难得在家写书法时静静地观阅，甚至讨厌她在床上不能给他更多的刺激或温情。

吴艾明就是这么一个自私透顶、虚荣透顶的人，他永远都在要求别人。至于自己，就只有随心所欲。他从不想自己是什么人，从不想自己在新婚不久就又开始玩女人。他可以对别人不忠，却绝不允许别人对他有丝毫不忠的可能。他还总是疑神疑鬼，他常常不在家，肖颖会不会耐不住寂寞给他戴了绿帽子。

他对小鱼儿讲述这一段时，小鱼儿倒吸了一口冷气，愤愤地说：“你的心真脏！”

吴艾明不否认他的心很脏。肖颖得了一种叫做子宫内膜移位症的病，别说给他戴绿帽子，即使是他与她少之又少的夫妻生活，肖颖也如同受煎熬，惨叫不止。吴艾明超强的男性潜质在那惨叫的瞬间几乎殆尽，于是他更加心安理得地频繁换女人。

吴艾明真正开始骗女人的钱是在他去北京之后。吴艾明到北京后认识了一个女人，那女人叫荀芳。荀芳比吴艾明整整大了4岁。

那是20世纪末，吴艾明已经结婚一年多了，他已经彻底视肖颖如不存在，整月整月地不回家，已经开始用厌恶的目光看着他漂亮的妻子。肖颖在他眼里就是一个粗糙的花瓶，远观时的惊艳已荡然无存，剩下的便是对每一个细小之处的挑剔。再加上吴

艾明一直坐吃山空，存款已花得差不多，他又享受惯了，对钱的欲望越来越强烈，而肖颖给不了他任何帮助。吴艾明真的后悔了，肖颖只是他的一个累赘。他不禁骂自己蠢透了，干吗没事给自己增加这样的负担。

为了摆脱这种负担，他干脆去了北京。

最初他的确是想在首都找到一些机会。但现实是残酷的，他的那点智慧那些知识都不足以称为才华，更抵不上一种技能。更何况他这两年已成为一个嗜赌的人。于是机会没找到，他却成了地下赌场的常客，仅有的钱财也成了庄家的筹码。他慌了，开始为钱发愁。而偶尔回家，肖颖都会向他要家用，他更加烦躁，对肖颖更加厌烦。

肖颖对吴艾明的冷淡轻视也不是没有感觉，但她并不在意。虽然吴艾明是她第一个也是唯一的男人，可她对他并没有言情剧中的那种天荒地老的依恋。她对情爱的需求就如对性生活的需求一样……可有可无。她要的只是一个养活她的丈夫。

吴艾明告诉小鱼儿，女人对爱情的幻想多源于自身的内涵和文化底蕴，越是有修养有思想的女人越会在心中溢满了对完美爱情的渴望。而肖颖——吴艾明摇头轻叹说："我真的不愿说她不好，毕竟她给了我那么好的一个女儿，可她和我实在相隔遥远，完全是不一样的人！"

小鱼儿立刻脱离了他的怀抱，定定地望着他问："可我们也是完全不一样的人。"

吴艾明笑了，他常常会为小鱼儿超出寻常的敏感而无奈地笑，好在他已掌握了化解的方法——用更深奥玄妙的语言困惑她，转移她的注意力。于是他伸出手抓住她软软的小手，轻轻地亲一下她的唇说："但我们是完全不同的一样的人。"

“完全不同的一样的人？”小鱼儿喃喃着，果然锁了眉沉思起来。

吴艾明被自己无意中的语言弄懵了，也沉思起来，他觉得这句哄骗小鱼儿的巧语十分有理——他和小鱼儿是完全不同的一样的人。

吴艾明的心里有些酸楚，如果小鱼儿是他的妹妹，他会非常珍爱她，而她却仅仅是他的一个女人，那么无论怎样都难逃被欺骗被伤害的结果。因为他已经走了一条不归路，从遇到荀芳的那天起，从顺利地从荀芳那里骗到五十万元起，从荀芳以借款不还把他告到法院起，从他输了那场民事官司等待法院执行起，他便一步一步地更加无奈地走上了那条不归路。他只能继续骗下去，先骗女人们的感情，再让她们自觉自愿地拿出钱来，然后他寻找借口或者毫无理由地甩了她们，继续去骗其他的女人。吴艾明给自己的解释是：自己没有能力去挣那么多钱，且还要还债。

小鱼儿狠狠地戳穿他说：“其实你是尝到了甜头，其实你早已经习惯了不劳而获，根本不想通过自己的努力去获得财富，因为那样太慢太辛苦。其实你完全有能力去创造财富，而这样挣来的钱才心安理得，才会让你真的好起来。”小鱼儿这么说时，已感到了心碎般的痛。她是那样努力地帮他，改变他，想让他活得像个人样儿。但她越来越清楚地意识到，吴艾明并不领情，甚至表现出不耐烦，最好的态度也就是敷衍。

是的，小鱼儿是天使，但她遇到吴艾明时就被斩断了翅膀，她固执且倔强地要让吴艾明做她的翅膀，伴她飞翔，她不明白吴艾明天生是金钱的奴隶，他的天使是那些花花绿绿的钞票，他不可能做小鱼儿的翅膀，即使小鱼儿是唯一降落在这个物欲横流的世间的天使，他也要把她变成拜金的魔鬼。这场改变的战争中，

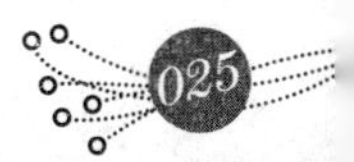

谁会成为胜利者呢？小鱼儿哭了，默默地垂着泪。

吴艾明却冷笑，不哄她也不正面回答她，只说“我知道自己在做什么”。小鱼儿挂着泪花却夸张地大笑着说：“又是为了女儿，我真怀疑你是否真的爱她。如果她长大了知道她是你邪恶无耻的借口，她都不会相信你爱她。”

“嘿嘿！”吴艾明继续冷笑，只不过笑中多了些气恼，想要发作，却看见小鱼儿轻蔑又愤恨的目光，便陡然气短，很是郁闷地问：“你既然这么想，为什么还留在我身边呢？”

小鱼儿站起身走到窗前，放眼望去，前面的楼挡住了她的视线，让她不可能望得更远。她的眼泪再次悄悄地滑落。她猛转了身，静静柔弱的流泪的样子是那么惹人怜惜。然而也就片刻，她就使劲抹去泪水，冷冷地说：“因为我已经没有未来，既然我已经没有未来，离不离开你就不重要了。”

“你撒谎”！吴艾明一把抱住她，随后在她的肩上咬了一口，尽管并未用力，小鱼儿还是疼得叫了出来。吴艾明继续说：“你也会撒谎了，我咬你并不痛，可我伤得你的确重。你不离开我是因为你爱我，没有别的原因，你说‘你爱我’。”

小鱼儿尽量使自己的下巴离开他的肩膀，和他形成面对面的对视，然后猝不及防地咬向他的另一侧肩头。小鱼儿是用了力咬的，吴艾明却没叫，可他的心里竟有些怕——小鱼儿的变化太大了，不久前她还是单纯温柔细腻的女子，而现在却不仅野蛮，甚至有些凶狠。吴艾明无话可说，他明白这一切都源于他对她的伤害……

吴艾明是在北京的地下赌场遇到荀芳的。他们在同一张台子上玩二十一点。

说实话，吴艾明的确没注意到身边那个干练的有着锐利目光的女人，他的全部心思都在他的牌上，他是揣了最后几千块钱进行最后一搏的。但他的运气并不好，他输光了那几千块。他沮丧地垂了头，脑子一片空白。

当他定了定神要转身离开时，一只手按在了他臂上，拦住了他。吴艾明这才看清荀芳，那是个相貌一般却透着精明的女人——圆脸、短发，微微挑起的眼角流露出一丝娇作。她并不多言，只是把五千元的砝码推向他，简简单单却极为干脆地说："输了就算了，赢了也不要利息。"

吴艾明先是一怔，随后便像遇到救星般地冲着荀芳微笑点头，再后便立刻又投入到战斗中。

荀芳倒先歇了手，她用拇指和中指熟练地抽出一支烟，燃起，一边吸烟，一边眯了眼注视着吴艾明。荀芳承认这是个极其英俊的男人，英俊得令她感到窒息。噢，那是因为他的英俊中透着性感。深邃的眼眸，直挺的鼻子，特别是刚刚一笑，使得他略显消瘦的面颊出现了两条细沟，多了份沧桑的柔情。吴艾明与生俱来的优质外表和奇异神情一下子吸引了荀芳。

荀芳是个寂寞的女人，虽然有夫有子还有一家极具规模的广告公司，但她非常寂寞。她的丈夫出身显赫，不可一世。

尽管荀芳也不甘示弱地创办了一家广告公司，但在丈夫眼里仍然认为这一切都是靠了他的关系和门路。好在荀芳是个极聪明的女人，她选择了利益，与丈夫和平相处，各自活在自己的精彩里。唯一的不同是，丈夫身边年轻漂亮的女人不停地换，而荀芳能够看上的男人却少之又少。这也难怪，她不缺钱，有钱的老男人令她不屑；她很能干，商场的合作伙伴多是些奸猾的油条，她毫无兴趣；她算是有钱，在她身边晃来晃去尽情献媚的小男生也

只能成为她放纵的对象，床榻上的尽情欢愉能满足她对性的渴望却无法填补内心的空虚。或者正应了那句话，女人都是渴望爱的，只有在爱和性融合的时候才能真正享受到身心的快感。

荀芳一直在找寻这样的快感，当她看到吴艾明的刹那，便认定他会给她那样的快感，更产生了抓住他的冲动。

吴艾明告诉小鱼儿，荀芳和他是一样的人，都是投机者，只不过荀芳在他身上的投资失败了。

的确，荀芳在吴艾明身上的投资是巨大的。

吴艾明用荀芳借给他的钱迅速翻本，几个小时竟收获了两万多。吴艾明第一次见好就收，他难抑兴奋地把五千元还给荀芳，笑言道:“都说借钱上赌桌，必输！可今天却违背天意了，哈哈！”

吴艾明肆无忌惮的笑声淹没在嘈杂的赌场里，却穿进了荀芳的心间，于是她拦住了他的去路。

吴艾明斜睨着她，眼中是挑衅的邪笑，他问:“怎么？后悔了？要利息？”一边说着一边迅速数出五千元，把钱举到荀芳面前继续问:“够吗？”

荀芳微微一笑，握住他的手，帮他把钱塞回手包中，而后稍凑近他，用与她鹰一般的目光极不相配的软语轻轻地说:“刚刚你也把运气带给了我，我也赢了不少钱，感谢你还来不及，怎么会不守信用地要利息。”

“噢！”吴艾明应了声，明白了这个女人的心思——她看上他了。

吴艾明讪笑，心想：我吴艾明可不是鸭，我只会玩女人，可不会被女人玩。他说:“既然如此，那么请不要拦我的路。”

荀芳仍然在笑，吴艾明的张狂更让她心潮澎湃，平日飞扬跋

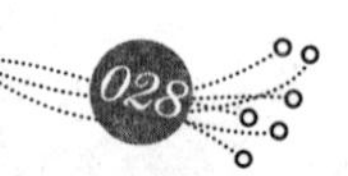

扈的她是多么渴望比她更嚣张的震慑。更何况吴艾明分明潦倒却仍然一副满不在乎的样子，这样的男人一定有着难以驯服的个性，一定会让她在征服的过程中体会到快乐。荀芳心想，自己也的确不是个正常的女人了，骨子里似乎极其渴望被主宰，被虐待。更何况吴艾明有些野有些蛮的性格之外，还有着高高瘦瘦、斯文俊逸的外表——那样子真的很养眼。

是的，无论是感官上还是心理上，吴艾明都给了荀芳很大的刺激，她恨不得立刻占有这个男人，让他成为她的奴隶。然而她明白，这不是个好驾驭的男人。于是她稳了稳自己荡漾的心，努力地用最平和的语气说："就用这几千元庆祝一下吧，好吗？"

"哈哈！"吴艾明又是一声狞笑，但他还是点了点头。

荀芳忙引领着他走出赌场，走到自己白色的本田雅阁前，用她自认为最优雅的姿势和最妩媚的笑容示意吴艾明上车。

吴艾明不再笑，目光冷冷的。眼前的这个女人不是他想玩弄的类型，可她有意或无意中流露出的优越感让他很想窥个究竟。毕竟他以前玩弄的多是较为单纯的年轻女子，而这个女人成熟老练得很。

吴艾明心想，和这样的女人周旋可得用用心计。于是他冷冷地说："我习惯开自己的普桑。"

荀芳自然是听出了吴艾明的话外之音，他分明是介意了，认为她在炫耀。其实荀芳绝无炫耀之意，那不过是辆本田，这样的中档车在北京的大街上比比皆是，算不得什么。而吴艾明的骄傲却让她更是喜欢，她认定他不仅仅是个有性格更是个有尊严的男人。

荀芳就这样大错特错了。

他们在三里屯的一家酒吧畅饮芝华士。荀芳是有酒量的，不

过她还是很快便故作醉态毫不顾忌地伏在吴艾明的肩头。那时吴艾明还很清醒，对荀芳的意图也很清楚，他微醉的眼神挑逗中尽显张狂，撩拨得荀芳整个人都膨胀了，在吴艾明面前她好像一下子焕发了青春，商界的女强人俨然变成了妖媚的小女人，只渴望着雨露的滋润，渴望着在灯光辉映中灵与肉都不再孤单。

她毫不掩饰地表露出对吴艾明的欲火，不停地笑不停地说。吴艾明在强烈的乐曲声中还是听清了她的叙述。他不由得吸了口气，他没想到这个女人有着那么显赫的背景。

荀芳迷糊状态中看到了吴艾明那一脸的愕然，便一下子捧住他的脸说："真的，我老公黑白两道都是相当的人物，不过……呵呵，不过我们早就分居了。他有好多女人，都比我年轻比我漂亮，可我不在乎，我根本就不爱他，嘿嘿！他除了有权有钱还有什么？"

荀芳说完，便一下子扑进吴艾明的怀里，她的手从他的腋下插进去，摸到他的背。她嘴角荡起了笑，不停地抚摸着他的背说："他没有这样的胸膛，没有这样溢满男人味道的脊背。"她仰起脸看着吴艾明。吴艾明不露声色，面无表情地回望着她。她不知所措时，他却突然之间把嘴唇死死地压在她的嘴上。荀芳的喉咙里挤出几丝痛快的呻吟，她在自己的呻吟中体会着他舌尖肆意地深入。他的舌尖几乎要戳进她的喉咙，她几乎快憋死了，却舍不得挣脱。当吴艾明的舌脱离出来后，她不停地喘着气。吴艾明放纵地笑，揽了她的腰向外走去。

荀芳把吴艾明带到了她位于三环的一套公寓房。她和老公分居后，孩子去了寄宿学校，她自己住在这套150多平方米的公寓里。虽说这房子不在闹市，却也是极高档的小区。特别是室内的装潢，材质上佳，工艺精良，又是很地道的欧式风格，显得既考

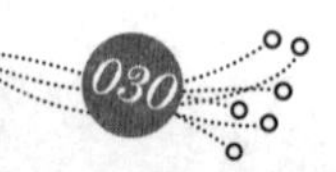

究又雅致。

还没等吴艾明欣赏完，荀芳便迫不及待了——她像是在沙漠中忍受了许久干渴的跋涉者终于觅到了绿洲；像是在寒冷的冬夜踽踽独行之时看到了篝火，她要痛饮她要取暖。她的吻如雨点般地落在吴艾明的身上，紧紧抓住他的双手，渴望的眼神中尽是一个女人的寂寞，她哀求着说："抱我！抱我！"

吴艾明竟也有些愕然，他还从没接触过这么疯狂的女人，他不知道她的身体里蕴藏了多少欲火。他产生了肆虐蹂躏她的渴望，他骨子里最恶劣的东西瞬间迸发——不再是温柔的情人，他俨如一个暴君般地释放着他的淫威。在他眼里，荀芳已不仅仅是他纵欲的女人，更是他无所顾忌地表现邪恶的对象。只是那可怜的女人并没有意识到吴艾明对他的欺凌和不屑。吴艾明的暴虐竟让她的身体体会到了异乎寻常的快乐，她只沉浸在肉体的满足中，而她的心灵在那一刻渐失了知觉——直至死去。

暴风骤雨后，荀芳蜷缩在吴艾明的身边，眼中没有了平日的凛冽。她低了头看见自己身上的一块一块的被吴艾明恶吻后的紫色烙印，终于有些迷惑。

吴艾明一边吐着烟花一边斜眼瞄着她问："怎么？你不喜欢吗？不刺激吗？"吴艾明的眼中没有一丝温柔，他非常清楚，对这样的女人是不能用柔情的。她习惯了盛气凌人，习惯了主宰别人，要想控制她就要让她得到不同的感受。

吴艾明笑着托着她的下巴，轻轻地却冷冷地问："你愿意做我的奴隶吗？"这样的话语是荀芳从来没有听过的，她不由得呆愣了。吴艾明直起身，更用力地捏住她的下巴，霸道得近乎狠狠地继续说："快点，你快回答！"

荀芳感到她要被他的眼神杀死了，而与此同时，莫名的快感又迅速穿透她的身心。或许像她这样的女人与其说需要爱，不如说更需要被征服，需要情感和性的同时释放。

从那天后，吴艾明便搬进了荀芳的住所，但绝无寄居的卑微，相反他倒好像成了主人，会对一切重新安排。而荀芳对他的话语是言听计从，吴艾明说室内的白色调过于冷静，缺乏温暖，应该用一些翠竹点缀。荀芳很快便从外地空运了许多翠竹，并按吴艾明的要求进行布置和装饰。

吴艾明对美学真的很有天分，经他雕琢，那些翠竹立刻使室内的整体氛围清新脱俗。豪华的住宅多了份灵性，令荀芳目瞪口呆。

吴艾明也甚是得意，靠在沙发上，不停地摇晃着右腿，说："怎么样？我这个市井出身的痞子很有雅趣吧？"

荀芳由衷地赞道："何止是雅趣，你简直极具才华。"这样说着，她忽然有了一个想法，与其任吴艾明无所事事地东游西荡，不如让他到广告公司帮忙。那样她既可以时时刻刻看着他，又或许真的能让他的创作潜质迸发出来呢。到那时吴艾明即使是一匹再野的马恐怕也会收心了，或许她就能够永远和他在一起了。

是的，荀芳这个精明的女人在吴艾明肆无忌惮的放纵中迷失了方向。吴艾明越是渲染他那些经历，荀芳越觉得新奇刺激。荀芳什么都有，只缺一个她想要的男人，所以她不在意吴艾明的过去，更因为吴艾明的坦白而彻底地失去了警觉。

吴艾明给小鱼儿讲述这些时，竟坦然承认骗术的最高境界是不骗，尤其是对那些聪明的女人。

小鱼儿愤怒地给了吴艾明一记响亮的耳光，说道："我是替那些可怜又可悲的女人打的。"

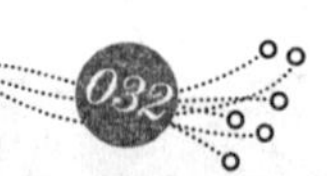

吴艾明稍一迟疑，就把手掌落在小鱼儿的颊上，他狠狠地说："我对你说实话是因为在乎你，你竟敢打我，就算你是最爱我也是我最爱的女人，也别想教训我。"

小鱼儿没有哭，她紧咬着唇，并没有用手去触碰越来越灼热的面颊，而五个手指印却渐渐地在她那白皙的面上隐现。小鱼儿傻了般地呆立着，她的心里一片空白又像是装得满满的。她望着吴艾明，他们虽面对面离得很近，但她却觉得吴艾明的影像甚是模糊。

她想起第一次见到他的情景，想起他们第一次见面就在那家咖啡厅聊到打烊，想起她一直收藏着那天那家店给的一张赠券，想起她曾对吴艾明说"我要一直留着它，如果有一天我死去了，你要把它烧给我，因为我要让那天的记忆陪我生生世世"。她想着这些竟然笑了，绕过吴艾明，径自向外走去。

吴艾明慌了神儿，他恐惧于小鱼儿悲怜的目光。他抱住她，哀求着说："小鱼儿，我的小鱼儿，我错了，我不该打你。你要去哪里？你在我怀里哭或痛打我吧，只要你原谅我，只要你不那么伤心。"之后他亲吻她红肿的面庞。

小鱼儿木然地推开他，说："你让我想一想，你让我好好想想吧！想想当我爱一个人时却和我的幸福毫无关联时我该如何。"小鱼儿又来到了护城河畔，她依在冰凉的桥栏上，虽说已是春暖花开，但傍晚时分仍然会有种令人身心通透的清凉。从秋到春，半年的时间，她的人生经历了从天堂到地狱的历练。

初识吴艾明，小鱼儿更坚定了她的爱情准则——只相信一见钟情。

小鱼儿在遇到吴艾明的刹那就体会到了她心底里一直渴望的

童话——在某一天邂逅某一个人，只一眼便注定一生。

但小鱼儿是羞怯而纯真的，即使她内心已灼烧，却不会在男人面前释放自己的热情，而吴艾明却非等闲之辈，他恰到好处地控制着节奏，当看透小鱼儿清澈的双眸里溢满光彩时，他不失时机地说："我爱上你了，真的！以前我从不相信什么一见钟情，周围的朋友也都不信，但我现在会告诉他们——这世上真的有一见钟情的，只是不是每个人都能碰到，我遇到了你，便碰到了，我很幸运！谢谢你！"说完，他深情地把小鱼儿拥在怀中。顿时，小鱼儿的身体有些僵直了，她的心也似乎停滞了，她对吴艾明的告白深信不疑。那一切正是她要的——偶然的，梦幻的，不知所措却又渴望发生的。

小鱼儿想到这，她轻抚栏杆的手不禁用力握紧了，她在怪自己怨自己恨自己，她明白每个人的悲哀和幸福都是自己创造的。她追求着缥缈，那份不切实际的浪漫削减了她的智慧，让她没了辨别真伪的能力，便一下子毫不迟疑地陷了进去。

吴艾明并没想到那么快就能够得到小鱼儿。如此冰清玉洁、聪慧灵秀的女子仍然在顷刻间被他捕获了芳心，他无比满足，那份得意令他扭曲的内心更加膨胀。

是的，吴艾明不仅得到了小鱼儿的身体，更得到了她的心。小鱼儿浑浑噩噩地游进了吴艾明撒开的网，吴艾明只轻轻收了下网口，她便被死死地套在其中，好在吴艾明并不急于起网，小鱼儿便以为自己一直在水中自由自在地游动呢。

吴艾明之所以迟迟不收起他的网，连他自己也不明白是为什么，他隐隐地竟然有些沉迷于和小鱼儿的生活。小鱼儿让他觉得踏实，她的内心仍如她的双眸般的纯净，没有世俗的沾染，没有虚荣的张狂。

当吴艾明捧着她的小脸，凝视她的眼睛时，他想再邪恶的人也不忍心伤害这样的女子。于是吴艾明第一次意识到他还有一点良心，除了女儿呢喃，他第一次有心疼别人的感觉。这种感觉让他恐惧，他想到他该选择离开，他太清楚自己是什么样的人，清楚自己不可能去爱护一个女人，若不离开，迟早他会伤她，因为他的过去已无法逾越，由于过去他便没有未来。所以即使他无心欺骗利用小鱼儿，但小鱼儿和一个没有未来的人在一起也是悲惨的。这一刻吴艾明惊觉自己竟有那么一点点的高尚。

命运真的是捉弄人，当吴艾明凭他那仅有的一点良心的驱使而选择松开他的网口，放小鱼儿偷生时，一个突发事件让他改变了初衷。

在法院，吴艾明和荀芳的官司有了结果——他败诉了。他只能选择在十五天内上诉或者如数还钱。

吴艾明真的焦虑了！他暴躁，他慌乱，他也有那么一丝懊悔。

吴艾明进入荀芳的公司做了业务部经理后才明白什么叫高等职业，并且他对广告业也越来越有兴趣。起初他还是很认真很努力地去完成工作，然而一次偶然听到的员工的对话让他改变了初衷。那几个员工在偷偷地却肆无忌惮地耻笑着他和荀芳的关系。虽然他毫不留情地气急败坏地开除了他们，但一个年轻设计师说了一句——你以为你是什么，说好听的是荀芳的情人，说准确了，不过是她养的一个小白脸。

吴艾明疯了般地流露出流氓本色，他从办公桌后蹿出来就要打那个年轻人，荀芳死死地抱住他拦着他，他便把火全撒到荀芳的身上，他的巴掌抡圆了落在荀芳的脸上。

吴艾明就是这样的，大概从他小的时候，从他把足球砸在那位好心阿姨身上时，他就已经不会去考虑别人的感受。他认定上天对任何一个人都比对他好，他便只有仇视一切了。而他种种的不正常的人格表现都没有令荀芳醒悟，反而对她产生更大的刺激。

或许这个世界越五花八门，人的心就越发地怪异扭曲。或许荀芳和吴艾明原本就是有共性的，总之从那以后，荀芳便更加小心翼翼地照顾着吴艾明的情绪。好在她在和他欢愉的时候还是每每能够得到快乐的。荀芳觉得自己就像是个吸食了鸦片的女人，吴艾明就是她的鸦片，明明知道有毒，却已然戒不掉了。

吴艾明不再去荀芳的公司上班，又开始游手好闲。不过有了荀芳的金钱支撑，他的日子过得极为轻松，白天睡觉，晚上去泡吧，自然也少不了和女人鬼混。每每带着一身酒气和女人的香水味儿回来，对苦求他或歇斯底里的荀芳根本不理不睬，倘若荀芳闹得太凶，他就干脆收拾衣物要走，荀芳便立刻止了哭闹，死死地抱着他，求他不要离开。吴艾明的得意和不屑在黑暗中冷冷地放射着。

这样又纠缠了一段时间，荀芳被搞得人不人鬼不鬼了。吴艾明才露出了他的心思。

那天，吴艾明竟然没有出去胡闹，极其安静地坐在客厅里听音乐。荀芳虽然有些纳闷，但还是小心地陪着，为他准备了丰盛的晚餐。吴艾明似乎很有兴致，打开红酒，点燃蜡烛，荀芳便惶惑了，屏了呼吸等待，她预感到一定会发生些什么。

荀芳等来的是吴艾明的痛哭流涕。吴艾明只喝了一杯酒，却像是已经醉了。

他先是默默流泪，再后来便是号啕大哭，什么也不说只是喝酒。任荀芳把他抱在怀里，极尽安慰。直到最后，荀芳也开始陪

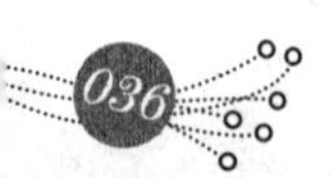

着哭，他才慢慢挣脱出她的怀抱，握住她的手，不停地说着“对不起”。

荀芳忙抚摸了他的头说：“不要说对不起，我愿意为你做一切的。”吴艾明摇着头，眼里是猜不透的神色，有些阴冷有些恍惚，他说：“我不会再让你为我做任何事，所以我决定离开你。”

这话像电击般让荀芳身心颤抖，她本能地死死抓住吴艾明的胳膊，嘴里不停地说着“不”。吴艾明甩开她的手，一副坚定而悲壮的样子。

他说：“荀芳，我是个一无是处的下流痞子，我不能再和你在一起，让人说你贱，说你养小白脸。”吴艾明说到这儿，近乎惨烈地痛哭。之后，便把头深深地埋在荀芳的怀里，像个迷途了很久才找到家的孩子。他就那样黏在她的怀里，当音乐响起，他才缓缓地出来，随着音乐轻声吟唱。他满含着泪水的双眼迷离且无比深情地注视着荀芳，唇齿间流出的歌声更是浸满了难舍的痛楚。

荀芳的心里在挣扎……

吴艾明猛地站起来，决绝地就走。

荀芳不再挣扎，死死地抱住他的双腿。吴艾明又往前拖了几步，荀芳被他拖倒在地。吴艾明忙停下来，转回身一把抱住那个已披头散发了的可怜的女人。他紧紧地抱着她，声音颤抖地说：“我真的不舍得离开这么爱我的女人，但我不能拖累你，我要靠自己的力量去挣扎，开一家属于自己的广告公司，等我好起来后一定会回来找你的！”吴艾明闭了双眼，在心里默数了六下，便再次放开荀芳向外冲去。

“等等！”荀芳叫道，“你这样走了怎么可能再回来，你又拿什么开广告公司？”

吴艾明轻轻地晃着他的身子说：“我去偷我去抢，我用偷来的抢来的去创业，不行吗？”

荀芳走到他面前，伸出手去摸他的脸。吴艾明的脸很瘦，瘦得更显清俊！这张脸是令荀芳着迷的。荀芳做了决定。

荀芳给了吴艾明五十万元做注册资金，成立了属于他的艾明荀芳广告公司。

吴艾明在接过支票的刹那几乎停止了呼吸，他强装着平静说：“我得给你写欠条！”

荀芳有些心不在焉。吴艾明便立刻冷笑，急匆匆气呼呼地找纸笔。真要下笔的刹那，却说：“这就是爱情，这就是爱人，遇到钱的事就没有信任！”

荀芳还在思索，好像没听到他的话，没有一点反应！

吴艾明有些担忧了，他知道借据一写，有一天想摆脱就难了！摆脱了不还钱也难了！他把心一横，做最后一搏！他用力地书写，之后递给荀芳。他故作轻松却目光迷离地说：“谢谢你，我会永远记得你曾是我的女人，但这张纸让我猛醒——你不爱我！”说完他又推开荀芳，一副决然离去的样子！

荀芳这才猛醒，忙抓住他一只袖口，近乎哀求地说：“别总乱发脾气好吗？我没想要你写什么借条的！”

“哼！”吴艾明讪笑地说，“借条都在你手上，却说这样的话？真是虚伪的女人！”而后，他又捧住她的脸继续说：“可我偏偏就爱你！我真他妈的贱，爱一个不信任自己的女人！”

荀芳感到心底有点沉。她真的有点累了，于是松开他的袖口。

吴艾明没有片刻停顿，脱了荀芳刚刚买给他的BOSS外套，说：“我不会要你半点东西，我吴艾明有钱的时候，从来不吝啬，尤其对女人不吝啬！更不要说花女人的钱！请你记住——我一定会成功，会挣很多钱的！那时我会回来养你！而不是像现在这样给自己的女人打借条！”

吴艾明已经冲到了门口，荀芳最终奔了过去，面对着他，什么也没说，只是在他眼前一下一下地把那张借条撕得粉碎！

这个跋扈的女人没了以往的号啕，慢慢溜到地上，默默垂泪！不是因为一大笔钱的给予，也不是因为已经看出了吴艾明的本质，而是她终于明白了——当一个人难以放弃本应该放弃的东西时，是可悲的！

吴艾明一边拥住荀芳，如对孩童般地呵护着，一边暗自松了口气，他的目光流连在地上的纸屑上，是那般地笑意难抑！他的心跳甚是快速——五十万到手得如此轻易！他兴奋！

荀芳毕竟不是个一般的良家妇女，她还是让吴艾明为金钱付出了代价——离婚！

吴艾明干脆地答应了，说只要注册了公司，资金可以动时，就立刻回去给肖颖一笔钱作为补偿，而后恢复单身！吴艾明这样的态度倒让荀芳甚是诧异，一时间不辨了真伪。

吴艾明诡异地凑近她，咬住她的鼻子，她倏地浑身血液沸腾，忘记了一切，只想疯狂！如此的激情是会让荀芳愚蠢的最有利的手段。

吴艾明在荀芳满足后的酣然中扬起了下巴，在吐出的烟雾中微张了嘴巴。他想，有的女人偏爱性，有的女人偏爱情，荀芳便最在意性，满足仅仅限于身体，是很容易对付的。而他更需要的是金钱——“妈的。”他暗骂，他如此真成了高级而昂贵的鸭子！

所以吴艾明最厌恶渴望得到性的女人。所以他在激情的时候会极其霸道，仿佛一个施虐者尽情施展自己的欲火。所以他更厌恶荀芳。

但他更怕骗到一个重情的女人，他想他只是为了钱，不想害谁，重情者多脆弱，也就更不好抽身！

吴艾明回去和肖颖办离婚手续那天没有丝毫的忧伤，相反他兴奋得很，因为公司注册后，五十万已经真正到了他手里。这回他不想让自己多费周折，毫不客气地把三十万存进自己的户头，作为流动资金，而另外二十万是要带回去的！

他愿意付这样一笔钱给肖颖，他在电话里已经和她说明白——钱是给你养女儿的，只要你好好照顾女儿，我吴艾明永远让你过好日子！

是的——女儿！为了用时间哄骗荀芳，他已经几个月没见到女儿了！他是那样想念！

他在高速路上飞驰，恨不得一下子见到呢喃，亲亲她的脸蛋。

突然下起雨，大暴雨。车子的前玻璃被雨雾笼罩，路很滑，可他没减慢车速。呢喃的清脆的笑声在牵着他的心，他归心似箭！

他在超越前面的货车时遇到了险情——货车上突然滑落了物品，他来不及刹车，车子便冲向了护栏。幸好前后都无别的车辆，他只是在车子停住的刹那重重地碰了头，他的额上立刻渗了血。他也惊了一身汗，原来每个人距离死亡都是那样近！他的心里真的有些恐慌——若他死去，呢喃的人生该怎样？

他不敢再加速，他盘算着女儿的成长需要多少钱！

吴艾明顺利地办好了离婚手续，其实他并不是因为答应了荀芳，而是他正好要彻底地摆脱肖颖，单身的他更能尽情游走在女人之中！荀芳——呵，他怎会为她停手。在他看来，那女人和他是互相利用而已。爱？吴艾明本就无爱！

吴艾明是个真正的花架子，他没有真正的才识，也缺乏踏实的心态，有的只是急功近利的自以为是！每次和客户谈广告事宜的时候，他总是一副狂妄得不得了的样子，好像他已经是广告界的精英。而实际上，他除了一点设计上的灵性，其他如经营、业务等全是一知半解，总在最关键的时刻让人看到他的虚，如同一只狼——再狠，饿了许久也不过是没有任何杀伤力的叫做狼的动物而已。

吴艾明很快就明白了，他是无法靠自己的实力达到人上人的地位的，他的小聪明不是真正的智慧。最关键的是，他极其好高骛远，小生意不愿意做，只想做大的。任凭荀芳怎样劝说，他都一意孤行！不久他连经营的兴趣都没了——红红火火开张的艾明荀芳广告公司便名存实亡了！

兴许因为不是他自己的钱，所以他对于公司的现状并不伤心，而是又一次投入到赌博中！终于在一次搏杀中，吴艾明输光了二十万元。

吴艾明极不同于一般人的地方是他很会死撑。二十万元的一夜倾囊，他本已经快疯了，可面对荀芳时，俨如没发生任何事情。他知道要想从她手里再弄到钱，就不能让她知道他把钱都输光了！

他和她在布满翠竹的客厅里，在舒缓的音乐中相拥着跳舞！他时不时地吸吮她的耳朵，而后邪笑。荀芳在他的挑逗下没有感到温暖只有戏谑！而这样的感受她已经开始厌烦。

无论什么样的女人，无论最初是什么样的目的，一旦久了，成了习惯，渴望的便不再是汗水的挥发，而是如拥抱般平静而凝固的踏实！荀芳也不例外！

“我们结婚吧！”荀芳说。

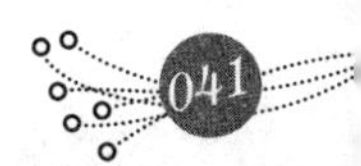

“好啊！”吴艾明回答着，心想简直是天赐的机会。他从没想过荀芳会真的要和他结婚，毕竟她许多生意上的事情还需要她那个有名无实的丈夫帮忙搞定！他没把婚姻当作是件事情，所以尽管他越来越讨厌荀芳的一笑一言，讨厌她在生意场上的精明奸诈，讨厌她整晚的纠缠，但结婚是从她手中得到钱的最佳途径。

吴艾明点燃根烟，把一个个烟圈喷吐向她，说：“我现在是一身轻松，就等你办好离婚手续！”

荀芳拨拨烟雾，脸上没了往日的妖媚，一副很严肃的神情。“艾明，我们谁也别骗谁，你不爱我，可我依赖你，我仔细想过，只要你以后忠于我，我就可以和你相伴一生！”

她这样说的时候突显了平日的霸气，十分盛气凌人！这样的气焰令吴艾明很不爽，他掐灭了烟，习惯地翘着腿不停地摇晃。

荀芳皱了眉，说：“别晃了，以后我们要出入高级场合，必须注意礼仪的，一个有身份的男人能坐在那里晃腿吗？”

吴艾明心里那个气呀！暗骂——贱人，看来是有点腻烦了！不过他还是忍耐了，他的忍耐不是屈膝，而是转身回卧室，带着一脸的不快！

荀芳急忙收敛了嚣张，她知道，以吴艾明的性格，即使他再想靠她过好日子，也不会承受委屈！她也暗骂，不过她骂的是自己：怎么就离不开他呢？

促成吴艾明和荀芳最终的决裂还是因为吴艾明的死性不改。公司垮了，他又开始游手好闲。对荀芳又实在没有兴趣，于是便用荀芳的钱到处以招聘广告公司设计为借口泡女人！这一次玩得过了火，一个女孩子大了肚子找上门！

吴艾明竟然脸不变色心不跳地说：“谁能证明这孩子是我的，

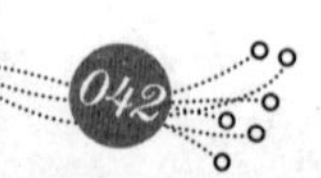

要不你就生下来，之后我们打官司印证！”说完便从包里取出两千元塞给那女孩子，还一副善心大发的样子。“我知道你的目的就是为了钱，但我都是靠我老婆养，所以也只能给你这些了！”

那女孩子也不是不谙世事的，知道没有别的办法，孩子也是绝对不能生下来的，于是说：“算作补偿，至少给我一万！”

吴艾明立刻冷笑，侧目凝视那女人说道：“你看你值那么多钱吗？就两千，你堕胎休养也差不多了，倘若不愿意就一分钱不给！”

那女孩无奈，只得悻悻地走了。吴艾明却一副得意扬扬的神情，转身盯着一脸愠怒，端坐在沙发上不停地大口大口地吸着烟的荀芳。

他“嘿嘿”地笑，走过去蹲在她面前，捏了她的下巴，说：“怎么了，宝贝？信了那烂女人的鬼话了吗？呵呵，是她以为我是个款儿，硬黏上我的，我可没和她上床。那样的女人不知道有多少男人，那肚子里不知道是谁的呢？”

荀芳已然面色铁青，她从来不否认自己的恶劣，也明白那女人不是好货色，但她更明白了吴艾明是个不折不扣的无赖，而绝非她之前认为的有点懒惰有点花心的男人。而她终是有一点点良心的，终是无法忍受如此丧尽天良的行径的。她愤怒了，狠狠地把燃着的烟投向吴艾明，吴艾明雪白的衬衣的右肩头便留下了点点烟星掠过的灰。

他侧了头瞅瞅自己的肩，眼里渐渐露出狰狞！吴艾明，他是个无赖是个禽兽是个魔鬼，他早已因为他的邪恶没了人的尊严，但他却强烈地要维护自己那一点点虚假的自尊。他扑过去毒打荀芳，她被他打得鼻青脸肿，他也被她抓得遍体鳞伤。屋内一片狼藉，翠竹落地，杯壶粉碎。

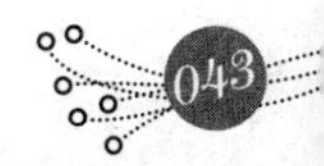

他们都在释放——吴艾明是要释放这些日子来隐忍着一个他厌恶的女人的缠绕的郁闷；荀芳则在释放一个女人被蹂躏被利用被欺骗后的觉悟的悲哀。

打伤了也打累了，荀芳赶吴艾明走。这一次吴艾明高估了自己，他竟然要与她温存，想用这最能征服她的招数挽回因冲动而造成的不利，他知道还不能就这样灰溜溜地走，因为他几乎身无分文。

荀芳奋力推开他，冷笑说："你太不了解女人了，听过最毒妇人心吗？你也太不了解我了，当我想要你的时候，你可以肆意地放纵；当我不想要你的时候，你就是一条狗！"

吴艾明气得面如猪肝，胡乱地收拾衣物，在开门离去的刹那，荀芳叫住他，他的心里暗笑，以为又是一个峰回路转。

"给你半年时间，把五十万借款还回，否则法庭上见。"荀芳又狠狠地吸了口烟。

吴艾明的身子抖了抖，喉咙里发出两声闷闷的笑，说："钱我是没有，如果你拿得出借款的证据，想告就告吧！"

荀芳的脸上显出了她生意人最精明的笑，说道："证据我自然有，不过毕竟爱过你，最好别让我做绝！"

"呵呵！"吴艾明眯起他惑人的眼讪笑。他压根不相信她手里有任何的凭证，他毫无怕意地走了。

吴艾明自以为自己很聪明，聪明得能随心所欲地不劳而获，聪明得可以以流氓的本色占尽便宜，而这次他最终栽在荀芳手里。

半年后的法庭上，荀芳拿出了那张吴艾明曾经写好的借据——把撕开的一条条贴在一张纸上的借据。但不管怎样，这样的凭证足以让他败诉。吴艾明慌了，除了一辆最多只能卖三万元的很旧的普桑，他再拿不出什么。他名下有一处住房，可那房子是肖颖和呢喃的栖身之处，倘若被执行厅收了，她们母女便无处安身。吴艾明真的懊恼，他后悔没好好地利用荀芳的那笔钱，后悔惹恼了她。他试着给荀芳打电话，但她的态度很坚决。

吴艾明最初并不想和小鱼儿讲实情，他骗她说那时和荀芳一起办广告公司。还把艾明荀芳广告公司的名片拿出来给小鱼儿看。

小鱼儿点点头，他继续说："说好了她出钱我出力，可她的钱全由她丈夫支配，所以才通过我借款的方法把钱弄出来。而她却爱上我，我承认也沉迷了一段时间，终是不想和有婚姻的女人纠缠，便离开了她，于是她报复我。"吴艾明说到这里，咬牙切齿地捏瘪了手里的啤酒罐。

小鱼儿蹙了眉沉思，此时她虽然是律师的身份，却无法理性地面对。她清楚如果上诉仍败诉的话，吴艾明将面临很大的困难，而她该何去何从呢？

恰在这时吴艾明问小鱼儿："如果我负债累累，你会弃我而去吗？"

小鱼儿看着他，看着他一脸的渴望和惶恐。小鱼儿哭了，她不希望她爱的男人如此地失去骨气，她喜欢他牵着她的手穿越马路时的侧目一笑，那般自在，那般从容，而人一旦失去了从容就是失去了活着的最大的快乐！

吴艾明最吸引小鱼儿的地方就是那份自由自在随心所欲，他会在无眠的深夜与她到护城河划船，会看着她独享美食会心微笑，会和她去拍大头贴而后粘在车窗上，会在她下班回来时为她做好无比难吃的饭菜，会在她不讲道理的事情上让她一分。

是啊，一切好似最和谐的恋人，如果没有现实，也算是神仙眷侣。这样想着，小鱼儿说：“明，你放心，我永远不会离开你。”

“你发誓！”吴艾明竟然逼迫她。

小鱼儿笑了，眼角还挂着泪花。“我发誓，除非小鱼儿不在了，否则生死相随！”

吴艾明一把把她抱在怀里，他真实地流泪了，他知道小鱼儿说的是真话！他不知道他将给她带来怎样的灾难，为了生存，为了呢喃不会失去安身之所——小鱼儿必定要成为他手中的一颗棋子！

吴艾明上诉了，小鱼儿是他的律师。

小鱼儿说：“这个官司很难翻案，那张借据是对方最有利的证据，除非可以证明借据是你们商量好写的，最起码要先证明你们当时是情人的关系，从而指出她因为分手而报复的可能。即使如此，翻案的可能都小，只能是争取分期执行。”

“分期执行？”

“对，就是分期还款。如果你的确没有钱的话，法院会这样判，其实这便是最好的一个结果。明，毕竟公司是你经营不善才垮的，怎能让人家损失那样一大笔钱！”

“哼，”吴艾明竟然冷笑。“恐怕你不仅仅是这样想的吧，你是气我曾和她同居，所以不想尽最大力量帮我。”

“你！”小鱼儿豁地起身，说道，“你怎会这样狭隘？这样看我？是的，我是恨你做过第三者，但那是你认识我以前的事情，我无权计较！”

“那如果现在呢？”吴艾明这样问时，心里有点异样——认识

小鱼儿后他就没有过别的女人，这几乎是个奇迹。

“现在？那我会杀了你！或者杀了我自己！”

吴艾明的心猛地一沉，天呀！这就是他最怕的！他紧紧地抱着小鱼儿，生怕她会有什么意想不到的举动，也怕她从他怀中溜走。他轻轻地亲吻她的头发，问：“小鱼儿，小鱼儿，请你告诉我，你为何会爱上我，我几乎不能算是个好人！”

“不！”小鱼儿从他的怀里挣脱出来，她纯净的双眸如清水的晶亮，那眸子能穿透人心。“其实我爱你是因为我知道在你的心底里有最温柔也最脆弱的真情！你只是渴望爱的孩子！

吴艾明哭了，不是做戏不是委屈，却是真真切切的号啕！从来没有人对他说出这样的话，从来都没有人看到他内心深处的一点点的明媚！只有小鱼儿，从这一刻，他确定他是真的爱她的，他不会再欺骗自己，不会再隐瞒她，他要把所有的真实吐露，不再让她有疑问的苦恼，他舍不得她在踌躇迟疑中的泪水和忧郁。

吴艾明靠在床头上拥着小鱼儿。整整一夜，小鱼儿在他的怀抱里熟睡，而他却只想守候！他在心里祈求，祈求这个官司能结束，他便会找一份普通的工作和小鱼儿过最平静的日子！

但一切都晚了！

小鱼儿和荀芳见面了！

是小鱼儿找的荀芳，作为律师，她希望能够庭外调解；作为女人，却无意中知道了吴艾明那些令人深恶痛绝的过往！荀芳不是等闲之辈，一下子看出了这个律师与吴艾明的不寻常！

荀芳特意给小鱼儿看了她和吴艾明自拍的欢爱场面——那是几乎有些变态的放纵！小鱼儿只看了一眼，就哇哇呕吐！她不知

道自己是怎样和荀芳分的手，她只记得荀芳说：“连你这样的女人都被他骗了，我还是真的有点佩服他！”

那天，天正在哭！小鱼儿也在哭！直到天的泪流完了，小鱼儿仍在抽泣，有过的种种猜测全都成了事实，那个她想风雨同舟的男人是个真正的骗子，而她不过是他欺骗玩弄的一个女人而已！小鱼儿在外面整整坐了一夜，任凭吴艾明打爆她的电话。天亮了，她终于觉得该回去了，因为她无法置身于那些晨练的人群中，她的疲惫和幽怨与他们的明朗和畅快太不相同，她只有逃离，只是她能逃到哪里？她惊觉她是没有家的人，她忽然非常想念远方的父母。而在那个租来的栖所里却有一个把她有家的梦想都毁灭了的人。此时她更加明白——多么需要一个真实的怀抱。

小鱼儿擦干了眼泪，她的倔强如同她的外衣，随意地披在身上，却已经可以抵御淡淡的凉！小鱼儿做了决定：她要替那些被吴艾明伤害的女人惩治他！她不仅要让他还钱，还要把民事纠纷改为刑事，她要帮荀芳找到可以控诉他诈骗的证据！要让他坐牢！

是的，小鱼儿是天使，却被魔鬼带进了地狱，折断了翅膀，如果不能再插上翅膀，她必将会在地狱中死亡，也成为魔鬼，不会再飞翔！

她不动声色地与他相处，她用从他身上学到的招数骗他——不骗是骗的最高境界！

她说：“我知道了一切，我无法面对，我非常痛恨你，但我还是回来了，因为我知道我已经不可能再爱，当一个人已经没了爱的可能，那么与谁相守就不重要，重要的是一个依靠！你还愿意做我的依靠吗？”

吴艾明使劲点头，第一次感到羞愧！

小鱼儿笑，冷冷地笑，而后昏睡！她病了，一连几天发烧！他精心地照顾她，俨然对待呢喃一般！但她没有改变主意，有意地让他把一段段骗局说出来，悄悄录了音，虽说录音并不能决定什么，但至少可以增加分量！如果能多找些人指控，他必将被送入监牢！

真正令小鱼儿改变主意的是呢喃。她见到了呢喃！吴艾明请她和他一起带呢喃出去玩！

呢喃很快乐的样子，无忧无虑的笑声如同一首简单的歌！

小鱼儿本能地微笑，问呢喃："你怎么这样喜欢笑，这样快乐？"

呢喃忽闪着大大的眼睛说："因为我爸爸妈妈很爱我呀！阿姨，小朋友和老师都说呢喃的妈妈很漂亮，爸爸很有本事，是个大老板，呢喃是最幸福的孩子！"

小鱼儿凝视吴艾明，他的脸立刻通红！而她鼻子一酸！"是啊！吴艾明是个骗子，是该受到惩罚，但他又是那样真切地爱女儿！呢喃又是那样地相信自己的爸爸！"小鱼儿心里如同针扎，如果她惩罚了他，呢喃该如何？小鱼儿仍然是天使，她的翅膀在悄悄地生长，终是能够飞向天堂的。

事情就是那样凑巧，当小鱼儿放弃计划，打算好好和荀芳谈谈，希望荀芳能够放他——不，准确地说是放呢喃的爸爸一马时，吴艾明却发现了小鱼儿的录音笔！

他们沉默！吴艾明从没有过这样的沉默，如死寂般！忽然他疯了般地掐住小鱼儿的脖子，而她并不挣扎，她的脸蛋陡然煞白，她闭了眼！

吴艾明无奈地松了手，他无法故意去伤害她，他乞求："小鱼儿，请你相信我是爱你的，我从来没有爱过哪个女人，而你是唯一！所以请你不要离开我，请你继续爱我，我知道你是真的爱过我的！"

小鱼儿的目光中是无比的冷静，说道："吴艾明，你知道什么是爱吗？爱是一种责任！呢喃需要你的爱，她也是你必须尽责任的人，而我不需要。"她这样说着，眼泪还是簌簌地滑落。这个男人，这个骗子，却是她付出全部感情的人——覆水难收！她付出的爱已然如血一般融于身体，要舍弃便是舍弃了部分的生命元素。但她必须舍弃，哪怕再给身体换血，再给爱画上句号！

"吴艾明，我不会再对付你，不是我怕了你，而是这个世界上人是没有权利惩罚别人的，只有神！而神灵是不会给每一个有罪过的人改正的机会，适当的时候它会惩罚！所以好好地对呢喃尽责，与肖颖复婚，过简单平静的生活吧！而我与你正如'隔道无雨，阴晴两重天'，我们不是一个世界的人，永远不可能在一起！"

小鱼儿和荀芳再次见面的时候，天又在下雨，是啊，原本就是一个多雨的季节。

荀芳的变化也是显著的，她同意小鱼儿的话——之所以会上当不是骗子的手段高明，而是自己的愚蠢，而愚蠢来自以为聪明以为美好以为爱！而事实上，爱也真的来过！那就给曾经一同演绎爱情的人一条活路走，或许我们的心里更踏实！

而小鱼儿这样说时却没有与言语一样坚强的神情，她的痛蕴

于骨髓，不能动，一动就是支离破碎！

荀芳答应小鱼儿吴艾明可以分期还款，一个月还一千块！还到何时就是何时。

小鱼儿含泪微笑！

荀芳突然很心疼这个清爽剔透的女人，她说："其实我只是被骗了钱，好收回，即使不收回，也无所谓，而你是被骗了情，一切难收！真的希望你能走出来，你是那样的好！"

小鱼儿再次微笑。无语点头。

小鱼儿和吴艾明最后见面是在医院——呢喃出了车祸，竟然也是右腿落了残！吴艾明真的要崩溃了，他不停地问小鱼儿："是神在惩罚我吗？为什么？为什么不是我进监狱？不是我不得好死？为什么是呢喃？"

小鱼儿任凭他摇着胳膊，只是无语！她不敢想，她怕是她的诅咒换来的这样的结果！

吴艾明自己叨念着："神灵是不会给每一个有罪过的人改正的机会，适当的时候它会惩罚！但为何是这样的惩罚？"

小鱼儿把一个信封放到吴艾明的兜里就悄悄地走了，从此吴艾明再也没找到她。

信封里是一张写着吴艾明的名字的十万元的活期存单，还有小鱼儿留给他的话——我走了，离开这里，去找寻新的生活！这十万元不是你骗的，是我借给你开始新生活的。因为我知道我爱过你！如果有一天，我再次出现在你面前，希望你已经有能力偿还。

两年后的一天，吴艾明开车路经护城河畔，他早已经卖了那辆普桑，借用小鱼儿的钱买了出租车，没日没夜地挣钱，但他再没骗过，甚至从不多收乘客一毛钱。他想，或许只有这样，神灵才会保佑小鱼儿再次出现！

他把出租车停好，向他第一次遇到小鱼儿的地方走去，忽然他看到一个长发飘逸长裙垂摆的女人。

“小鱼儿！”他失声而叫。

那女人没有丝毫反应。他忙跑过去，那女人狐疑地看看他，走开了。

吴艾明，噢，不，应该是吴明了，他甚是沮丧地坐在河岸上。许久，他好像已经睡去，直到被雨水惊醒。

他再次看到隔道无雨的景观——他在雨里，对岸是晴天……

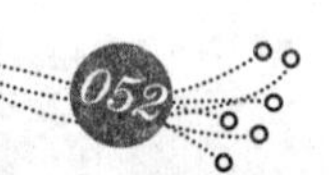

夏　天

一

新婚之夜，郭自强算是经历了大喜大悲。

是七月。天空蓝得有些耀眼，火热的太阳滚滚地悬着。自来水管里流出的水没有半丝清凉，温吞吞的。空气又热又闷，像划根火柴就能点着了似的。整个世界刺眼的亮，令人口干舌燥，头昏眼花。再温文尔雅的男人，也顾不上斯文——短裤、背心、拖鞋。十个脚趾还时不时离开鞋底，反复地扭动，好像那样才不会被汗渍粘在一起。

平日里衣着随便的郭自强竟是一身笔挺的灰色西装，里面一件浅紫色的立领衬衫，最上面的一颗纽扣处，一个同色系的领结，紧紧地箍住喉结。说话喘气间，那领结也随之起落，像一只翩翩欲飞的蝴蝶，于是，他忙用手按按，生怕脱落。大喜的日子，他得衣冠楚楚。这样想着，却不由自主地解开西装，拎起两边使劲地扇。热，真热。很快，他就意识到了什么，忙又扣上西装的扣儿。偷偷瞧看，宾客们都忙于喝酒嬉笑，并没有人注意到他刚刚的举动。嘴角像是被两根线牵扯着，郭自强情不自禁地乐了。再热，心里也美得很呢。郭自强摸摸脑袋，往年盛夏，为了凉快，都会剃成高平头；今天，略长的分头，被发型师弄得有型有款，只是天太热了，再有型款，也如同帽子般，头皮都冒出了汗。

哥们儿起哄："郭子，三十年了，就为了等今儿——晚吧？一个字帅，两个字帅呆，三个字帅呆了。"郭自强理理两鬓，定型胶和汗水发生了综合效应，黏黏的。他乐，绝不是苦中作乐，是真的合不拢嘴。

他瞄一瞄美若天仙的莫文薇，一股热浪从身体向外涌动，快要把整套衣服撑破了。热，不仅是天气，还有他的身心。他又按了按领结，让自己平静些。忍耐，稍稍忍耐会儿吧。反正也忍耐了好几年，不怕这几个小时了。郭自强的嘴巴又裂开了，脸上笑开了花。

选在这样的盛夏结婚，全是莫文薇的意思。不是她就喜欢脸上的妆不停地花，再不停地补。而是因为她是名教师，是全市最著名的重点小学的毕业班的教师。莫文薇随意摆弄着头发，长发编成了麻花辫，再用中指，从最上方撸下来。头发又散开了，才慢条斯理地说："我们学校的老师都暗较劲儿，结婚全在寒暑假，否则，就是用双休日了，六日结婚，周一准上班儿。"

"啊？啊——嚏。"郭自强有个毛病，惊讶或是气愤，都会打喷嚏。莫文薇忙用手遮挡，免得唾沫星子喷到脸上。郭自强却又嬉皮笑脸地往前蹭了蹭，说："结婚就歇两天？那春宵一刻还不得值万金？可那样的话，身体吃得消吗？"他嘟囔着，眼睛眯缝着，

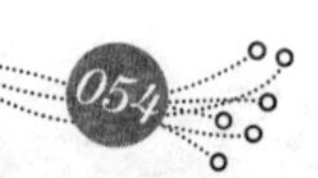

坏坏地盯着莫文薇。

莫文薇也笑了，捶他一拳，说：“所以，为了你的身体，我们只能在暑假结婚。”

郭自强双臂垂搭下去，摇头晃脑，极不情愿，大热天，太消耗体力了。

“那就不结了。”莫文薇努努嘴巴，把头撇了过去。

“别别别，”郭自强忙不迭地说，“听你的，咱就在火热的季节释放火热的激情。”

莫文薇娇羞一笑，回过头，在他的颊上轻轻一吻。郭自强顺势想往下继续，却像往常一样，被莫文薇的小手一推，清晰又熟悉的几个字从她的嘴巴里流出来，“等到新婚之夜。”

郭自强攥攥拳，咬咬牙，跺跺脚。管它什么盛夏金秋寒冬，只要是洞房，便能四季如春。此时，郭自强使尽浑身解数，连哄带求，外加挥拳，才打发走了最疯癫的几个坏小子。郭自强一把扯下领结，随手一甩，浅紫色的“蝴蝶”飞落在卧室和客厅之间的门边儿上，再把西服抛向床头柜，仰身，重重地倒在床上。冷气很足，早把床单吹透了，好不凉快。与外面的酷热相比，简直是冰火两重天。

爽！郭自强咧咧嘴角，难抑兴奋，话中有话地嚷嚷着：“老婆，快来呀，床上很舒服的。”

莫文薇看看他，想说什么，终是难以启齿。于是，把他的西服挂起来，又捡起领结，小心翼翼地掸了掸，搭在柜子的横架上，取了套粉红色的长睡袍，径自向卫生间走去。

郭自强双手撑着床，欠起身，侧着头，注视着新娘子的一举一动。“扑通”一声，再次倒下，抿嘴偷笑。心想，平日里，小薇一副谈性色变的小样儿，原以为她实在还是个不解风情的小丫头，不成想……呵呵，那粉色的睡袍？郭自强闭上了眼睛，有点想入非非：粉色的睡袍，隐约可见的玲珑婀娜的胴体。嗅一嗅，香，好香！一定是何姗姗送给他们的新婚礼物——雅诗兰黛“第一次爱”的效果。

“你怎么了？直流口水呢？”莫文薇已经洗完了澡，正用纸巾帮他擦嘴角。郭自强揉揉眼睛，甩甩头，不知不觉的，他竟然睡着了。生怕新娘子扫兴，忙解释说：“太累了，洗一洗就清醒了。”他一个箭步到了门边儿，又回过身，坏笑着意味深长地说：“小薇，稍微等我一下。”

莫文薇忽闪忽闪眼睛，低头，瞅了瞅自己的身体，慢慢把睡袍捋起，腿，修长，摸一摸，肌肤光洁滑嫩。她的心跳也猛然加速，忙用手按住胸脯，让自己平静些。瞄一眼那个八音盒，她澎湃的心只能慢慢沉静，如抽丝般点点拔去，身体里，自然而然的情愫。

床，粉红色的床，昏黄的床头灯。如此迷离，令郭自强倦意全无，一下子就亢奋了，他恨不得把他苦苦等待了多年的新娘一口吞噬掉。可就当他全身膨胀着，要用蕴蓄了无穷力量的双臂，紧紧环抱那粉嫩的人儿时，莫文薇竟然在最后的一刹那，迅速地挪动了身体，他便如同好色的猪八戒一样，抱了个空。这更加撩拨了他身体里的热血，小丫头片子还会挑逗？看来，男女之事，都是无师自通的。他笑了，再次整装，打算好好享受洞房之乐。但他想错了。

“等等。”面对再次火山喷发，转瞬间就褪去了她的睡袍，无比欢畅的郭自强，莫文薇的心跳一度到达120，但，她只能用力推开他，赤裸着身体，坐起来。一对新人，一个跪，一个坐，四目相望。她勉强笑笑，呼吸仍然急促，却说：“你不是累了吗？

累了就睡觉吧，要不然……”莫文薇又挤出一丝笑，“要不然，伤——身！”说完，她顾不上张大嘴巴，惊得目瞪口呆的新婚丈夫，一把抓过被单子，蒙住头。郭自强两度灼热的身体倏地冷却，一头杵在床头上。随着“哎哟”一声，他手护了下体，呲牙咧嘴地倒了下去。透着喜气的粉红色的床单，被他扭出许多褶子。

莫文薇坐起，侧了身，焦虑不安地盯着他。伸伸手，想按住他，还未碰到，就触电般地缩回来。一时间，她真有些怕了，怕他会出什么状况。幸好，郭自强慢慢地平静了，如同泄了气的皮球，一点点的，整个身体连同精神都软塌塌了。

“扑哧，”看到郭自强支棱着四肢，瘫倒在床上，就似匹在沙漠中行走，又累又渴，终于垮了的骆驼。莫文薇手捂了嘴，竟又偷笑。

郭自强猛地坐起来，狠狠地瞪着她：“你还笑？”他愤怒，他无奈，他沮丧。她看到了他的气愤、无奈、沮丧，遂又低下头，一丝伤感袭来。

“哎，”郭自强叹了口气，一时间，全无了睡意。直直地靠在床头上，闷闷不乐地点燃了一支烟。莫文薇开始抽泣，腻在他肚皮上，头发蹭得他痒痒的，他便又感受到了她的娇柔。

“老公，是我不好，别生气了，我是，我是，我是怕，怕……”莫文薇还是欲言又止，眼泪却已吧嗒吧嗒落下来。

郭自强深深地呼了口气，最受不了她撒娇求饶了，但这是他的新婚之夜呀，是他盼望了多年的洞房花烛夜呀。所以，就算她泪如决堤，他也得死个明白。“小薇，你告诉我，你到底怕什么？”他想到了种种恶劣的回答，甚至想到她会说她心里有了别人。他开始紧张，不知道是不是因为外面更热了，盛夏的夜要比白天更闷热，他几乎感觉不到冷气的存在了，手心里全是汗水。

“我，我，”莫文薇仍旧吞吞吐吐，但当她遇到他失望落寞，甚至有点悲愤的目光，她只能把心一横，说：“我怕怀孕。”

这四个字轻微却清晰，让郭自强紧绷的神经从中断裂开似的，一半是轻松，一半是气恼。轻松是因为莫文薇从不撒谎，这样的回答证明了她不是爱上了别人，气恼的是，本来就是两夫妻了，过正常的夫妻生活，怀孕也是正常的呀。难怪当初何姗姗提醒他说，找一个小四五岁的女孩子做老婆，思想很难同步的。得，平时还没有太多感受，这回可是深有体会了。但是，既然认定了，就没有别的办法，不能置之不理，只能帮助孩子成长。

郭自强掐了烟，跟莫文薇侧着身，面对面躺下，耐心地说：“小薇，你明白领了结婚证，摆了酒席，就意味着我们就是合法夫妻，就应该住在一起，就应该怀孕生子吗？”

莫文薇面无表情，只轻轻点点头。

郭自强更加狐疑：“那你还怕？让你老公在大喜的日子，差点做不成男人？”郭自强真急了。火在身体里燃烧，不过此时却是怒火。

莫文薇感受到了郭自强再也无法遏止的愤怒，只好起身下地，心想，既然瞒不住，不如告诉他，或许他会好好配合。她拉开八音盒的小抽屉，立刻响起了《水晶》的曲子。两个身着结婚礼服的男女小人儿随着乐曲，渐渐靠近，“吧嗒”，双唇相合。莫文薇被那一吻吓了一跳，愣怔了下，还是从小抽屉里取出一张折叠着的纸张。“喏，”她递给他。郭自强的手有些颤抖，轻飘飘的一张纸，却像有千金重。

郭自强万万没有想到，洞房花烛夜就被那张纸毁了。尽管在他眼里，那是张滑稽至极的废纸，但有了它，莫文薇是绝对不会把结婚证当通行证了。

那是封保证书。

郭自强的心中，如同有万千条臭虫逡巡，烦、慌、憋屈。莫文薇却长舒口气，如释重负。蓦然想起何姗姗的话，“现如今相差5岁，就差了一代，我们的下一代可是十分自我的。你那么痴情，不怕代沟把你带沟里去？”看着自作主张地立下保证书的莫文薇，郭自强欲哭无泪。

莫文薇说：“不是我要写的，高校长说是学校的规定，凡是三十岁以下的女教师，登记前必须写下保证书，保证婚后两年内不怀孕，否则就会被解聘。我好不容易才能进这所全市瞩目的学校，又受到重视，可不能有任何闪失。我们办公室的一位过来人帮我算了算周期，这几天是最容易受孕的，所以我们还是过几天再说吧。”

笑话，真是天大的笑话。郭自强的嘴角像是被什么东西撕扯了下，干裂得，有点疼。

莫文薇师范学院还没毕业时，就回绝了母校三河镇中学的优厚待遇，一心想进跃进小学。但这所市里拨款，外商赞助的学校，却比外企还难进。要不是老万的帮忙，根本连面试的机会都没有。老万的舅妈就是跃进小学的高校长。

老万？对呀，应该立刻找到他，或者他有办法。

此时，如释重负的莫文薇已经轻鼾入梦。郭自强便蹑手蹑脚的，挪步到小客厅，拨通了老万的电话。得知老万就在不远处的砂锅店，郭自强迅速穿上背心、短裤、拖鞋，轻轻带上房门出去了。

已近凌晨，小小的砂锅店里只有几桌客人。老万和何姗姗在最里面的角落里。两个人都喝了不少，说话声格外响亮。“郭子，不在家享受新婚之夜吗？”

郭自强狠狠白了他一眼，仰脖，一杯啤酒干了，再斟满，又一仰脖，又干了。第三杯，被何姗姗抢了过去。他干脆提起瓶子，咕咚咚，就是一整瓶。老万傻了，何姗姗呆了。郭自强把空瓶子撂在桌子上，“老万，你算是帮了我一个大倒忙了。”老万一头雾水，也不敢吱声，只好等着，听他继续说。等他一股脑说完，老万笑了。

“郭子，这有什么了？不就是保证书吗？别说现如今没有什么是可以保证的，就算那保证书有法律效应，咱舅妈不是校长吗？有什么是不好解决的？”老万说着，得意地往嘴巴里扔了一粒花生米。

郭自强笑了，又是一仰脖，这回算是感受到了冰镇啤酒的干爽。随手抓了几粒花生米，就匆匆忙忙地要往回赶。看着他迅速出了店门，何姗姗苦笑了下，举杯，“来，老万，我们干杯。”

“哎，”老万叹气，何姗姗的心思他最明白。正所谓“爱人结婚了，新娘不是自己”。只是郭自强从来都不知道何姗姗对他的一片用心。从打高三那年，在学校的新年联欢会上，看到那个表演诗歌朗诵的，文静娟秀的初一新生，几乎和大明星同名的莫文薇，他的心里就再没有过别人。何姗姗和老万一样，是他最好的大学同学，无话不谈的哥们儿。当初，郭自强得知莫文薇来市区上大学后，总会把何姗姗搞来的电影票、演唱会门票统统搜罗过来，以老同学的身份请莫文薇看电影、演唱会。甚至把何姗姗给他这个单身汉做的好吃的，也拿去给吃食堂的莫文薇打牙祭。所以，婚礼上，爽快的何姗姗还被大家哄笑着，推为介绍人。

“喝！”何姗姗说，“老万，咱们再祝郭子幸福。”

小小砂锅店里的这短暂一幕，引起了一个女人的注意。一丝得意的笑溢满她的眼底。

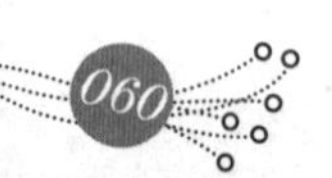

二

随着暑意的渐渐退去，莫文薇迎来了在跃进小学的第三个年头。

轻轻一按，电动门就开了。米白色的教学楼，窗明几净，倘若不知道这是所学校，会以为是某个欧洲小镇的高级别墅区。莫文薇抿嘴微笑，心想，这才是她渴望的工作环境，镇中学怎能相比？

仍旧教毕业班，那是全校最重要的岗位，她踌躇满志。可隐隐的，却感觉周围有些许杂音，正从轻渐重地向四处扩散。大意是：她之所以刚毕业就能被委以重任，全仰仗着她是高校长的亲戚，否则一个乡镇出来的，早该回去教书了。还有另一个传闻，竟然是，她跟学校立保证的事根本没和老公商量，如今新婚刚一个月，就开始闹离婚了。

莫文薇环视了下办公室，心里有了数。她知道，谣言的始作俑者一定是周笑笑。

的确，杂音就是周笑笑首先发出的。她便是砂锅店里，听到了郭自强他们谈话的女人。比莫文薇高两届毕业，也教毕业班的语文。自从上个学年，莫文薇教了毕业班，周笑笑所教班级的毕业成绩便退居第二了。两个人也就成了竞争对手。特别是学校要在十一前，教师基本功大赛后，选出一人在市里作观摩课。大家明镜似的清楚，也只有她们俩才是真正的候选人。

周笑笑挑了挑眉头，笑了。简直是上天相助，让她无意间听到了莫文薇的秘密。她倒是要看看，这个丫头究竟有多淡定。她最厌烦莫文薇总是有条不紊的样子，年纪轻轻的，城府却深。“哼”，她冷笑，“这回看她慌不慌。”

但，事与愿违。莫文薇还是在基本功大赛的最后一项——朗诵比赛中，以绝对的优势获胜，高校长的眼里全是赞许。这让周笑笑更不是滋味。她面无表情，站在洗手间的镜子前，反复用发卡把头发卡起来，又散开。

“笑笑，你知道你输在哪里吗？”从镜中，周笑笑看到了高校长关切的目光。“无论是普通话还是朗诵水平，你都不比小莫差，但是你的心太急了，缺乏对文章的理解。”

周笑笑忽然莞尔一笑，挎住校长的胳膊，说道：“师傅，您说的都对，我一定听您的，那，我还有在全市作观摩课的机会吗？”

高校长是特级名师，周笑笑是她的徒弟。但……高校长用另一只手拍拍她的肩，“笑笑，继续努力，机会总是留给有准备的人的。”

高校长走了，周笑笑冲着她的背影，愤愤地白了一眼。这个名义上的师傅，心里只有那个柔声软语的莫文薇了，还经常让她向莫文薇学习，说什么“一个小学教师，最重要的是要有耐心，只有那样，才能给予学生最大限度的关爱。小莫虽然年轻，但是她有天生的极好的做教师的素质，无论遇到什么状况，都能处理得稳稳妥妥”。对这一席话，笑笑十分不耻，她不相信一个郊区出来的丫头，能强过她这样见过大世面的土生土长的都市人。然而，一次又一次，她都输给了她。暗暗的，周笑笑的眼中竟然闪现出一丝可怕的光。她不会就这么认输。

能够在全市作观摩课，莫文薇只高兴了一阵子。很快，一件

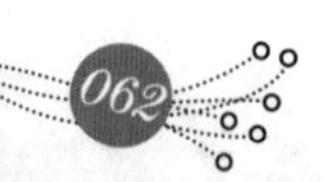

事情如同一块大石头般，狠狠地压在她心头。

盯着早孕试纸上显示的两条红杠，莫文薇没有一点惊喜，相反，沉静的她烦乱得像是长了草。想起国庆节放假前，卫生主任的话：“最后提醒大家，这一休息什么都能轻松，可不能放松了计划生育呀。”老师们一片哄笑，却知道那话语的分量。这样的名校，一个年级比一所普通小学都要大，老师则一个萝卜一个坑，一切都得严格地按照计划，否则就会乱了套。周笑笑还有意无意地开玩笑，“像我这样的未婚者，还有老同志们是不用担心的，关键是新婚燕尔的，对不？哈哈。”大家都瞅着莫文薇笑。莫文薇也笑，毫不心虚地笑，因为那几天应该是最安全的日子，即使欢愉，也无妨。

安全？莫文薇把试纸狠狠地丢进座桶，又使劲按动阀门，一股很冲的水流鼓起，再“嗵”的一声沉落。好像这样就能把试纸上的两条红杠冲掉，试纸顷刻间就被卷入地沟里，可红杠却是再也冲不掉的。那代表着一个事实，她的的确确是怀孕了。莫文薇一屁股坐在座桶上，一张清秀的脸弯成了苦瓜样儿。她生性内敛文静，做事情井井有条，很少有被情绪左右的时候。可此时，她的眼中是从未有过的歇斯底里，拧着眉，瞅着厕所门，恨不得一步穿过，奔到郭自强的身边如泼妇般抓他打他。

莫文薇屏气凝神，在心里默数了十下，才轻轻开了门。高校长曾经告诉她，难以控制情绪时，先在心里数十下，心就会静下来的。

郭自强压根儿就没意识到，暴风雨即将来临。电脑前，他戴着耳机，正被郭德纲的相声逗得笑出了眼泪。倘若平时，莫文薇一定会坐到他腿上，一起看，一起被那一句句经典的笑料弄得前仰后合，时不时的，两口子还得“吧唧”一下。而现在的笑声，

却让努力平静的莫文薇感到刺耳。莫文薇闭上眼睛，继续数数，1、2、3……

“哈哈，小薇，你听听，你听听，”郭自强把耳机递给她，“我儿子这给我提气啊，我太感动了，我儿子过去就把老头拐棍给撅了！太牛了，我们老郭家的人太有才了。等咱有了儿子，就找他郭大伯学相声去。”

莫文薇再也忍不住了，高校长教她的办法第一次失效。她把耳机摔在地上，随即转身进了卧室，趴在床上“呜呜”地哭了起来。郭自强跟着她进了屋，听着她一声比一声冤的哭声，成了丈二的和尚。莫文薇整小他五岁，他对她宠爱而疼惜。他究竟做错了什么，让她如此冤屈？

“小薇，你有什么就说出来，你这么哭，邻居准以为咱家进来坏人了。”郭自强想用郭德纲般的语言博妻子一笑，却惹来莫文薇更大的不满。“我想哭，我想吵，不行吗？”郭自强呆了，这是那个温顺柔和的娇妻吗？难道真像何姗姗说的，无论是哪种性情的女人，天生都有撒泼的潜质，那是雌性激素的一种特殊表现？还没等他过多琢磨，莫文薇一下子蹦了起来。她的几缕长发被泪水打湿，黏在脸颊上，他忙用手帮她捋向耳后，她却用力打开他的手，“别假惺惺了，你根本不爱我，根本不为我着想。”

郭自强有些恼了，气呼呼地坐在床上。想想新婚三个月以来，为了她那份保证书，他以最大的毅力克制着一个男人的冲动，除非是在她认可的安全期，或者做足了安全措施，否则他就得像柳下惠一样坐怀不乱。可人家柳下惠，为此得了后世传颂的美名，他呢？他郭自强呢？跟自虐有什么区别。热，十月底的丝丝凉意，不能令他清爽，他热，燥热，是怒火包围着他的头颅，从头发燃烧，逐渐浸入头皮，灼烧大脑。他也冲动了，“小薇，我看，是你

不爱我吧？你爱你那个工作胜过爱我，也就是说，你太自私了。因为我宠你，疼你，你就能不分青红皂白，无理取闹吗？”

莫文薇一时语塞。郭自强说的没有错，可她的心结也无法打开。怎么那么倒霉，那般小心谨慎，竟然还是有了身孕呢？难道是天意？不，不行！她不要相信什么天意。一双纤细的手握成了拳，莫文薇对准自己的肚子就捶。

郭自强被她的行为弄懵了，抱住她，“你想撒气就打我，别跟自己过不去。”莫文薇的头发全乱了，双手推开他，边哭边喊：“我讨厌你，你少管我。”郭自强彻底无语了，他摇头叹息，一步步退到客厅里，急速打开房门，冲了出去。他要透透气，否则会被憋死。

漫无目的的，郭自强走在街上，很快，凉意浸透了他的身体。满身的大汗，被夜风一吹，他的心也凉透了。眼前依稀是妻子温柔可爱的样子。这么多年来，他们一直沉浸在甜蜜的爱恋中，几乎没有过争吵。按理说，像他这样的年龄，在市里，单身的很多。但是在镇上，早就该是孩子他爹了。莫文薇说至少要先工作两年，他就跟着一起做双方老人的工作。镇中学的条件优厚，莫文薇坚决回绝，一定要扎根市区，他便像无头苍蝇一样，到处去找门路。其实从他们镇到市区，不过一个半小时的车程，家里是盖了三层的自家楼房；市里，却只能租住在一个小独单间。但只要是莫文薇希望的，他从没有过异议。甚至，当莫文薇要他跟她一起把因为喝了家乡的水，有些发黄的牙齿，做成烤瓷牙，他都硬着头皮生生让医生把几颗大门牙，磨得只剩了一个尖儿，再套上略有些厚的、奶白色的烤瓷牙，彻底脱离了乡镇的影子。何姗姗说，“真够虚荣的。”他笑，“哪个女孩子不虚荣？小薇说学生都希望老师漂漂亮亮的，她是为了让学生更喜欢她。”何姗姗笑话他，“你真

是听话。”他梗梗脖子，特别骄傲地说：“听老婆话是男人的美德。”

“小薇呀小薇。”郭自强越想心越乱，越想越难过。他径自去了那个砂锅店，砂锅里的羊肉片成了他的发泄对象。啤酒喝了不少，羊肉片被他杵成了肉馅。一个女人向他走了过来。

“你是郭子吧？莫文薇的老公？”那女人一双不大的眼睛笑成月牙状，只是目光中有一股抑制不住的窥探欲。“我是周笑笑，和小莫在一个办公室，我们见过的。”

“哦，哦。”郭自强应和着，脑子里搜索着记忆，似乎有些印象。

“怎么一个人呀？小莫呢？”周笑笑格外主动。郭自强却支支吾吾的，不知如何应答。周笑笑立刻看出了端倪，更加热情，“我男朋友就在旁边的派出所工作，我们经常来这儿。你一个人多没劲呀，干脆跟我们一起吧。”郭自强忙跟周笑笑的男友打招呼，看着人家成双成对，心里发酸，不由自主地惦念起独自在家的妻子，恨不得一步踏进家门。他于是匆匆告别。望着他的背影，警察男友说：“你不是不喜欢那个莫文薇吗？怎么对人家老公那么有兴趣。”周笑笑笑而不语。竞争中，知己知彼，才能赢呀。

深秋，树枝顶上缀满了黄色的叶子，像是漫天的金色的鸟，在一起打着呼哨，盘旋着准备落地。突然，淅淅沥沥的秋雨袭来，幸好没有风，一只只“鸟儿”便安静地匍匐在地。

跃进小学的礼堂里，坐满了人。滴答滴答，雨水有节奏地敲打，却没能带走人们的思绪。聚精会神地，大家在欣赏一节生动的语文课。莫文薇深入浅出，把所有的师生带入了朱自清的《背影》所营造的浓浓的父子深情中。

高校长手持一支签字笔，不停地在听课本上做着记录。偶尔抬头，注视着莫文薇，面色平静，心中却似有汩汩清泉流过，清

爽而透彻。这个年轻的教师，除了有扎实的基本功，更有对教学的热爱。她怎能不感动？

周笑笑时不时地，偷偷瞄一瞄高校长。手心里渐渐溢满了汗，右手的大拇指，使劲按按左手的虎口，暗暗给自己信心——竞争刚刚开始，输赢难料。

观摩课大获成功，老师们也纷纷祝贺，“小莫，这可是你逐步成为名师的开始，得请客呀。”莫文薇勉强挤出一丝笑，愁云难掩。

静校了，楼里的灯都关了，她只能离开，蓦地站起，一阵眩晕，身体轻飘飘的。观摩课完成了，她的心也像是被掏空了。走出楼门，雨已经停了，连空气都是湿湿凉凉的。她不禁打了个哆嗦，眼泪在打转儿。跟郭自强冷战一周了。以往，这样的天气，他一定会来接她，让她坐在自行车的后架上，紧紧搂住他的腰，彼此的体温会让身体暖和起来。今天呢？他还会来吗？她昂起头，不想让眼泪流下来。

“小薇。”郭自强的声音里透着重重的鼻音，“啊嚏”，一个喷嚏给暗暗的天色添了一丝畅快。他感冒了，边吸溜着鼻子，边把外套套在她的身上，扣好一颗颗纽扣，再帮她把领子竖起。她的眼睛模糊了，深深依偎在他的怀里，“我那样无理取闹，你不生气了吗？”郭自强摇了摇头，紧紧地抱住她。

那一夜，夫妻无比缠绵。郭自强更是体贴入微，任身体火烧火燎，也会在关键时刻悬崖勒马。“唉，”他感叹，“要是没有那保证书，真想立刻生儿育女。”莫文薇的心紧了一下，又提了下，直冲到嗓子眼儿。但喉咙被阻，说不出话来。她想，或许是天意，老天爷不让她说出怀孕的事实。她紧抿了嘴，还是把秘密藏在了心底。

莫文薇瞒过了郭自强，却没瞒过周笑笑。

周一，一大早，升旗、校会、班会，大家忙得不亦乐乎。好不容易到了第四节课，莫文薇才得空。回到办公室，只有周笑笑在。两个人默不作声，各自忙各自的。楼道里，工人们已经送来了学生的午饭。饭菜味儿飘进来，立刻像是装满了莫文薇的胃口，并随之翻江倒海。她连连干呕，把周笑笑引了过来。她双臂交叉，倚在桌子前，斜睨着莫文薇，“你这可像是妊娠反应呢。”她虽这么说，却只是玩笑。而莫文薇手中的笔掉到了地上，那“吧嗒”一声响，让她更加慌张，脸涨得通红。周笑笑便明了了一切。她笑了，得意地、近乎狰狞地笑了，但什么都没再说，径自回到了自己的座位。那笑声仿如镇静剂一针下去，莫文薇清醒了。以往，周笑笑怎么冷嘲热讽，她都不放在心上。但这笑声，让她恐惧，更激发了她的好胜心。手轻轻摸了摸自己的肚子，依旧平坦。窗外，树枝枯黄。秋，确是萧瑟的。她不禁打了个寒战，心想：“这肚子是绝不能隆起的。”

三

那个晚上，郭自强再次经历了大喜大悲。

“哈哈，小薇，你怀孕了。”郭自强难抑兴奋，一张诊断书，翻过来调过去，看了好几遍。

莫文薇平躺着，双手放在仍然平坦的肚子上，眼睛盯着屋顶，晶亮的眸子在黑暗中一闪一闪。郭自强侧身凑过来，鸡啄食儿般一通乱亲。他的快乐却没能感染她。她没像以往那样，一边笑闹，一边擦拭一脸的唾沫星子。她不能任由他释放快乐，因为，之后，她要说的话，会让他坠入谷底，她不忍心爱人承受那么大的起落反差。

“老公，”她的叫声本能地阻止了他的行动，“这个孩子……”她还是有些说不出口，她知道他很渴望生养一个孩子，她的公婆、父母也一样。在乡镇，尽管生活水平早已接近甚至超越了市区，但是传宗接代还是头等大事。郭自强为了等她，耗到三十岁，早已违背了传统。她怎么忍心让他失望？

正当她不知如何说之时，郭自强却恍然大悟：“小薇，你可别跟我说，这个孩子你不想要。”

莫文薇坐了起来，“不是不想要，是不能要。”

“得了吧，你。”郭自强懊恼了，“别跟我咬文嚼字，你想要就能要。”

郭自强的不满，反倒让莫文薇理直气壮了很多。冲着那个装着保证书的八音盒，努努嘴，说道：“你别忘了，我是写过保证书的。”

郭自强压压火，尽量用商量的口吻说：“未必就真那么严丝合缝，没有一点变通？高校长不是很喜欢你吗？你跟她好好说说，或者那保证书就不算数了。”

莫文薇摇头，“不可能的，没有一个特例，别说高校长不会答应，就是会答应，我也不能给她添那么大的麻烦。”她这样说时，想到了周笑笑不怀好意的笑。

“这么说，还是你的问题了，是你根本就不想要我们的孩子？”郭自强积压在心底的怨气，犹如一个不胜酒力的人连干了三大杯白酒后，醉了吐得十分彻底。郭自强一边说一边“啪啪”的，拍着床帮子。好像那样有节奏地拍打，能给他一些表露真实的勇气。“小薇，我一向都依着你，但这次，我跟你说，你绝对要听我的。你知道我都多大了吗？咱镇上，三十岁的男人，哪个不早就做爸爸了？”

莫文薇抱膝坐着，头埋在膝盖里。一言不发。

郭自强又急又气。来回踱着步，搓着手。“莫文薇，你究竟什么意思？”

莫文薇终于抬起头，“这个孩子，我不要，我不能为此失去这么好的工作，我还年轻，我……”

“你什么你？”郭自强气炸了肺，“都是借口，你就是自私。你要是为我想，什么工作不工作？大不了回母校教书，没准比这发展还好呢。”

莫文薇也生气了，“不可能，我们上大学为什么？不就是为了离开那里吗？”

“是你，不是我。”郭自强一字一句地说：“如果不是为了你，我早回去了。你知道我是想守在父母身边的。是你，是你说，你要留在市区，要成为真正的市里人，要我们的孩子在名校读书，说最标准的普通话。一切都是你的想法。我只是为了你，才放着镇上百多平方米的房子不住，在这里租住这套小房子。镇上有大型的化工厂，我学的就是化工，完全可以在那里有个好的工作，可我现在却改行做起了食品销售。而你，却不打算要我们的孩子。不，不，不。”郭自强已经无法控制自己的情绪了，“这件事情，我绝不答应你。”

莫文薇被他一通数落，有点懵。愣着，还是不说话。

郭自强要崩溃了，抄起那个八音盒，狠狠地摔在地上。一声刺耳的滑音，把愣怔的莫文薇惊醒，看着郭自强从斜躺在地的盒子里，抽出那张纸，怒不可遏地撕了个粉碎。她有些不敢相信自

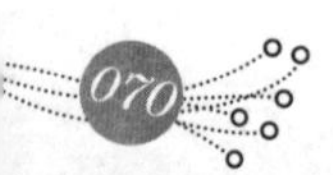

己的眼睛，这是对她爱护有加的丈夫吗？她的眼神由诧异变为失望，“究竟是谁不理解谁？”她干脆钻进被子里，蒙住头，任由他去，心里却更拿定了主意。

转天早上，莫文薇照常起床，没理会抽了一夜烟的丈夫。梳洗完毕，便出了家门。她没去学校，她已经请好了假，本来希望丈夫能陪她一起去医院的。看来，也只能她自己去了。

天气异常的好，难得的深秋暖阳。秋天的暖日，是温润而有些干爽的。阳光不毒辣，能让人心静神宁。莫文薇忽然干呕了下。她紧张地四下张望，都是匆匆赶路的行人。她的手护住自己的胸口，让情绪平复。她担心周笑笑会像幽灵般地冒出来，看到她如此窘迫的现状。她向自家的楼门望了望，多希望丈夫能及时出现，但没有。她委屈，非常地委屈，她使劲咽下眼泪，便上了出租车。

中心妇产医院的大厅，人头攒动。所有的女人全是蜡黄的脸，即使附着了厚厚的脂粉，仍旧是一脸的憔悴。好在她们多数人身边有个相伴的男人，或轻声安慰，或严肃紧张。莫文薇在人群里显得孤零而落寞。她时不时地回望，总想郭自强会突然出现。

“妊娠6周，可以手术。”医生一边低头看B超单子，一边机械地说，看都不看她一眼。莫文薇跟着几个女人，一起来到门诊手术室。护士给了她一套病号服，快速说道：“空身穿，内衣裤全脱。”

一门之隔，门里就是一张张手术台，门外是一个个等待手术的女人。门是敞着的，她清晰地听到撕心裂肺的惨叫声，她浑身起了一层鸡皮疙瘩。

“女人就是倒霉，什么罪都得受。”一个胖胖的中年妇女感叹。“我这都第四次了，小产更难养，这不都成这模样了。呵呵。”但没有附和的笑声。墙惨白惨白的，封住了人们的喉咙。一个女人被搀扶了出来，灰白的脸，没有一点血色，额头是依稀可见的汗。女人蜷缩着倒在莫文薇旁边的床上，因疼痛而扭曲的脸写满煎熬。莫文薇伸手想帮女人一把，又缩了回来，她的手抖得厉害。

她悄悄溜到门边。手术室有三四十平方米，那一张张铺着雪白床单的手术台并排着，每张台子前都有一组医护人员。她们的表情自然而轻松。莫文薇一下子就瘫软了。生命就这样轻易消失掉吗？猛然间，她感到那手术台，跟镇上屠宰站的台案没什么区别。主宰者的手法都是同样的娴熟，台子上的人或牲畜都一样的痛苦。手术台的工具的确更精细些，毕竟，是硬生生地从女人们的身体里，刮下一块块的肉呀。

“莫文薇。”护士在叫她的名字。“唰”的，她出了一身的大汗。还没有暖气，穿着单衣裤的她，很快又被冰冷侵袭，汗水瞬间就没有了热度。她的心揪到嗓子眼儿，僵在那。电话铃声响起，她一把从挎包里掏出手机，如同抓住一根救命稻草。她希望是丈夫打来的，希望他来找她了。此时，她特别需要他。

电话是派出所打来的。郭自强骑自行车闯红灯，跟执勤的交警发生冲突，被送到了附近的派出所。莫文薇再顾不上肚里的孩子，焦急地就往派出所赶。可她赶到的时候，却看到了何姗姗。她微蹙了眉头，疑虑写满眼睛。

“我跟强子一起去吃早餐，结果……”何姗姗尴尬地解释，“他心情很不好，约我边吃边聊，去的路上就跟交警吵了起来，我玩命拉着，不然，他都会动手的。真那样，事就大了。”

“怎么会这样？”莫文薇喃喃着。民警带着她进了接待室。郭自强垂头窝在椅子里，失魂落魄的，没有一点精神气儿。莫文薇心疼了，抽泣着，“你这是怎么了？”

郭自强抬起头，盯着她，“别打掉我们的孩子，别打掉！行

吗？”他就如同一个找不着家的孩子遇到了亲人，残存的能够回家的希望再次燃起。他握住妻子的手，说道：“大不了我们回去，只要我们能够在一起，干吗要在乎是生活在市里还是乡镇呢？”

莫文薇的眼泪落了下来，她清晰地感觉到郭自强的痛苦，他实在是太渴望一个完整的家了。她的心乱了。

派出所当日的负责人，是一位副所长。莫文薇想，怎么也得把丈夫弄出去，她必须得跟所长谈谈。

“你是……你是跃进小学的老师吧？”副所长一眼就认出了她，“我的孩子就在你们学校，在周老师的班里。”

“啊？周笑笑老师？”莫文薇一点惊喜都没有，相反，她觉得周笑笑简直是阴魂不散。

“是呀，”那所长倒是乐和多了，还给她倒了杯水，“所以，我在你们办公室见过你。”

莫文薇尴尬地笑笑。所长摆摆手，“嗨，你不用不好意思，年轻人难免冲动，没有什么大事。一会儿，你老公就跟你一起走吧。”说完，他又冲着旁边的民警说：“人家是跃进小学的老师呢！跃进小学的老师个个都特别棒。”

莫文薇的脸有些红，她还是第一次意识到，跃进小学的老师有如此的优待。刚刚倾斜的天平，再度平衡。

一连几天，夫妻俩没再提孩子的事情，彼此小心翼翼。其实郭自强一直在暗中想办法。他感觉到了她的矛盾，但那样的矛盾一定是暂时性的。所以，他没有停止想办法。而最有效的杀手锏，就是两方家庭的老人。于是，他暗地里，把来龙去脉告诉了双方母亲。两位朴实的农村妇人，一听说莫文薇怀孕了，都合不拢嘴了。再一听什么保证书，还要堕胎，便心急火燎地赶来了。

“闺女，”婆婆是个脾气极好的人，坐到莫文薇的身边，拉着她的手说，“别的不提，你们年轻不懂事呀，你可知道头胎要是做掉了，以后可能就很难怀孕了吗？”

莫妈妈刚从厕所出来，边抖落着手上的水，边狠狠地瞥了一眼自己的闺女，说：“亲家，你不用跟她那么好脾气，我看这个孩子是读书读傻了。俺没有文化，俺都知道结婚生子是女人的本分。就算是计划生育，也不能给规定时间呀？这种事情，不是谁定了有就有的，是老天爷给的。”母亲的话，话糙理不糙，一句“老天爷给的”还真让莫文薇百感交集。她忘记了是在哪本书中看到过，生命的缔造是上帝的赐予。她本能地摸摸肚子，还是很平坦，却像是有种磁力吸引着，让她的手变得轻柔。

莫文薇终是拗不过两位老人，答应再好好想想。医生说堕胎的时间最好在 14 周以内，她还有近两个月的时间可以考虑。郭自强锈暗的脸也有了些光泽。两个月，总会想出办法的。

看似出现了转机，却不想又风云突变。

周一，一大早，几个打扮入时的女人找到校长室。她们全都是莫文薇班里的家长。其中一个领头的，据说是个私企老板，大高个，挑染了长波浪，精致的妆容，高傲而不可一世挑起的眼角。她说：“校长，我们几个家长代表请求学校给我们换一个语文老师。因为莫老师怀孕了，到我们的孩子毕业考试时，该快生了。我们都是过来人，怀胎十月，不是好过的。对莫老师，我们理解，但是孩子们不能因此受到影响。否则我们何必花那么多钱，进这样的学校呢？”

几位副校长都感到震惊，齐刷刷地望向高校长。高校长从办公桌后站了起来，笑着说道：“很感谢各位家长对学校工作的关心，正是为了学生更好地成长，我们学校对年轻老师的生育问题，都是有规定的。莫老师是非常优秀的青年教师，业务、师德俱佳。

我相信她不会违反学校的规定的。”

“哼”，那女人冷笑了声，“那好，我们也希望是一场虚惊，可倘若不是，学校一定要做出合理安排。”

高校长找到了莫文薇，她的眼中仍旧充满爱惜。莫文薇在她那样的注视下，迷离、慌张。高校长一下子就明白了。那不是空穴来风，她最得意的青年教师莫文薇，真的违反了学校的规定，怀孕了。她的头“嗡”的一声，血压直线升高，不仅是忧虑学校该怎么对家长交代，更担忧这个优秀的教师无法过这一关。“小莫，学校的规定是严格的，我跟校行政会商量，给你一周时间考虑，你不要让我失望呀。”

眼泪在莫文薇的眼眶里打转儿，她默默地点了点头。情绪，就那么一下子消沉了。课间时，孩子们嬉笑欢闹的嘈杂声，都不能进入她的耳中。仿佛她的脑子，真的被头皮隔阻了与外界的交流。终于熬到下班，她忧心忡忡地往校门外走。拐弯处，赫然看到周笑笑正跟那个告状的家长咬耳私语。莫文薇全都明白了，这一切的幕后，不是别人，正是把她当作眼中钉的周笑笑。她的头，不再嗡嗡响，她知道，她别无选择。一阵秋风吹来，透心地凉。

四

那天晚上，从不主动投怀的莫文薇，对丈夫极尽温柔。大冷天，她穿上了真丝的黑色吊带睡衣。怀孕后，她的胸部明显饱满了很多，低胸处是隐约可见的乳沟，白皙的皮肤与黑色的衣裳相

映，那般妖娆动人。

可郭自强却不为所动，慌忙用被子裹紧她的身子，耐心地说："别冻着，别冻着。我上网查阅过，孕妇在最初的几个月，是最容易流产的。为了咱的宝贝闺女，你得让自己健健康康的。"他亲一下她的脸蛋，继续说道："我当然也能忍受这一时的节制，当爹的人总得为我闺女做点什么。"他希望莫文薇的肚子里是个女孩儿，像莫文薇一样清秀文静的女孩。他偷偷在电脑里绘制出，他想象中的女儿的模样：圆圆的眼睛，翘翘的鼻子，小小的嘴巴，甜甜的酒窝。每每这样想着，他就会情不自禁地笑出来。女儿的模样在他眼前似幻似真，却成为一股强大的力量，让郭自强完全可以抗拒妻子的柔情。

莫文薇泄气了，本想在两个人如漆似胶后，再说明她必须要打掉孩子的无奈。那样的情形下，他的态度，或许会好一点。但郭自强却表现出了从来没有过的克制力。莫文薇再想不出更好的办法，只好把白天的事情和盘托出。

"老公，"莫文薇柔声细气，却是坚定无比地说，"这个孩子真的不能要。"

郭自强腾地坐起来，刚刚的耐性全无。他气得直哆嗦。他简直有些不认识身边的这个女人了，指着她，叫嚣着："你把自己弄得跟个小妖精似的，就为了跟我说这个？"

莫文薇扒拉了一下被子，扬起下巴，也没好气地说："你说话别那么难听呀，谁是小妖精？你以为我没有委屈？"

"你委屈是自找的，"郭自强的怒气丝毫没减，"你妈，我妈，两位老人家话说得够明白了吧？你也答应再考虑。结果，就因为学校领导找你谈话了，你就能立刻决定大义灭亲，杀了自己的骨肉。莫文薇，你真是够狠的。"

莫文薇“呜呜”地哭了，她说：“我有什么办法？你还能想出更好的办法吗？你能吗？”

“怎么不能？”郭自强竟然没被妻子的眼泪打动，“我跟你说过多少遍了，大不了，我们回去。”

“不，绝不！”莫文薇用被子蒙住了头。

郭自强一把拉下被子，说：“好，那我想办法。”

“你能有什么办法？”莫文薇疑惑地望着他。

郭自强不理睬她，倒头睡去。

莫文薇一夜难眠。她很了解郭自强的脾气，直率而冲动。平时，她的安静影响着他，他似乎好了很多，但是本性难移。她几次想推醒他，问个究竟，但看到他给她的大后背，便也有些气恼。心想：任凭你怎么着，反正孩子在我的肚子里。

第二天，莫文薇刚进校门，郭自强竟也跟了进来。他没跟妻子打招呼，径自去了校长室。很快，一个路经校长室的老师，风风火火地跑进六年级办公室，环顾一周，看莫文薇不在，说道：“小莫的老公太愣了，竟然来找学校理论，说什么保证书的规定是不合法的，希望学校取消。”一石激起千层浪，老师们开始了议论纷纷，有赞成的，有反对的，有中立的。总之，像是炸开了锅一样。但等莫文薇走进来，便都闭了嘴，偷偷瞄莫文薇，暗暗交换着眼色。

周笑笑的脸上是无法掩饰的笑意，她悄悄溜到校长室附近的楼梯口溜达着。

终于，郭自强出来了。他的分头早就换成了板儿寸，两边的鬓角很短，一激动，青筋一鼓一鼓的，像是要往头颅里爬行的虫。

“郭子，”周笑笑叫住他，示意他跟她来到拐角处。那很背静，不易被人发觉。“怎么样？”周笑笑一脸的关切，“跟校领导谈得

怎么样？”

郭自强满心都是刚刚的一番唇枪舌剑却无功而返的懊丧。听她这样问，并没有多想，就说：“别提了，她们真会无理搅三分，跟她们根本就说不通。”

“那肯定呀。”周笑笑叹气摇头，同情地望着他，说：“制度是她们定的，你说，能因为你一个人的意见，就改变吗？”

郭自强更加愤懑，青筋越发凸起。

周笑笑环顾了下四周，压低了声音，“其实，我们大家私底下议论过，这个制度本来就是不靠谱的，相当于苛捐杂税，只要跟有关部门反映下，应该会立刻被取缔。”她的声音慢慢大起来。她也是快结婚的人了，也在为自己打算，她不希望被这样的制度制约。当然，她给郭自强这样的提示，目的则不仅仅是为了渔翁得利。

果然，郭自强像是抓住了根救命稻草，眼睛放出了光亮。“周老师，你说得很有道理呀。这学校不比外企，外企的制度是老板定的，学校的制度不能是几个校长一合计就定了的呀。”郭自强的面色舒缓了，脸部肌肉都松弛了些，“对，至少应该是教育局定。”

周笑笑心中冷笑着，心想：“乡下人再怎么都是乡下人，想问题简单得很。”不过，她还是又压低了声音，说道：“学校要是没有教育局的支持，能有那样的制度吗？我听一个老教师说过，这样的事情应该找妇联。”

郭自强拍了拍自己的脑袋，笑了。周笑笑的循循善诱，让他茅塞顿开，更让他看到曙光。他感激地跟周笑笑道了别，立刻去找何姗姗。此时，在郭自强的脑海里，只有何姗姗。因为姗姗的姑姑就是市妇联的副主席。

湛蓝湛蓝的天空，让郭自强顿时感觉到了希望。

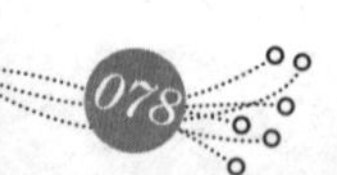

“姗姗，就看你的了。”郭自强的声音里满是信任，他知道，这个好朋友一定会尽力帮他的。

“嗯，”姗姗点头，“你放心，我们明天就去找我姑姑。不过……”姗姗一副男孩子的样子，却心细如丝。

“你这样一折腾，怕小莫在学校的日子不好过，找机会跟老万去趟高校长家吧，沟通一下，尽量让她理解，那样对小莫好。”

郭自强给姗姗竖起大拇指，“姗姗，你真是没得说，爽快，还特别能为别人着想。”哎，他忽然想起姗姗当初说的话，“现如今，相差5岁，就差了一代，我们的下一代可是十分自我的。”莫文薇的自我，他算是领教了。他颇为感触地说道：“姗姗，谁娶你谁幸福呀。”

何姗姗无语苦笑。

郭自强兴冲冲回到家，等待郭自强的是一场不可避免的争吵。莫文薇真的生气了，脸色铁青，靠在沙发里，交叉在胸前的双臂，随着气愤指数的升降而颤抖。郭自强大闹校长室，让她成为全校议论的对象，说笑的话题。尽管领导没有说什么，她的心里仍旧忐忑难安。她怒视着他，她还从来没有那样怒视过他。

郭自强在她身边坐下，揽住她。她扭扭身体，挣脱开，“噌”地站起。他忙扶住她，“当心点，孩子！”

“孩子？”莫文薇更气了，“你就知道孩子，为了孩子，你的小农意识像火山爆发似的往外喷。你看看你，都做了什么呀？哪点像一个三十岁的成熟男人？”莫文薇还想说什么。郭自强却拿了茶几上的报纸，进了厕所。

莫文薇来回踱步，几次走到厕所门边，想把他揪出来。正犹豫的当儿，茶几上，郭自强的手机跳起了芭蕾舞。玻璃面，那震动声刺激着她的心脏，让她更加烦躁。她一把拿起，按住，一条信息映入眼帘。“强子，别给自己太大压力了，一切都会好起来的。”信息是何姗姗发来的。

莫文薇慢慢坐下。女人的敏感早告诉她，何姗姗喜欢郭自强，这个秘密，大约只有郭自强不知道。又一条信息，还是何姗姗发来的，“对了，跟我姑姑定好了，明早九点，去妇联找她。”莫文薇的心抖了下。她忽然有一种危机感，这种危机感让她恢复了她的沉静。她把手机递给郭自强，“姗姗来的短信，我不小心看到了。”

郭自强提好裤子，接过手机，迅速看了一遍，便把手机往沙发上一扔。接着不管不顾地一屁股坐下去，腿搭在茶几上，双手叠在脑后，也不看莫文薇。他说：“你都看到了吧？这个事情，我一定会争取到底。”

莫文薇愣怔了下，凝视他。那种危机感更重了。眼前的郭自强，他的态度是毋庸置疑的。她在他身边坐下，试探着去握他的手，他竟然躲开了，俨如她刚刚对他那样。她无奈地笑笑，她是个非常聪明的女人，她知道不能做活鱼摔死了卖的事。她把手放在他腿上，问，“你怎么打算？”

郭自强放下两条腿，坐好了，望着她，说：“给我两个月的时间，如果我争取不来一个好的结果，我不再阻拦你。”

莫文薇没有说话，如果是郭自强刚刚回来的时候，她一定立刻反驳。她原本是打算跟他大吵一架的。但是，那短信，还有郭自强那冷漠的态度，这些都让她冷静。

莫文薇点点头。她知道如果不答应他，他们之间将会有一堵再难逾越的围墙。她摸摸自己的肚子，这个小小的生命，会给他们带来什么呢？

郭自强没有想到，莫文薇默许了他的计划。尽管她说，好吧，

你就去折腾两个月吧。这反倒令他有些愧疚，刚才对她的态度太过恶劣了。他又主动握住她的手。这样平常的亲密，却在一霎时让莫文薇十分伤感，她的手牵引着他的手，放到自己的嘴边。郭自强张开了自己的大手，莫文薇的整张脸便埋在他的掌中。他的手感觉到了一些湿热的东西，便紧紧地抱住了她。他很激动，扬起下巴，不让那晶莹的东西滑落。忽然很想抚摸一下她的肚子。十分平坦，但已孕育了生命的肚子。他轻轻地摸着，轻轻地说："宝贝女儿，这些天，为了你，老爸对你妈态度很不好呢，你在里面要乖乖听话，算是帮老爸向你妈赔不是了。"

莫文薇的鼻子酸了，情不自禁地摸摸郭自强的头，伤感转化为疼惜。如果折腾一番，仍旧不能遂了他的心愿，他会怎样？他们会怎样？莫文薇也弄不清楚了，弄不清楚内心真实的想法了。

起风了，穿过窗子，嗖嗖的，风，旋进屋里。

莫文薇打了个激灵，郭自强忙奔过去，关窗户，拉窗帘。他精神抖擞，满怀希望。

五

转天，风沙未停，但丝毫拦不住郭自强因保护女儿而横冲直撞的心。而何姗姗是最默契的配合者。

市妇联旁边的一家麦当劳里，郭自强和何姗姗看到彼此都被吹打得灰头土脸，不由得哈哈大笑。但两个人并未迟疑。九点整，他们出现在姗姗的姑姑——市妇联何副主席的办公室。

何副主席年约五十，胖胖的，脸上总是挂着和蔼的笑容。她亲切地让他们坐下，泡了热茶。郭自强接过纸杯，捧着。热茶通过纸杯，把热度传递给他。他的心暖了很多，平静了很多。他把来龙去脉非常详细地讲述了一遍。何副主席一边听，一边摇头。她是位很有经验的妇联干部，解决过很多妇女问题，但是，这样的事情还是第一次听说。她说，这样的制度肯定是不合理的，妇女是有生育权的。

“是呀。”何姗姗忙搭腔，“再说伟大的德兰修女，对人类的最后忠告就是不能堕胎，那跃进小学却不把年轻女孩子堕胎当作一回事。”

何副主席笑了，“姗姗，没有经过调查了解，也不要轻易说话。我们会把这件事情查清楚，之后找一个最好的最合理的解决方式。一周后吧，一周后，争取做出答复。”

刚一出办公室，郭自强跟何姗姗就击掌，以示庆祝。“姗姗，等我女儿出生，一定认你做干妈，你可是她的救命恩人呀。”郭自强咧嘴大笑，“不过，你得抓紧给她找个干爹，其实老万真的不错，你该好好考虑考虑了。”

何姗姗的笑容渐渐消退，显然，她不愿意面对这样的问题。她帮他，希望他快乐，而他的快乐也刺激着她。

郭自强的快乐同样也刺激着莫文薇。她将信将疑地问，“有那么简单吗？一直沿用的制度，就因为你的一次反映而取消？”

郭自强从后面环抱住她，亲吻下她的脖子，说：“因为那是不合理的。”

莫文薇闷闷不乐，她眼前是高校长充满殷切希望的目光。她担心，担心学校知道她的丈夫告到妇联后，会怎么对待她；担心高校长会失望，甚至会伤心。

郭自强仍旧自顾自地兴奋着。他的手在空中一挥，做了个披

荆斩棘的手势，说："一切不合理在正义面前都会灰飞烟灭。"

莫文薇拉他坐下，很想把心里的想法告诉他。可没容她说，他像是想起了什么，表情突然严肃起来，"对了，小薇，这事多亏了姗姗，姗姗绝对够哥们儿，所以，咱闺女一定得认她当干妈。"

又是何姗姗。一丝醋意涌起，莫文薇咽下了要说的话。

事情的确不像郭自强认为的那么简单。妇联进行了认真的调查，但除了对当事人的同情，也对学校产生了理解。

一周后，还是在何副主席的办公室，还是一杯热气腾腾的茶，可郭自强却没办法感受到热度了。何副主席仍旧和蔼可亲地微笑着说："学校确实有学校的困难呀，一个学校有一百多位年轻女教师，如果怀孕生育没有计划，学校便会处于瘫痪状态，采用保证书的形式看似不近人情，却也是合情合理，更是不得已的。"

郭自强把杯子放到旁边的桌子上，站起来，强忍着即将燃着的情绪，问道："您这是什么意思呀？"

姗姗也向前了一步，注视着姑姑。

何副主席拍拍姗姗的肩膀，说："不是我不帮你们，实在是跃进小学的情况很特殊，那是全市的试点学校，几位校长都是敬业的教育工作者，他们的心思全部扑在工作上，任何制度的拟定都是为了这所城市的招牌学校的发展。"她又望向已脸色大变的郭自强。"所以，小郭，我们经过反复的研究，还是希望能够跟你谈谈，协调下，能不能理解下学校，理解下那些为了学校的发展而煞费苦心的校领导们。他们真的很难呀。"

这样的结果，犹如晴天霹雳。郭自强不知道自己是怎么离开妇联的。他趺趺撞撞的，漫无目的地游荡。只有何姗姗紧紧跟随着他。他晃遍了大半个市区。四周的嘈杂声更是让他心烦意乱。他不知道，性情安静的莫文薇为什么喜欢这样喧嚣的城市，他们的家乡，那个小镇是多么的祥和惬意。

虚荣！郭自强第一次觉得莫文薇是虚荣的。记得她工作前夕，非要把前面的几颗牙齿换成烤瓷牙。只因为家乡的水让她的牙齿有点点的黄。整整齐齐的六颗牙齿被磨成尖尖的小颗粒，郭自强在一边看着，都觉得满嘴冒寒气。娇娇柔柔的莫文薇却能忍耐。不过，牙齿做好后，的确更加明丽，特别是笑的时候，白白的牙齿泛着光，衬托得脸蛋更加细腻光滑。郭自强却也清楚，莫文薇才不仅仅是为了漂亮，更多的是，她不想让别人知道，她来自乡镇。

“换得了牙齿，换不了根。”砂锅店里，郭自强冲着姗姗和老万，语无伦次地发着牢骚。

姗姗沉默不语。老万望望姗姗，再望望郭自强。吞吞吐吐地说，“要不，要不，我带你去找找我舅妈，看看能不能通融下？”

郭自强瞥瞥他，说：“你舅妈最铁面无私、顽固不化了。通融？她只会给小薇压力。”

郭自强没有说错，与此同时，静校后的跃进小学，还有两个人没下班回家。灯影绰绰，一老一少。不知道是因为紧张还是天气太冷，莫文薇不停地打冷战。高校长从柜子里拿出一件夹衣，递给她，“披上点，你现在特殊，不能受凉。”

莫文薇用夹衣裹紧自己，头深深地低着。她实在没有勇气迎着高校长平静的目光。

“小莫，”还是高校长主动开了口，“我上次跟你定的是一周后给学校答复，对吗？”

“嗯，”莫文薇轻轻点头，“就是今天，我记得的。”

高校长整理下办公桌上的一摞文件，也整理了下自己的思绪。“小莫，现在已经下班了，你可以把我当成校长，也可以把我当成

一个长辈，我们随意谈谈好吗？”

“嗯。”莫文薇还是轻轻地点头。

“那好，”高校长关上虚掩的门，说，“你能告诉我，你为什么要当老师吗？”

莫文薇抬起头，“我喜欢当老师，从小就喜欢。小时候，我经常在小伙伴中充当老师，那时候，觉得老师很神圣，能让一个个小孩子空空的脑袋，一点点装进知识，很神奇。”

高校长笑了，眼睛瞥向窗外，渺渺远远的。她想起她年少的时候，也有过同样的经历。她更加怜惜地望着这个令她非常得意的年轻教师。一老一少，于那样的沉默中，感受着最真诚的理解。许久，高校长才问：“那你为什么要来跃进小学？”

莫文薇的目光游弋了下，脖子伸了伸，嘴巴却没有张开。她不想说出自己真实的想法，那样高校长一定会失望。但她更不想欺骗高校长——那么好的一个领导，一个长辈。于是，她还是鼓起了勇气，说：“高校长，我不想和您撒谎。来跃进小学，不仅仅是因为我喜欢教书，更是为了生存，我跟爱人都是地地道道的农村娃，为了在市区生存下去，我必须有一份很好的工作。咱们学校是全市重点校、试点校，收入比一般学校高，名声更是响。能在这样的学校教书，这样现代化的环境中工作，能够处处受人尊重，我也会有一种满足感。”她说完，再没勇气抬起头。

“生存？”高校长的耳朵里，一直回荡着这两个字。的确，她没有听到她最渴望的话语，没有听到一个教师对教育事业的热爱，但是她听到了一个年轻女孩子的真诚。是呀，人都必须先生存于世，她没有理由责怪她，没有理由要求她像自己一样。或许就是时代不同了吧。

“小莫，我给你讲一个故事吧。”高校长的声音更加柔和。这样的柔和给莫文薇减轻了很多心理压力。她抬起头，点点头。

“那是 27 年前了，那时的人们都很单纯。”高校长讲述着，眼中是无限的神往，仿佛真的回到了青春岁月。莫文薇也托起了腮，用心聆听。

“有一个女老师跟你一样，从小喜欢做孩子王。”高校长娓娓道来，“插队的时候，她就在村里的学校代课。幸运的是，后来从农村选调回来，成为了一名正式的小学教师。能跟孩子们在一起，她觉得非常幸福。她真的很喜欢孩子。当她知道自己怀孕时，她跟他的爱人都高兴极了。可就在这时，学校组织去平山春游。下山的时候，一个孩子淘气，不好好走台阶，而是几级几级往下蹦。眼看那孩子就要失足蹦空摔下来，女老师回头看到了，她用自己的身体去接他。孩子的双足踏在她的肚子上，孩子只吓了一跳，而她的孩子却没有了。并且因为那次恶性流产，她再无法怀孕了。”

莫文薇的双手用力抓住夹衣的两边，把自己裹得紧紧的。她感觉到整颗心“噔噔”的，就要跳出胸膛了。高校长仍旧是无比平静，莫文薇却难以平静。她知道故事中的女教师不是别人，就是高校长自己。

高校长站在窗子前，发现天已经黑了，这个世界呈现出一片空荡荡。她喃喃自语，“如果能生下来，他（她）该 26 岁了。”

莫文薇悄悄走到她身后，静静地陪她站着。她转回身，笑一笑，泛红的眼睛仍充满坚定。“如果重新来过，我还是会那样做的，可能我们那个时代的人和你们不同，我们真的很少想到自己。”

“校长。”莫文薇的声音颤抖了，“以前的我，未必能做得到，但以后的我会那样做的，真的。”

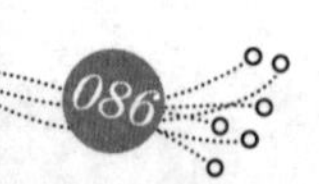

高校长摇摇头，“小莫，给你讲这些，不是想逼你打掉孩子，逼你像我们一样。时代不同了，也不能用对或不对来衡量。我们那时候都不富裕，但是都没有生存的压力，你们不同，你们这些孩子真的很不容易。你刚刚的一句‘为了生存’，让我的心很痛。如果你是我的女儿，我怎么舍得？所以，我想告诉你，我是过来人，我当然清楚孩子对自己有多重要。我完全能理解你爱人的反应，只是学校真的有学校的难处，学校也得生存呀。哎！”她颇为无奈地叹息，“小莫，我真没有办法帮你们呀。”

那一声叹息，如同一条无害的虫，慢慢爬入莫文薇的心里，让她百感交集。从心底里，她对高校长敬重并亲近。她怎么忍心再让她失望？

莫文薇和郭自强回到家中时，全都是焦灼的。夫妻之间是有感应的，他们彼此都感受到了对方内心的波澜。稍见缓和的关系，在凝结的空气中更加禁锢，难以挣脱。索性各自倒头，谁也不去探究，谁也不去触碰。但谁也无法入睡。

手机铃声响起，是何姗姗打来的。“强子，怎么样？好些了吗？别太着急了，我们再想办法。”

“嗯，”郭自强应着，点燃了一支烟，他忽然很想跟姗姗聊聊天，没有要挂断电话的意思。这个电话打了足足半个多小时。当他蜷缩到被子里时，莫文薇却坐了起来。“郭自强，这个孩子，我不会要的，你非得要，那我们离婚。”

郭自强“腾”地起身，“你说什么？”他有些不敢相信自己的耳朵。

“哼，”莫文薇冷笑，“你把我当空气吗？当着我的面，跟另外一个女人诉说心事？”

“哈，”郭自强笑了，“另外一个女人？她是何姗姗，是我哥们

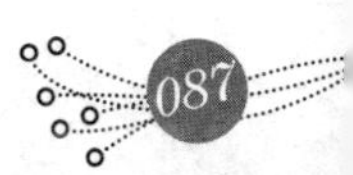

儿，多少年的哥们儿。你想找茬也找个好点的理由，这个理由不成立。”

莫文薇仰起头，眼泪顺着脸颊流淌。郭自强有些慌了，伸出臂膀去搂抱她。她甩开他。一个生命，一个在她身体里孕育的生命，没有给他们带来相应的契合，却让一切大乱。矛盾成为他们之间最强烈的和声。彼此的感情、信任以及疼爱都变得那么脆弱，只要有一点风吹草动，就会是一场轩然大波。她实在太累了，她只是一个年轻的女人，这样的累已经成为一种生活重压，让她憋闷窒息。让她强烈地感觉到——生存的艰难，她如同一只囚鸟，无法体会自己内心的真实，也无法表达自己的内心。她要发泄，要释放。她抱了被子就往外走。他拦住她，沉着脸，自己去了客厅的小沙发。

夜很深了，黑暗能遮住脸上的表情，却遮不住人心里的情绪，那情绪直接让一双大大的眼睛，在黑暗中放着迷茫的光。莫文薇就这样，睁着眼睛，头脑一片空白，无法思考，不能思考。她好像是被晾晒在沙滩上的比目鱼，干干的，失去了最畅快的水中舞蹈的能力。突然，她听到脚步声，蹑手蹑脚的脚步声。她赶忙闭上眼睛。

郭自强并没有回到舒适的大床上。他只是隔着被子，侧头趴在莫文薇的肚子上，倾听着，偶尔咧下嘴巴，憨笑。仿佛，那胎儿正在与他嬉戏。他就那么撅着屁股，保持着一个姿势，足有十分钟，好像他一动，就会惹恼胎儿，会撅起嘴巴不再理睬他似的。莫文薇也一直绷着劲儿，怕他发现她是醒着的，便就那么一直绷着。等他走后，她的小腿肚子都快抽筋了。她轻舒口气，手却下意识地去摸肚子，生怕刚刚身体的僵硬影响到肚中的胎儿。当她意识到自己的动作时，她的手停在了肚子上，她迷惑了，她的心

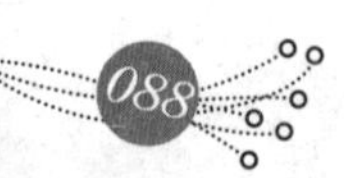

意究竟是怎样的？她真的迷惑了。

外间，鼾声响起。她更睡不着了。她已习惯了他的鼾声，却不习惯被门拐了一道弯儿的鼾声。那是距离吗？抑或是隔阂吗？

她胡思乱想，矛盾重重，整整一夜。

六

又是一场秋雨，天更凉了。比天更凉的是莫文薇和郭自强的心。这对青梅竹马的新婚夫妻，在越来越凉的天气里，慢慢地，消耗着彼此的耐性。尚未立冬，但冬霜挂满了家的四壁。

郭自强的话越来越少，整天消磨在电脑前。莫文薇原本话就不多，如今，只有那双粉红色的拖鞋与地板的摩擦声，表明她的存在。彼此都在窥探对方的心思。莫文薇不知道，郭自强是否因为连连受挫而改变了想法；郭自强也不清楚，莫文薇的无声无息是不是等于接受了他们的女儿。窥探中，都不轻举妄动。

家，成为一个闷闷的葫芦。而学校，则沸扬了。莫文薇的妊娠反应越来越严重。她常常像做贼一样，在猛呕的刹那，捂住嘴巴，眼睛惊慌失措地望向大家，紧接着更剧烈地呕，她只得奔向厕所。之后，办公室里或叹息或偷笑，各不相同，但都在冷眼旁观。莫文薇第一次感受到了人情的冷暖。平日，她都真心帮助过她们，做课件，查资料。只要有休假的同事，她永远是第一个去代课的。但是现在，没有人劝慰她。她被夹在缝隙中，学校对她的态度决定了大家对她的态度。学校按规定处理，她便被同情；学校没有动静，她们便在静观其变中释放着不满。

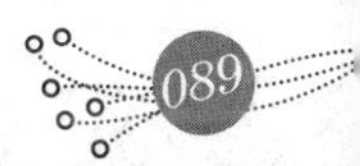

几个过来人，对周笑笑说:“笑笑，看学校怎么处理这事情了，要是人家能不了了之，那你登记前，就有理由不写那保证书了。”

“哼，”周笑笑挑挑眉毛，高跟鞋哒哒地敲击着大理石的地面，刺耳的声音伴着她的冷嘲热讽，“人家是红人，咱怎么能比？”

“红人怎么了？”不止一个人这样说，“学校不是高校长一个人说了算的，制度也不是只针对我们，不针对红人定的。”说这话的人中，有对周笑笑极其反感的，可当大家都有了共同的目标时，反感就像是阴沉的夜晚里人的影子，没了踪迹。

周笑笑的下巴翘得老高，撇着嘴巴望向窗外，光秃秃的树枝支支楞楞的，她很想伸手折断一枝，然后再折成两半，狠狠扔在一旁。学校越是对莫文薇表现得宽容，她就越不舒服。郭自强那么折腾，给学校带来多少麻烦，可直到现在，学校竟然没有对莫文薇有一点处理的迹象。难道就真这样过去了？她就这样失去一个压倒莫文薇的机会吗？她把手中的笔掷在桌子上，笔弹起来滚了滚，之后原地抖动，仿佛她那颗不愿意罢休的心。

一个女家长的来访，让周笑笑愤愤不平的心得到了舒缓。让她感到，任何事情不到最后都不能下定论。

郝娟不是普通的家长，因为她的父亲是主管教育的郝副市长。她个子不高，饱满的脸颊带着温和的笑容，没有一点高高在上的霸气。周笑笑忙堆了笑，跟她客套。认真地介绍孩子在学校的表现。半个小时后，郝娟颔首表示感激，欲离开，周笑笑起身相送。郝娟又停住了脚步，低声问:“周老师，我刚在学校的贴吧里看到一个帖子。”

“什么帖子？”周笑笑忙问，“我们忙得没有时间去看。”

“好像是一位老师的丈夫发的帖子，说什么学校限制女老师怀孕生孩子，如果没有按学校的制度，即使有了孩子，也得堕

胎，否则就得离开。”郝娟说着，却是一脸的疑惑，“这不会是真的吧？现在互联网的作用真的不知道是好还是坏，没有任何控制，什么帖子都能发，这样的帖子对学校可没有好处，我打算问完孩子的情况，就去找校领导反映下，这样的帖子得赶紧找贴吧的负责人删除了。”

周笑笑的嘴巴张大了又合上，再张大。她就那样张着嘴巴直摇头。她一下子就明白了，那帖子一定跟郭自强有关系，那个男人一定是被这件事情折磨神经了，竟然用这样的办法了。她只略一迟疑，就请郝娟随她出了办公室，到了楼道里，确定周围 10 米处无人，才开口，“其实那帖子上说的，是真的。”

“啊？”换成郝娟张大嘴巴，满脸惊诧疑惑了。

周笑笑凑近她，从头到尾，把事情的来龙去脉讲了一遍，当然，她省略了自己跟莫文薇的恩怨，省略了她给郭自强出主意的真正用心。日常的接触中，她已经看出这个郝娟没有一点显赫家庭出来的女人的世故，是个热心肠。她轻叹一声，微低了头，无限同情地说，“我同事的老公为这个事情都要崩溃了，四处求助状告无门。也是呀，他们俩都是从乡镇出来的，在市区举目无亲，谁能帮他们？”

周笑笑的用意很明显，她恨不得郭自强继续折腾下去。他折腾，对她是有好处的，或是莫文薇离开，她可以再度成为学校的重点培养对象；或是学校对莫文薇网开一面，那她也可坐收渔利，不用在婚前签那保证书。而面前的郝娟，就是可以让郭自强继续折腾下去的契机。果然，郝娟痛快地答应，她会向她的父亲——主管教育的副市长反映这件事情。

望着郝娟的背影，周笑笑一双细长的眼睛笑眯了，微微向左斜翘的唇角尽显她的得意。

郭自强接到周笑笑的电话时，顾不得考虑这个女人的用心，他只沉浸在柳暗花明又一村的惊喜中。他本就不是会掩饰的人，那样的喜悦淋漓尽致地铺陈在脸上。莫文薇假装擦拭电脑桌，偷偷瞄一眼处于兴奋状态中的丈夫。郭自强便警觉地收敛下脸上的表情，可他实在是藏不住掖不住任何事。他猛地把莫文薇抱住，来回晃荡两下，“小薇，老天爷真的要我们留住这个孩子呢。”

“哎，”莫文薇叹口气，闭上眼睛，她亲眼看着他为了孩子的事情越来越恍惚，甚至神经质。她真怕，真怕这件事情再拖下去，孩子没了，他也疯了。

郭自强不理会她的感受，自顾自地说：“主管教育的副市长已经知道这件事了，很快就会解决了。”

“什么？”莫文薇的头“嗡”一声，身子晃了下，差点摔倒，幸好郭自强一把扶住了她。他把她安置在沙发上，蹲在她身边，问道：“哪里不舒服？”

“你让我不舒服。”莫文薇脸色煞白，满眼焦虑，尽量控制着情绪，声音却仍有些颤抖，“你是不是疯了？一次次的，有完吗？告到妇联，又在网上发帖子，给学校带去多少麻烦？现在呢？你本事真大，竟然告到副市长那儿。你有没有为学校想想，有没有为高校长想想，你知道她为了学生都做过什么吗？”

“我不知道，我也不想知道。”郭自强不想吵架，可他就是没办法压住自己的火气，“她是教育家，你只是为了谋生存，你向她看齐等于虐待自己。”他这样说时异常激动，日渐消瘦的脸颊青筋暴跳，眼窝深陷，原本明亮的眼睛，混沌而干涩。

莫文薇看着他，又垂下头，她忽然很想哭，不为别的，却是心疼这个男人。她怨他，恼他，可她更心疼他。她的心里像是埋了一条绳子，两边都有人拉扯，忽左忽右，弄得她心绪不宁，难

以决断。这样的矛盾中，她伸出手去摸他憔悴的脸。他一把握住她的手，说:“小薇，我只求你按照我们最初说好的，到了三个月的时候，如果我不能扭转局面，那这个孩子是留还是舍，再由你决定。”

郭自强就如同个孩子般，傻傻地望着莫文薇，期待着一个自己希望得到的回应。莫文薇的眼泪流了下来，她怎么忍心看着那样朝气蓬勃的男人，被这样残酷的现实折磨得变形扭曲？她下意识地摸了摸自己的肚子，点了点头。

郭自强如释重负地倒在一边。他，又有了斗志。

转眼，一个多星期过去了。郭自强在兴奋而焦急中等待着副市长给个说法，但一直没有消息。眼看着跟莫文薇约定的时间就要到了，他又烦躁了。这一个多月来，工作也疏忽了，销售业绩直线下降，还遭到供应商的投诉。情急下，他索性辞职了。

莫文薇这一惊非同小可，她在脑子里迅速盘算了一番，每月的房租就是一千元，日常开销至少也得一千。他们的积蓄有限，如果郭自强不及早找到工作，那么生活就会陷入拮据。她低头看看自己的肚子，郭自强口口声声说要这个孩子，却不明白这个孩子的存在，需要他们为此付出更多的努力。她的内心一浪高过一浪地涌动，但她只是淡淡地问，“工作很好找吗？”

“嗯，”郭自强始终在电脑前忙碌着，说:“我相信自己的能力，但目前，我想休息一段时间。”他晃了晃肩膀，扭了扭脖子，眼睛没有离开电脑，“我没心思工作，除非回到镇上，每天能自由自在地呼吸新鲜空气，不必承受这么大的压力。”

“哎。”莫文蔚轻叹一声，她不想再说什么了，再说，也不过是又一次的老生常谈，不欢而散。她从书包里取出一叠纸张，那是全班学生给她写的信。现在的孩子都成熟得很，他们从大人们的谈话中已经知道有些家长要求换掉他们的莫老师。于是他们写下跟她之间最难忘的一件事，希望她一直陪伴他们到毕业。

莫老师，你还记得吗？您刚接班的时候，楼道里，我不小心把您撞倒，手中的盒饭全扣在您身上，您雪白的衬衣满是污渍。我以为一定会是暴风骤雨般的批评，但是，没有，反倒是您把自己的饭菜给了我。始终对我微笑。从那天起，我就希望自己成为一个好学生。不管以后我到哪里，我都忘不了您的笑容。您是我最喜欢的老师。

莫老师，我是小白，那个有点口吃的女孩子。因为口吃，我不敢说话。自卑的，不敢跟人接触。是您，您告诉我，您以前不会说普通话，常被人笑话。但是您没有气馁，每天都很早起床，练习朗读。半年后，就能说一口标准的普通话了。您希望我能坚持练习朗诵，说一定对治愈口吃有帮助的。莫老师，您知道吗？我的理想就是长大了做一名您那样的老师。

……

世间最纯净的，莫过孩子的心。读着这些信件，莫文薇仿佛置身在一个世外桃源，被一片清新气息包裹着，不愿也不能抽离。就那么反复地看着，很想有人分享她的感动。把信件放在电脑桌上，碰了下郭自强的胳膊，说：“你看看，是学生写给我的。”

他瞄了一眼，摇头说：“不想看，没用。除了能说明你是个好老师，对咱家，没什么用。”

莫文薇的热情被一盆冷水狠狠浇透。她收了信件，转身回了

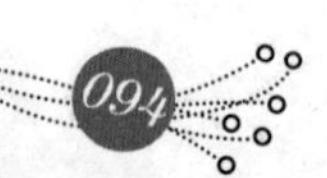

卧室。她苦笑，短短的时间里，变化就是那么显而易见的，他们几乎没有办法沟通。人跟人之间是有感觉的，郭自强同样为这样的变化而苦恼。他想：究竟是孩子的事情让他们产生了矛盾，还是他们原本就矛盾重重，不过是经由孩子的事情引发了而已。

何姗姗发来短信，“辞职了？”

“是呀，以后一起吃饭，我可不管结账了。”跟姗姗永远是轻松的。

“没问题。”姗姗很快回复，“别太放心上，工作还能再找，快乐最重要。”

郭自强望着手机，忽然一阵心酸。为什么，莫文薇就不能这样说呢？打开收藏夹，里面是他这些天来，沉迷于电脑前，潜心绘制的一家三口的画像，各种表情各种姿势。他想象着女儿的样子，眼睛和嘴巴像莫文薇，鼻子像他，要多可爱有多可爱的小女孩儿，要多温馨有多温馨的一家三口。他郭自强没有什么追求，他只希望有一个完整的家。隔着门，他向里面望望，为什么他等了多年的女人却不能理解他呢？他感到窒息，这个门窗紧闭的小房子，没有温暖，只让他觉得窒息。他要透透气。

“姗姗，出来陪哥们喝点酒吧。”他快速发了短信。

十分钟后，郭自强和何姗姗已经到了那家砂锅店。热气腾腾的砂锅，没能引起郭自强的食欲，他就一个劲儿地灌酒。拿着整瓶酒，咕咚咕咚地往嘴里倒。啤酒顺着他的手往下流，下巴、脖子上全是了。姗姗也不说话，默默地用纸巾帮他擦拭。借着酒劲儿，郭自强哭了，像个孩子般地哭了。

“姗姗，你最了解”，他两眼红红的，“我对她怎么样？”他使劲跟她碰杯，再干一个，之后趴在桌子上，嘴里喊着，“我宠她爱她，这些我不吝惜，可她对我呢？我就希望能有个三口之家，平

平淡淡地过日子。对，我他妈的没有追求，我就喜欢老婆孩子热炕头，有错吗？这世界上有多少人不希望过这样的生活？你呢？何姗姗你呢？不希望吗？”

何姗姗欲哭无泪，又要了两瓶啤酒，不给他，自己狂饮起来。姗姗是个爽快人，这样喝酒也不稀奇，但当她喝光了最后一点，竟也一头倒在桌子上。她埋头痛哭。她这一哭，郭自强倒是清醒了很多，扒拉扒拉她的胳膊，问道：“姗姗，你怎么了？最近光为我的事情烦了，也没在意你，出什么事情了？不是准备跟老万结婚了吗？他欺负你了？他要是欺负你，我找他算账去。”

何姗姗猛抬头，目光复杂，有无奈也有失望，更有遗憾和渴求。她一把拉了他，向外奔去。

夜已深，星星在干冷的天气里，冒着闪烁的寒气。偶尔，有来往的车辆。几乎没有一个人影。何姗姗就那么拉着他。高大的郭自强被她拉得踉踉跄跄。终于，在一个小河边，姗姗停了下来，她蹲在地上，不再号啕，忍着，忍着眼泪，忍到身体发抖。夜风吹来，冷飕飕的，郭自强的酒醒了大半。他正踌躇着不知道如何安慰她时，她猛起身，一头扑进他的怀里。郭自强的酒彻底醒了，他的双臂僵了般，不能动弹，直直地垂在两边。

“这么多年了，我一直喜欢你，你不知道吗？”何姗姗直视着他。郭自强的心抖了抖，在她幽怨而坚定的目光下，双臂慢慢环住她的腰，终将她紧紧抱住。那一刻，他的头脑一片空白。彼此的体温，让他们冰凉的身体燥热。郭自强才真的意识到，何姗姗是个女人，一个不折不扣的女人，一个一直在他身边关心他的女人，而他却一直把她当哥们儿，当作老万那样的哥们儿，一直希望姗姗和老万终成眷属。“为什么？”他问自己，何姗姗问他。何姗姗的嘴唇凑向他。他打了个激灵，本能地躲避开了。莫文薇温

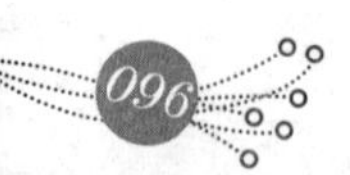

柔的含笑的样子出现在他眼前，瞬间，他想起的是她的美丽，她的纯净，那个在学校的文艺汇演中表演诗朗诵的女孩子，那个从此让他魂牵梦绕，深深爱慕的女孩子。至于她让他伤心的种种全都抛到了九霄云外。

“姗姗，对不起。”郭自强唯一能对何姗姗说的也只有这三个字了。

何姗姗笑了，眼角还挂着泪花。但她发自内心地笑了。

小河里的水，静静地流淌着，在月夜里，如同一首舒缓的钢琴曲，轻柔得可以让极度不平静的心安静下来。姗姗抹一把泪，一拳落在郭自强的肩头，仍旧是平日大大咧咧的样儿，“郭子，算我没说，咱们永远是哥们儿。”她知道，这份爱，该收藏在心底的一个角落了。郭自强尴尬地笑笑，望着双手插在口袋里，吹着口哨，大步向前走去的姗姗。他知道，多年来之所以未体会到她的爱，只因为很久以前，他的爱就都给了那个叫莫文薇的女孩子，而幸运的是，她已经是他的妻子。他的心疼了下，那样的疼痛是因为他眼前出现了如今总是充满忧愁的莫文薇的脸。

七

就要入冬了，整座城市都是干冷的，冷得让人的心顿感孤独。

莫文薇非常疑惑地坐在何姗姗的对面。姗姗是郭自强的朋友，但她们没有单独相处过。姗姗约她，是她没有想到的。

姗姗帮莫文薇要了壶水果茶，“小莫，你怀孕了，不要喝咖啡了，对孩子不好。”

孩子？莫文薇苦笑，低了头，盯着一直放在小腹上的手。就快三个月了，但几乎看不出身体的变化，可她却总会在不经意间把手放在肚子上，好像那个小小的婴儿需要她的庇护。哎，她轻叹一声，喝一口水果茶，甜丝丝酸溜溜的，让她的心稍微开朗了些。“姗姗，你找我有什么事情？”

何姗姗捋捋新剪的短发，掩饰了下内心的波澜。“小莫，女人比男人细心敏感，我想你应该很早就明白我对强子的心。”

莫文薇的心紧缩了下，右手更紧地按住肚子，身体向前移了移。她有些担心，怕何姗姗说出她不想听到的话。

姗姗坦然地望着她，眼中是无限真诚，“我喜欢强子很多年了，但那时候他就已经爱上你了，只把我当作哥们。”姗姗娓娓道来，直说到她是如何向他表白的，而他又是如何拒绝的。“小莫，强子真的很爱你，这样的爱，不是每个女人都能有幸得到的，你要珍惜。”

莫文薇没让何姗姗送她，她想散散步。那条路恰恰是当年郭自强送她回师范大学的路。熟悉的道路，她好像又看到他们在路上追跑嬉戏的画面，那样年轻的两个人，无忧无虑地享受爱情。现在的他们，为了现实的种种，冷战，彼此失望。她又像是看到了老家小镇的场景，不管建了多少高楼，不管开了多少家上档次的餐厅、歌厅，那小镇仍旧散发着淳朴的气息。郭自强说的没错，那是个轻松的地方。莫文薇摇摇头，让自己清醒些。稍一清醒，她就明白，不管市区多么嘈杂，给人多少压力，她还是愿意做一个纯粹的都市人。望望天，这里的天空没有镇上清澈，但是那么广阔。这样想着，她刚刚被何姗姗的话搅乱的心又偏了回来。冷风吹来，她快步向家走去。

家里黑乎乎一片，只有电脑屏幕发着幽蓝的光。瞥一眼，郭

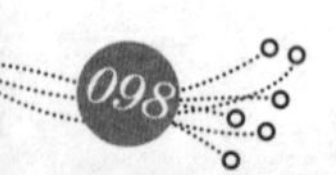

自强倒在沙发上睡着了。自从他辞职后，就天天上网、睡觉，以此来缓解等待副市长答复的焦虑。

莫文薇轻手轻脚的，给郭自强盖好被子，又去关电脑。鼠标一点，屏幕亮了，她呆住了。

画面中是一张张电脑绘制的画像，一个小小的女孩冲她甜甜地笑，大大的眼睛，秀气的鼻子，粉嫩的嘴巴，嘟嘟的小脸蛋。像极了年幼时的她。每张照片下面，都有一行字：宝贝女儿，你跟妈妈长得真像，爸爸爱你们。乖女儿，你一定要快乐呀。女儿，等你大点了，爸爸带你去放风筝……还有一张是一家三口的，下面也有一行字，只要我们在一起。一张张画像在她眼前模糊，她泪眼朦胧了。是呀，只要我们在一起，难道不是一种幸福？再侧目望望酣睡了的丈夫，他是那般疲累。她的眼前彻底混沌了。许久，她才从那样的感触中脱离出来。眼泪干了，眼角有点干裂的疼，她不去管它，小心翼翼地保存页面。文件是已经保存了的，文件名就叫《只要我们在一起》。她笑了，轻声喃喃道，是呀，只要我们在一起。

转天，阳光高照。难得的北方冬季暖日。莫文薇一扫这阵子的萎靡和慌乱。与阳光相应的笑容又回到她的脸上。刚巧，跟高校长在楼道里碰到。高校长叫住她："小莫，正要找你，你的事情要快点解决了，否则老师们议论太多，学校就更为难了。"

莫文薇点点头："我知道，很快会给学校交代的，只是不管我做怎样的决定，请您理解我。"

高校长迟疑了下，定定地望着她，点点头，拍拍她的肩，目光仍旧慈祥温暖，"会的，无论你做怎样的决定，我都会理解的。"

莫文薇笑了，她有一种冲动，一种像女儿投入母亲怀抱的冲动。

与此同时，郭自强终于等到了走进坐落在优雅宁静的花园路的市政府大楼的机会。郝副市长的秘书专门打来电话，通知他会见的时间。

早上九点，郭自强，一个普通的青年，来到了郝副市长的办公室。他该有些紧张的，但他没有，有的，仅仅是疲惫。他的脑袋发胀，嗡嗡的。副市长办公室，于他，该有多么神秘，但他没有一点好奇心。至于结果，他苦苦地笑一下，真有些麻木了。几个星期了，他从重见曙光的兴奋中慢慢到了徒劳等待的空虚状态。他像根紧绷的弦，就那样绷着，长时间地绷着，一旦弹奏就会断裂似的。

郝副市长高高的个子，有些瘦弱，不像是位高级领导干部，倒像是个老教授，平和而令人尊重。“小郭，我们进行了多方面的调查。”他的声音是舒缓而有力度的。“你反映的问题，确实存在，但跃进小学的情况也实在是特殊。这所学校是我们市的试点校，是唯一一所在全国都有影响的小学。可以这么说，它是我们市教育系统的旗帜。它的发展会带动整个城市教育的发展。可青年女教师占据了学校教职工的百分之九十，如果没有一定的限制和规划，学校的教育教学工作一定会受到影响。为此，学校在采取多方面的措施，比如尽量聘用男教师。但目前阶段，为了学校的发展，不得不对女教师的生育问题进行规划。看似不近人情，从对学生对教育的发展来讲，却是无私的。无私是教育工作者的可贵之处呀。”

郭自强听到一半就低下了头，再没有抬起头来。脑袋里仿佛灌入了很多胶状的东西，混乱而沉重。副市长的话跟妇联主席如出一辙，而事先，他已有预感，但接受起来，还是那么难。

郝副市长最后说，“这件事情，我们会给你一个满意的答复的，市教育局负责给你爱人调动到另外一所学校。”

又是一个深深的夜晚，晴空下，星星闪闪，月儿圆圆，冷夜被衬得异常明亮。透过窗子，月光倾洒。郭自强和莫文薇的家被这样难得的柔和的光照耀着。屋里已经有了暖气，洁白的墙壁便不再冰冷。两个人却各怀心事。偶尔偷偷看一眼对方，都欲言又止。

郭自强坐在写字桌前，一叠信纸铺在桌上。他呆呆地盯着空白的纸张，脑子里也是一片空白。莫文薇几次想走到他身边，可双腿像是灌了铅。

郭自强终于拿起笔，一封起诉书很快草拟完。他早打算好了，要是哪里都不能给个说法，他要为了宝贝女儿将跃进小学告到法庭上。空白的信纸有了墨迹，他的脑子里还是一片空白。莫文薇来到他身边，伸出双臂，环住他，趴伏在他的背上。郭自强如触电般，屏住呼吸。很久了，夫妻俩没有过这样亲密的接触了。他慢慢把她揽过来，放她在自己的腿上，亲吻她的唇。双唇的缠绕犹如两颗心的交织，隐匿许久的爱恋默契顷刻间全都迸发出来了，两个人的眼中溢满泪花。突然，莫文薇干呕起来，这次尤为厉害，翻江倒海般。郭自强忙用纸巾接着。莫文薇也吐不出来什么，就是一些汁液，却已然让她脸色大变，白纸般的。这样的干呕并不长，可郭自强却觉得过了很久。

“哎，”他叹息，充满自责地叹息。直到今天他才意识到，怀孕的莫文薇会遭多少罪，而他，口口声声深爱妻子的他，却在她最需要关爱的时候，纠缠在斗争中，忽视她，甚至气恼她。他仰起头，晃晃脖子，浑身都轻松了。拿起那封起诉书，迅速撕毁，扔进纸篓。

他笑了，说：“小薇，明天我陪你去医院。”

莫文薇笑了，含泪而笑，她摇头，“别，强子，我也已经想好了，我们回去。”

郭自强睁大了眼睛，不敢相信自己的耳朵。莫文薇灿烂地笑了，说：“我也只要我们在一起呀。”

郭自强闭上了眼睛，右手按住自己的胸膛，他需要平静。当他睁开眼睛，他看到的是妻子坚定而真挚的目光。他紧紧地把她拥入怀中……

莫文薇辞职了，却没有离开自己的学生。

初夏，阳光从密密层层的枝叶间透射下来，地上印满铜钱大小的粼粼光斑。风儿带着微微的暖意吹着，各种花草被太阳蒸晒着，空气里充满了甜醉的气息。学校四周的牵牛花则像一个个成长中的孩子，绚烂开放。

大腹便便的莫文薇双手撑腰，肩向后靠，挺着肚子一步一停地向楼上挪。迈出左脚，踩实了再把重心倾过去，然后提起右脚放到左脚旁边，站稳。再迈出右脚……如此往复，走个三五步停下来用手捧着肚子一会儿……周笑笑从后面赶过来，扶住她，说：“小心点。”莫文薇点头。两个人会心微笑。她们的学生正在进行毕业考试，整个楼里异常安静，两个人都能听到彼此的心跳。

回到办公室，还都坐立不安，周笑笑问：“紧张吗？”

莫文薇点头：“虽然不是第一次经历学生毕业考试，但还是紧张，比自己高考都紧张，呵呵。”

“呵呵，是呀，我也是。”周笑笑递给她一杯酸奶，“你早上还没吃东西呢，补充点能量，不为你，为我们的小外甥女。”

莫文薇的脸上开了花，紧张的心情也缓解了些。这时高校长走了进来，拿来了试卷。几个人聚拢在一起，研究着考题。高校长则把莫文薇扶到了一边：“小莫，什么时候回去？”

莫文薇一边擦额头的汗一边说：“强子已经到镇上的化工厂上班了，我等七月底学生录取通知下来就回去。到时，老家的房子

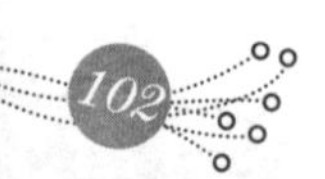

也都装修好了，我也该生了，等产假过后，就去镇中学教书。”

“舍不得你呀，孩子。”高校长哽咽了。

莫文薇拉住她的手，如同女儿拉着母亲的手，“我会回来看您的，也会时常向您请教的。您放心，无论我在哪里，我都会做一个真正的教育者，而不是赖以谋生的教书匠。这一点是您让我明白的。”

高校长由衷地说：“孩子，你已经是一个真正的教育者了，辞职了，却义务留在这个需要你的岗位上。学生感谢你，家长感谢你，我们这样的教育工作者也同样感谢你。”她望了望正热情高涨地跟大家议论试卷的周笑笑，一丝欣慰浮现脸上，“小莫，连笑笑都能通过这件事情，不再纠缠在自己的得失中，是你的功劳呀，你让她明白了，成为一名真正的教育者，是需要有最无私的心的，尽管这个时代已经和我们那时候不同，但谁做到了无私，谁就能享受到育人的真正乐趣。”

莫文薇望向窗外，望向令人向往的初夏，人们在度过令人畏惧的漫长冬天以后，对冬天已经厌倦了，春天虽然繁花似锦，毕竟较为短暂。而初夏，人们终于可以脱下包裹在身上的杂七杂八的衣服，一身轻松了。是呀，轻松了。她微笑着低头，对腹中的婴儿喃喃说。

八

又是七月，天空仍旧蓝得耀眼，火球般的太阳，火辣辣地照射着大地，似乎要散发全部的热量。

一年的时间，就这样，飞快地，在转瞬间流过。

夏天，热浪滚滚的夏天。在都市通往乡镇的道路上，一个高大的青年男子，拥着护着身边娇小的女人。他的一只手臂揽着她的肩膀，另一只手臂轻轻搭放在她的翩翩大腹上，走一步，笑一笑，那么会心而幸福地笑着。突然，女人“哎哟”一声，双手捧住肚子，说：“强子，我要生了。”郭自强一时愣住，呆呆地束手无策地望着莫文薇，跟着她同时流淌下大滴大滴的汗珠子。莫文薇疼痛难忍了，伸手抓住他。他才猛然惊醒，抱起她，拦车而去。

女儿出生了，在那个夏天，在正午的，一片灿烂的光耀中。

谁会为谁走天涯

谁会为谁走天涯，倘若走了必定是因为爱，而爱是一种情绪，多是靠不住的，于是注定多是伤心的旅途，倘若幸运地遇到了那靠得住的彼此，天涯海角便是家。

一

我和梅在一个很深的夜里相遇。

那晚，梅喝了很浓的咖啡，丝毫没有睡意。而我已经数不清有过多少个这样沉迷网络的无眠的夜。

自从我离婚后，我便不愿意活在现实里，我承认我是个有点小气的男人，很难去接受现实对一个离婚男人的评判。如果我有钱，或许会说我喜新厌旧；如果我很帅，或许会说我太过花心好色；如果我有地位，或许会说我忘恩负义，弃了糟糠。可惜我什么都没有，没钱没权，也不帅，于是只剩了一句——是被甩了的男人！这话比任何更恶毒的言语都刺痛我的心，但却是事实，而我被前妻甩掉的原因，却是没钱没权也不帅。

前妻最后的时候叹气说，当初爱你的才，以为才能变成财，没想到除了越来越穷酸就再没别的了！

她那样说的时候眼里竟然闪了泪花，她是个漂亮的女人，流泪的时候是楚楚动人的，当初我何尝不是着迷于这样的动人而忽视了她与我最格格不入的世俗。所以我以为我不会再在意女人的容颜。

前妻离婚后不久就再婚了，听说嫁了个有钱的胖子，我不禁下意识地看看自己，我已经瘦得如同王柴，倘若穿上长袍，便是标准的三十年代的潦倒文人的形象。

想来我也算是个文人，在这样的江南小镇的文化馆里工作，自己的文字也常见报端，于是在这个小镇上我也算是个名人。虽然我性格孤僻并且有些忧郁，但仍然有女人对我示好，而我都不会正视，因为我心里总有个想法——要找到一个为爱痴狂的女人，给予我一份全情的爱，可以为我走天涯。或许在我的心底因为前妻的离弃，便已经不相信女人了，可我渴望爱情。所以我这样的想法多少有些情绪化，有些对女人的怀疑，甚至充分体现了我的自私和占有欲。

真的，我常想不管那女人长的什么样，只要她能为我走天涯，那就是沉甸甸的爱，我便会用所有的爱回馈。

于是我开始沉迷网络，开始在网络中，在大江南北找寻我的她！但两年了，我仍然孤独地每晚面对毫无生气的电脑屏幕。两年中我恋过伤过甚至被骗过，我越来越怀疑女人，怀疑真情，却越来越渴望有个能够为我走天涯的女人，大约我太孤独了，也大

约我始终都是渴望爱的男人，大约是我的性格中有深深的矛盾，但最关键的是我从没放弃希望。

是梅加的我，她说是看到我的个人说明里的这句话——谁能为我走天涯。

我们有一句没一句地说着。

梅说：“我从不与任何人聊天的。”

我狠狠地吸了口烟，笑笑，问：“那你现在是和鬼说话？”

梅用拇指按按太阳穴，她的偏头疼已经是很顽固的病痛，只是不会死人罢了。她说：“如果鬼能够说出动听的话语，是人是鬼就不重要了。”

之后我们沉默，彼此注视着QQ的灯盏的亮，知道彼此的存在。

二

的确是我加的秦，那天我刚申请了QQ号码，连一个陌生人都没有，我便自己随意查找，大江南北地翻阅，当然还是比较偏重江南。

我很想离开目前生活的都市，去到一个江南小镇，哪怕在那里打一份工，过最普通清贫的日子。尽管我早已经习惯了大都市的繁华，习惯了享受生活，但我迫切地想离开这里。这城市有我太多的悲与痛，每一处都可能让我痛到昏厥。

是的，我无可救药地想逃避。

我的丈夫风是被我害死的。我流尽了眼泪也换不回他的复活。

我和风是大学同学，郎才女貌的一对佳偶，我们毕业后就结婚了，并且十年来一直恩爱如初。即使风后来下海经商成了有钱人，也只有对我更多的宽容和疼爱。

因了他的疼爱，我已经很久没有工作过了，我天生就是个享受主义者，我的生活就是看书，泡咖啡厅，和朋友聚会，等风回家。某种角度，我已经是个不折不扣的白痴。

风看着我，常爱怜地说："不知道我死了后，你这样的小笨蛋该怎么办？"

我会一边品着我做的难以下咽的食物，一边说："不会的，我比你大一天，肯定比你早死一天，你注定要爱我一辈子。"

风微笑默许。

然而，他失信于我了，他因了我而失信于我。

在一个雨夜，他加班，我和几个朋友在咖啡厅休闲。很大的雨，夜很深了，我要自己乘出租回家，他偏要来接我，结果开车碰到立交桥的护栏——车毁人亡！

我成了罪人，风的父母兄弟恨透了我。我就是罪人，我的爱人因我而死。

风的家人把我告到法院，他们说我和风一直没有孩子，我不可以继承风的公司和一切资产。我痛快地把所有都给了他们，只要了我们刚结婚时的小蜗居，我想，就死在那吧。

可是我也有父母，他们的老泪纵横让我明白必须要活下去。于是我找了份小职员的工作，开始朝九晚五的生活。

这样的生活过了两年，周围的人都以为我的心平静了，而实际上我每夜都抱着风的照片傻愣着，我不能路经任何一处我和风曾经停留的地方，不能见任何与风有关系的人，否则我会随时有死掉的可能。

我越来越明白我必须离开这个城市。

江南小镇是我和风曾经说好，等他赚到一定的钱，我们就去隐居的地方。我迫切地想到那样的小镇去生活，可我恐惧，我是个娇弱的被呵护惯了的女人，我知道我无法一个人背井离乡，我痛恨自己的无能。

我更加孤独和孤僻，从公司到蜗居永远的两点一线，不再是标准的时尚潇洒一族，而是一个落寞的妇人。

每天最庆幸的就是脑海里呈现空白，那样我还可以有片刻的痴呆，暂时以为风的存在。

同事说上网是最能麻木人的事情，一旦沉迷可以忘记所有现实的悲哀。

太难熬的时候，我坐到电脑屏幕前。

和秦相遇的那天是风的忌日，我的心痛得无法呼吸，或者呼吸间是难言的疼痛。我在这个小蜗居里到处找寻风的痕迹，找到了痛，找不到也痛。于是我一刻也不想再留在这里。

我问秦："你希望有人为你走天涯吗？"

秦笑笑，说："我一直在等待这个人。"

我应着说："嗯，那我就为你走天涯吧。"

秦狠吸了一口烟，很奇怪地问："为什么？"

我不耐烦地说："因为我不想留在这个城市呀，而你那里刚好是我想去的地方，你又刚好渴望一个人为你走天涯。"

秦苦笑，说道："但我是要找到一个愿为我走天涯的女人来做我的妻。"

妻？看到这个字，我就哭了，我曾经是风的妻，如今却是他的遗孀。我承认我的脆弱，这称谓是随时可以让我崩溃的。

这时候秦却说："我喜欢听老歌。"他给我放了一首《爱的路上只有我和你》。那欢快的歌曲立刻使我这如墓穴般死寂的蜗居顿显生机。

我托腮电脑屏幕前，竟然有片刻与曾经毫无关联的惬意。

秦不怎爱说话，常常是我们彼此看着彼此的 QQ 的灯盏的亮，沉默着。

我打破沉默，问："谁会为你走天涯？"

三

我和梅聊了会儿就知道了她的忧伤，我不想看到任何人忧伤，尤其不想看到任何人为了爱情而忧伤，所以我没回答她的问题，而是说："我话少，但是个好听众，你想说啥就说，想说多久就说多久，反正我也无睡意。"我承认我是个心地不错的男人。

梅却说："我不需要听众，我习惯了独角戏。"

于是我们又沉默了。

突然，梅问我："你帅吗？"

我没回答，直接发了照片过去。我从不在意给别人发照片，我没什么好隐瞒的，我是来找一个能够为我走天涯的女人的，所以我必须在虚幻中尽可能地表现真实。

梅说："你样貌一般，但也文雅。我的风高大英俊，你比不上他。"

我真是又好气又好笑，心里还有种莫名的感动，我是在替那个风感动。我没认为梅有多怪异，或许是因为我本身就是个多情

的人，同样我喜欢多情的女人。

我忽然很想看看梅的样子，我猜想她应该是个婉约但有些神经质的女人。

梅给我发来了照片，我看到一个甜美的小妇人——不怪不俗不媚，只是纯净得透明，只是娇娆得惹人怜。

我还没来得及让我的心恢复平稳，梅竟问我："好看吗？"

我不由得微笑，由衷说道："很好看。"

梅说很开心。

我一下子有种想法，如果这个女人能够为我走天涯，来到我身边，做我的妻子那该多好。可是我早已在爱情的愚弄中彻底自卑，我渴望有个女人为我放弃一切走天涯，我从此会疼她爱她照顾她，即使不能给她多好的生活但也不会委屈她，因为那样的女人值得，那样的爱才真，我只想要一份真正的爱，但是我也清楚地知道，谁会为谁走天涯？

我想到半年前，有个年轻的女人爱上我，不顾一切地来了，真实的世界里她与我整整厮守了十天。我们如胶似漆，而后她就离去，她说："我不可能留下，因为这里太平静。"

我自然无法随她而去，因为我有个女儿，为了女儿，我不能轻易改变自己的命运。是的，我也很自私。

四

这个秦并不讨厌，甚至温和得有些可爱。

风走后，我还是第一次和男人说这样多的话，尽管是在网上。

我惊觉原来我很需要一个男人。

我说:“秦，我唾弃自己。”

“为何？”秦问我。

“因为我在意念中对风不忠。”

秦又很久不说话，我生气地说:“你再不说话，我就不去找你了。”

秦说:“我不停地说话，你就会来找我，爱我，嫁给我吗？”

我也笑了，说:“那有可能。”

秦很快回话说:“那好，我从此就不停地说。”

之后他不停地说话，直到天亮。当然，后半夜他打了电话过来。

秦的声音很温柔，只是常常有南方人特色的咬舌音，于是我学他。于是他笑我也笑。那晚，我的笑是这两年的总和。入梦时，我的嘴角有笑。我不知道自己是因为寂寞还是因为他，但我知道他让我感觉到和那个江南小镇一样的宁静。

五

和梅相识第三天，我意识到自己很喜欢她了。

我的工作本就清闲，女儿是父母帮着带，我住单位。我每天醒了后便打开电脑，好像那样就可以体会到梅的存在。

渐渐地，我发现梅其实不是个真正忧郁的人，她只是因为丈夫的死才沉溺在痛苦中。真正的梅是开朗有趣，极其孩子气的，她高兴与否全都在脸上，她真实得如同这网络世界的奇异，令我

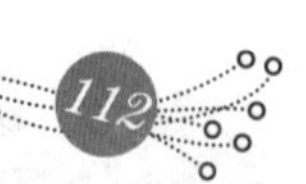

唏嘘还有这样笨的女人，也令我感叹这样的女人该被娇宠。

那天梅又很不开心，她说：“我哭了，我实在想离开。”

我没迟疑，说：“那好，你来我这里吧，让我照顾你。”

梅很认真地说：“我什么都不会做，不会做饭不会洗衣不会收拾屋子，我的蜗居一片狼藉，可我还有洁癖。”

我笑得不行了，其实我才是真的有些忧郁的男人，但我常常因她无厘头的话语而大笑不止。每当她那样说时，我很想穿过屏幕把她抱在怀里，仅仅是拥抱，没有丝毫的亵渎。渐渐地，我爱上了她，一个和我距离遥远的美丽的女人，但我否认我是因为她的美丽而爱上她的，我有种清晰的感受——她也爱我的。

六

我对秦有了感觉是在他说了那段话后。他说，我一直相信我会在网络找到我的她，她会在某一天突然打电话给我说，秦，我来了你的小镇，因为我想你，我爱你，我要和你在一起。

我听了他的话突然就哭了，我以前总对他说我哭了，但其实没有，因为我潜意识里渴望男人的呵护。而这时候我真的哭了，不再胡闹，我很严肃地说：“秦，你很浪漫也很悲情。”

秦默叹说：“是的，但我也还有激情。因为我一直都渴望爱情。”

我说：“爱情不过是一种当时情绪。”我这样说时，想到了我和风，其实后来我们也是亲情大于爱情，而那样的亲情更绵长温馨。

那天外面风很大，吹得玻璃发出支离的声响，我的心有些凌乱，无比渴望温暖。或许这就是那所谓的情绪。

秦是基本认同我的话的，但他纠正说："爱情不是一种当时情绪，而是一种情绪，这种情绪的长与短要靠彼此的感应，不管相隔多远，或是就在身边，那种感应是彼此的真。"

我看着电脑屏幕上的这行话语，许久，我打出一句——我有点喜欢你。

秦立刻说："那就来我这里吧，我这是天涯海角，但也是爱的港湾。"

七

对天发誓，我没对梅花言巧语，因为每句话都是我心里的话语，我恨不得她立刻来到我身边，很不得天天看她在我周围一颦一笑，尽情嬉闹。

我们真的恋爱了。

梅问我，秦，我们是在网恋吗?

我干脆地回答不是，我们是恋爱，我们是两个单身的男女正常的恋爱，只是因为网络结识而已。不过……

我停顿下继续说，不过还是要见到才会稳定，不知道你见到我是否还会喜欢我?我没钱没权也不帅，但会好好爱你宠你。只是你真的能为我放弃一切走天涯吗?

梅不语，她和我在一起一向很闹，却突然不语。我的心有点紧张。我相信她同样的真，但放弃一切却很难。

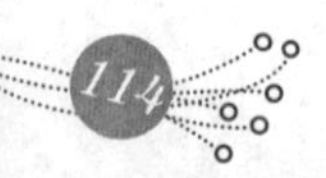

果然她说，我真的很想离开这里去找你，但我父母怎么办？

我想想说，可以一起来，我们生活在一起。

梅笑了说，你别天真了，他们怎会离开家乡？

我有点急，说那你会动摇？

我已经很不自信，特别是对梅这样的女人——她和我有太大的距离。

我忽然伤感，说，其实你跟了我从某种角度是会吃苦的，毕竟我们这里是小地方不同于你们那样的大都市。

我心情很糟，下了 QQ，开始听一些足以让我更加伤感的歌。我很想给梅写点什么，我也算是这里小有名气的诗人。写首诗歌对我来说是轻而易举的，但我却冥思了很久，才写了这样的诗句：

我对你的盼望
是每个夜里的想
想念的你
如同梦境的飞扬
我不敢醒来
更不敢张望
我怕那片刻的清醒
掠走你依稀出现时的
真真切切的
俏丽模样
……

八

我们终于在没见过面的情况下便开始思念。

我很恨自己，我怎能背叛风，是我害死了他，他是我深爱的丈夫，我曾经以为我会为他固守我永远的情感空间，不会让任何人进来，不会让任何人得到。而我却在风走了两年后思念另一个男人。我想风是绝对不会原谅我的。

我这样思忖时，秦打来电话，他说：“我就是想你了，你何时到我这里来？”

蓦然间，我很不是滋味，我问：“你真的很爱我？”

“很爱。”

“那你来我的城市吧。”

“我有女儿呀，我要养女儿养你，我怎可以没了工作，我是男人呀，有责任养家的。”

我无语。我知道秦的话没错，但我不痛快，因为他这样就是说他不能为了我而走天涯。

我忽然清醒地意识到人都是自私的，不论男女。感情上都渴望得到，都喜欢权衡。即使是我，我并不在乎秦是否有钱有权，但在乎谁比谁更在乎对方一些。当然我希望他更在乎我一些。

九

梅终于有二十天的年假了，她决定先来看看我。我知道这是我们之间的至关重要的一步。心底里我很信任梅，别看她总是孩子气，但其实真挚而重情，她既然决定来看看，就不会再轻易地改变。我完全沉浸在幸福中，沉浸在对梅最圣洁的拥抱的渴望中。

我的电脑桌面早已经是梅的照片——她侧着身子仰了头无比动人地笑，好像在说："秦，来，坐到我的身边来。"

我看着这照片就会笑出声来，而一个女人止了我的笑。

十

我是秦的前妻，我是珍。

是的，我和秦离婚后嫁了个有钱的胖子，唉，其实我们只是摆了酒席并没正式结婚，因为胖子在老家有老婆、孩子。

是的，我并不计较这些，我相信我的美貌是胖子永远舍弃不了的痴迷。但我错了，他很快又有了比我更漂亮更年轻的女人，因他太有钱了。

开始我本是想忍受的，为了钱，我抛弃了我最爱的男人和可爱的女儿，我怎能就这样失败了呢，至少我要得到我认为应该得到的钱。

最后胖子还算有点良心，给了我一笔可观的钱。我迫不及待回到小镇，我知道秦还没结婚，我知道他很爱女儿，我可以用女儿做砝码，他会回到我身边。

我走进他宿舍许久他竟然没发觉，就对着那台毫无生气的电脑凝神。我定睛再看电脑桌面，竟然是一个女人，那女人不一定比我年轻比我漂亮，但那女人却散发着一种炫目的美。

秦终于发现了我，他的目光挺冷漠，显然还在怪我。

我并不绕弯，很快说明来意——复婚，继续完整的家。

秦出乎我的意料的坚决拒绝，即使明明知道我带回了足够我们一家三口未来生活的钱财。他的目光无意中瞄了眼电脑屏幕，我便明白是那个女人的缘故。

秦并不隐瞒，向我讲述了他和梅的事情。

我不禁冷笑说："唉，秦，你已经是三十出头的人了，怎么还是一点也不实际呢？人家是大城市的娇小姐，能真的放弃一切为你走天涯来这个小镇吗？"

秦不说话，我知道他也没有底，我暗笑，他自己都没有信心，就不会有多大的希望。

我开始使用伎俩，当然最有效的伎俩就是女儿。我把她接来一起住在秦的宿舍，像以前一样一家三口过日子。

别看这两年我几乎没看过女儿，但母女连心。她已经 8 岁了，已经很懂事了，她是那样希望父母和她一家团聚。

我利用女儿痴缠着秦，时时刻刻如影相随。我看得出秦有些着急，我故意提议一家三口去上海旅行。

女儿高兴得不得了，秦终于说：“梅正准备来我这里，她一直在等我安排。我这几天都没顾上，我不能和你们去旅行。我得给她打电话定好行程。”

十一

我想象得到梅这几日有多焦急——我们以前天天通话，可我突然没了消息。梅打过一次电话，我不知道如何解释便仓促地挂了。之后我的电话、电脑全被珍控制，她利用女儿、父母要挟我。父母也不赞成我等待一段没有把握的感情，我几乎被他们控制，我知道梅肯定以为我是骗子，是和她在网络上游戏的男人。

唉，我没办法多想了。

珍已经和我摊牌，这个家她要回，她说不是为我也不是为她是为女儿。

我真的很烦，女儿是我的宝贝呀。看着女儿可怜兮兮哀求的目光，我的心都碎了。

珍说：“倘若你和那个女人联系，我就一定把女儿带走，而你永远别想再看到她。”说完她又哭泣，她仍然十分漂亮，但我已经不会为之动容，可是我知道她做得出来不让我再见到女儿，她那个人有时候真的会不择手段的。

我已经有一个星期没和梅联系了，珍封锁我一切通信工具。如果不是珍的突然回归，我已经可以见到梅了，但现在……我想梅应该不会再理会我这个失信的人，大概会让自己忘了这段感情。

我很失落，大约这就是命，我的生命中注定不会有一个爱恋的女人为我走天涯。

我和珍决定去办理复婚手续了，从此我将如行尸走肉般生活。我瞟一眼电脑屏幕，珍已经换掉了梅的照片，换成了她和女儿的，但我竟然还依稀感觉梅在冲我笑，感觉她在说“秦，坐到我的身边来”。

我承认我懦弱而自私，必定会伤害了梅，她不定在怎样诅咒我的突变，我的人。

珍有点不耐烦地说：“好了，连面都没见过，我都不相信你们俩是真的。”

我没理会她，我知道我是真的，因为我的心很疼。

我们刚要往外走，进来了一个女人，她微微抬起头的当儿，我几乎停止了呼吸——是梅！

我们都愣愣地站着。

“梅，”我的声音有些哽咽。但我还是一连叫了好几声。

梅倦倦地倚在门框上，说：“秦，我来了。”

我再也按捺不住，冲过去，拥抱她……我知道从此天涯海角就是我要给梅的温暖的家！

门

一

风尚小学有南北两院，两扇墨绿色的大铁门，两个门房。

自叶大爷告老还乡后，南院走马灯似的换了好几个看门的。北院一直由叶老二把守，这一守就是八年。八年来，每天的早、中、晚，开门关门，叶老二都风雨无阻。不过他尽职尽责的同时，还有一个极大的私心。这小学校里尽是女老师，不管丑俊，不管老少，都会在北院的大门口迎上叶老二一双笑眯了的三角眼。叶老二的一双三角眼总是先把人从头到脚扫视一番，再在敏感的地方瞩目凝视，犹如X光可穿透衣服，里面的景色在他想象中一览无余。有时候，若是哪个年轻的女老师从门口走过，他的眼睛也会变成一对儿锋利的钩子，一件件的，剥光人家身上的衣服。当女老师被他盯得羞红了脸，愤然地白他一眼，匆匆离去时，他望

着那慌张的背影，得意地直抻脖子，咧开大嘴叉子，笑得直打嗝，好像占到了天大的便宜。那时候，“性骚扰”这个词语还不流行，倘若大家明白，那其实是“性骚扰”，算是小知识分子的小学老师们就更难接受被一个看门儿的“性骚扰”的事实了。

不过叶老二才不管大家怎么想，反正他是过足了眼瘾。静校后，他便常常躺在贴近墙边的单人床上，双手交叉地垫在脑袋下，屈了双腿，右腿压在左腿的膝盖处，悬空，摆动。《花心》、《孤枕难眠》，他最喜欢的两首歌，被他反复地哼唱。

“花的心，藏在蕊中，共把花期……”唱到那个“蕊”字，叶老二狠狠地拉了个长音。

“想着你的黑夜，我想着你的容颜，反反复复孤枕难眠……”同样，那个“枕”字也被他画了个很大的弧线，发出足以令人生出鸡皮疙瘩的颤音。

暗地里，老师们说花心的老光棍叶老二是孤枕难眠了。

“真恶心。”八年来，用在叶老二身上最多的就是这三个字了。总之，大家是气得牙根儿直痒，常不解地恨恨地说：“八年？日本鬼子都能赶走了，一个区区叶老二怎么会扳不动呢？”

大家面面相觑，只有一片叹息。

叶老二之所以没人扳得动，全仰仗着他是叶大爷的亲弟弟了。可叶大爷不也是个看门的吗？他的亲弟弟就有眼皮一抹搭，总是厚着一张脸的资本吗？这个中原因还得从叶大爷的那场车祸说起。

平素里提起叶大爷，人人都会竖起大拇指，连声道：“真是个好人，真是个好校工。”

叶大爷看门那会儿，真没少给老师们帮忙，哪个老师班里有

点事，不能正点下班，把孩子托付给他，就可以百分之二百地放心。

他把孩子们全圈在传达室里写作业。写完作业，就带着他们在南院教学楼前的小空地玩老鹰捉小鸡。

叶大爷是老鹰，孩子们是小鸡。老鹰永远捉不到小鸡，直到鸡妈妈们接走了小鸡，老鹰才抹一把汗笑呵呵地回到传达室。

一次，一个七岁大的孩子悄悄溜出了叶大爷看守的南院，穿过了小马路，跑到北院的小篮球场去玩拍球。当那孩子兴冲冲地拍着球又往南院跑时，球滚向了一辆急驰而来的桑塔纳。孩子眼里只有球，哪里还顾得上危险，直愣愣地奔过去，探着身子，撅着小屁股，伸出右手臂，想把球抢回来。危险在即，叶大爷及时出现，伸手推开了孩子。就是那一推，孩子踉跄倒地，手臂和腿部擦破了几处，但无大恙。可叶大爷被桑塔纳撞倒了。从此，他跛了一条腿。

叶大爷救的不是别人，正是刘月红的宝贝儿子。刘月红不是别人，正是刚破格提拔的年轻的第一副校长。

曾经的业务尖子的刘月红，长着一张平凡得不能再平凡的脸，黄瘪瘪的，隐约可见不少的雀斑。她总是梳着个一本正经的低低的马尾儿，不大不小的眼睛，很少有眼角向上翘起的时候。刘月红最大的特点就是下巴过长，令缺乏生气的面部充满了苦大仇深的跨时代感。就是这样的一张脸也常常得到赞美，本校的气质美女似乎是刘月红的专有。这要是被一众号称气质美女的明星们听到，一定会扭曲了粉嫩的脸蛋，再不想与“气质美女”的称号有任何瓜葛了。幸好刘月红只是一个学校里的明星，只在这个学校里有着不可估量的影响力，只能被周围的人们忽悠得忽忽的。真是不幸中的万幸。

不过，私底下，刘月红有一个绰号被广为流传，那就是——不近人情。她常冷不丁儿地推门进教室，随堂听课。再优秀的课，她也能找出毛病，并且面无表情地指出，之后甩了门，扬长而去。那门“砰”的一声响，不仅与墙壁形成触碰，更像是拍击在人的心上，令人心脏严重受压，惊跳不止。有人说“不近人情”的摔门声是能让人猝死的。这话是有些夸张，却也足见刘月红是多么不近人情。

不近人情的刘月红面对着儿子的救命恩人，无法再无表情。本就过长的下巴拉得更长，眉头一锁，眼窝就深陷下去，面部形成了个苦瓜状。这样凝重的表情的确是她最真诚的表达，她不知道该怎样感谢叶大爷的救子之恩。她激动地苦着一张脸，好半天才说出话来。

“叶大爷！”刘月红一直都称呼他为老叶，这一声叫出来，竟那么自然而流畅。反倒是叶大爷有些诚惶诚恐。“叶大爷，要不是您，躺在病床上的就是我儿子了。”这样说时，她不由得打了个激灵儿，想起来就后怕。儿子，她的宝贝儿子，那可是她的命根子。

刘月红想，除了负担医药费，她必须为叶大爷做点实事。“叶大爷，您就放心吧，等您出院了，就立刻回去，继续看您的南大门。”这最后一句话，犹如上好的止痛药，使得叶大爷原本疼痛的身体倏地舒畅了；这最后一句话，也犹如微风细雨，使得叶大爷原本干涩的眼睛湿润了。

叶大爷还是不敢相信自己的耳朵，眼巴巴地望着刘月红，直到刘月红又重复了一遍，才喜极而泣。早上，他听说北院的门卫被开了，就直犯嘀咕，他们这些来市区打工的乡下人只因为比城里的临时工更便宜，更吃苦耐劳，没有休息日，才会被雇了来看门。但他们是没有任何保证的，想用就用，不想用，根本就不需

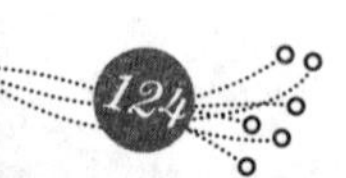

要一个理由。如今他成了跛子，竟然可以继续看守南大门，继续每月一百多元的收入，继续帮老师们看孩子。每次，他看到那些孩子就想起自己的孙子，哄那些孩子玩耍的时候，就想象成是在哄自己的孙子。一年到头，他只有春节才能回乡下与家人团聚几天，于是，那样的想象中，他也像是在享受天伦。

叶大爷用颤抖的手抹了抹脸说，“校长，真不知道怎么感激您！”

“看您说的，您救了我儿子，我当然得为您做点什么。以后您有什么困难，就跟我说，只要是我刘月红能办到的，绝不会袖手旁观。”

叶大爷还是有点半信半疑，直到目送刘月红离开病房，看着她轻轻关上房门，却仍然听到门触击墙壁的声音，心狠狠地跳了一下，他才清醒地意识到刘副校长的确这样承诺了。

二

刘月红万万没有想到，一时的慷慨陈词，为她带来了无穷隐患……

不久，她再次探望叶大爷。叶大爷犹豫再三，还是吞吞吐吐地说：“刘副校长，俺，俺，俺真的有个犯难的事。俺，俺，俺就一个老疙瘩弟弟，俺想他来顶北院的缺儿。”说完，叶大爷深深地低下了头。

从别的老师口中，叶大爷才知道，刘月红的确应该感激他，他也的确应该借这个机会请她帮自己解决点实际问题。

叶老二就是叶大爷的实际问题。叶老二是叶大爷唯一的弟弟，整整比他小了二十岁，父母在叶老二5岁时就相继去世，他是叶大爷一手拉扯大的，名为兄弟，实如父子。只是叶大爷的几个儿女都没有这个兄弟让他操心。

没有父母管教的叶老二，从小就是万人嫌，经常干些损人不利己的事情。冬天，他常跟在别人身后，把鼻涕悄悄抹到人家的棉衣上；夏天，他常黏糊着人，趁人不注意，就扯下人家的裤头儿。总之，小时候的叶老二要不是因为叶大爷的好人缘，不知道会被打废多少次。

成年后的叶老二整日里晃晃荡荡，有事没事和小媳妇大姑娘们嬉皮笑脸。甚至把全村的女人都编排进他的荒诞故事里，他像是这个荒诞故事中的主宰，村妇们都心甘情愿地紧紧粘连在他的肠子上。只是他不幸得了肠梗阻，连大便都排不出来，就更没有办法轻松自在地与女人们纵情，便忍痛割爱了一个又一个。村里人听惯了他的胡言乱语，对他，除了不理睬，没有他法。叶老二偶尔出门打工，也常常被人打得鼻青脸肿地跑回家，钱是一分没挣来，鞋子却早跑丢了一只。只要他回到村里，村里便像是多了只大号的癞蛤蟆，不咬人却膈应人。

现如今四十出头的叶老二，连个媳妇都讨不上。方圆几十里，谁家的姑娘听到他的名字，都会立刻把介绍人轰出去。

刘月红哪里想到勤劳淳朴的叶大爷的弟弟会是那样的货色。在这所学校，已经是一人之下，众人之上的刘副校长只犹豫了片刻，就应了下来。她的犹豫是因为一个人，但任何人都没有儿子重要。那个人就是风尚小学的体育老师赵刚。在叶大爷还没有提出请求之前，她已经答应安排赵刚在近郊务农的叔叔来顶这个缺儿。

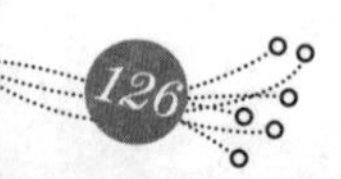

赵刚是刘月红的初恋情人，这并不是什么秘密。他们从初中就是同班同学，到了高中渐渐暗生情愫，最后一起上了教师进修学校，也公开了恋情。那时候的刘月红还没有这么不近人情，傻傻的。当然，傻，也是因为赵刚。刘月红家庭条件优越，赵刚则出生在普通工人家庭，母亲还常年瘫痪在床，负担极重。赵刚很英俊，某个角度像极了小虎队里的那只霹雳虎。但英俊能当饭吃吗？能变出房子变出家具变出钞票吗？可刘月红坚决地跟定了赵刚。任凭别人怎么劝说，大有同甘苦共患难的气势。就是这样的一对恋人却没能最终喜结良缘。在他们来到风尚小学第四年的暑假里，刘月红结婚了，新郎不是赵刚。刘月红嫁给了父母认定了的一个处级干部的独生子，一个与她几乎一般高的小眼睛男人，一个被父母安置在银行过着安稳安逸日子，一结婚就能有一套两居室住房的男人。惊讶之余，人们纷纷感叹，这个年头，实际点不是坏事。大家对刘月红的选择是理解的。只是自那以后，有点傻气的刘月红变了，变得孤僻、冷漠、不近人情，甚至变得难看了。再没有人看到过刘月红充满柔情蜜意的眼神。在学校里，刘月红注视赵刚的眼神和对别人一样——冷漠而严肃，好像他们从来不曾爱过。其实就是这样的眼神蒙蔽了所有人。谁也想不到，这对初恋的男女早已经成为一种十分时髦的关系——情人。

情人？有情的人？还是偷情的人？有一种判定更加直接些，找情人就是瞎搞巴。一个乱搞的女人，即使各个方面都有着得天独厚的优势，也不可能再有发展。刘月红对这些心知肚明。她爱赵刚，很爱很爱，但她更爱自己，否则当初也不会离开他。

当初？唉，刘月红叹了口气。想到当初，她就会不由自主地叹气。

那是 1988 年的暑假。刚一放假，父母就带她和他们认定的未来亲家、女婿共赴北戴河度假。

吃饭时，父亲竟然说：“我看他们也不小了，不如早些把婚事办了吧。”

刘月红一口啃进了螃蟹壳里，就那么两只手捏着壳尖，嘴巴几乎全卧在里面。她就那么傻愣住了。是，在妈妈的眼泪，甚至以死相逼的情形下，她假装和赵刚分手了，假装和这个小眼睛男人交往了。但一切都是假的呀。

“好啊好啊，”男方父母的齐声附和更惊得她把嘴巴从螃蟹壳里抽了出来。她微张了嘴望着他们，他们慈爱地回望她，说：“我们家可是房子家具电器都准备好了，就差个好媳妇了。老刘，不如立刻准备准备，开学前把婚事办了，省得耽误月红的工作，哈哈。”那老两口还微笑着对视了一眼，继续说道：“月红可是个优秀教师，她的工作是不能受影响的。”

月红放下螃蟹，侧了头，望向那个连手都没有拉过的名义男友——小眼睛。小眼睛正使劲睁大眼睛冲她真诚地微笑。天呀，刘月红感到一阵天旋地转。还好，她没有立刻晕倒。海风吹来，带着咸涩的海水味儿，她深深地吸了口气，心里打定了主意。

从北戴河回来后，刘月红简单收拾了些衣物，留书一封，就搬到了赵刚家。是的，她要破釜沉舟。可最终沉的，是她！是她与赵刚的爱情！半个月，也就半个月，半个月的共同生活改变了一切。那位于老城里的低矮的一间半平房，那成天躺在床上需要人护理的老人，特别是里面的半间房与外面的正房之间没有门，她和赵刚的一举一动都轻而易举地被窥见。

门？看似简单的东西，却是玄妙的。该有的门，必须得有；不该有的门，倘若有了，便成了墙，牢牢地堵在人的心上。赵刚就分明被这堵墙阻碍得难以顺畅呼吸了，两排牙齿紧紧地碰在一

起，要把那就要喷泻出的闷气压回去。不过，他可以对天发誓，那闷气绝对不是因为月红，而是因为他自己的命运。一个大男人相信命运也是需要勇气的。

“咱立刻找人把门装上。”好半天，赵刚才低声哀求刘月红。

摇头，月红只剩下摇头了。真的生活在一起，才发现这潮湿发霉的房间好似江姐当年被囚禁的渣滓洞。

“妈！”月红双手蒙住脸，放声大哭。

赵刚望着她，心如刀割，他是那么不忍心让自己深爱的女人伤心，但是……他环视了下自己的家，不轻弹的男儿泪落了下来。他知道他没有能力给她幸福。

最终是赵刚提出的分手。“月红，我们这么多年的感情，不是说放就能放的，但长痛不如短痛。有哪个女人能接受我家的情况呢？月红，我不怪你。”赵刚使劲抹干了泪。

刘月红沉默着，连心也沉默了。

赵刚最后一次送月红回她家，单元门外一扇最新款的半封闭的防盗门挡住了他。他呆了片刻，笑了。门，结结实实的门隔开了他们今后的人生。

……

叶老二告诉全村的男女老少，“俺要去市里工作了，管吃管住，责任很重的工作。”说着，他抻了抻脖子，又正了正蓝色卡其布的帽了。“可不是像长生、大壮他们去当民工呀，俺的工作体面得很。”最后，他一定要这样强调下。自然没有人相信他的话，可想到他能离开村子，从此没了个搅屎棍子，人们都一个劲儿地向他祝贺，恨不得他立刻就走，永不再回村。

“老二，真了不起，好好干，在市里扎根。”

“老二，挣了大钱别忘了乡亲。”

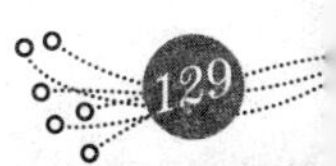

“老二，整个市里的媳妇开开洋荤呀，哈哈。”

叶老二的三角眼笑成了绿豆状，大嘴叉子咧着，露出一口玉米牙。他的脸涨得红红的，双手抓住帽檐和后边儿，使劲儿一转，就是一百八十度。歪戴了帽的叶老二乐颠颠地向前走，憧憬着明天……

三

1996年五月底，那是个周日，这一天对叶老二非同寻常，他走马上任了。但他绝没想到，之后的八年，他的命运竟然和三个女人息息相关……

刚跨进风尚小学北院的大门，叶老二就愣怔了下，转过身，摸了摸墨绿色的铁门。

“真结实，”他自言自语着，“以后你就归俺管了。”

再转回身，眨巴着眼睛四下望望，粉刷一新的三层高的教学楼，平平坦坦的小操场，叶老二使劲跺跺脚，竟然没有尘土。“真他娘的干净！”他继续自言自语。

操场最右侧的角落里，刷了绿漆的简单的体育器械亮锃锃的。叶老二兴奋不已，探头缩脖地走过去。双手攀住双杠，矮胖的身子向上蹭了蹭，没能撑上去。咦？他奶奶地。他骂着，往手掌上吐了口唾沫，搓了搓，再试！几次失败后，泄了气，才悻悻地离开。

忽然，他的眼睛直勾勾地对上了，朝着花坛旁的几颗苹果树走去。抬头望望结了青色苹果的树，“嘿嘿”笑了。铆足了劲向上

一蹿，就摘下一个青果子。别看矮矮胖胖的叶老二臂力很差，连双杠都撑不上，但弹跳力却不一般，那是他小时候偷摘村里的果子练就的。谁家的苹果树、梨树、柿子树、枣树……没惨遭过他的毒手？后来，他不再去偷，而是堂而皇之地去摘。谁要是阻拦他，他就摘一个咬一口，咬一口扔一个。这招儿果然奏效，乡亲们只好随他去了。

可这小小的校园，是经不起，也绝不允许他折腾的。

没等他把青果子放入口中，叶大爷就一跛一跛地奔过来，一拳头凿在他背脊上。“你这个狗屎盆子，这苹果能乱摘吗？你以为这市里的学校跟咱村一样？”

“嘻嘻，嘻嘻。”叶老二眯着眼坏笑，继续嚼着苹果，说：“哥，不就摘个果子吗，你咋就急成介样儿呢？”他故意说了句蹩脚的当地话。

叶大爷更气了，脱下一只鞋子，劈头盖脸地一通抽。嘴里还不停地骂：“你这个不长进的王八羔子，你什么时候才能懂点人事儿呀，你要是来这里还给俺丢人现眼，俺先抽死你个混账东西。”

叶老二双手护头，躲着，闪着，笑着。

鞋子落在了地上，叶大爷则一屁股坐在了花坛边上。摸出一支烟，闷闷地抽起来。没抽几口，一把老泪落了下来。

叶老二背对着他，两三口，连肉带核，迅速吞下了那青苹果，用手背擦擦嘴巴，才凑过来，说：“哥，你别生气了，你就当俺是臭狗屎，别跟俺一般见识呀。”

叶大爷连声摇头叹气，说：“老二呀，哥给你找这个活儿容易吗？这可是哥用腿换来的呀。”他抓了老二的手，慢慢放到自己的左腿上。许久，他笑了。

天色渐渐暗下来，叶大爷准备好了晚饭。“老二，老二，吃饭了。”他站在南院传达室的门口喊了好几声，却不见叶老二的踪影，不禁骂道：“这个狗橛子，是绝不会让俺省心的。”

“嘻嘻。”叶老二甩搭着两条胳膊，从南院的教学楼里冒了出来。“哥，你猜俺在这两个院溜达了多少趟了？”

叶大爷不理他，叶老二就伸出两个手掌，“嘻嘻，俺溜达十趟了。”

叶大爷递给他个馒头，说：“你要是每天能把楼道擦上十遍，那才算你有本事。”

叶老二眨眨他那对绿豆眼儿，捏了捏那白白软软的大馒头。“嚯，这真像是女人前面那两个白白的大大的……嘻嘻。”他一口咬下去，吧唧吧唧地嚼着，再咂吧咂吧嘴，用舌头舔了一圈。他的心情无比舒畅，拍拍胸脯说：“哥，没问题，俺保证每天把楼道擦得干干净净。”

那顿晚饭，老二吃了整整四个大馒头，还喝了一瓶冰镇啤酒。酒足饭饱，他躺在床上，翘着腿，晃着脚丫子，唱起了曲儿。“将身儿来至在大街口，尊一声列位宾朋听从头，一不是响马并贼寇，二不是歹人把城偷……”

“砰，砰，砰……”老二正陶醉着，听到一声高过一声的砸门声。他出溜下地，趿拉着鞋子，抄起门边的一把大扫把，蹑手蹑脚地来到大门口。他想，会不会是有人来学校捣乱，要是就好了，那可以让他在上任的第一天就大展身手，勇斗坏人，那该有多威风呀。

“有人吗？我是张文清，来找明天早上升旗用的磁带，给开下门呀。”

“天呀。”叶老二听到了无比悦耳的声音，比电视上那些女人的声音还好听。他手中的扫把一下子倒了下去。

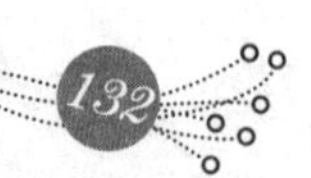

“开门呀，我听到有人唱戏呢。”

叶老二这才缓过神儿。忙去开门。

张文清推了自行车进来，微侧了头，美丽的大眼睛忽闪着，热情地问：“你就是新来的门卫，叶大爷的弟弟吧？”

叶老二傻傻地盯着她，整个人像是被钉子牢牢地钉住了，动弹不得。而那张张大了的嘴巴喷出一股能把人熏个跟头的气味。张文清本能地用手掩了鼻子，偏了下车把。前轱辘碾到了叶老二的脚丫子，有点疼，他如梦方醒，搔了搔头，又点点头，不知所措地眯了眼睛“嘿嘿”地笑。娘的，心里暗暗骂道，这市里的女老师真比那村里的女人强上两百倍。

的确，昏黄的街灯下，仍能看得出风尚小学的大队辅导员张文清老师是个标准的大美人。高挑的身材，精致的五官，长长的卷曲的头发。特别是夜风把她身上淡淡的茉莉花型的香水味吹散开了。那香味儿直钻叶老二的鼻子。

娘的，叶老二偷偷嗅了嗅，又暗暗骂道，这市里的女老师还比村里的女人香，那村里的女人浑身都是土腥味儿。叶老二的举止动作没能逃过张文清的眼睛。她皱了下眉，刚刚的热情褪去，迅速拿了东西，警觉地走了。

那一夜，叶老二辗转难眠，好不容易睡着了，就一个劲儿地做梦，梦里有个女人，比张文清老师还漂亮的女人……哈喇子浸透了枕头，叶老二笑得很幸福。

暑假过后，风尚小学有了大的变动。新校舍落成了，风尚小学的校中校——风格小学成立了。而刘月红却没有丝毫可以欣慰的。

当初刘月红能成为老校长的接班人，除了她的确比同龄人老成持重、认真严肃，还有一个更重要的原因，就是她有一个好父亲，一个身为教育局基建处处长的父亲。

要知道自 20 世纪 90 年代初，部分重点小学就陆续进入了校中校的改革。

还是在庆祝新校舍开始动工的全体会上，老校长激动得声音有些颤抖："老师们，我们要在原有的国办公立校的基础上再建立一个收取赞助费的民办私立校，大家知道这意味着什么吗？"她的眼中竟然有些晶莹，她是个年近六旬的女人，她眼中的晶莹衬得她有些松弛却很白净的脸更加苍白。她是个喜怒不形于色的人，她面色的苍白把那晶莹膨胀出去，让人看不出那晶莹究竟能说明什么，却实实在在给了人们某种信息。老师们不由自主地更加正襟危坐、屏气凝神地等着听她后面的话。"意味着我们将会成为全国的一流校，将会成为社会评价最好、家长最认可的学校。"

齐刷刷的掌声在小礼堂回荡，不过老师们对所谓的一流校并不感兴趣，她们只期盼着因此而带来的实质性的效益。因为私立校是要收取赞助费的，六年九千六百元，平均下来每年一千六，但必须一次性交清。虽说那时候万元户早已经不新鲜，但一般的家庭是无法一次拿出近万元的费用的，而能拿出来的，基本上是先富起来的个体户、企业家或是政府官员们。花钱了，腰板当然就硬气了。就像去商场买东西，顾客是消费者，消费者还叫什么？对了，叫"上帝"。这样的上帝可以怎样？可以挑剔，可以不满呀。于是建新校舍便成了当务之急。而涉及这些，哪个部门最管用？没错，就是教育局的基建处。由于刘月红的原因，风尚小学的硬件建设比其他两所小学都要顺利，曾经三足鼎立的情形日见瓦解，逐步形成了风尚小学一枝独秀的局面。

老校长托托眼镜腿儿，望了望双臂交叉在胸前，紧绷着一张

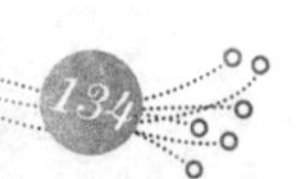

脸，只在与她目光相对时才稍微翘了翘嘴角的刘月红，意味深长地说："刘月红副校长可真是咱们学校的功臣呀！"

老师们的脸上都堆满了笑，仿佛看到了像滚雪球似的源源不断地滚入学校银行账户的赞助费。老校长"学校经济收益好了，我们的奖金会相应提高的"的话一直在回荡。这话更撩拨了大家心底里最真实的欲望。笑容、掌声肆无忌惮地给了老校长，给了刘月红。

那时候刘月红简直是胸有成竹地认定——她，将是风格的正校长。可结果呢？

在赵刚家的老房子里，刘月红才像个柔弱的小猫，蜷缩在他怀里，嘤嘤地哭了。"你说，我这几年的努力就这样被她轻而易举地窃取了，公平吗？"

赵刚抽着烟，默默不语，他知道刘月红需要的是听众。

"你说，她怎么这么大的能耐，六十多了，该退休的人了，又返聘，还是私立校的校长。而我？我呢？"她越说越激动，"嚯"地站了起来。"名义上是风尚的校长，实际上还是她手下的副校长，只不过她老人家荣迁到了一切都是现代化的新校舍，我才成为这破旧的南北院的负责人。"

赵刚掐了烟，把无比激动的刘月红按在椅子上，说道："月红，你想得太多了，整个市里像你这么年轻就当上校长的，有几个？你该知足了。"

"我不知足。"刘月红甩开他的手，"呜呜"地哭。"你难道不知道新校和老校之间有多大的差别吗？"

赵刚只好继续默不作声地任由她发泄，赵刚知道刘月红也只有在他面前才能尽情地展示她女人的一面。这个好强的女人呀！

赵刚忽然鼻子一酸，他忍了忍，没让眼泪落下来，上前再次把她揽在怀里。

这个破旧的院子再没有别的住户了，赵刚的母亲已经过世，父亲也早搬到了儿媳妇给买的一套小商品房。于是这一间半平房成了刘月红和赵刚幽会的地方。虽然里外间仍然没有门，却不会有被窥见的可能。只是拆迁的说法传很久了，如果真的拆了，他们想找个能毫无顾忌地释放自己的地方就难了。

“赵刚……”刘月红一连叫了好几声，千头万绪涌上来。“赵刚，你知道，其实我什么都没有，家是冰冷的，小眼睛是虚设的，我把所有精力都投入到事业中，我要成功，要得到别人的尊敬和羡慕，甚至是妒忌，我太需要那种感觉了，因为我什么都没有呀。”

“不，月红。”赵刚的心像被针刺般，狠狠地揪了下。“月红，你还有我呀。”

“你？”刘月红慢慢地像是从万能胶上撕扯下来，非常艰难地脱离了他的怀抱，“你早已经是别人的丈夫了，早已经不属于我了。”说到后面，几乎没有了声音，赵刚知道她的心更痛了。

“你还有儿子，你聪明可爱的儿子。”

“儿子？”

“对呀！”

刘月红狠命地注视着赵刚，张张嘴，很想把那个深埋心底的秘密告诉他，但最终还是什么都没有说，只默默擦干了眼角的泪。

风尚小学这么大的变革中，叶老二倒是受益者。

张文清说的话，一语道破，要是老校长还在南北院，肯定得

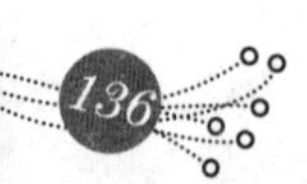

让那个像苍蝇般恶心的叶老二滚蛋。她这样说时，还做了个呕吐状。

大家哄笑，却见她顿时脸色煞白，捂住嘴跑了出去。稍微年长些的老师笑了，说：“小张是有情况了。”

张文清摁着胸口，使劲压抑着呕吐后仍旧犯酸的胃。听到这话，咧嘴就要哭。

“哈哈，怎么了？这可是喜事呀？哭什么？”

“我怎么这么倒霉？”张文清嘟囔着，“偏偏把我留在老校，每天早上、中午值勤都得在大门口，都得看到那个叶老二。胎教？老师们，胎教呀！”张文清走到窗户旁，指指传达室，“我天天看见他，回头我儿子再长成他那埋汰样儿，我的地呀！”

中年语文老师——娘娘腔，坏笑着说：“那就让孩子认他当干爹。省得叶老二一看到你，老远就流口水，等你走远了，还得咂吧着嘴巴说‘瞧那脸蛋，多嫩呀，准是一掐一兜水’。”

那是每天早上都会有的画面——叶老二目不转睛地盯着大门，等待着那个大美人的身影，美人出现后，他的目光就会一直游弋地追随。是，他不敢使劲儿瞅，他怕张文清狠狠地翻着白眼瞪他。等张文清进了楼门，他会抹一把额头的汗，冲着刚刚进来的人说：“那脸蛋，真嫩，像还没熟的甜玉米，保准一掐一兜水。”

娘娘腔这样一说，老师们都笑得人仰马翻了。

张文清沉了脸，漂亮的瓜子脸涨得通红，手上的报纸就飞向了那男老师。大家知道她真生气了，忙收敛了些，只偷偷窃笑。

“一掐一兜水”是叶老二给予张文清的最高评价，甚至是没有邪念的赞誉，不过也是他被老师们认定为老色鬼的有利证据。毕竟，对别的女老师，他就是快活快活眼，眼睛再怎么肆虐，也不是X光。谁要是为此骂他流氓，他还会整整那条蓝色的一拉得的领带，喷出一堆话，“也不瞅瞅都啥模样，还不如俺们村的女人呢，谁稀罕呀！”的确，张文清令他开了眼界，明白了什么是漂亮女人。这样的漂亮女人只要远远地瞅着，他就像是就着猪蹄喝了二两小酒儿，晕乎乎的，神仙般的快乐。为了讨好这样的女人，甚至仅仅为了让这样的女人张文清多看他一眼，他学着市里的男老师娘娘腔的样儿，穿上了灰白的旧衬衣，还打了领带。一有空就对着镜子，用脏兮兮的梳子沾了水，把那头还算浓的干草般的头发弄成狗舔式。于是稍微有了点信心地等待张文清的出现。叶老二心想，俺像个城里人了，大美人就会对俺不一样了吧？但是，这样的叶老二的确是让张文清多看了一眼，却是更加厌恶的一眼。叶老二向城里人靠拢的改造，在大美人眼里就如同是个戏剧中的小丑，在自己乱七八糟的脸上又涂抹了一片韭菜绿，惨不忍睹。

想到叶老二，张文清就像是大热天走在柏油路上，漂亮的高跟凉鞋一下子踩到一坨软塌塌的狗屎粪，要多晦气有多晦气。

转眼四年过去了，叶大爷已年近古稀，他决定回家了。

临走前，他向刘月红道别，却不禁老泪纵横。

“叶大爷，你这是怎么了？回家享儿女的福是好事呀？”

“校长，俺还不是放心不下俺那个兄弟。”叶大爷用手掌抹净脸上的泪，说：“老二那个狗屎，有很多混账毛病惹老师们嫌了，可他脑袋很灵的，很听您的话的。”叶大爷又哽咽了，“校长，俺走了后，就怕他又生出祸端来。俺这个兄弟，俺清楚，他嘴巴是臭点，可心眼儿不坏的，四十大几了，连个媳妇都没讨上，这辈子也就这样了，可总得有口饭吃。俺只能指仗着您了。”说完，叶大爷的头又深深地低了下去，瘦削的肩膀不停抖动。

刘月红吸了口气，她递给叶大爷一条新毛巾，她真的有些同

情面前这个老人了，不仅因为他曾经救过自己的儿子，更因为他方才的一席话，好似刺到了她心底的隐痛。穷，因为穷，因为叶老二需要这个每月 250 元的活儿养活自己，叶大爷才这样恳求她。穷，当初倘若不是因为赵刚家穷，她就不会嫁给那个她一点儿都不喜欢的小眼睛，就不会拥有这个有名无实的婚姻。

“这是怎么了？”刘月红暗暗掐了下自己的左手背。“怎么什么事情都能和赵刚的事联系上呢？”她晃晃头，让自己清醒些，说：“叶大爷，您就放心回家吧，只要我在，老二的差使就丢不了的。”

“校长……”叶大爷再没有说什么，所有的感激都在这声称呼中了。

现在南北院的教职工在称呼刘月红的时候，都直接叫“校长”了，好像只有这样才能表现出对她地位的肯定。而这免去姓，给人以独特性，直呼校长的始作俑者不是别人，正是叶老二。说来奇怪，虽然老师们腻烦透了叶老二，但是刘月红并不讨厌他，因为当刘月红只能接受留守南北两院的现实后，便咬咬牙，决定暗中与新校来一番比拼。而叶老二竟然在她的管理中起到了一定的作用，四年来，某种情形下，叶老二简直就是她的眼睛了。

风尚与风格在管理上并没有分开，还是一个整体，每个新学年，都会有人员的流动，而奖金制度也一样采用了刘月红当年的提议。

刘月红对南北院的老师们说：“两个校舍，但是一个制度。我们好好干，收入不会比新校舍那边少。”

好好干？刘月红的好好干可不是那么容易的。她制定了一套比新校舍那边更加严格的制度，也加大了奖惩力度。

“老校长，你就等着看吧，看我怎么在硬件软件都不及你的情况下，让风尚比风格更有口碑。”这句话像钉子般钉在她脑海里，动一动，就立刻出现。

伴随着刘校长这样的想法，南北院出现了相当白色恐怖的局面。那制度实在太精细严明了，没有半丝可钻的空子。进到南北院，就好像进入了军事部门，从上到下，从里到外，严丝合缝，谁也不能有丝毫的懈怠。一切都和钱挂钩，即使甘愿扣钱，还有每月违纪的通报栏等着呢。那校长室门旁的报刊栏，每到月末都会出现黄纸黑字的违纪名单。而叶老二竟成了那名单的提供者。

新校舍的各个重要的地方都有监视器，“老二，咱们南北院没有。”刘月红对叶老二说，“可咱们南北院绝对不允许任何人在上班时间离开学校，所以老二，你得起到那监视器的作用。”

叶老二眨眨他的绿豆眼，笑了。“校长，那出去一回，逮着了，扣多少奖金？”

“你关心这些做什么？”刘月红有些不耐烦。

叶老二压低了声音，向前探了探头，说：“校长，俺是想知道俺的作用究竟有多大。”

刘月红往后闪了下，叶老二则一直保持着低头探脑的姿势，活脱脱一个战争片里的保长的形象。不苟言笑的刘校长“扑哧”笑出了声。“凡是上班时间出校门的，扣一百元。”

“娘呀！”叶老二惊讶得吐出了舌头，好半天都没缩回去。他掰着手指算了算，哈哈，有几个总对他冷言冷语的家伙，恰恰是最喜欢往外跑的，这下可有报仇的机会了。他立正站好，极其认真地说：“校长，您放心吧，俺认识字的，保证记得清清楚楚。”

果然，叶老二没有辜负刘校长的信任，他特意用白纸订了个本子。不认识多少字，更没有学过统计的他，竟然按照日期、姓

名、外出时间、回来时间，制作了表格。当月末的时候，刘校长便把这些资料公布在通报栏，老师们全傻了。

“不会吧，咱们这边没有监视器呀。”

“是呀，她怎么会那么清楚呢？”

猜疑，大家开始猜疑是谁出卖了谁？是小王？是老杨？还是曾经关系最近络的同事？渐渐地，南北院的老师们，各自在心里安了一扇门，仍旧笑着，仍旧家长里短地闲扯，而真心的话，越来越少了。

叶老二躺在床上，又开始美滋滋地摇头晃脑地唱起了歌。他越来越觉得他这个看门的是这个学校里举足轻重的人物了。

“哼！”他嘟嘟嘴巴，自言自语地说道，“看谁还敢跟俺喳刺儿。”

四

刘月红的努力没有白费，几年下来，南北院不仅秩序井然，毕业班的成绩也不比新校那边逊色。

只是老师们的日子实在有些艰难，有人说南北院逐步由军营向监狱过渡了。可尽管如此，却没有人想调离。为什么？因为钱。只要没有违纪的情况，收入比其他小学还是要高的。

忍，只能选择忍。

有一个人是不愿意忍也忍不了的，她就是张文清。而她也是唯一令刘校长稍微睁一只眼闭一只眼的人。

为什么？哎，因为张文清是个不幸的女人。

世事无常，谁也没有料到美丽骄傲幸福的大美人张文清的命运会如此多难。在顺利生下儿子一年后，在一个无比明媚的春日，在张文清与如意郎君于家门口吻别后，也就在那之后的一个小时吧，祸从天降，那个英俊潇洒前途无量的男人从自己驾驶的摩托车上飞出去几十米，当场毙命，张文清成了寡妇。

寡妇，一个带着个刚满一岁儿子的寡妇，张文清自己接受不了，任何人都会觉得难以接受。那样一个大美人呀。

“唉，小张可是变了。”

“是呀，以前那么开朗的人，现在连点笑模样都没有了。”

“嗯，不仅如此，脾气古怪得很，那天听她给学生干部开会，不知道什么原因就大声斥责一个学生干部。”

“理解她吧，一个年轻的女人，遇到这样的事情，等于扒了层皮呀。”

同一个办公室的老师们偶尔会背着张文清这么议论、叹息。人们总是同情弱者的，刘月红也一样。突遭变故的张文清那双失去了神采的充满愁苦的大眼睛，让已经铁石心肠的刘月红迸发出了人类最根本的东西——善良。她很关照她，甚至对她工作上的疏忽和一些小过错，也能网开一面。

起初张文清也感觉到了校长的关怀，但发生了“厕所门”事件后，她再不那样认为了。

那是在叶大爷回乡下一年后发生的事。

一个大雨倾盆的日子。每逢这样的天气，学校是允许家长进校接孩子的，这样便很容易乱成一锅粥。那是个周二，下午只有两节课。从三点到四点多，终于，最后一个学生也被接走了。楼里早已是一片狼藉，刘月红皱着眉头，赶紧招呼叶老二清理。

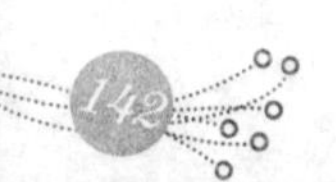

叶老二拎了两把墩布上了楼，刚要开始擦地，心想，等一会儿下班时间到了，才干净的楼道还得被踩脏，踩脏了还得再擦。叶老二挤挤他的小三角眼，冲着校长室撇撇嘴巴，说："俺才没那么笨了，俺先擦厕所，等你们都走了，俺再擦地，俺才不白擦呢。"这样自言自语着，他径自走到二楼的女厕所外。

"有人吗？"每次进女厕前，一肚子坏水的叶老二总会扯着脖子喊上一声，等哪个女老师恰好从里面走出来，他的眼睛可就没那么老实了，溜溜转着小眼儿，嘻嘻地猥亵地坏笑。那个不幸的女老师气得直翻白眼，却也无话可说，只能自我解嘲地安慰自己，"还好，没让他撞见就算万幸了。"

不过，叶老二再花花肠子也知道女厕所是不能随便进的。

"有人吗？"叶老二又喊了一声，没听见回应，便用脚踢了下门角，矮胖的身子侧了下，就钻了进去。

"啊……"伴着一声尖叫，张文清倏地提起裤子，倏地冲了出去。

叶老二呆了、傻了、魔怔了，他百口难辩。不过他还算冷静，很快就明白了原委，是张文清耳朵里塞着的耳机在作怪。误会，还真就是个误会。

但张文清可不相信这是个误会。她趴在办公桌上大哭，反复叨念着："连一个臭乡巴佬都专门欺负我，不就是因为我无依无靠吗？"

"哎呀，小张呀，老二不就是那样一个狗屎吗？他平时不就那样吗？你还真生气，不值得呀。"

"这样一个不要脸的混蛋，为什么不让他滚蛋？"张文清杏眼圆翻。

大家你看看我，我看看你，摊摊手，都不说话了。

“哼！”张文清站了起来，气得发紫了的脸高高地昂起，说：“他不就是刘校的一条看门狗吗？我今天还偏要问问校长怎么处置她的狗？我不相信咱们还不如一条狗。”

“是呀，是呀！”也有人在怂恿，“就应该找校长理论，凭什么他像是有特权一样。”人们都恨叶老二，却不愿意自己去蹚浑水，把张文清推到前面，要是真能赶走叶老二，很多人都得吃喜面庆祝。

叶老二的确有点小聪明，张文清冲出去之后，他回过神儿，就知道事情不妙。谁都知道成了寡妇后的张文清浑身是刺儿，连校长都敢顶撞，更何况他叶老二。

怎么办？叶老二扭身出了女厕所，就直奔校长室。然后哭丧着一张脸，把经过一五一十地讲了一遍。最后还一个劲儿地补充说：“校长，俺可真的什么都没看见。”

刘月红被他气乐了，摆摆手说：“管好你那张嘴巴，张老师要是不吱声，你千万别乱说。”

叶老二用双手捂住嘴，从指缝发出声音：“俺听您的，可要是她不依呢？校长，只有您能为俺说话了。”

“好了，你去干你的活吧，不是什么大事。”刘月红很不耐烦地支走了叶老二，她正在审核这个月的评比结果，哪里有心思管这些事。

可想而知，之后冲进来的张文清的一通大吵大闹，让日理万机的刘月红校长多么厌烦，任凭她怎么劝慰怎么解释，张文清都难以冷静。她闭上眼睛，心中很是懊恼，想：这个女人真的是不太正常了，死了丈夫就变成这样了？我还和丈夫有名无实呢？哪种更悲哀？这么一想，她释怀了，人活着就是受苦来的，谁也不比谁好过多少。于是，她收敛了好言相劝，厉声说道：“张老师，

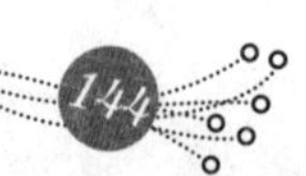

这是校长室，你吵什么吵？告诉你是个误会了，怎么还没完没了的？你这样，是一个人民教师该有的素质吗？我看你该好好反省反省了。”

“我……”张文清刚要辩驳，就被刘月红打断了，“你什么你，你要是不想在这里干了，可以走人。”

张文清不言语了，低着头，来回抻着自己的手指，眼泪一串串地往下流。僵持了有几分钟，她一抿嘴唇，一甩胳膊，转身，双手拉开了校长室的门，气呼呼地摔门而去。只听门“砰”地一声响，刘月红被震得心猛跳了几下，忙用手捂住了胸口。她定定神，越琢磨越生气，把手中的笔扔在办公桌上。忽然，她又很想笑，因为她明白了一个道理，很多时候很多人是没有良心，不懂好赖的，正所谓“可怜之人必有可恨之处”。出校门时，她没有犹豫，沉着脸对叶老二说：“以后张文清在上班时间私自外出，也必须记清楚。”

叶老二眨眨眼，冲着她的背影张张嘴巴，可刘月红已经蹬上自行车，快速地拐弯走了。叶老二拍拍自己的脑袋，很是懊恼。“怎么回事呀？一直以来，校长不都暗示要照顾下那个大美人吗？”

那天晚上，叶老二犯了难，不再哼哼唧唧地唱什么歌儿了。他记得叶大爷对他的叮嘱，“老二，只要你什么都听校长的，老老实实把活干好，这差使就能干到哥这把年纪。这里管吃管住的，你攒下月钱，就能防老了。”

叶老二“腾”地坐了起来，拿起一把大蒲扇，吭哧吭哧地扇着。“奇怪，刚下了雨，怎么还这么闷气，要是在乡下，这会儿肯定是清凉水气的。要说这市里也真不是全都比乡下好。而且这市里的女人，除了张文清，也都和村里的女人差不多。张文清？名字就怪好听的。”叶老二叨咕着，“怎么就成了个小寡妇了呢？别看成了小寡妇，整天皱着眉拧着眼的，像是都欠了她钱似的，可那脸蛋，还是一掐一兜水呢。嘻嘻。”叶老二使劲瞪大他的一对三角眼，仿佛张文清的样子立刻出现在他眼前。许久，他的眼睛发酸了，他才沮丧地倒下。闭上眼，期望能梦到那个美丽的女人。他问过娘娘腔，“特别想梦到一个女人，可没想和那女人干什么，这是为什么？”男老师告诉他，“那是因为那女人只是你的梦中情人，是可望而不可即的。”叶老二不明白，“啥叫可望见不可咋地的？”男老师说，“就是说那女人和你的差距太大，你只能远远看看，心里想想。不过老二,一般有这样的感觉，可说明真的是爱了，哈哈，老二你竟然真爱上了。”娘娘腔笑得喘不上气了，憋成了大红脸。

“嘿嘿。”想到这儿，叶老二情不自禁地笑了，把大蒲扇往怀里一揽，好像揽着个女人，美滋滋的。

叶老二果然做了场春梦，梦中，他始终没看到那袒胸露乳的女人的脸。不过他知道就是夜夜有梦，那个大美人也不会出现在他的梦中。对他，她只有横眉冷眼。但不管她怎样，叶老二都愿意把心掏给她。这样的情绪汹涌时，叶老二俨然成了一个痴情的男人，还颇有些崇高的意味。

一场大雨刚过，太阳就迅速地冒出来，把大地万物统统揽入怀中。北方的天气就是如此，变天比翻书还快。

叶老二摸摸墨绿色的大门，娘呀，烫死了。下午两点多，正是日光最毒烈的时候，他的灰色汗衫都粘在了身上。扫完前院，他就恨不得一猛子扎进屋子里。

冤家路窄，灰头灰脑大步向传达室跨的叶老二，和正要出校

门去幼儿园接儿子看病的张文清撞了个满怀。心急如焚的张文清发现与自己亲密接触的竟然是叶老二，气得把自行车摔到了地上。

“你存心的是不？一次一次的，没完没了，你以为我好欺负吗？”张文清劈里啪啦地嚷着。

叶老二连头带手一起摇晃，“没，没，张老师，真的不是存心的，俺绝对不敢存心惹您的。”

张文清漂亮的五官挤到了一起，“哼，你都快成副校长了，还有你不敢惹的吗？”

叶老二抻抻脖子，挺挺胸，坚定地说：“俺谁都敢惹，就不敢惹您。”说到最后，那话语里竟然有几分深情。

张文清撇了嘴扭过头去，恶心得想吐。正在这时，手机响了，她母亲告诉她直接去儿童医院。

叶老二听出了端倪，哈巴着腿过去，把自行车扶起来，压低声音：“张老师，您放心走吧，校长去新校开会了，今天不回来了。”他又凑近了些，神秘地说：“我是绝对不会把您提早走的事记录下来的。对了，您等等……”叶老二转身进了传达室，拎了把气管子，俯下身子，撅起屁股，“俺看您这车胎总没啥子气，俺特意准备了气管子，只给您和校长用呢。”

张文清没再理会她，也没有制止他，等他吭哧吭哧打足了气，她匆忙往外走，只是眼中写满了狐疑。

转天，张文清主动和叶老二打了声招呼，那也是从第一次见到叶老二后，唯一一次主动和他说话。果然，叶老二受宠若惊，把这几年一直从事风尚小学“间谍”工作的证据——那个准确无误地，记录着每个老师私自外出的时间的本子拿了出来，他无比骄傲地说：“校长说俺这个工作做好了，对学校的贡献是很大的。但是，俺，俺，俺从来没记过您，俺以后也不会记的。”

张文清勉强冲他挤出一丝笑，一丝比哭还难看的笑。

奇怪的事情发生了，忽然间，叶老二成为风尚小学的老师们巴结的对象。今天有人给他两个香蕉，明天有人送他瓶赠送的小包装的洗头水……很少有人叫他“叶老二”了，“叶师傅”渐渐成了他现有的称谓。

叶老二有点飘飘然，走路时，刻意把手背在后面，因为在他的记忆中他们村里的干部都是那样走路的。那他这个越来越被人尊敬的市里学校的门卫，可比那村干部有派头。

这样的变化可气坏了张文清，她万万没有想到，当她告诉大家，那个背后使暗箭的，不是互相猜疑的老师们中的任何一个，而是刘校长的那条看门狗——叶老二时，所有人都用了最难听的字眼把叶老二祖宗八代都骂了个遍，可转过头去，竟对他从没有过的热络。还是之后公布的当月的违纪名单让她恍然大悟。那个月，也就是那个学年的最后一个月，违纪栏里，第一次，真的是第一次，出现了空白。

这真的给张文清上了一课，什么叫审时度势？什么叫好汉不吃眼前亏？什么叫识时务者为俊杰？教语文的有点娘娘腔的中年男老师说得好，“咱们谁也不知道老二和校长之间究竟是什么关系，反正谁给他告状都是白搭。”

对于违纪现象为零的情况，叶老二这样对刘月红说：“校长，可能是您那些制度已经彻底被大家接受了，现在已经没有人私自外出了，这说明您这么多年来的苦心没有白费。”当然，这样的话就是那个最喜欢利用上班的时间去花鸟鱼虫市场闲逛，给叶老二送了一小瓶二锅头的娘娘腔，一字一句教给他的。叶老二背这两句文绉绉的词儿，足足用了半个多小时。当然，刘月红并没有意

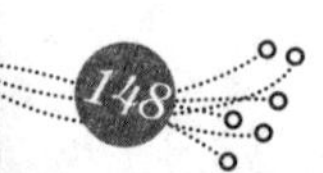

识到这话根本不像叶老二说的，她只陶醉在了自己的工作成果中。

行贿？受贿？呸，张文清真不知道更应该鄙视谁了，但不管怎样，她想联络更多人一起请求校长开除叶老二的计划，没实施就被扼杀在了摇篮里。既然没有人响应，张文清的热情也慢慢减退。是呀，何必总和一个看门的乡巴佬纠结呢？

倘若不是因为亮亮，张文清真懒得再去为赶走叶老二而耗费精神。

五

亮亮就是张文清的儿子，那个早早就没有了父亲的小男孩。在叶老二把守风尚小学北院大门的最后一年，他入学了。被爷爷奶奶姥姥姥爷宠坏了的亮亮非常淘气，很快就打遍全班无敌手。再没有一个小朋友愿意和他一起学习一起游戏。课间十分钟，亮亮只能孤孤单单地逡巡在小操场上，想尽办法搜罗一切可以玩耍的机会。但操场太小了，很快，亮亮失望了，没有可以玩的对象，也没有可以玩的天地。在楼后男厕所的门后面，亮亮额头顶着门板，呲牙咧嘴地哭泣。

"亮亮，上课了，你咋还在这儿呢？"叶老二来清理厕所，发现了亮亮。"怎么哭了？谁欺负你了，告诉俺，俺帮你出气去。"叶老二并不喜欢孩子，自己刚刚清扫干净的楼道厕所，转眼间又被他们弄得乱七八糟。可他喜欢亮亮，原因很简单——亮亮是那个大美人的儿子。叶老二并不懂得这其实是"爱屋及乌"，他只是看到亮亮就想到那个美人妈妈。

亮亮抬头，看到满脸堆笑的胖老头，“咣当”一声，厕所的门被他踹了一脚，反弹回来时狠狠地“亲吻”了下叶老二光秃秃的脑门。片刻，就鼓起了一个包。他怔怔地摸一摸，又低下头望望正探询究竟的小家伙。他蹲下，和亮亮持平。亮亮试探着拨开他的手，看到他额头正中的包，先愣了下，随后就兴高采烈地边蹦跳边拍手，不停地说：“打中了，打中了。”显然，亮亮把叶老二当成了靶子。看着自得其乐的亮亮，叶老二伸出了双手，把那个小顽童抱了起来。

“你想干什么？放下我！”亮亮大声喊叫。

老二放下了他，自己却蹲在地上，手捧了脸，“呜啦呜啦”地哭了起来。亮亮不知所措了，靠进他，推推他的肩，说：“你别哭了，我以后不用门撞你了。”老二抬起头，满是眼泪的小三角眼更小了，他瘪瘪嘴，说：“亮亮，只要你高兴，老二就是你的靶子了。”

“呵呵。”亮亮笑了。

“嘿嘿。”老二也笑了。亮亮让老二想到了自己，想到了他没有父母，没有人理睬的童年。

自此，亮亮终于有了个令他十分满意的玩伴儿——胖老头叶老二。叶老二更是使尽浑身解数，把曾经的那些坏点子全教给了亮亮，并且甘当陪练。直到亮亮成功地把小班长的裤头扒下来，张文清才知道叶老二就是儿子口中的好朋友。她的头炸裂般地痛，双手握拳一下一下地捶打着自己。大家抓住她，扶她坐下，她双臂一扫，就把办公桌上的东西全划拉到地上。突然，她站起来，手撑着桌子，眼睛睁得大大的，眼珠子像要流出来了，就那样直勾勾地盯着前方的墙壁，许久，从喉咙里挤出一句话：“叶老二，我跟你没完。”

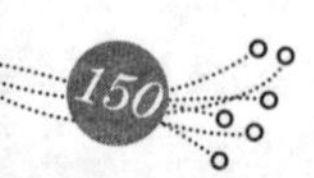

用“飞”来形容张文清从三楼办公室跑到传达室的速度之快是有些夸张，但张文清当时的速度足可以参加奥运会了。而更加迅雷不及掩耳的，是那落在叶老二脸上的一巴掌。

叶老二捂着脸，可怜兮兮地望着他心目中如同女神般的张文清，而那个美丽的女人因为愤怒，精致绝伦的五官呈现出狰狞的扭曲。

“哇。”叶老二蹲在了地上，竟失声痛哭。不是因为那一巴掌打得他眼冒金星，“而是，而是她怎么就这么恨俺呢？俺没想对她咋样儿呀，俺只想对她好，只想亮亮高兴呀。”他越想越伤心，一屁股坐在地上。

正是放学的时间，学生和家长围拢过来，指指点点的。张文清这才缓过神儿来，脸通红，用力舒了口气，一字一句，掷地有声地说：“我最后一次警告你，叶老二，你离我们母子远点，要是你再教亮亮学坏，我……”

“你什么你？”张文清本想说我会杀了你，但刘月红及时出现，阻止了她。刘月红用最快的速度处理了当时的状况，她亲自扶起叶老二，叮嘱着娘娘腔：“你留下来安慰下叶大爷。”她不看张文清，只说：“跟我去校长室。”

刘月红坐在办公桌后面的椅子上，一只手搭在桌子角，眼神冷冷的，轻轻眨动间，透着轻蔑。的确，张文清让她见识了什么是无脑女人，特别是一个漂亮的无脑女人就好比秋天尽情盛开的菊花，美是美，但只是一季的娇艳，过后便是残败。

“你知道自己的行为很不符合一个教师的素质吗？”刘月红压了压火。

张文清算是豁出去了，校长没请她坐下，但她还是坐在了她的对面。“刘校长，我不知道什么是一个教师的素质，但我知道作为一个母亲的职责，尤其是一个没有父亲的孩子的母亲的职责。”说到这，她一脸的凶悍全无，趴在桌子上，又是一通号啕。

刘月红像是被什么东西顶住了后腰，一时动弹不得，也无法出声，而她的眼眶真真切切地红了。“孩子”，只要提到孩子，她便什么都可以理解了。

“刘校长，我知道您对叶老二好，除了他能做您的眼睛，还因为叶大爷救过您的儿子。正因为这样，您是不是更应该了解下我的心呢？”张文清突然一套套地说起来，“校长，换位思考，如果是您的儿子被一个狗屎教了很多坏招儿，您不想抽他吗？”张文清又冲动了，咬牙切齿地拍了下桌子。

这“啪”的一声，让刘月红回到了现实，恢复了理智。

“啪，啪，啪”，张文清在一瞬间，又想起了自己所有的不幸。她竟然连续拍了三次桌子，“校长，请您开除叶老二。”

“不可能！”这三个字从刘月红的嘴巴里流出来，很坚决，但并不颐指气使。张文清隐隐感觉她的坚决里似乎有些东西，是什么？难道刘校长和叶老二之间还有什么不为众人知晓的秘密吗？

很多时候，张文清并不是个无脑的漂亮女人，就像此时的感觉就是完全正确的。是的，她的感觉没有错，近来，刘校长对叶老二更是关照有加，那的确是因为他们之间有一个秘密，准确地说，是叶老二知道了她的一个秘密，一个天大的秘密。

半个月前的一天，下班的铃声响了后，老师们都归心似箭。整个南北院，只有北院二楼尽里头的校长室还有人——一男一女，女的是刘月红，男的？是赵刚。

选择这样的地方，是赵刚坚持的，因为这一次不是幽会。

他们隔着办公桌，坐着。已是秋天，秋风从敞开的窗子徐徐

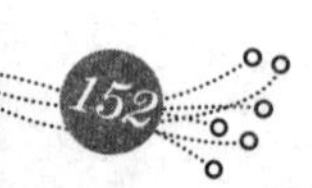

吹进，不嚣张，但有丝丝凉意。可即便如此，赵刚的额头仍旧冒了汗。他低着头，撅巴着一支圆珠笔。很久，都没能说出一个字。

“你究竟怎么了？是不是不舒服？”刘月红关切地问，眼里充满柔情。

“不，不，我没不舒服。”赵刚继续吞吞吐吐。

“那我们呆在这做什么？万一让人看见，会被猜疑。”刘月红拎了包，“走，我们去老地方。”

老地方已不是赵刚家的老房子了，那房子已经被拆了。老地方是局里奖励刘月红的一套六十多平方米的新房型的一室一厅。这套房子，小眼睛压根儿就不知道。

赵刚站了起来，眼中充满恳求，“不，月红，我今天有话和你说，我们就在这儿吧。”

刘月红把包放到桌子上，她注视着他，他更加慌张。

他终于鼓起了勇气，咽了咽吐沫，咳了咳干涩的喉咙，说：“月红，我们，我们，我们以后不要再，再，再幽会了。”他说完，头一下子砸在桌子角上。他不敢看她，不敢看她是多么愤怒或是多么伤心。

赵刚没有办法，他的老婆——一个靠在商业街练摊儿起家的，现在做服装批发生意的女人，已经和他摊牌。那个胖胖的，眉毛眼线都纹得黑黑的女人哭着和他摊牌。女人说得很实在，“你可以永远不爱我，但看在我花钱帮你母亲看病，照顾你父亲，给你妹妹准备了嫁妆，给你生了个儿子的份儿上，别再和外面的女人来往了。”赵刚坚决否认，女人急了，说：“你非得让我拿出证据吗？现在都什么年头了，只要有钱什么办不到？一万元，只要一万元，就能雇人把你查个门儿清。到时候，可就没有谁能救你了。你爸爸、我公公也说过，只要你不听劝告，再不会认你这个儿子。”

赵刚知道，胖老婆说到做到，他并不怕她会对自己怎样，事实上他也相信她不会对自己怎样。这些年来，这个没有什么文化，只有一肚子生意经的大他三岁的老婆对他和他的家人，恩重如山。

“但你并不爱她。”刘月红的唇上下剧烈地抖动。

“月红，她不奢望我爱她，她只要个完整的丈夫。没有她，我根本就没有能力给我妈治疗，没能力给我爸爸买楼房，也没有能力体面地把妹妹嫁出去。”

“哼，你干脆说你是靠出卖自己换来的那一切。”

赵刚苦笑：“月红，你公平一点，谁不是为了生存，为了责任？其实当初我们选择了面对现实，就是选择了放弃爱情，是我们太贪心了。月红，让我们像当初说的那样，把彼此放在心里吧，因为我们有必须承担的责任呀。”

“不！”刘月红简单的一个字里是强烈的毋庸置疑。

赵刚闭上眼，他真的明白，这些年是自己错了，那个青梅竹马的恋人早已成为独断专行的女人，她想的，只是自己的感受。

赵刚站了起来，说道：“月红，该说的我都说了，当初是我决定分手的，那是为了你好；今天也是我决定分手的，那是为了大家都好。”

赵刚已经走到了门边，刘月红突然蹿过来，她死死地抱住他，“不，我不能这样失去你，你最清楚，没有你，我什么都没有。”

“怎么会？”赵刚抓住她的胳膊，“有几个女人比你更行？你有事业，有成就呀。”

“我不要！”刘月红像个孩子似的摇晃着头，说：“这些，不过都是我失败的人生的一种宣泄，对于女人，没有什么比爱情更重要。”她哭了，很憋屈地哭了。那个一本正经的马尾在她脑后一颤一颤的。

赵刚心里更是酸楚，抱着她，沉默着，只能听到秋风徐徐吹来的声音。忽然，刮起一阵旋风，把窗子吹得啪啦啪啦响，好像随时要把窗子拍碎。赵刚忙过去，把窗子关上，就在窗子关上的刹那，世界更安静了，而赵刚也更清醒了。他压了压头上的棒球帽，说："月红，我真得走了，她还等着我回家，一起带儿子去麦当劳呢。"

赵刚打开了门锁。

"等一下。"刘月红阴沉了脸。是的，连赵刚都能背弃她，这个世界上再没有什么能让她相信的了。"赵刚，说白了，就是你想甩掉我，对吗？"

赵刚很无奈，转回身，"月红，你不要这样，好吗？你非得这样，我会想办法调走。"

"哈，哈哈……"刘月红笑了，有点发狂地笑了。在赵刚再次转过身，准备拉开门的刹那，刘月红幽幽地却是字字清晰地说："你是没有办法真正背弃我的，因为——我儿子真正的父亲——是你。"

"什么？"伴随着赵刚的惊呼，门开了，一把墩布直直地随着门的打开出溜在了地上。门外不远处，站着叶老二。

"嘻嘻。"叶老二搔搔头，像他平时犯了错后那样，嬉皮笑脸的。

刘月红眼前一黑，差点瘫倒。

如果说刘月红校长当初安排叶老二顶北院的缺儿，是出于感恩。之后，不听老师们想开除叶老二的意见，是因为他起到了监视器的作用。那么现在呢？现在的刘月红是无奈而恐慌的，特别是每天在门口看见叶老二那张冲他堆满了笑的脸，她就更加惶恐。总感觉他的笑中不怀好意。不能，她绝对不能让他把那个天大的秘密说出去，那样，不仅她完了，儿子，关键是儿子，儿子倘若知道了自己的身世，会怎样？刘月红不敢想了，她能想的能做的就是讨好叶老二。除此，别无他法。

张文清当然不清楚这一段来龙去脉。她只有一个念头——为了儿子，她必须要想尽办法赶走叶老二。

亮亮，想到亮亮，她就更气恼，这个孩子像是中了邪，和叶老二好得钢钢的。任凭她怎么说怎么吓唬，就是没用。

整走叶老二成了张文清每天最艰巨的任务。还是亮亮给她提供了一个信息。“妈妈，胖老头说他有相好的了，什么叫相好的呀？”

“相好的？”张文清的第一反应就是刘月红，要不然，她没有理由对他那样呀？不过，这个想法也是太大胆了，刘月红校长要是和叶老二好上了，那简直就是爆炸性新闻。她还沉浸在自己的臆想中时，就听亮亮又说：“妈妈，胖老头的相好就是那个秀儿，他还问我秀儿和妈妈谁更漂亮呢。”

天呀，张文清的肺都要气炸了。混蛋，竟然和我儿子说这些，还把我和一个乡下女人比。她真想立刻跑去学校，狠狠教训下叶老二。不过转念一想，即使再闹一次，也只能出出气，没有特别的把柄，她还是没有办法整走叶老二。好，那就沉下来，找更好的机会。秀儿？那个整天带着三个孩子在学校附近的市场拾废品的外乡人？哈，张文清笑了，那个矮小的女人样貌还说得过去，但邋遢得很，倒是和叶老二很般配。只是她是有丈夫的呀，她丈夫就在市场里的一家卖粮食、禽蛋的店里打工，他们全家不就住在那店面后的棚子里吗？唉，真是二十一世纪了，什么人都整桃色事件，一个打工仔的老婆也玩起了婚外情。张文清十分不屑地

撇撇嘴，忽然她的眼睛亮了起来，她有种预感，秀儿，那个头发总是脏兮兮却有一双狐狸眼的女人，一定会成为她整走叶老二的突破口。

正想着，亮亮的水枪顶住了她的额头，还没容她反应过来，一股凉丝丝的水珠顺着她的额头滑落。“亮亮！”她大声呵斥，一把拉过儿子，很想在他的屁股上打一巴掌。亮亮挣脱出来，一脸的失落：“妈妈，你不爱我，胖老头就让我那样玩，我一连向他开了三枪，他都不生气，还笑呢。”

“叶老二！”张文清粉嫩的拳头落在椅子背上，那名字从她牙缝中渗出来，无比的阴冷。

六

又一个学期过去了，冬去春来，北院的两棵苹果树再次发芽吐绿，为这个小小的校园增添了些许生机。

叶老二的心情也和这季节紧密地配合着，很是春风得意。

娘娘腔发现了老二的一个变化。“老二，你最近怎么不唱《花心》和《孤枕难眠》了？”

叶老二正正蓝色卡其布的帽子，抻抻脖儿，说：“俺接受新事物可快了，俺现在喜欢唱——你是俺的情人，像玫瑰花儿一样的女人……”那个“花”字，叶老二加了重重的儿化音。

偏巧，张文清来传达室取信件。她看都不看他们一眼，只抛下两个字，“恶心”。

叶老二眨巴着眼睛，望望她远去的背影，梗梗脖子，对娘娘腔说:“俺招惹她了吗?这个女人,怪不得还没找到主儿,凶死了。”

“呦嗬!”娘娘腔从嗓子眼儿挤出一声带了疑问的笑。“老二,小张不是你的梦中情人吗?她对你态度再恶劣,你可都得忍气吞声呀,今天这是怎么了?难不成你真有了像玫瑰花儿一样的女人了?”

“嘿嘿。”叶老二笑得有点合不拢嘴,他探头看看四下无人,就拉了娘娘腔窃窃而语。娘娘腔边听边乐,还不时竖起大拇指。

娘娘腔是风尚小学的信息发源地,并且是准确又及时的。这一次他共发布了三条。

“哈,知道吗?叶老二也找了个情儿,就是那个拾破烂儿的女人。”

“咳,那个老光棍看见哪个女的不搭话?”大家都太清楚叶老二的嗜好了,并不觉得娘娘腔公布的是新闻。

娘娘腔有点着急,“不是,这个不一样。你们想,他平时对你们色迷迷的,你们谁理他?这个女的不同,哈哈,老二说这个女人主动说喜欢他呢。”

“真的呀?哈,真是王八看绿豆呀。”

紧张的工作中,这样的笑话也的确可以让人轻松。“这个是第一条,还有两条呢?是不是更加劲爆的绯闻?”

娘娘腔摇摇头,环视了一周,看到一双双充满好奇的眼,他才沉吟了下,说:“后面这两条,可是大好消息。”

“是什么?”大家更加迫不及待。

娘娘腔正式清清嗓子,犹如一个播音员在播报新闻。“据可靠消息,最迟三年后,所有的校中校都停办,学生仍旧就近入学,新校舍和老校舍不能有悬殊,全都得按之前私立校的标准筹备,因此局里已经同意,我们南北院要进行全面整修。由于这个原因,

很多有钱人都在我们学校周围买二手房，好使孩子仍能到咱们学校入学，因此这周围的二手房价都翻倍上涨了。”

“这消息对咱们而言是好是坏？和咱们有什么关系吗？”

“就是，这个消息只对刘校长有好处。”

“还有对她更有好处的呢！”娘娘腔继续播报，“年近七旬的老校长身体每况愈下，终于有了退位让贤的想法，虽然她推荐的不是刘月红校长，但局里看到这几年风尚的成绩，十分看重年轻有为的刘校长，没有特殊情况，今年，她会被评为市级劳模和市人大代表。”

娘娘腔的播报的确是非常准确的，至少那最后一条是确有其事。刘月红已经是市级劳模和市人大代表的候选人了。所以这个春天里刘月红才是最该春风得意的了，可她没有，没有那样美妙的感觉。她也经常做梦，梦到那把直直垂落下来的墩布，梦到叶老二别有用心的笑脸。这样的惶恐中，叶老二逐渐成为她的克星。甚至于，每次进出大门时，她的心都会“咚咚”跳。每当看到叶老二和人搭讪，她都担心是在传播她的秘密。这时候，她才清楚地知道，她真的只是一个普通的女人。“刘月红呀刘月红，”她暗暗骂自己，“当初为什么要知恩图报？如果不是为了报答叶大爷，不把叶老二弄来，能有今天的惶惶不可终日吗？如今？哎，真是请神容易送神难。”是的，刘月红不敢开除叶老二，她相信一旦开除叶老二，他一定会狗急跳墙，把她的秘密说出来。“不，不！”刘月红越想越怕，儿子已经上初中了，性格像赵刚一样，敏感而自尊，如果知道了疼爱他的小眼睛不是自己的亲生父亲，知道自己是妈妈和别的男人的私生子，他会怎样？离家出走？从此背负上巨大的心理压力，痛苦不堪？刘月红掩面而泣，她无法想象，如果儿子有个好歹，她还怎么活下去。不，她绝对不能让叶老二说出她的秘密，可这样提心吊胆的日子何时是头呀？

叶老二可没想到刘月红的苦楚，他的牛越吹越大，当然，是对着秀儿的时候。

“妹子，你别看俺就是个看门的，可俺不是一般的看门的。知道吗？那些老师都管俺叫副校长。”说着，他又正了正蓝色卡其布的帽子。

娇小玲珑的秀儿坐在装废品的麻袋上，用手指当梳子，整理着头发说：“二哥，知道你本事，这阵子，你一开口，那些老师就把废品全给了你，有哪个看门的能像二哥一样威风？你可比俺孩子他爹强多了。”

别看这个女人出生在偏远地区，也没上过几天学，可嘴巴相当伶俐，一声声“二哥”叫得叶老二心花怒放。“妹子，你真那样想？”

秀儿使劲点着她尖尖的下巴，“二哥，俺和你说过多少遍了，俺就是喜欢你，俺想了，等哪天二哥离开这里，俺就跟你走。”

叶老二感觉一股热乎乎的东西直往上涌，他没忍住，热泪盈眶了。“妹子呀，有你这话，二哥为你做啥都心甘情愿呀。”

女人笑了，五官中最好看的一对狐狸眼笑成了月牙儿状。

秀儿刚出现在学校附近的时候，叶老二根本没有动任何心思，那时候他心里还只有他的梦中情人——大美人张文清。直到张文清的巴掌落到他脸上，他才醒悟了，那女人是不会对他好的，也不愿意接受他的好，哪怕只是单纯的没有奢望的好。他只能像个贼一样，偷偷地对她好。

秀儿也目睹了他被打的一幕。当晚，她来学校打水，却黏糊着不走。

老二却不像以往那样，招一把，撩一把的。他真难过了，说：“你还有什么事，要热水？后面的水箱有。”

秀放下水桶，摇着头，说：“二哥，俺不走，俺知道你今儿受委屈了，俺知道你心里苦，俺想劝劝你。”

叶老二直勾勾地注视着秀儿，三角眼都睁得有些圆了。鼻子发酸，鼻涕眼泪流下来。从此，叶老二真正恋爱了，是的，活了半辈子的叶老二，感觉到了女人的爱。那让他如痴如醉，就算是赴汤蹈火也在所不惜。

学校的整修开始了。秀儿便经常在门口探头探脑。叶老二倍感幸福，因为秀儿说她一刻看不到他就想他。秀儿这么说时，眼睛无意中瞟到校园拐角的地方放着的很多木板。

“二哥，这是什么？”她凑过去，一边用手拽拽木板，一边漫不经心地问。

“这些呀，是换下来的门，说是要换成更高级的门，这些就不要了。”叶老二指指墨绿色的大铁门，“这个门过些时候也得换，换成啥？哦，换成自动门呢。”他叹了口气，走到门旁边，用手摸了摸，“这门陪了俺八年了，真换了，还有点舍不得呢！”

女人并没有注意到他的悲伤，只一味地盘算着，“二哥，那些门扔那儿也是扔着，要是咱把它们卖了，可顶俺好多天拾的废品呢。”

“妹子，这个可不行。”老二忙摇头，“这学校里也有后勤的，他们会整走。”

“二哥！”女人摇着老二的胳膊，“那么多，匀两张给俺总行吧？”

老二被摇晃得骨头都要酥了，他咧咧嘴，捏捏女人的下巴，说：“行，二哥为了你，就匀走两张。”当夜，两张拆下来的门运到了女人简易的家中，变成了两张床，原本女人一家是铺席子，打地铺的。

女人尝到甜头，又来打门的主意，却见校园里空荡荡的，那些废弃的门已被后勤处理掉了。女人生气了：“二哥，俺发现你原来是个胆小鬼，连门都不敢多给俺一扇，俺白对你那么好了。”女人的眼泪在一对儿狐狸眼里打转，“俺那男人，就是个没胆量没本事的窝囊废，没想到二哥你……以后，俺敢跟你走吗？”

“妹子……”女人的眼泪让叶老二痛心疾首，他真觉得自己很对不起这个伤心的女人。“妹子，你放心，二哥想办法，每天多帮你整点儿废品。”

女人立刻止住眼泪，眼珠子滴溜溜转，四下踅摸……

学校里的废品是有限的，很快，叶老二把垃圾桶都翻遍，也只能找到几个饮料瓶子了。他不甘心，更主要的是不想让秀儿伤心。于是，夜深人静后，他开始挨间教室逐间办公室找。老师们惊奇地发现，每天的报纸在转天就会不翼而飞，甚至一些刚批改完还没有发下去的试卷也不知所踪。

这一切没有逃过张文清的眼睛。“校长，我可以肯定报纸、试卷等，都是叶老二拿走的。”张文清认定机会来了。“校长，只有他有全校教室办公室的钥匙。”张文清想刘月红一向都很维护叶老二，她必须拿出更有力的说辞。“报纸等东西也就算了，可那些试卷发不下去，家长会有意见的，所以……”

“小张，我明白你的意思。”刘月红打断了张文清的话，“但这些不足以……”

张文清想刘月红又要找理由为叶老二开脱了，但这次她想错了。

“不过，小张，”刘月红的目光移向窗外，并不看她，“可如果谁拿了你忘在办公桌上的钱包，那可就是偷窃了。”刘月红的目光一直没有移回来，所以她也没有看到张文清那双因为惊讶而睁得无比大的，几乎要占据了半张脸的眼。

张文清在决定把钱包忘在办公桌上前，还是心理斗争了一番的。她不知道那样会有怎样的后果，会不会到派出所报案？要是报案了，叶老二会怎样？拘留还是……？张文清的心抖了下。尽管有些犹豫，张文清还是不想错过这个赶走叶老二的大好机会，她想：如果叶老二没坏到家，即使看到钱包也不会拿，如果他拿了，得到怎样的惩罚都不为过。

下班了，办公室里只剩下她一个人，她把那个十分醒目的粉色钱包放到桌子上。想了想，又打开，从里面的两张百元大钞里抽出一张。她这么做，倒不是舍不得，而是她认为钱包内钱的多少，或许能决定对拿走钱包的人的惩罚有多少。是的，她痛恨叶老二，但她并不想害他。亮亮，她叫着儿子的名字，更坚定了自己的做法。她聪明地把钱包放到另外一个女老师的办公桌上，因为她知道如果是在她的桌子上，叶老二很可能不忍心拿，说不定还会为了讨好她，而上演一出拾金不昧的滑稽剧。

走出办公室，关上门，张文清长长地舒了口气，就等转天捉贼寻赃。

一切都如张文清和刘月红所愿。第二天，张文清的钱包不见了。

“校长，要不要到派出所报案？”

“不用。”刘月红淡淡地回答，眼神迷离，若有所思。

张文清着急了，她不明白刘校长葫芦里卖的是什么药。

“小张，你只是想他离开学校，对吗？”

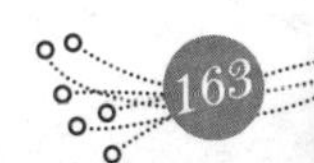

“嗯。”张文清点点头。

“他明天就会离开……”刘月红的目光又移向了窗外，窗外——春光无限好。

刘月红把叶老二叫到了校长室，不需要多加盘问，对刘月红校长充满信任的门卫叶老二很快就和盘托出。“校长，俺都五十岁的人了，好不容易有个女人喜欢俺，俺可不就得拼命讨好她呗。俺真的不是想偷钱，俺只是看那个包很好看，心想秀儿一定喜欢，俺才拿的。”他以为只要他说出真实的想法，校长就会想办法帮他。

“叶师傅，事情到了这种地步，你只有两条路。”刘月红始终都没看叶老二一眼，“一是你主动辞职，二是我们把你送去派出所。”

“什么？”叶老二简直不相信自己的耳朵，这个刘月红怎么就这样变了颜面了呢？“校长，俺不能走，俺走了，你让俺做什么去？你当初答应俺哥了。”他有些恼怒，唾沫星子乱飞。

刘月红用手挡了挡夹杂在空气尘埃中的叶老二的唾液。梦中的镜头又在眼前浮现，眼前的叶老二也变得更加扭巴不堪。她知道该到解除心魔的时候了。“叶师傅，我劝你主动离开学校，否则到了派出所，你犯的可是盗窃罪，是拘留是判刑都难说。”刘月红的话明显是吓唬叶老二,一百元？会拘留判刑吗？刘月红并不清楚，但她知道叶老二更不清楚。

“俺不走，俺也不去派出所。”叶老二靠在门上，一把鼻涕一把泪。“俺这样回去，俺哥会气死的。对了！”叶老二忽然眼睛一亮，“你答应过俺哥，只要你在这当校长，俺的差使就丢不了。”

“可我也说过，你必须得按照我的要求做。”刘月红按捺着性子和要撒泼耍赖的叶老二耐心地说：“你没按照我的要求做，惹出

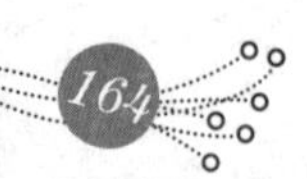

这样的事，人家当事人也可以把你扭送派出所的。”

“你是校长，你说了算。”叶老二真的撒泼耍赖了，“俺这些年来什么没听你的？俺就是不走。”

刘月红的脸绷得紧紧的，她回到桌子前，抄起电话，说：“那好，我现在就给派出所打电话，请警察同志过来。”

叶老二愤怒了，他一蹿三尺高，大声叫嚷着：“刘月红，你这个没有良心的狗屁校长，俺为你做了那么多事情，你竟然这样对俺。别忘了，你有把柄在俺手里。好，好，俺这就告诉全校的师生，你刘月红是个啥样儿的人。”说着，叶老二就猛蹿过去，要打开校长室的门。

刘月红一阵头晕目眩，瘫倒在地。她伸出手臂，张大嘴巴，想阻止，可喉咙却好似被一股气流阻塞，一个字也出不来。

就在这时候，叶老二又折了回来，沮丧的脸被泪水冲洗。他一下子跪在刘月红面前，说：“校长，俺哥嘱咐过俺，一定不能把您让俺暗中记录的，让俺做南北院的监视器，监视出卖老师们的秘密说出来。俺哥说您对俺是有恩的，俺不能让别人知道您这样做。俺不说出来，俺就求您别开除俺。”

叶老二的最后半句话已经泣不成声，嗡嗡的在刘月红耳边鸣响。不过她的心脏却瞬间平复了，原来叶老二并不知道她的秘密，她半年来的不安竟然是杞人忧天，她终于露出了难得的笑容。她慢慢从地上站起来，低头望着叶老二，她闭上了眼睛。事到如今，她别无选择。她一把扶起叶老二，叹了口气说：“叶师傅，除了不能再留你，别的事情，我都尽量答应你。”

叶老二又瘪瘪嘴，但他知道一切已经无济于事了。他默默地往外走，打开门，又突然关上了。“校长，那，那，能多给我一个月工钱吗？”

刘月红点点头，说："三天后是发工资的日子，会多给你发一个月的工资的，领了工资就走吧。"

"三天？"叶老二伸出三个手指，"您是说俺还能和俺那北大门呆三天？"

"嗯。"刘月红忽然眼睛有些朦胧，朦朦胧胧中看到失魂落魄的叶老二伸着三个手指头，向外走。"等等。"她叫住他，取出五百元崭新的人民币，"这个是我个人给你的，替我买点东西带给叶大爷。"

叶老二又咧了咧他的大嘴叉子，"校长，您还真是个好人咧，是俺太不是个东西了。"

刘月红苦笑，好人？她是好人吗？她自己都说不清楚了。

霜打了的叶老二蔫儿了，躺在床上蒙头哭泣。春节时，他还向村里的人们吹牛，说他真的能扎根市里了。人们还说，"老二，还得整个市里的女人呀。"女人？媳妇？对呀，如果能带个媳妇回去，那不就威风了吗？

秀儿，想到秀儿，他更加泪眼汪汪，从此他就得和温柔的秀儿分别了，再也见不到了。他把被子拉下来，他感到胸闷憋气地疼，他怎么舍得就这样离开秀儿呢？对了，秀儿说过他要是走，就跟他走，不管怎样，要去问问秀儿，要告诉秀儿他愿意带她回去。这样想着，他来了精神，出溜下地，洗了把脸，又把衣服抻平整些，趿拉上鞋子就去找秀儿。

天已经黑了，一盏发着惨白的光的节能灯，把秀儿一家五口蜡黄的脸照得有些狰狞。

一家人正在吃饭，吃的还是叶老二前一天给的学校食堂的剩饭。不过他们仍旧吃得津津有味。秀儿一边吃一边把那个粉红色

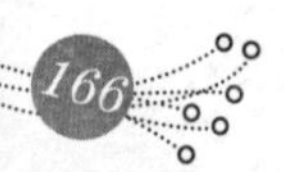

的钱包给她男人看。

叶老二进来了，他说："妹子，你跟俺出来，俺有话和你说。"

秀儿和她男人使了个眼色，就笑着和叶老二走出了棚子。叶老二把经过详细地说了遍，最后说："妹子，你说过你会跟俺走，你可得算数。"

秀儿上上下下把他打量了个遍，什么话都没说，转身就回去了。叶老二糊涂了，不知道她这是什么意思，又跟了进来。秀儿撵他："你快走吧，俺们正吃饭呢。"

秀儿的男人，那个和叶老二一般高矮，却比他瘦了一半的小男人蹿过来。"想带俺老婆走，你做梦了吧？"

叶老二闪了下，确定他一屁股就能把那男人坐死后，嚷道："是妹子说要和俺走的，她喜欢俺。"

秀儿和男人笑做一团儿。秀儿说："老二呀，亏你这把年纪的人了，也在这大城市混了不少年，俺那话你也相信？实话告诉你吧，那是俺两口子商量好的，看你贼眉鼠眼对俺不打好主意，才骗你帮俺拾废品换钱的。俺是说喜欢你爱你了，可俺让你咋样了吗？"

女人只顾说得痛快，没有注意叶老二的表情，他的眼里已经喷火。"啊……"他大叫一声，伸手就抄起旁边一张破桌子上的菜刀。菜刀在他手中挥舞，劈坏了一切能劈的东西，最后对准了已经抱头鼠窜的一家人。

秀儿和男人挡住三个年幼的孩子，连声说："二哥，您别着急，咱们有话慢慢说，什么事情都可以商量。"

"没有什么好商量的，就为了你们，俺没了那么好的营生。"叶老二又逼近了一步。

秀儿突然蹿了出来，挡在男人面前，她仰了脖子，一双狐狸眼溜溜的，全然没有了刚才的恐惧。“二哥，俺是对不起你了，要杀要剐全凭你，可你别伤了俺男人和孩子。”

“不。”男人瘦小的身躯猛然高大了起来。他伸开双臂，护住老婆和儿女，“是俺没本事，养活不了一家大小，俺女人才去作践自己的，要砍你就砍了俺吧。”

三个孩子也钻了出来，抱住爹娘的腿，瞬间，一家五口便如同一个小小的但是十分坚固的堡垒，坚不可摧。

“咣当”一声，菜刀直直地落在地上，刀刃触了下地，又弹了回去，刀平躺下去了，一如叶老二再也坚硬不起来的心。

他哼哼唧唧的，嘴里不知念叨着什么，身子却慢慢向后退。临出门，他探头向里面望了望，秀儿一家便更紧地抱在了一起。他笑了，心里有点苦，他不过是想看看已经当了床的那两扇门。门？他只有三天的时间继续看守学校的门了。他立刻转身，摇摇晃晃地跑回学校。上气不接下气的，一屁股坐在了教学楼的门边，靠在门上，他的嘴一歪，哭了。环视着整个校园，他好像第一天来到这里，一切仍旧那样新奇，那样亲切。隐隐约约的，竟然又听到敲门声，他屏住呼吸，满怀期待，期待着那个大美人再次进入他的视线。可他不敢去开门，他又怕见到张文清，毕竟他偷了她的钱包。叶老二的眼前又模糊了。一双温暖的小手在帮他擦眼泪，一个童声在和他说话：“胖老头，你不是说了吗？像我们这种没有爹的孩子，要笑，不要哭吗？我帮你擦干了，你再哭，我就拿你当靶子，让你脑袋开花。”亮亮说着，便把一张狗熊图案的粘贴贴在了老二的脑门上。叶老二哈哈笑着，顶着狗熊，准备扑过去，把亮亮倒扛起来。可转瞬间，亮亮就不见了，只有杏眼圆翻的张文清。

这样浑浑噩噩的，叶老二在半梦半醒间彻底清醒，他是那么

不想离开这个生活了八年的地方。叶老二号啕大哭。

清晨，阳光明媚，空气中弥散着春末夏初特有的干爽，不燥不凉，非常舒服。

叶老二站了起来，仰望天空，欲哭无泪。一夜，整整一夜，叶老二就那样坐了整整一夜。他不敢耽搁，跑到水池子旁，冲洗了把脸，就抄起扫帚，卖力地打扫起院子。这最后的三天，他无比珍惜。

有晨练的人在唱京剧，苦——咿呀——苦呀。

七

早上八点钟，是早操的时间，孩子们准时站好了队。叶老二呆呆地站在传达室的台阶上，他特意换了新衣服，一件紫红色的长袖T恤，那是去年十一时一个做服装生意的家长给老师们送来的，娘娘腔嫌它太娘娘腔了，就送给了老二。他下面则配了一条浅黄色的水洗布的裤子，那是他这些年来唯一自己花钱添置的衣服，是在暗恋上张大美女的时候，为自己能潇洒点以博得张文清一个青睐的眼神而添置的。只是，除了一声轻蔑的“哼”，他并没有得到自己想要的，于是这条裤子就成了一种纪念，被懒散的老二抻平、叠好，安安静静地躺在衣柜里，一躺就是好几年。如今他把它取出来，又喷了些水，把一些细小的折子浸湿，用两个大拇指的指甲使劲向两边扯，最大限度地把裤子弄得整洁而体面。

他焕然一新的装扮引得几个高年级的女生不住偷笑，老二刚想冲她们笑，就看到老师疾步走到那几个同学身边，恶狠狠的目光遏制了她们的欢笑。之后，那老师厌恶地瞥了他一眼，取了一张纸巾，就吐了口吐沫。老二面部抽动了下，他分明感到那口水是啐到了他的脸上，他本能地抹了把脸，就赶紧站好。足足有五分钟，他的目光流连，每落到一处，就用心用力地笑，然而，没有人理睬他，甚至没有人看他一眼。

早操结束了，学生老师都陆续回教室了，操场一片安静。叶老二像是被钉在了那里，动弹不得了。他仰起头，希望那一扇扇窗子旁能有一双眼睛，一双对他流露出不舍的眼睛。但所有的窗子旁，都是空荡荡的，没有一个人影，他最后的期盼落空，他拍拍大门，说："看来，只有你才会舍不得俺了。"

叶老二斜挎了包，戴上蓝色卡其布的帽子，冲着大门挥挥手，一步一回头。

"胖老头，胖老头。"叶老二刚刚穿过南北院之间的马路，就听到这样的叫声。他转回头，他笑了，满眼带泪地笑了。是亮亮——张文清的儿子。

亮亮看到他，"哇"地哭了，招着小手，就跑过来，边跑边说："胖老头，我是偷着出来找你的，你不要走呀。"

一辆吉普车快速开来，孩子的眼睛被泪水模糊，眼里只有那个就要离去的玩伴儿。危险在即，叶老二冲回来，伸手推开了孩子。就是这一推，孩子踉跄倒地，手臂和腿部擦破了几处，但无大恙。可叶老二被撞倒了。只是，他没有他的哥哥叶大爷幸运，叶老二再也没有站起来。

中午，风尚小学又恢复了以往的井然有序。大门打开了，学生们回家吃午饭了。最后一个学生离开后，墨绿色的大铁门又悄悄地关上了。

艳阳高照，墨绿色的门上隐约可见点点血迹。

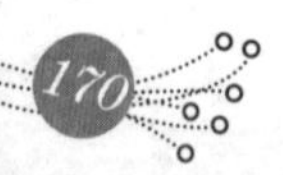

如梦佳期

一

我在下午六点的闹铃中醒来。不，应该说是晚上，但对我——一个夜总会的歌手而言，恰是“白天”的开始。

整整十三年，我从没有真正的白天。

今晚九点，在本市最火暴的夜总会——“梦尽天涯”，有我最后一次演出。三天后，是我的婚期——和那个叫陈伟翰的台湾男人。

夜色渐浓，窗外的车灯由远而近，滑过窗台，在玻璃上刻下一行行微雨的身影。清凉的夜晚，没有夏季的迹象。我喜欢这样的夜晚，祛除了燥热，平添了沁人心脾的舒爽。

我打开玻璃窗，任由细雨轻轻地斜飘入室，还有那一阵凉爽，心旌也随之荡漾。

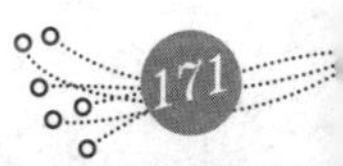

对面是一家西餐吧，隐隐约约的钢琴曲，乘着一束束烛光舒缓地渗透出来。在玻璃转门里进进出出的是成双成对的情侣：那些装扮如快乐的蝴蝶般的女人，在男人的臂弯里骄傲地飞翔。那曾经是我遥不可及的奢望。如今，我心中满是幸福的甜蜜——伟翰，那个叫伟翰的男人，他也让我拥有了骄傲。

我坐到镜子前，准备化妆。望着自己仍然姣好的面容，细腻光滑的皮肤，瞥一眼我和伟翰的婚纱照，竟是一脸的喜形于色。

十三年来每个晚上，我必须要涂上重重的紫色眼影，亮亮的紫色唇彩，这样才符合舞台上的光艳。在舞台上我必须艳光四射。如此高档的夜总会里唱小调的所谓“玉女型”歌手并没有多少听众，这里需要的是激情。我的声音厚重而感性，高低音收放自如，最重要的是我曾经是那么热爱歌唱，我理解每首歌曲的深意。我唱歌时，俨如在演绎别样的人生中的我。我声音里充满了思想的灵光，所以能让那些心有邪念的男人暂时收敛了肮脏。

今天，我决定淡妆出场。可以平淡的不仅仅是我在舞台上的装束，还有我拼斗多年的心境，今后，我可以只是一个优雅的消费者，可以从容地和他人谈论这段心酸的往事，甚至可以一样好奇地窥探这种繁华背后的种种争斗。

今天，我可以为了舞台而歌唱，为了歌唱而歌唱。

此后，我可以远离舞台，远离近似残忍的纷争。抛开歌手的身份，做一个平凡的女人——陈伟翰的妻子。

我突然想起托马斯，那个可爱的黑人。

那天，他很想捏一下我的脸。他说：“艾莉，你的皮肤真好，就像个 baby 一样。我可以摸摸吗？”

我微笑着闪开，我知道他没有邪恶或非分之想，只是个如小

孩子般的纯真的外国人，一个忠实友好的听众，但我还是要闪开。一直，我都是个非常冷漠的歌者，冷漠得与这家最有名的夜总会——“梦尽天涯”的豪华装裱，阑珊灯影中的迷醉是那样的吻合，又是那样的格格不入。但我依然是这里雷打不动的首席歌手，即使是极具异域风情的菲律宾乐队，也远不比我受欢迎。

除了偶尔唱几首点唱的中文歌，我基本上唱英文歌。

我可以随意和任何一个讲英语的外国人交流。因为我几乎没有间断地自学了10年的英文，但我只有高中的学历，是音乐学院附中毕业。然而，当爱好变成了谋生和养家的手段，我的歌声中便多了一份苍凉。很多人说我20岁的时候，眼神中就满是不可侵犯的倔强和坚强。

我给自己定下了条例——小费，越多越好，而我能付出的，除了歌声，只有笑容。

我的听众都知道我的原则，但他们都在窥探。所以我不能开先例，尽管托马斯每次来都毫不吝惜地用美金点听我唱的邓丽君的老歌《甜蜜蜜》，在我的歌声中尽情地晃动他滚圆的肚子，肆无忌惮地展现他快乐的笑容，并让我在已经机械了的表演中体会到音乐的美好。

……

甜蜜蜜

你笑得甜蜜蜜

就像花儿开在春风里

……

托马斯在台下的辅助表演会感动我。我在音乐的间隙给他一个专注的感激的微笑，但仅此而已。我知道下面有无数双想洞穿我的眼睛，他们不怀好意。

不过，今晚，我可以给托马斯一个礼节性的拥抱了。

“咯咯。”想到他看到我朝他张开双臂，一定会又惊又喜地大幅度地耸肩膀，我不禁笑出声。我被自己的笑声感染，更加雀跃更加欢畅。

我在房间的中央做了个360度的旋转，丝质的睡袍贴裹在袅袅婷婷的身上，我把右手放在胸口处，躬身，再次练习着潇洒的谢幕。

电话铃声响起，是伟翰。

“亲爱的。”并不新鲜的昵称，经由他一口纯正的台湾腔道出来，便平添了几许柔情蜜意。

“嗯——哪！”我拿着手机，倒在沙发上。调皮地把脚板顺着沙发的缝隙探进去，直到脚趾触到疙疙棱棱的弹簧，才稀里哗啦地笑开了。

“怎么了？”伟翰不知我出了怎样的状况，好奇地问。

我又“咯咯”地笑了，清清楚楚地蹦出两个字——高兴。

伟翰在电话那头也憨憨地笑了。“亲爱的，这边的生意还没有处理完，今晚不能去看你最后的演出了。”语气中充满遗憾。

“没关系。”我翻了个身，趴在沙发上，收了收小腹，练了下后踢腿。今晚要唱首劲歌。

“自己打车去吧。注意休息，别太辛苦了。”回到家乡后，只要有时间，他都会陪我去夜总会。他不在时，我总是匆匆地去，急急地回。

“不——辛——苦。”我拉长了声音回答，心里在偷笑。

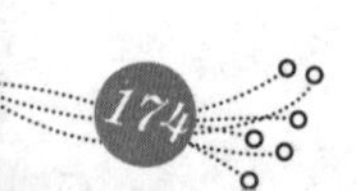

伟翰，这个笨男人。我怎么会觉得辛苦呢！此时此刻，我只有暖暖的幸福。

伟翰又说了很多温情的话，他真的是个温暖的男人。从情人到爱人，他的绵绵情话又多了几分真切。我则多了几分感动，情人和老婆在面对情话的时候是有差别的。

二

挂了伟翰的电话，我收拾出门，想早些去“梦尽天涯”。我仍有莫名的开心和快乐。

我像个第一次走进大城市的乡下孩子，总有说不出的新奇和蠢动，我需要向别人倾诉，我需要有人和我分享，我期待有人和我一起谈论那个给了我无私的爱和一个温暖的家的男人，那个真真切切属于我的伟翰。

其实，打小我就有一种悲观的偏见。这个世界是由男人和女人组成的，但不会有一个男人对一个女人付出无私的爱。这样的悲观缘于我的父母。

我父母亲是极不般配的。父亲高高大大，非常潇洒，母亲瘦瘦小小，腿有微跛。他们是在我爷爷和姥爷的安排下结合的，爷爷和姥爷是结拜的兄弟。

母亲因为残疾，几乎没念过书，没有过工作。而父亲却是高中毕业，后来还成了一个街道小厂的厂长。在我的记忆里，父亲从没用正眼看过母亲，甚至稍不顺心还会打骂她。母亲也不在意，她似乎没有想过爱情，嫁给父亲就是如爷爷和姥爷希望的那

样——能有长期饭票。

从我记事起，我总是瑟瑟缩缩地躲在父母的吵闹中。不，不是吵闹，是爸爸对妈妈的呵斥和殴打。小小的我很想去保护妈妈，却一次次被妈妈拦住。

妈妈说她习惯了，说："咱们得靠你爸养活。"妈妈还告诉我，她嫁给爸爸时就明白：为了生存，就得忍受。

妈妈说以前爷爷活着的时候还好，爷爷是唯一能够管得住爸爸的人。

有一次，不知道什么原因（其实，很多年来我也一直在琢磨他们之间真正的吵架原因，或许每次争吵都没有原因，即使有，也不能称为原因），爸爸又对正在淘米的妈妈大吼，妈妈小声嘀咕了一句，爸爸就冲过去，很熟练地给了妈妈一个耳光。妈妈抬头看了爸爸一眼，眼里全是泪水。妈妈抬手在脸上抹了一下，撇干淘米的水，把米下到炉火上的锅里，转过身，慢慢地蹲下来，开始择地上的蔬菜。但爸爸的火气并不见消，还在继续大声骂着妈妈，手指头还在妈妈头上点来点去。经过的邻居纷纷侧目，甚至好奇地张望。后来，姥爷赶来了，耐心地和爸爸说了很久，爸爸的怒火才有所收敛。再后来，爷爷也来了，一把拨开姥爷，抬手一个耳光朝爸爸的头顶盖了过去。

爸爸双手蒙住头，四下闪躲。爷爷怒目圆睁，追赶着爸爸，姥爷在中间拦着爷爷，护着爸爸。就在爷爷要打上爸爸时，姥爷一把拦腰抱住了爷爷。

爷爷火气小了，气却喘得急了，花白的胡子一颤一颤地，上面还沾着训斥爸爸的口水。

爸爸远远地蹲着，在爷爷不说话时回上一句，但都会招来一通痛骂。

这是妈妈讲给我的，她讲述的时候竟然只有沧桑的麻木，仿佛在叙述别人的事情。而我幼小的心则紧紧地扯了扯。

父亲外面一直有女人，但我觉得父亲对母亲不好，不是因为别的女人，也不是因为他和母亲的婚姻是父母的包办，他就是个自私小气的男人。因为他对自己的女儿——我，也从不关心。他只爱他自己。

后来，我稍稍改变了些那样的想法，是因为妹妹妙妙的出生。

妙妙整比我小了七岁。妹妹出生，父亲由工人升为车间主任，父亲说妙妙是我家的福星。父亲抱着妙妙的时候早已合不拢嘴。但母亲告诉我，我小的时候他从没抱过我。因为那时候爷爷刚刚去世，他想和母亲离婚，可母亲却有了我，于是管不了他的奶奶以死相逼，终是没能遂了他的心愿。这样父亲就把我当成了阻拦他幸福的绊脚石。厌恶是必然。

现在我成了全家的主心骨，成了全家的福星。我和伟翰的婚讯，是一家人的福音。每每说起我的婚事，一家人都在别人的羡慕中毫不掩饰地咧开了嘴。而我再也不需要为一家人的食宿而奔忙，不再担心妹妹的学费，不再处处筹划爸爸的药费开销，不再叮嘱妈妈每天的用度。我，也不再是那个叫“艾莉”的歌女。

“艾莉”只是我演唱时的艺名，我真名叫梅梅，因为出生在寒冬腊月，姥爷便给我起名叫梅梅。后来，我想，大约是出生的时候太冷了，所以我的脸上才是永远的冷若冰霜。

妙妙不仅得到父亲的疼爱，就连母亲也更爱妹妹，因为母亲说妹妹喜欢笑，她看了也开心。不像我，不喜欢哭，更不喜欢笑。说到此时，妈妈会把我俩搂进怀里，用她那双粗糙的满是老茧的手轻轻抚摸我和妹妹的脸。我身子一扭，走开了。只留下妹妹在妈妈的怀里吃吃地笑。

但是我对天发誓，我从不妒忌妹妹，相反我比谁都爱她，因为妹妹出生后第一次睁眼看到的人就是我，那一刻我便再不觉得孤独。

姥爷是给我爱最多的人，他生前经常说：“从小看大，梅梅是个善良懂事、聪明内秀的孩子，她父母亲将来必定能指望上她，妙妙也得由她照顾。”

我知道姥爷是说在妙妙不到一岁的时候，有一次感冒很严重，鼻子被鼻涕阻塞，小小的她不知道自己用力气，她的小脸被憋得通红。家里人都很焦急，又束手无策，那时自然没有用工具抽鼻涕这样先进的医学设施。妙妙几乎喘不上气，我好怕，怕她死掉。于是我从父母亲的身后默默地挤过去，在父亲愕然的呵斥中俯身——用嘴吸出了我以为可以要了妹妹性命的东西。而后，妹妹的脸不红了，我却大吐不止，脸色如青菜般的绿。然而我微笑。

姥爷每次说起时，我都会感激地望着他，之后会转过身。因为我从不想让人看到我流泪。我的眼泪都在无人窥视的时候才无声暗流。

我很倔强。父母不喜欢我，我心里难过，但嘴上从不说。尽管我的声音自小就美妙绝伦，我自信于我犹如天籁的绝唱，但我惜字如金。这是性格，天生的东西，想改变很难。我暗自流泪的夜晚，在心里无数次喊：“爸爸妈妈请你们爱我，我也爱你们。”然而寂静的夜里也没有人听到我心底的吟唱，我一直只能是寂寞的歌者。

伟翰，是你，把我从寂寞中救赎出来。

现在，我的脸上总有一抹满足的笑容，我会小鸟般地依着伟翰的肩膀，我会把头拱在他的胸前，我会任由他抚摸我的长发，

任由他紧紧地揽我入怀，任由他气喘吁吁地在我耳边说着绵绵情话。

三

天空中仍然飘着小雨点，却增添了人们出行的兴致。许多亲昵的伴侣，迎面走过。那些不慌不忙踱着方步的俊男靓女，带给晚景无限的朝气。五光十色的晚装，在橘黄的路灯下，泛发熠熠耀眼的光彩，如同炫耀他们年轻的财富。我在花样年华时期，能遭遇真心疼我的伟翰，给我一辈子幸福的承诺，并让我时刻感到温暖。我颔首会心一笑，与他们擦肩而过。我真为自己这几年的打拼庆幸，我甚至觉得自己童年的那些痛与苦都得到了欣慰的补偿。

爷爷刚刚过世，我就呱呱坠地了。爸爸一心都用在公事上（其实也可能是为了逃避在家庭中的纷争），但单位的效益并不见佳，家里的日子过得颇有些紧张。爸爸要和妈妈离婚，却遭到了奶奶的拼命阻拦，我和妈妈就成了爸爸的眼中钉。妈妈对我过于在意或者疏忽，都会招来爸爸的痛骂，甚至殴打。我一开始在妈妈号啕时，吓得跟着大哭。但后来他们吵架时，我只是一会好奇地看着愤怒的爸爸，一会懵懂地看着妈妈。即使在妈妈悲痛欲绝时，我也只是紧紧搂着妈妈的脖子，奶奶也只能在一旁偷偷抹眼泪。

我开始上学时，比一般的孩子要晚一年。我的少年老成，我的性格沉稳却被所有老师喜爱。我会早早来到学校，我会及时完成老师布置的功课，即使无所事事，也会很乖巧地坐在那里，而不去和同学们聊天。

而真正令老师喜欢的，是我的音乐天分。最早发现这点的是姥爷。我还没有上学时，姥爷一次带我去看一部全国热播的武打电影《少林寺》，看完走出影院时，我还在为那些激烈的武打镜头兴奋不已，便信口唱了刚刚学来的一句——“日出嵩山坳”，其实我就记住了这一句，唱的也绝对跑了调。姥爷却特别开心，把我高高地举过头顶。打那以后，听我唱歌成了姥爷的一大乐趣。即使刚刚“平复”了爸爸和妈妈的吵架，姥爷也会故作开心地要我“来一段”。

从小学到高中，每当有音乐活动和比赛，我几乎是免试参加。而且无一例外地为学校挣来荣誉，老师对我的评价总少不了“积极参加各种有益的文娱活动，有强烈的集体主义思想”，我得到的奖状挂满了我和妹妹共住的小房间，那些奖品和奖杯成了妈妈向他人夸耀的资本。爸爸对妈妈的这种行为通常会大斥“浅薄”，但在妈妈转身后，他的嘴边也会有一抹隐约的笑意。爸爸和妹妹说到开心处，抬起头哈哈一笑时，眼光也会偷偷地扫向我。我总是假装没看见，但心头仿佛突地一热，然后一股暖暖的热流在全身游走。

我最喜欢的是在台上领奖的感觉。我笔直地站在台上，表情庄重而严肃，下面是一张张渴望和羡慕的眼睛。当老师把奖状、奖品或者奖杯小心地放在我的手中时，我读懂了他们期许的微笑，也读懂了所有人雷鸣般的掌声，我总会有热泪盈眶的感觉。但我会表情僵硬地压抑着心里的诸多感受，强忍着眼泪，婆娑的目光穿过他们热情的欢呼和忘情挥舞的手臂，甚至穿过了礼堂厚厚的

墙和高高的屋顶。“在更远处，有你成功的希望”，音乐老师每次给我指导练声时，都会一遍又一遍地鼓励和告诫。我的目光随时可以点燃希望的篝火。

我高中就要毕业时，大家从头到脚都笼罩在空前紧张的气氛中。但比我更积极，更紧张的却是我的老师，她为我找来一大堆音乐学校的资料，耐心地为我分析各学校之间的差别，详细结合我自身条件的优劣，指点我择校的得失和具体走向。我开始只能一头雾水地听着，似懂非懂地茫然点头，在老师严肃的眼光下尴尬地笑。当老师抹去一把又一把的汗水时，我总算有了一点脉络。

那天，我在老师的家里留得很晚，填写那张我觉得相当神圣，老师认为格外重要的志愿表。她的神情根本不像辅导学生填志愿，倒像是给自己行将出嫁的女儿置办嫁妆，无论大小件，都要合了女儿的心意，更唯恐小小的纰漏，影响了女儿一生的幸福。最后在我昏昏欲睡时，才看到老师那疲惫的脸上好像有了轻松的笑容。老师小心翼翼地把志愿表收好，准备第二天代我交上去。“这紧要关头你别有什么闪失。”老师慎重地说。

第二天，我得到姥爷过世的噩耗。那是我记事来，第一次放声大哭，而且在众目睽睽之下。毫不夸张，我哭得昏死过去。在我没有欢乐充满压抑的童年，姥爷难得的笑容就是我的阳光天堂。爸爸对我总有无名业火，孱弱的妈妈缺乏保护的能力，奶奶只有一声接着一声无奈的叹息，唯有姥爷会变着法子让我忘记恐惧和烦恼。一颗棒棒糖，几块饼干，一个橘子，姥爷总是毫不掩饰对我的喜爱。我也只有看到姥爷时，才有笑脸。幼小的我习惯了疏离，习惯了冷漠，但我会让姥爷紧紧地抱在怀里，轻轻地搂在胸前，有时我也会在姥爷刚刚坐下时，就迫不及待地扯着姥爷的衣襟，爬到姥爷的腿上，接过妈妈倒来的水，晃悠着举到姥爷的嘴边，等姥爷喝过后，再双手捧在手里。我经常骑在姥爷的脖子上，让姥爷驮在背上，然后在姥爷的怀里睡着。这个慈祥可亲的老人走了，一直苦苦维系着我亲情的绳子突然断裂，其他的家人对我来说，根本只是一道老式的屏风，没有古董的价值，更缺乏遮风挡雨的作用。

醒来时，是满面泪痕的妙妙在我身边，她稚气的声音说："姐姐，以后我会爱你。"我抱住妙妙，任泪水尽情流。12岁的小女孩竟然看透了我的恐惧。妙妙自小乖巧伶俐，讨尽父母欢心。妙妙机灵聪敏，知道我的孤独，总会在不经意间拉一下我的手，在我侧目的当儿，绽一个甜甜的笑，让我感觉到清冷的空气中青草的味道——美妙而甘醇。

19岁，真是我人生的沼泽。在老师的陪同下，我忍受着失去亲爱的姥爷的悲痛，参加了专业考试。却又马上陷入无法继续学习音乐的泥潭。我没有办法拔出我的腿，责任让我只能深陷。

我的父亲病倒了。那天，我赶到医院时，父亲刚刚被急救过来。原来，父亲所在的小厂终于倒闭了。那时刚刚有了"下岗"的名词，而父亲是它的第一批使用者。从厂长到下岗员工，父亲多年的情人也离开了他，他突发脑栓塞，从此半身不遂。我并不同情父亲，甚至心底最深处隐约觉得这是上苍对他的报应。但他是我的父亲。我还有一个腿脚残疾，根本不懂怎么应付生活艰辛的母亲，还有年幼的妹妹。妈妈看着进进出出的医护人员，欲哭无泪。妹妹愕然地看着我，眼里除了恐惧，只有慌乱的无助，像是说"姐姐，你会管我的"。我的腿仿佛突然没了劲，浑身不住地哆嗦，一下跌坐在病床上。我的眼睛怔怔看着病房的墙壁，思绪却不知道游走到了哪里。一家人静默了许久后，我像被针扎了一样，腾地站起，把散开的头发在脑后扎了个刷儿。

我说：“爸妈，以后我养家。”我把妙妙揽在我单薄的身体旁边。

父亲躺在床上，全身仿佛痉挛了一下，嘴巴使劲歪了又歪，像是想说什么，却始终没有发出声来。两行浊泪顺着荒凉的双鬓淌了下来。

“爸爸，你……放心吧！”我含着泪，微笑。

我的专业课成绩下来了——第一名。听音练耳竟然考了 92 分。但我放弃了文化课考核，我要工作！我要挣钱！我要养家！尽管我只有 19 岁。

老师找到我。“梅梅，你知道吗？音乐的造诣是天分。声乐和键盘还可以练习，但听音练耳不是每个人勤奋就可以的。珍惜你的天分呀。你完全可以成为一个歌唱家，甚至作曲家。”

我低头。我用鞋尖一下一下蹭着地，地是水泥的，蹭的我脚趾有点疼，但我一直没有告诉老师我家里的情况。因为我清楚，即使老师为我申请奖学金，但我的父母、妹妹谁来养活？

我曾经用整整一个上午和伟翰谈及我的这一段往事，在我的絮叨和抽噎中，伟翰怜惜地从背后搂着我，嘴抿得铁紧，眼睛里闪闪烁烁的，沉默良久后，说：“梅梅，让我来养活你们。”声音不大，但很坚定。

四

雨渐渐大了，我拦了一辆出租车。

“去梦尽天涯。”我摸了摸头发，有点湿润——像伟翰的吻。

伟翰一直是个细腻而温存的男人。一回家，他会先给我泡上一杯茶，或者煮上一杯咖啡，然后将我环在怀里，细心地嘘寒问暖。他的脸上总是微微笑着，我可以放心地停靠，可以尽情地撒娇。我的饮食起居差不多由他打点，他就像阳光雨露般地滋润着我，我的打工生涯，我的情感世界仿佛走进了大肆收获的秋天。

而我，当年远离家人，也正是在秋天。我和几个人一起去了广东潮州，开始了我驻唱的生涯。我知道我的性格不适合做驻唱歌手，我是应该属于真正的舞台的。但我别无选择——妹妹还要继续上学，父亲的医药费是一个填不平的窟窿。

赚钱，我要赚钱，从此我必须爱钱。

我离家那天只拎了一个小箱子。父亲还不能下地行走，没有办法送我，母亲沉浸在离别的伤感中，还需要我去安慰。他们就那样眼巴巴地看着我，直到走出楼门很远，我才让眼泪流下来。

“姐。”我回望的当儿，妙妙哭着扑进我的怀里。

秋天的落叶纷纷，缀满我们姊妹的衣襟。她是白衣，我是黑衫。

妙妙摇着头，说：“姐姐，是不是很久很久不能看到你了？”妙妙稚气的小脸是一脸的灰尘。“姐，我长大了要挣很多钱，我要做有钱人。”

我再次把她抱在怀中。“妙妙，姐姐会挣很多钱，让你上重点中学，上大学。”

“姐，因为我们穷？你才要去远方？”

“不，因为爱。”我擦干妙妙的泪。我微笑，眼泪却簌簌而下。

妙妙又抽搭了，姐妹俩终于抱头痛哭一场。

我这一走就是八年。而这八年我吃尽了苦头。

我一直辗转在广东的几个小城。我是无名小卒，不可能在高档的娱乐中心演唱。我在几家小饭店、小歌厅里赶场。我不活络，不会“轧”听众的花篮。一个花篮就是200元，歌手和老板平分，就能得100元。那是多么有诱惑力的数目，但我忍受不了那些人在送花篮时淫笑的嘴脸和放纵的眼神，甚至动手动脚的粗俗。于是我比别人更加辛苦地歌唱，从开场直唱到打烊。我的夜宵通常就是饭店里的剩饭。那些广东人似乎很有钱，他们总是剩下很多美食。老板会把比较好的食物留给我，我在同伴们的讪笑中默默地吃——我很饿，也很开心。我可以省下更多的钱，钱对于我来说太重要了。

我第一次给家里汇款足有五千元，而我从来没拥有过这么多钱。那是第一年的春节前夕，很冷的一天，我觉得比我北方的家乡还要冷。可我的额头却有点点汗涔。把钱揣进棉衣里，放在胸膛的正中间，双臂紧紧交叉在胸前护住它，生怕别人抢去。我没有戴手套，手露在外面，几乎冻僵，但我的脸上是无比幸福的笑。

同伴说：“梅梅，你那么漂亮，想赚钱很容易。”

我低头。

“卖笑比卖唱赚钱容易多了。”

我狠狠地给她们一个白眼。

她们冷笑。“得了，你不是歌星，只是个卖唱的，和卖笑没有分别。有分别的是年龄，等你老了想卖笑都没人要。你看看红姐，难道还不明白？”

红姐就是带我们来这里的人，她已经30岁了。当初是我们那个城市很有名气的歌手，是受尽听众，受尽男人追捧的女人。红姐很漂亮，30岁的时候仍旧漂亮，只是在那些来歌厅买快乐的男人眼里30岁的漂亮也抵挡不过20岁的风华。所以，30岁的，仍旧漂亮的红姐是已经过气了的。

我和红姐也不亲近，她已过气，我被排挤，两个边缘人，却分布两极，有没有交点并不是我们渴望的，但红姐和我渴望的一样——钱。常常看到红姐卑躬屈膝地去讨好那些色迷迷的男人，任由他们的脏手在胸部、臀部、大腿摸索。

我瞧不起她，在我看来，她就是个艳俗的女人，为了钱可以不要一切的女人。我和她不同，我要钱也要尊严。不过我也不像那些刻薄的同伴们，总在红姐出台的时候把所有肮脏恶毒的字眼喷吐。

“梅梅，你有没有在听？”她们在对红姐一通耻笑后仍旧不放过我。“有个老板看上你了，让我们帮忙呢，真的，你要是跟了她，就享尽荣华富贵了。只是……”她们说到此，讪笑不止，“只是，你还是不是雏儿呀？他可只想找个雏儿，好好养起来。所以红姐怎么靠都靠不上呢。”又是一声透着幸灾乐祸的笑。

我冷冷地一声鼻哼，转身走开了。新人必然会饱受欺凌，这是生存法则。

她们早已习惯了风月场上的调笑，也漠然了欢乐园里的堕落。清高与正经和她们的思维方式和行为习惯格格不入，我的冷淡更是强烈地刺激了她们脆弱的神经。我也为此付出了代价：她们会偷偷把我的演出服的后拉链弄坏；会在我要出场时故意绊倒我；会在我赶场的间隙，把我赖以代步的自行车车胎扎了，让我穿着演出服在街上奔跑。

我容忍她们，我知道我和她们不一样的生活是对她们的伤害，因为她们心里明镜似的清楚她们的卑贱。我不想再割她们的伤——原本都是有梦想的女孩。

一次，我偶感风寒，找一个名中医开了药，她们就往我浸泡

了中药的杯里放胡椒粉。我只喝了一口就呛出了眼泪。她们在一旁偷笑，我所有的积怨终于爆发。我发疯般地扑向那个主谋，我歇斯底里的吼叫和豁出性命般的殴打让她们胆怯了。我的嘴唇被自己咬出了血，刚刚化好的妆，被眼泪和汗水弄成了大花脸，活脱脱是一个钟馗的形象。在大家的推搡中，我手里有一把从对方头上揪下来的头发。后来原本要帮忙的其他人全被吓住了，没有一个敢凑上前。

我们俩筋疲力尽地瘫坐在地上。两个人都已经衣衫凌乱，大口大口地喘着粗气。最后，我们连谩骂和哭泣的力气都没有了，只有两道仇恨的目光纠葛在一起。但我的嗓子原本已经发炎了，那胡椒粉差点让我失声。

我休息了两天。就在这两天中，红姐竟然来看望我。打开门，看到她的刹那，我很惊愕，而后木然。我和她没有交情，尽管一起出来，但之前也不认识。我也不想和这样的女人来往。我请她坐在房间里唯一的一张凳子上，那张凳子是放箱子的，我把箱子搬到床上。我不想她坐在我的床边。心底里，我觉得她脏。

“梅梅，我给你送来些治疗嗓子的特效药。我们靠嗓子吃饭的，没有嗓子不行。”

“嗯。”我想说些感谢的话，可我的喉咙很紧。我不知道她葫芦里卖的什么。不错，我就像只受伤的小刺猬，随时都把自己的刺儿支棱出来，好完好地保护自己。是呀，我一个女孩子，孤身在外，这样复杂的声色场所。我不保护自己谁来保护我？

我想到了肖可，那个俊秀的键盘手。他对我说过，他愿意保护我。我只淡淡地看了看他，没有回应他期待的目光。我是有些喜欢肖可的，他真的是女孩子都会喜欢的男孩——俊朗而清新。特别是在这次事件后，听说他警告了那个整蛊我的女人，于是我的脑海中便常常浮现他的样貌。

“梅梅，那你好好休息，我走了。”红姐见我沉默而冷淡，知趣地起身要走。

我也站起来送她。她把那包药递给我，我竟然有些迟疑，是接受，还是拒绝？绝对不是因为看不起她才犹豫，而是因为我不想欠下她的人情。从小就尝尽冷暖的我，从不想欠任何人的人情，欠下的总是要还的，还不如就靠自己。

“梅梅，你是不是不愿意接受我这样的女人的好意？”红姐说着，竟是一把辛酸的泪。

我不知所措，毕竟她是来探望我的。可我又不知如何回答，便愣怔着。

红姐忽然又笑了，是苦苦的笑。“梅梅，我知道你看不起我，我做的事情也没有办法让人看得起。”她更加夸张地咧咧嘴笑，继续说：“可我不后悔，要说后悔就是我错过了最好的时间，最好地利用自己赚钱的时间。”

我张张嘴，想反驳她，却被她脸上无比坚定的神色镇住。那是我能感受到的一种真实的悲壮。我忽然觉得她一定有可以被理解的理由，觉得她真的是一个很好的女人，觉得她的故事会对我有帮助。“红姐，你一定有你的苦衷，如果你信任我，我愿意聆听。”

红姐愕然地望着我。我冲她点点头。我们并排坐在床边。

红姐算是第一拨唱流行歌曲的，但不管第几拨，永远存在一个现实——不是出名大红大紫，就是混迹歌厅，吃那碗青春饭。红姐是有过机会的，只要她委身于一个歌舞团的领导。但她没有。她之所以没有，却绝非多么响亮的原因。她只是为了一个男人，一个为音乐疯狂放浪不羁的鼓手。

红姐不顾所有人的反对嫁给了鼓手，有了他们的孩子。鼓手并没有因为为人夫和为人父而收敛他的不羁。红姐也能给他找借口，她对关心她的人们说真正的音乐家本来就是个性十足的。关心她的人都远离了她。鼓手也终于在疯狂和放浪中沉沦。鼓手越来越暴虐，打她打孩子。红姐经常鼻青脸肿地去登台。她没有办法休息，鼓手的暴躁性格令很多老板不愿意雇佣他。家里的经济来源主要得靠红姐。即使这样红姐都忍受了，她是那么爱那个鼓手。

然而鼓手却一而再，再而三地和圈子里的女人鬼混，把红姐辛辛苦苦挣来的钱全花在了别的女人身上。当她连孩子的奶粉钱都无力支付的时候，她第一次和一个港商开了房。那港商早对她垂涎欲滴，进了房间便迫不及待地扑了过来。可当那男人扒光了她的衣服，兴奋地伸手在全身抚摸时，却摸到了她剖宫产的刀口。男人直起了身，开了最亮的灯，定睛凝视她，看到了她腹部的正中央——那道明显的疤痕。男人失望得几乎不能再有一点点的兴奋，只给了她 50 元，就草草地结束了。

50 元？就算是在那个时候，也仅仅是那种最低级的“小姐”的价位。而红姐，她还是歌厅里很红的歌女呢。

红姐说到这儿，眼泪竟然干了。“梅梅，很可悲吧？”

“不！”我不假思索地回答，不停地摇头，好像只有这样她才会相信我的话。

红姐在笑，还有两行泪。“有了第一次，就不会太在乎了。从此我就横下一条心。为了女儿，我必须多挣钱。”

“那个鼓手呢？你还和他一起吗？”我有些好奇，更有种期待，冥冥中希望那个鼓手能回归到丈夫和父亲的角色。

“早分开了。”红姐捋了下发，舒了口气说：“都是一个圈子的，

很快他就听说了我的事，气疯了，和我离了婚，除了孩子，什么都没给我。于是我把女儿托付给父母，就出来了。来广东已经三年了，不知道什么时候会回去，毕竟这边比咱们那里好挣钱，而挣钱是我唯一的想法。我得养活女儿，得让她以后能过好的日子。”

同是天涯沦落人。我想给红姐一个安慰，甚至希望自己能给红姐一些帮助。但环顾自己的处境，突然发现自己的卑微与弱小，竟连合适的宽慰话都憋不出来。

“梅梅，我知道你是个很洁身自爱的女孩子，虽然我这样了，却很想帮助你，请你相信我没有丝毫的目的。”

“嗯。”我使劲地点头。“我当然相信。因为我们同命相怜。”红姐的身世对我影响很大，她像是我的一面镜子，一面擦拭得并不清晰的镜子，我在模模糊糊中仿佛看到自己的以后。

那天夜里，我不停打寒战。

两天后我决定疏远肖可，那个我今生第一次心动的男孩子。我决定在不出卖自己的情况下可以出卖笑容。我想挣更多的钱，想回家。果然，我淡淡的笑容就抢尽了她们的风头。我一改过去那种死板的唱法，开始学习那些很有风韵的舞蹈，慢慢学会了在唱歌的间隙和观众互动调侃，退场时在大家的尖叫和欢呼中风情万种地频频飞吻。渐渐地，我成了这个小圈子里小有名气的歌手。我有机会在比较高档的夜总会驻唱，也在有些大商场的开业或其他庆典活动中“隆重出场”。

连续一个月，有一个听众每晚送两个花篮，我沉浸在两百元的提成中。我算了算，一个月就是六千。我不否认，那些钱让我激动。至于是谁愿意做冤大头与我无关，我不在乎别人的议论。我爱钱，我需要钱，但我从不把这些当作堕落的借口。我涂着蓝

眼影，穿着露肩露腿的演出服，我仍然清纯，我想即使有一天我真的堕落了，我也不会掩饰。我性格中有一种东西叫作真。

真正见识过女人的男人会一眼洞穿女人的内心，甚至骨髓。无论你是深沉的歌者，还是卖笑的歌女，在他们眼里都是赤裸的。当然，冷漠会是质地最好的外衣，将我包裹得严严实实。所以，对那些脸上堆着笑，心里藏着鬼，热情地请我吃饭喝茶，甚至一个月来连续送花篮的人，我即使嘴上客气，内心深处却十分鄙夷。我只想让我的父母摆脱生活的困境，我只想让我的妹妹能上一所好学校，能让我的家人没有后顾之忧。

而我在伟翰身上能收获到梦寐以求的爱情，更是我始料不及的。

五

下了车，迎面走来几个同事。

“梅姐，”她们热情地招呼，“今天的气色太好了，看看人家的日子过的。”

“不是日子，是爱情的滋润。”

“等哪天咱也红了，就算熬出头了。”

她们都是舞蹈演员，几个小丫头刚刚入行，还没有尝到其中的艰辛。

我抿嘴一笑，有很多在行内“红”过的，可最终得到的却并不是幸福。我能遇上伟翰，是我前世修来的洪福。

我慢慢蹿红，但并没有让我如期轻松，带来的却是更加严重的“灾难”。我给那些同伴带来了措手不及的危机，尤其那一场恶战一直让她们耿耿于怀。

她们会在大热天故意弄坏我的小风扇，会藏起我刚刚买来的扇子，会在我穿着高跟鞋走下舞台时故意推搡，会在我穿着白色演出服登台后，偷偷在我的椅子上涂上与皮质颜色一样的涂料。当我正疲于应付她们的小伎俩时，一个阴影恶魔般地向我扑了过来——我在各种场合的露面，已经给我招来了更大的麻烦。

“梅梅，你下班后和我去应酬一下。”一天，我刚刚走下台，正在卸妆，经理凑到我身边悄悄说。

进了一个中包厢，一对儿男女正在鬼哭狼嚎地唱着《纤夫的爱》，还有一对儿坐在沙发上，男的四十来岁，女的很年轻。他们正兴奋地玩色子喝啤酒。另有两个男的，三十上下，膀圆腰阔的，坐在旁边的沙发上，一言不发。

经理一进去，就躬步向前，“虎哥，稀客稀客。”那个叫虎哥的也不见起身，甚至身子都没转过来，伸出左手，让经理握着，被动地颠了两下。嘴角一瞄沙发：“坐，坐。”

窦山虎是一个在当地颇有来头的人物，黑白两道都玩得挺转，与别人合伙经营房地产，听说也放高利贷，很多开娱乐场所的人都怵他三分。都说他在城南跺一脚，城北都会抖三下，大家当面叫他“虎哥”。背后也叫他“抖（窦）三抖”。

我以前也听红姐说过此人，一直躲着他走，其实也不用躲，我那时还是个不起眼的小不点。其次还有一个想法，大不了拔腿就走，“此处不留爷，自有留爷处”，这是在这一行里的行话。可到了现在总算“二十年媳妇熬成婆”，真要走了，重起炉灶另开张，却先犯了犹豫——毕竟，我那还在上学的妹妹，我那年迈的

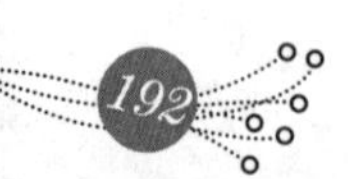

爹娘，都眼巴巴地指望着我呢。所以很多时候，虽然累，虽然不情愿，虽然心里恨得牙痒痒，却不得不跟在经理后面去应酬。孤身一人漂泊在外，一无远亲，二无近邻。真要靠自己去拼搏，很多时候，只能是“人为刀俎，我为鱼肉”啊。但我一开始就跟经理约法三章——我绝不喝酒。经理肯定不乐意，他一开口我就把脸拉上了，死猪不怕开水烫。再加上近来我给他聚拢了不少的人气，他也不至于就跟我来横的。上了酒桌，能挡就挡，不能挡他就死扛。有时候曲终人散，看他脚步踉跄，满嘴胡话，还惦着给人装孙子，心里除了环顾自身的悲凉，竟还有一份对他隐隐的感激。尤其，在他说完要应酬后，嘴边那一抹谁也猜不透的苦笑，我也一时没了再拒绝的勇气。

“这位小——姐……”虎哥故意把“小姐”两个字拉得很长，“叫梅梅吧？”说完，眼光在我身上肆虐了一遭。

“是，是，”经理连忙应了，“梅梅，叫虎哥。”

“虎哥，你好。”我想我笑了，但不知脸上笑出来没有。

“好，好。来，坐，坐。”虎哥使劲往里挪了挪，示意我坐到他身边。

我看了虎哥一眼，他正靠在沙发上，仰着头，一本正经地看着电视，我在他的视线前，他却好像没有看着我。

“梅梅，你坐那。”经理侧过身，伸手在我背后轻轻推着，眼里的无奈中有一丝惶恐。

我小心地挨着虎哥坐了。一道无声的眼光射了过来，是他旁边的女孩，我读懂了眼光里的嘲讽。

“虎哥，我敬您一杯。梅梅，给虎哥倒酒。”经理先把靶子揽到自己身上。我连忙给他们倒上。

“行。”虎哥端起酒杯，在手里旋着，“梅梅小姐……一起来。”

“虎哥，不好意思！我不会喝酒。”我终于笑出来了，但肯定一脸的苦样。

“虎哥，梅梅真的不会喝酒。”经理急忙为我开脱，“来，我们干。”

虎哥微微一笑，跟经理轻轻碰了一下，眼光挖了我一把，仰头干了。我又给他们倒上。

“虎哥，今天您能来我们这里，真是蓬荜生辉。”经理抓紧跟他找话。虎哥模棱两可地点了点头。

“今天，让梅梅来看看您，总算没让您失望。”

我心里忽然咯噔了一下，暗暗瞄了虎哥一眼，虎哥还在看着电视屏幕，好像根本没听见。

“梅梅呢，初来乍到，也刚刚入行，以后虎哥多多关照。我还指着她给我找饭辙呢。”经理两头点亮了，自己中间挑着。

“好说，”虎哥哈哈一笑，一下子靠在沙发上，好像一晚上就在等着这句话，用他的手指梳了梳他那油亮的头发。“我啊，”虎哥拖着长音说，“也没别的能耐，靠各方朋友给碗饭吃，又抬爱我，叫我一声虎哥。”

“哪里，哪里。虎哥过谦了。”经理连忙接茬，“以后我这个小地方，还劳虎哥多多费心。”

“我啊……谁愿意给我面子，那就是我虎哥的朋友。兄弟你也识相，以后有谁不听话，不懂规矩的，你言语一声，我立马搞定。谁要是不愿意给我面子，不愿意交我这个朋友，没别的说的，那就是我虎哥的仇家。我向来对朋友，对敌人恩怨分明。”

“那是那是，谁敢不给您面子呢。来，我再敬您。”经理端起酒杯，伸了过来。

“好，”虎哥也端上了酒，“要不我敬梅梅小姐一杯？”

“虎哥，真是……不好意思，我真不会喝酒。”

“不会喝？是不给我面子吧？”虎哥眼里有一丝阴冷的光。

“不是，不是。”我忙答。

“她真是不会喝，不是不给您面子。”经理又把酒举起来，“来，我敬您。”

“这酒喝的，真他妈没劲。”虎哥把酒杯重重往桌子上一顿，一杯酒给晃出来一半。

“虎哥别生气，来来，这杯我代她喝了。”经理一仰脖子，干了。

“我让你代她喝了吗？你是她什么人啊？”虎哥丝毫不买账。

“她真的不会喝酒，虎哥。”

“是找不痛快吧，”虎哥火气越来越大，“我不痛快，谁也痛快不了。”

“她哪敢啊？虎哥。来来来，我再陪您喝。”经理自己又满上了。

“我看你就敢。”虎哥双眼冒火地瞪着经理。

“我更不敢了，虎哥。要不……”经理头快低到裤裆了，偷偷地扫了我一眼，“让梅梅陪您喝一杯？”

经理说完，他自己都快崩溃了。

“哼。”虎哥的脸一下子别了过去。

经理又痛苦地看了我一眼。

“虎……虎哥，”我端起经理的酒杯，强忍着心里的恼怒和恐惧，“我从来没喝过酒，今天陪虎哥喝一杯，来，我敬你。”

虎哥的脸色稍见缓和，勉强地把酒杯端了起来。

“我不会喝，就喝这一杯好吗？”

“好，来，喝。”

我把酒杯凑到嘴边，闭上眼，一口喝了。顿觉得一股涩味迅速渗透全身，只觉得五脏六腑一阵翻腾，头好像重了，浑身也没了力气。

“梅梅，来，我敬你一杯。”虎哥又倒上酒，人和酒一起向我侵了过来。

“虎哥，我真的不能喝了。”我想站起来，但四肢无力。

“不能喝，学着喝嘛。”虎哥一下靠在我的身上，“我来喂你。”

“虎哥，她真的不能喝了。”是经理的声音。

“小孩子，顶得住。”虎哥的手已经伸到我的腿上，还在不断地摸索。“来，再喝一口。”

我突然觉得无比恶心，一伸手拨开了他的酒杯。酒全洒在他的身上。

“哎呀，你看你，”经理一把拉开我，“虎哥，我给你擦擦。”经理慌忙拿出纸巾。

两个人影向我投了过来。我的双臂被抓住了。我尖叫一声，被推倒在沙发上。

“跟虎哥说对不起。”一个声音很低沉，但绝对蛮横。

“你把虎哥的西装弄脏了，你赔得起吗？”另外一个愤怒地说。

“虎哥，她醉了，真醉了。”经理几乎是在哀求。

“你给我滚。”我听到桌子杯子咣咣地乱响，还有人摔倒的声音。

“看我今天不废了你，三八。”我好像看见虎哥把外套狠狠地摔到沙发上。

我的头发被揪住，我的头快要撞到墙壁时，门被打开了，冲进来一个人。然后，我被撞晕了过去。

六

我后来才知道，虎哥他们是有备而来。

而陈伟翰那天和几个朋友来听歌，先后看到虎哥和我进了包厢，一直在为我担心。听到我的尖叫，就冲了进来。

虎哥当然不愿善罢甘休。伟翰拐了一大圈，终于找到一个在市政府的朋友，和虎哥也有交情，彼此坐下来吃过饭，喝过茶，才算安宁下来。

所以，在我恢复后第一天上班时，我就请陈伟翰吃夜宵。但他坚持一定要请我。此时我才知道，一直给我送花篮的就是他。

他带我去的竟然是一个大排档，他说:“梅梅，你这样的女孩应该喜欢来这种最自然的地方。”

我的心微微一颤，因为他叫我梅梅。我已经出来八年了，我几乎忘记了梅梅才是我的真名。此时他让我有一种想哭的感觉。我不必弄清他是怎样知道我的名字的，重要的是他给了我如家人一样呼轻唤。

月光，如水的月光。我在月光中，在伟翰的细心照料中体会到了属于我的白天的明亮。我揪着的心渐渐地平缓，我渐渐地释放出我骨子里最天真的无邪，我笑得那么流畅。

伟翰也笑了，他的笑容是宽厚而温润的。他长了一张白净而富态的脸，身材较高，偏瘦，不喜欢笑，但一笑却很动人。做服装生意，代理几个国际品牌，在大陆好些城市都设了分公司。

后来，我又要回请他，但最后还是他买的单。在他还要坚持给我送花时，我很严肃地拒绝了。他是我在这个陌生的城市里，第一个把我当朋友的人，他是第一个只叫我梅梅的人，他是第一个耐心听我倾诉的人，他是第一个真正能够从内心里给我关怀和温暖的人。

在那一个气候十分宜人，月色也很皎洁的夜里，我们又一起去吃夜宵。但我的心情却特别糟糕，总觉得灯红酒绿是别人的繁华，心里一直是空落落的——那是离家太久的人才有的感觉。

聊着聊着，我趴在桌子上哭了。

伟翰有些不知所措。“梅梅，我说错什么了吗？”

我抬起头，第一次像个女孩子般撒娇。“没有，我就是心里难受，我想家，我一直都没怎么回去过，过节的时候是这里最需要人的时候，所以春节都是在夜总会里度过的。”我这样说时，完完全全没有拘束，好像他是我的一个兄长。

但我错了，他不会是我的兄长，因为他是一个男人，一个和我没有血缘关系的男人。在我回住处前，他说出了他的想法，或者算是企图吧。

“梅梅，我很喜欢你。”

我笑。我见的也很多了，我知道他后面要说什么。夜风已经把我最后的一丝混沌吹散，我无比清醒。

“梅梅，我今年三十八，比你大近一旬，在台湾有老婆、小孩子，以前在大陆也有过情人，但我现在只想和你有个家。”

我真的庆幸，庆幸自己没有对他产生爱慕的好感。是呀，我很难爱慕谁。

他说完，眼睛一眨不眨地看着我。我却在他眼睛里看到了一闪一闪的东西。

"我考虑考虑。"我这样答复了他，自己都很惊讶。

一个月后，我答应了陈伟翰，但有个条件，就是我和他的家要安在我的故乡——我要回家。我想，我之所以会答应他除了现实的生活让我疲累和不知不觉中颓废，还因为我对自己的未来失去了信心——谁相信一个女孩子在夜总会闯荡了好几年，还能冰清玉洁呢？没人相信，也没有好男人敢找我们这样的女孩子做老婆。既然未来如此难料，不如抓住眼前，不如抓住钱。

我想到父母，想到妹妹，想到不能再唱歌后，我们一家人的生活。我实际得把自己都吓倒了，然而我有选择吗？

陈伟翰痛快地答应了，他说："反正我一个月也是世界各地飞，也就几天在大陆，我们的家在哪里我就去哪里。你回到父母身边，我不在的时候，有他们，我也放心。"他这样说时快乐得像个孩子，而我的心里竟有无限感动，似乎我不是要做他的情人，而是真正的爱人。我从没怀疑过他的善良和对我的好。我不奢求爱情，只要对我好就够了。

伟翰真的对我很好。

那天晚上，他在我的房间留了下来。我再没了平日里的坚强和镇定，我好怕。我散着长发，抱膝蜷在床上。他没有立刻靠近我，而是坐在一边微笑着凝视。他的笑是温暖的，并且有一种能感染他人的快乐。

我轻松了些，把心一横，说："给我支烟。"我想我需要某种力量。

伟翰则递给我一杯牛奶。"梅梅，喝了它，睡吧。"

我愕然地望着他。他一贯的憨憨的笑。

我们仅仅过了一个月便回了我的家乡——那座北方的大都市。陈伟翰竟然像正式结婚那样摆了喜酒招待了我的家人。我父母高兴得不得了，以为我钓到了金龟婿。

父亲这几年治疗很及时，病情有了很大的好转，可以自己慢慢地挪步了。他上下打量着伟翰，只剩下笑。他偷偷对我说：“梅梅，这就是台商呀。他很有钱吧？”

我没回答他。我已然很气恼——八年了，他的女儿离家八年了，他竟然不问一句这些年的情况。

母亲也凑了过来，见我没回答，便直接问我：“梅梅，你和他谈好了吗？他得养我们，否则就不嫁给他。”说完她和父亲一起掩嘴偷笑。

我的鼻子一酸。我不知道他们两个何时开始如此投契。我悄悄地把自己关在洗手间，我不用打开水龙头来遮掩我的哭泣声，因为即使是这样的独处，我也只是默默地淌泪。

然而我一边流泪一边苦笑。不帮我养家就不嫁给他——这一刻父母把我当作了公主，但我从来都不是公主。我知道自此我将有一个很时髦的称谓——二奶。

但我家里是有公主的。妙妙已经长大成人。

不错，我们两姐妹都是美人，只是我美得让人难以靠近，而妙妙则令人无比爱怜。我看着妙妙时，绽放的是我最温柔的笑颜。

“姐。”妙妙甜甜地叫我。“姐夫。”妙妙同样甜甜地叫伟翰。

伟翰立刻给了妙妙一千元的红包。

妙妙望望我，我笑着点点头，她才高兴地收下。

我有点点的欣慰，妙妙还是那么懂事。不像我的父母早已忙不迭地拆看礼物，令我只能无比尴尬地笑。

妙妙已经是20岁的大姑娘了，大约我母亲家祖籍是苏州的缘故，我们姐妹同样兼具了南北气息。特别是妙妙，北方女孩的高挑的身材，随意的一条牛仔裤，就能把她青春的美丽散发到极至，

而那椭圆的脸上一双明亮含笑的眼睛流露出的是少女的娇羞。

妙妙是我的骄傲。妙妙考上了本市一所重点大学的中文系。

妙妙说：“姐，学费很贵的。”她说的时候眼里有泪花。

我摸摸她的长发，爱怜地望着她。“别担心，姐姐供得起的，况且伟翰会管的。”

妙妙这才破涕为笑。

的确，伟翰会管的。想来我真的运气不错。伟翰是个好人。我们同居以后，他每月都会给我一万元，虽然一个月只能来几天，但每天都会打很多电话。来了之后就带了我全家吃遍各种美味，处理好我家里的一切。外人看我，的确就是他的“诰命夫人”，而绝非情人。但我是清醒的，我知道他的老婆在台湾。所以我继续唱歌。

或许我真的是天生就冷静的人，或许是生活让我懂得居安思危。我想了很多，伟翰对我再好也有离开的一天，因为他虽然叫我老婆却不是我真正的老公。我要趁年轻多挣钱，那样我和我家人未来的生活才有保障。

我有在广东的夜总会驻唱的经历，很快就成为本市最高档的夜总会——“梦尽天涯”的歌手，并且一直唱到现在。

“梅梅，一定要去唱歌吗？”伟翰眯着他的眼，斜靠在床头，憨憨地笑着问。

我钩住他的脖子，慢慢地把手伸进他的睡衣，轻轻地在他的胸前摩挲。和他在一起我已经学会了撒娇。我把嘴凑在他的耳边说，“是呀。我必须要去工作。”

“我可以再多给你家用的。”

我摇头，伟翰每次给我钱的时候都说是家用。这让我常常眼中晶莹。伟翰说和我在一起是因为爱，而我知道我是因为钱。但尽管如此，我也不能太贪婪，因为我还渴望拥有他的尊重。

而伟翰，差不多每月来一次，小住几天又飞走了。他每次都会从各地带来不同的礼物，会在仅有的几天悉心照料我的饮食起居，并安排好我一个月的生活，还会经常打电话过来问长问短，让我觉得自己在他心中是如此重要。

呵呵，这样似乎有些可笑，明明已经做了没有尊严的二奶，却还当自己冰清玉洁。

或许是因为我的不贪婪，或许是因为伟翰口中的爱。在我和伟翰同居两年后，在房价飞涨前夕，伟翰在市中心花了将近 40 万给我买了套房子。

伟翰说：“梅梅，得买套房子。我们的家不能总安在租的公寓里。”他说这话时，是在我们晚饭后在河边散步时。

我整个肉身都要脱离开灵魂了，我的脑子嗡的一声，一片空白。是的，我难以自抑地激动。那样的房子是我梦寐以求却从不敢奢望的。但我屏住了气让自己尽量平静，幸好月光不会暴露我所有的心思，它只是让我的脸更加惨白。我使劲用一只手捏住自己的另一只手，这样我的身体才会多些平衡。

伟翰拉住了我的手，感受到了我手心的汗。“梅梅，明天我们就去看房。我们可以在近郊买别墅，再给你买辆车代步。”

我立刻摇头。“伟翰，不要花太多钱，不要买别墅，更不要车子。我每天晚上开车去唱歌也不是很合适。”我一口气说完，没有半丝犹豫。他自然也看到了我眼中的真诚。

伟翰感叹。“梅梅，你真是个好女人，从我见到你第一眼就知道你是个好女人，只是没想到你比我想象的还好。”他也很激动。

我和他背靠背，他向前弯了身背起我。他个子不高，但很结实。我几乎平躺在他的背上，却没有一丝摔倒的忧虑。

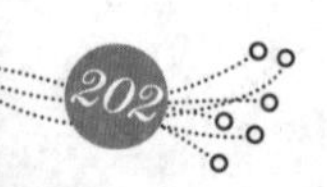

伟翰笑着，俨然一个孩子。而我的心里竟然产生了一种比感动更感动的情愫。

我们静静地坐在马路边许久。

“梅梅，我想问你，和我在一起是因为什么？”

一下子，我回到现实。我沉了沉，考虑如何回答。我是一个不会撒谎的人，我从不撒谎。尽管夜可以遮掩我的谎言，但我还是说实话。“钱。你知道，我需要钱。”说完，我把头深埋在双膝间。不是因为怕他恼火，而是有一些羞涩的情绪隐匿在我心海。我知道我已经爱上了他，但我从没对男人说过爱。此时，我的双唇好像紧紧地黏住了，如水般清爽的爱意无法从唇齿间流出。

“嘻嘻。”我的笑声闷在了两膝间，不清脆却透了份调皮。

我抬起头。伟翰正失落地望着我。

我说：“如果我说除了钱也有爱，你可会相信？”

伟翰即刻微笑，点头。只说了一个字——信。

我投入他的怀抱，那么温暖而美好。但从那一刻，我便彻底地违反了游戏的规则。

伟翰是好人，这一点我从不怀疑。

只是我违反了游戏规则。从我说出爱，我就义无反顾地爱了。

从我说出爱，伟翰就坚定了他要离婚的决心，尽管那并不是一件容易的事情。因为他家和他太太的娘家是有生意往来的，所以他们虽然早已是有名无实的夫妻，但若想真的了断还需要一个过程。但我已经有理由感到幸福——因为伟翰爱我。

七

我们的家无比温馨，床头的墙壁上还挂了我们的合照。

“梦尽天涯”的人都知道我的老公是台商，而我驻唱的原因是喜欢唱歌。其实我是个低调的人，但伟翰却高调出入“梦尽天涯”。

他嬉笑着说：“这样好的女人，如果不让人知道名花有主了，不知道会有多少男人惦记。”

我也笑说：“谁会惦记我一个唱酒廊的，只有妙妙那样的女孩子才会让人着迷。”

“嗯。”伟翰也由衷地表示认同。

我们一起把目光投向妙妙，妙妙忙用一本时尚杂志遮住自己的脸。

妙妙毕业后分配在一个近郊的学校教书，她自然不愿意。刚好，伟翰要在这个城市另开一家分公司，就让妙妙去做了主管。公司为她专门准备了办公室和休息室。

从高中时，追求她的男孩子就数不胜数，但妙妙没有开始过恋爱。

妙妙说：“姐，那些人都和我差不多的年纪。既无事业金钱也不成熟稳重，我要是跟了他们中任何一个，未来就是迷惘。”妙妙这样说时，眼神中是与年龄不相符合的世故。

我不禁唏嘘。

妙妙继续说："姐，这些年我上学，吃的穿的住的全依靠你，即使现在工作了，收入也很有限。你为这个家已经牺牲太多——理想、爱情和青春，如果我不管不顾地恋爱结婚，对得起你的付出吗？"

她这样说时，我是很欣慰的，甚至因此而理解了她的实际。

妙妙是家里唯一知道我真实情形的人，但她从来不多说什么，只是在伟翰不在的时候来陪伴我。当我半夜回家后，总会有热腾腾的饭菜。

妙妙很会做饭。她说："若想留住男人的心就要先留住他的胃。"

我扑哧笑，说："你小小年纪又没谈过恋爱，怎么那么了解男人？"

妙妙"咯咯"地乐，说："姐，男人不需要了解，男人都是一样的。好色是本质，为了欲望可以付出很多。"

我真惊呆了，甚至有些气恼。那个天使般的女孩子怎么会说出这样的话？

妙妙见我生气了，就嘻嘻哈哈地搂住我的脖子，说："姐，别傻了。你知道我大学同学中有多少打工是做小姐的吗？"

我无语。因为我清楚地知道"梦尽天涯"的很多小姐就是学生。我忽然产生了莫名的恐惧，我说："妙妙，你可不能去……"

"哈哈哈。"没等我说完，妙妙已经前仰后合。"姐姐，你真太天真了，还在圈子里那么多年，怎么就一点不开窍呢？"

我皱了眉望着她，倒很想听听她还会有何高论。

"姐，你知道陈伟翰为何会对你那样好吗？"

"因为他爱我。"

"错。爱可能有，但最重要的是你的纯洁。你的纯洁让他珍惜

你，当然前提是他的确还算是个不错的男人。”

我更加紧锁了眉头。

“姐，我是一定要嫁给有钱人，所以我会留住我纯洁的身体。这是比我的美貌还重要的资本。”

“天呀。”我实在不敢相信自己的耳朵，这是只有二十几岁的妙妙的思想？

“妙妙，你不必非得嫁个有钱人呀。姐姐会管你，伟翰会管你。”妙妙是不是从小穷怕了，所以才会如此。

妙妙摇头着说：“姐，现在是什么时代了，就算是家里条件好的也一样想找个有钱人，只要她有资本。因为谁有都不如自己有。”妙妙这样说时收敛了如花般的笑容。

我不禁打了一个寒战，而妙妙则倒头睡去。

那个晚上，我做了一个梦，梦到妙妙穿着洁白的婚纱，绽放着明媚的笑脸，做了美丽的新娘。只是我始终看不清那新郎的样子……但梦境中我一直微笑。

经过了五年多的纠缠，不久前伟翰终于离婚了。我倒在他的怀里痛快地哭了一场，因为这几年的忍耐和等待是那么折磨人。伟翰仍然是一脸憨笑，有时候我真不相信他是个成功的商人，因他的脸上真的没有一点奸诈。

当晚，我就向“梦尽天涯”的老板辞职。我说将和老公去南方。那时我才明白原来我有多厌烦夜总会，多厌烦夜幕降临时才开始白天的生活。

终于可以和伟翰结婚了，终于将是他合法的妻子了，终于可以告别这种生活了。我整颗心都难得的轻松。

我知道我也需要真正的依靠。

老板希望我再唱半个月，这样他好有时间找接替我的歌手。

我爽快地答应了，因为我知道这半个月的驻唱会是真正的歌唱。

这最后一场演出，所有人的情绪都格外高，老板早早就做足了势，打了一个星期的广告，就是那些平时与我有点小过节的歌手，都自告奋勇地为我垫场，气氛在我承诺请所有人吃夜宵时空前热烈。

遗憾的是，伟翰不能回来陪我，妙妙也要加班，但他们都打来电话问候和祝福。

我一出场，台下就是一片雷鸣般的掌声，但绝对没有平时阴阳怪气的尖叫和带着下流的呼喊声。

我一看台下，全场爆满，比任何时候的人都多。我的听众都知道我要走了，他们很是不舍。一捧又一捧的花献了上来。他们一直挥着手，整齐地在我面前摇晃，他们放下了所有杂念，给了我最真诚的祝福。

所有的灯光都打在我的脸上，我笑着，我毫不顾忌地流泪。我走下去紧紧握着每一双伸向我的手。

伴舞的那几个小孩，是最认真，配合最完美的一次。在他们的衬托下，我淡淡的笑容显得更加妩媚和成熟。我只唱了中文歌曲，我觉得英文歌曲不足以表达我此刻的情绪和感受，更无法让听众和我一起在我汹涌澎湃的情感中起伏。我从九点一直唱到深夜一点。

十三年，整整十三年，我把所有的辛酸苦楚，劳累得失，都倾诉在最后的这次演唱中。我的今后只有与子偕老共白头的幸福和欣慰。

“……来日纵使千千阕歌，飘于远方我路上，来日纵使千千晚星，亮过今晚月亮，都比不起今宵美丽，亦决不可使我共欣赏，啊——因你今晚共我唱。”

托马斯腆着他滚圆的肚子，噘着嘴巴说：“艾莉，以后就听不到你美妙的歌声了，我会想念你的。”

我微笑，破例请他去喝咖啡。我只看到了他高兴得合不上的嘴。

咖啡厅里的烛光影影绰绰，钢琴手的指间流淌着潺潺的涧流，我和托马斯仿佛置身在云雾缭绕的仙境中。服务员总是满面春风，踮着碎步走来走去。花季中的女孩总是给人阳光般的遐想无限。

在这样的琴声和闪烁的烛光中，我把我所有的经历都跟托马斯讲了——从我童年的孤独、学业的中断，到南方唱歌，一直到我回到家乡的这些年。最后我喋喋不休地说起伟翰，说到我们的婚事，说我们将来的计划——我们可以经常自己开车去近郊，去乡下，去其他城市旅游。

我用一种尽可能淡定而平和的语气，把这些往事在托马斯的面前一页一页地翻开。但还是没能抑制住我幸福的感觉。

托马斯一只手拄着下巴，眼光炯炯地听着，时而悲伤，时而兴奋，甚至愤怒。他的表情一直在我的讲述中不断变化，最后，我看到一行高兴的泪水从他的脸颊上滑落下来。

他轻轻地拿起我的手，像是捧着一件稀世珍宝，慢慢地凑到他的嘴边，“梅梅，我的孩子。”他像个神甫般喃喃道，“你终于有了属于你自己的幸福，上帝会保佑你的，我会祝福你的。”

就在这时，我收到妙妙的信息——姐，我肚子疼得快死了，你来公司。

我匆忙结过账，冲出了咖啡厅。托马斯给我拦了一辆出租车，我催着司机，急急忙忙向公司赶去。

妙妙一向不是娇气的女孩子，如果不是很严重，她不会发信息的。我一直在想：妙妙，我的妹妹不知道到底怎样了？

车还没有停稳，我就打开车门下了，又想起还没有付车费，转回来拿出五十元递给司机。“不用找了。”

出租车停在小区外，公司在小区的最里面。我下了车就火急火燎地向公司跑去。

我抬手叫门，门却是开着的。我上气不接下气地冲进休息室的刹那，却几乎停止了呼吸——雪白的被子里是两具赤裸的身躯。

陈伟翰僵直的目光投向我，全然没有了平日的憨。妙妙的身体被伟翰挡着，只露着线条流畅的肩。她散乱的短发遮住了眼睛，她从发隙中偷看了我一眼，低头避开了我。

顿时，我瘫在了地上。

八

我决定，我又要去南方——那个我曾经漂泊了八年的城市。

伟翰给了我无数个电话。临走时，我和他们约定在“梦尽天涯”谈一次。我把妙妙还有我的父母交给了伟翰。

陈伟翰并不想抛弃我，但他的乞求很无力。妙妙始终不说话，用一种悲壮沉稳的眼神看着我。

伟翰倒了一杯上等干红，递给我。我看着他们，一饮而尽。伟翰又倒了一杯，放在我面前。我端在手里，摇了摇，泼在他的脸上。

我大笑，走了出去。

走，我们走……

青青第一次见小军时，不知哪来的胆儿，肆无忌惮地偷瞟他。青青笑，小军也跟着笑。

青青接过小军递的豆腐，问："看过《还珠格格》吗？"

小军摇头，说："俺家穷，才有的电视，很多雪花的电视。"

青青压根没听小军的话，自顾自地说："我俩像是小燕子跟五阿哥。"说着，她咯咯咯地乐。

青青跟小军就这么好上了。小军在35岁前没离开过村子。10岁随妈妈改嫁的他，没上过一天学，却从15岁起照顾患病的新的爷爷奶奶，直到不久前奶奶也死了，才来这里，在豆腐坊打工。

小军没觉得这城市有什么好，因为除了豆腐坊，也没去过哪。小军突然觉得这城市真的很好，是因为他遇到了来买豆腐的青青。青青冲他比划一个兰花指，叫一声"五阿哥"，小军就浑身血液奔涌。青青靠在小军的肩头，说："小燕子就这样靠着五阿哥的。"小军"嘿嘿"笑。青青倏地抓住他的手，一把按向自己丰满的胸，小军全身都抖了，结巴着问："小燕子和五阿哥也这样？"她使劲儿摇头，说："我想这样。"他双手抓住她的双乳，揉捏了下，呵

呵地乐着说："真软，跟豆腐似的软。"

几个月后，青青跟小军要结婚了。青青妈带他俩去试婚纱。初秋的傍晚很清爽。青青挽着小军的胳膊，尽情地扭腰甩臀。常年吃药的缘故，青青胖得像一个大白馒头。随着她的扭动，浑身的肉颤颤地抖动。小军还是嘻嘻地笑，好像青青颤颤的肉很美很美，美得如同老家山顶上浮动的云朵。

小区里的女人们在议论。"啧啧，李局长家的傻闺女也要出嫁了。看那样儿，还挺稀罕那小子，傻闺女还是个花痴。嘻嘻……那小子也不灵透，一个字都不识，家里穷极了，要不也不会娶个弱智呀。"

青青成为人们口中的弱智，都因为她妈。曾经，要强的局长夫人唯一的乐趣就是拿青青跟别家的孩子比，可青青不争气，成绩不好。尤其是小学毕业时，勉强及格，局长夫人对青青连打带骂，青青跑出去淋了一夜的雨，从此就不正常了——时而狂躁，时而傻呵呵，十六年来再没叫过一声妈。

女人们继续议论，"哎哟，你们说这么要强的局长夫人竟把女儿嫁给一个目不识丁的乡巴佬。""是呀。啧啧……"

青青妈停了脚步。夕阳晖映下，只见她满头的白发。青青和小军发现妈妈落在了后面。俩人十指紧扣，一起转身，晃着胳膊笑。

忽然，青青挥动右手，开心地跟身后的女人们打招呼。女人们大笑。青青妈仰起头，眼泪涌入眼窝。青青拉着小军跑向她说："妈，快走呀。"

青青妈睁大眼，惊住了，两行泪流了下来。余晖洒下。青青更加大声地说："妈，快走。"

青青妈一下子抱住女儿，抱住小军，她泣不成声地说："走，我们走。"

幸福降临了

一

月

他说，他知道一段感情死亡了的样子。但我不知道一段感情死亡了是什么样子，但我没说我知不知道，他也就很识趣地没继续问了。

然后，我说:“我要奔着幸福去了！”是的，我一直这样想着，把不知道的事情都搁在一边。我想那已经对我一点意义都没有了。我只知道我现在想念的人是他就好了。

从一开始，我就知道他是谁。真的，只是不知道具体情况，比如他的样子，他的性格，他的品质或者他的背景。一切都是未知数的时候，我就凭着直觉开始一手导演起来，让人骄傲的是，我的确是个导演天才。或者应该可以这么说，我真的是太神奇了，

想什么来什么，一点都不夸张。

在我们相爱的日子里（我把我们的日子称为“我们相爱的日子”，他应该不会反对），每一天都过得无比深刻，深刻到我下不了手去禁止那种感觉的到来。我本来不是一个那么容易动情的孩子，因为感觉早已过了动情的年代，尽管我还没有开始衰老。何况也仅仅只有十三天而已，十三天，这就是从相识到相恋的时间跨度。

十三天的爱情真的可以延长一个世纪吗？我在心底里大声地问，用充满期待的眼神，观望着镜子里的自己，微笑着点头，再点头。认真而倔强。于是，我低头看着手表的分针，然后对自己说“加油”，他马上就要从千里之外飞到我面前了。

我想我要好好整理一下自己了，没有恋爱的日子总显得有些蓬乱而且没有头绪，连同穿衣打扮。不是无精打采，确切地讲，是一种不知所措的茫然。我也曾为很多人夸我属于最自然的美而偷笑了好几个夜晚，但其实谁不知道呢，这样的话也许是因为同情而送来的安慰。反过来讲，按大家的一致说法是“你搞那么花哨给谁看呢”，无数的同类例子证明的确是没人看的。所以我还是省下功夫写点东西做点事情来得更实际些。他们的夸奖让我很满意。

而现在，我是确定了有人看的，所以理应整理一下。我要把头抬得高高的，等着人家来检阅了，终于我有点激动的模样了。这激动从十三天前就开始了。

野

我说我知道一段感情死亡了的样子，但我不知道她知不知道。她没说。其实我也仅仅是想象一下而已，其实我是最没资格说这话的人，因为至今我还没有真正地谈过恋爱，而我已经这么一大把年纪了。但我看到别人分手决绝的样子很恐怖，不是她们肝肠寸断的伤心眼泪恐怖，而是她们像没有事情发生过的漠然表情恐怖。不明白，也说不清楚了。这些都放在一边吧。“不知道的事情最好就别去想，时间会给你答案。”她教给我的。从第一天，我好奇她的由来时，她就教我这么做了。我觉得有点道理，就当真理一样记下了。

她用了一句挺特别的话来形容她的心情，让我感觉暖暖的，那么冷的夜，她的话就成了我的火炉，毫不夸张。我一直在想，怎么会有人能把话说得这么好听。她说她奔着幸福去了，我知道她说的幸福就是我，我突然感觉到从未有过的压力从天而降，伴着从天而降的幸福。我跟她说我也是一样。她也许不太明白，但我相信以后的日子，她会了解我今天的话。我有点得意，其实我是个挺神奇的人，想什么就真的来什么。

我很清楚地记得我们只有十三天，十三天的爱情长如几个轮回，十三天的记忆里全部刻骨铭心。我在心底大声地问出来：“这不是梦吧，这能延长一个世纪吗？”我看到镜子里的自己使劲地点头，认真而倔强。我笑了。

马上，我就会从千里之外飞到她眼前了，我有点紧张。我想我该好好整理一下自己，长了二十几年的样子还没有真正地观察过，我开始看到脸上的胡楂，看到有一两处的青春痘痕，忽然在乎起来，觉得紧张。或者我终于意识到真的有人要仔细地看我了，不，是我端着脑袋要去让别人检阅了。我从自己不羁的眼神里看到了那么一点认真的傻气，男人都是我这个样子？我在怀疑。激动可以是紧张的同义词吧，我想。

恋爱的人把每一天都记得非常深刻，在不同的自己的世界里，

他们用各自的文字记录心里的秘密，与自己对话，想要找到真正的属于两个人的幸福。于是月和野都说：“奔着幸福去了！”是啊，哪怕经受过多大的伤害，哪怕经历过怎样的悲痛，但当幸福来临的时候，不向幸福奔去，是不是有点傻，有点闷？然而，当你说出这句话的时候，你会发现天空瞬间就会很清澈很蔚蓝，哪怕是很遥远的蔚蓝，你也能感觉到温暖。也许你还不知道，他们在回忆他们的爱情时，嘴角边的笑一直勾着勾着，一直要把天边的七彩霞光全钩到他们的生命里才肯作罢甘休。十三天的激情要怎样展延出无数倍的美丽和永恒？他们在用生命诠释，就从这么短暂的十三天的故事里出发。

二

月

我说，很多时候，我只是喜欢直觉，不喜欢判断或者解释，尤其是对于男人。我还没办法说出这种直觉意味着什么的时候，故事就开始了。很唐突，也很迅速。但是我觉得开心。我总是时不时地想起一个人，很久都没有这种感觉的想念了，很陌生却一直固执地停不下来。而我想的这个人我从来都没有见过，这个不曾见过的男人走进我的生活里也仅仅只有三天而已。我不知道我应该怎么形容，形容他或我自己。就是这样感觉很近却实际上很远的男人，在我的脑子里不停地转啊转，就像小时候喜欢的旋转木马，一圈又一圈，不觉得累或者晕眩，反而觉得开心而且有种莫名的满足。

我看着叶子一片一片往下掉，依然没有半点要掉完的迹象，我想今年的冬天不会来了。尽管此刻在深夜，我裹着两身睡衣依然手脚冰凉，但是没感觉到任何的凉意袭来。我在认识他的第三天，怀着莫名其妙的想法坐在电脑前，手指僵硬地敲着这些文字，终于有了想要做梦的冲动。

他说我的特别吸引了他，我不知道我的特别所在。又是这样一个评价，但这次我联想的好像要多了些。也许我想多了，想的太严肃了，但是当他说出这句话的时候，感觉就全不一样了，我知道他开始认真起来了。我真的好像很久没有这样认真地想过一件事情了。我把两腿蜷成婴儿般的姿势，只是想要看看，在我生命的伊始，有没有预料到有一天会有这样一个男人如此轻而易举地闯进我的生活，毫无预备。也许，无从找到答案，但我想应该有一个叫做“注定”的词语所蕴含的强大力量。

是吧，注定。我跟他说，我是个相信注定的人，从来都是。曾经的经历，是种过往的美好，我会只把快乐常驻心底，把忧伤抛在九霄云外。我没告诉他我有这个特长，筛选美好的记忆能力不是每个人都能具备的。所以将它视为特长，我会发展并弘扬。

而对于这件事情的发展，我一直在想，我应该用怎样的心态来看待，然而只是想，并未有结论。想说出的话依旧是脱口而出，我从来都不会委屈自己的心还有嘴巴。我也在想，我这样做是不是不好，会不会让他害怕，我知道他没有谈过恋爱，会不会被我吓倒。我害怕我的预期是个错误，我的神突然间失了灵怎么办？如果那样，也许我们的一生都有可能只是存在于这一瞬间，甚至擦肩而过的时候，都是陌生的两双眼，冷漠而且带着找不到理由的悲伤。如果是那样的话，上天看了都会掉眼泪的，我相信。

不过还好，一切还好，我们好像在朝着好的方向发展，好像

心有灵犀不愿让上天失望，毕竟我们这辈子需要上天帮忙的时候实在是太多了。我想，顺其自然的威力来自于注定。我跟他说我们顺其自然吧，他好像似懂非懂的样子。我蛮开心，没有理由。

于是我对自己说“我的新生活开始了”。就从今天开始了，因为这个很不容易能够吸引我的男人。

野

她说她不喜欢判断或者解释，只喜欢直觉，尤其对于男人。我不理解，但是我记住了，很深刻。我还没见过有这样一个女孩子这么简单地解释过她做事的风格。我突然发现我的记忆力在一夜之间就突飞猛进了，我总是有意无意就把她说过的每一句话都刻在脑海里。我觉得她很特别，在认识她的第三天，我就被她的特别吸引了，不，应该是从最开始的那一刻起就已经开始被吸引了，否则我不会无聊到做这般无聊的事情——去幻想爱情从天而降，还是幸运会砸到我头上。事实上，有很多人都在不停给我介绍女朋友，我一个都没搭理，我不是清高还是别的，也说不上为什么。最夸张的一次记忆，应该是在读研二时有一个蛮不错的女生向我表白，我硬是用一句“STOP”堵了回去，她至今都为此而耿耿于怀，我当时怎么可以那么嚣张。但这次的确是太离谱了。我也并不能说出她特别的地方。可是就这样一个女孩，不知道是什么原因，让我这样想念。我还没尝试过想念人的感觉，原来是真的可以度日如年。

我生活了七年的城市，突然间变得如此温情起来，我看到每个人的脸上都好像绽放着花朵一样，我朝他们微笑，他们也朝着我微笑。一整天的日子，虽然觉得漫长但是刻骨铭心。我一直在无意中想起一个人，一个不曾见过的女孩，只用了三天的时间就把我的生活搞得天翻地覆，不对，我应该用个好一点的词来形容我真实的想法的，否则这太不应该了。她是个作家。我看过她的小说，那种很纯很纯的美丽的甜蜜和决绝的泪流，我觉得也只能是她可以写出那样简单而又温情的文字了。我开始有点后悔为什么从前没好好读读文章，没好好写写文字，怎么当时那么没有预见性，只顾着做数学题了，甚至连她提到的《平凡的世界》，我都没有认真读过一遍。平凡的世界啊，连自己最真实的青春也没留下半个字，哪怕是涩涩的简短情书也好，或者一篇日记一张字条也好。于是我打开已经贮存了很多很厚灰尘的书柜，想找一本书来看的时候，突然感觉到从未有过的亲切。就在那一瞬间，在尘土飞扬时，我想到了她洁白如天使的模样，甚至想到了她就在我身边安静地创作时递来的一眼幸福抑或神伤，那样我会有想亲吻她的冲动，让她只有幸福。如果幸福可以用冲动来得到的话。

当她跟我说“我们顺其自然的吧”，我突然联想到现在一个很流行的词叫“注定”，虽然我根本没弄懂这两者之间的必然联系。于是很高兴地连着干掉三个百威易拉罐。

我想今年的冬天不会再来了，因为我的生活一天比一天温暖，一天比一天明亮。于是我在这个秋天，认识这个女孩子第一天的时候，平生第一次写下了自己的文字，就在我的床头边那个从来不曾翻过的本子上这样写道：

我真正的生命旅程开始了。因为这个很不容易吸引我的女孩儿。

合上时，我看到了封面上的字——从这里到永恒。然后美美地睡着了。

三

月

我打电话给他，谈了很久，谈到很多，就像是相识很久的老朋友，从十几年前的少儿时期开始，一直到不久后的光棍节。我们把一圈的人生细数过来才发现没有彼此的二十年是多遗憾的一件事。但我爱炫耀，我想让他知道即使在没有他的日子里我的生活照样丰富多彩。我要讲的都是我的辉煌历史，是的，我的历史应该很辉煌，一点也不假。我相信很少有人能坐在校长爷爷的腿上撒娇，要一个升国旗的资格；更是很少有人可以对着学校三千学生说“天很蓝，风很淡，阳光很耀眼，剩下的时间我们自由观看，解散！”当时的情形真是太棒了，每每讲起每每心潮澎湃。全校的掌声热烈而持久，后来听说有人记录那掌声有四分十三秒之久，现在看来都可以赶得上领导人的讲话了。其实那天的风再夸张，也没我的话夸张。他没有看到实在太可惜了。我就是想让他知道我有很多人宠爱，他以后也要成为那些宠爱我的人其中之一，或者是更宠我的那个。当然我也有很乖的时候，读高三时整天整天趴在桌上睡觉，绝对不会打扰到任何人，因为我睡觉时特别安静，睡觉的姿势从一而终，而且是从红日破晓睡到暮色四合，中间都不带休息的那种酣睡。就为此，老师特批我为“觉皇”，谁都得听我的。对啊，前提不会少了，那就是我一直有能够居高临下的成绩。我讲给他听的时候，他一直都在笑，笑得很夸张。我说我讲的是真事，不是笑话，他还是在笑。我把电话那头儿传来的声音只能看作是对我的不屑一顾，正想要小生下气时，他却一本正经地说道："嗯，真棒！"本来也没什么，顺其自然的话，我本来就挺棒的，关键就在于他的话说得无比突然又中肯。我狂晕，接不过半个词来。

然后他沉默了很久，突然像山洪爆发一样，一上来就说他的数学成绩曾经得过很大的奖，差点没呛死我。他不知道，数学是我永久的痛。但我也很兴奋，真是奇怪的心情，犹如奇怪的人一样。因为我真的是想要一个数学很好的人来和我配对的。我的数学细胞实在是少得可怜，我没告诉他，我害怕他的得意把我的炫耀挤在角落里。但我还算个诚实的孩子吧，我还是报告了我可怜的数学智商。他还真是见缝插针，还不依不饶地问我，"那你大学时的数学科目都挂红灯喽？"又是狂晕，哪壶不开提哪壶，可是我说："我没有，还得了奖学金呢啊！"事实上我真的拿了奖学金，只是社会工作奖学金而已。他又来一句："嗯，真棒！"无比中肯。我听着听着就觉得这句话说得蛮朴实的啊。我在想，原来眩晕的感觉也可以叫做开心，或者叫做带着一点被宠爱的开心。

他还说他的初中和高中加起来只读了五年，在一所很棒的中学——聚集着整个直辖市的精英。我说，你就那么夸自己吧？他说，没有夸啊，就是简单地陈述一件事情而已，我也就是那么多精英中其中的一个而已。我懒得理他，这还不叫夸呀？然后他接着说："我的重点不在这个精英上，而是我们五年的时间里三十几个男生只有十二个女生，生活可想而知的单调，这才是重点。"我告诉他我应该早点上学去他们那里读书，然后就能享受三十几人的爱慕了。他狂笑不止。于是我换个说法，我还好是在其他的地方读的，初中有四十个男生，高中有五十个男生，加起来就是他们班的三倍

之多，犹如众星捧月般受着宠爱。他倒是关心起来是不是真的有很多人追我。我想告诉他追我的人又何止是这么几个。连结了婚的大叔都说喜欢我来着，夸张到极致的是——大叔的老婆还打来电话告诫我了一下男人都不是什么好东西。我真是哭笑不得。但我没告诉他这些，我是觉得这不值得跟他炫耀，倒会让他担心起来。可他穷追不舍，我无可奈何。其实我当时真的在想，我这样的女人挺可怕的，可怕的不是别的，就是那么多好男人我都没选，却在三天之内就认定了他。或许应该为他庆幸，也该为自己庆幸。

就在这一天，我被冻得全身颤抖的时候，电话已经进行了三个半小时，我举着手机的胳膊不停抽筋，手指僵硬得伸不开拉不直。但我依然不想停止，哪怕已经疼到坚持不下来。他不知道，这辈子我最神奇的经历，其实就是这样——和一个没见过的男人用手机说话这么多这么久。

野

今天的电话粥煲得很夸张，不是因为时间长而夸张，而是因为通话那么久却没感觉那么快就过了三个半小时。这是我生平以来最传奇的经历，跟一个没见过的女孩谈了那么多那么久。我觉得长途的声音是很昂贵的，于是就很珍惜她说的每句话，一直在听，听到心里去。我特别喜欢她的声音，不想打扰她的得意沉醉，我知道她说的全部都是真的，否则不会讲得那么理所当然，那么轻松快活，那么自豪满天。我想，即使她是个再出色的小说家，也编不出那么出色的真实感觉。我发现我也开始用直觉了。

整个过程我都是一直笑一直笑的，甚至我站在镜子前观察起自己的笑来，我好像很久很久都没这样笑过了。我不知道原来世界上还有这样的女孩，那么张扬却又可爱得一塌糊涂，那么炫耀却又简单得彻头彻尾。我不知道要怎么接她的话，对于她的辉煌历史，我不知道除了说“真棒”还能说什么。事实上，我从来没那么含着爱慕的感情夸过别人。我真的觉得她棒，是很棒。而我却没办法再用数学的方法把她的“棒”量化了，我终于明白了世界上还有一种东西是没办法进行测量的，那就是魅力。我跟她讲我的数学曾得了很大的奖，其实我想告诉她我们是可以互补的，可以互补的人才是需要在一起的人。于是我问她是不是曾经的数学都挂科了，我那么逗她，只是想听到她说，“好啊，以后有关数字的东西就全都交给你了”。而我也只是想，那个小傻瓜还是很聪明的，没有挂过红灯，真的是很棒。其实我想，她挂无数个红灯，我依然还是会认为她很棒的。

我听说她有很多人喜欢，我很担心这个，很担心的不是很多人追，是害怕没有人保护她。我在说中学生活单调的时候想告诉她那时我很乖，大学也一样，但我没把“这么久以来也许只是在等你出现”这句话说出口。因为这样讲有点太假了，她根本不需要那么暧昧的话。早点认识她也许不是好事，而现在却恰到好处，因为那时我还不懂爱情。其实我也曾被很多女生视为偶像，尤其是在解数学题的时候。我没告诉她的原因是觉得这不值得跟她炫耀，反而会让她担心，女孩子都很小气的。

这边的信号一点也不好，我披着衣服在阳台上跺脚跺了三个小时，全身一直颤抖。可是，我还是想记录下来，因为她，我觉得每一天都不能忘记，我想这辈子我都不会忘记这个女孩了，哪怕我们顺其自然时没走到尽头就迷路了。我突然害怕起来，害怕失去，我对自己说——如果有一天真的失去了她，我会觉出我的生命里丢掉了什么。如果说生命会在一瞬之间改变的话，我想我已经改变了，我不想失去她了。

四

月

也许我本不应该这样写，但是我按捺不住自己跳动的心。于是，我这样给这个男人写道：

在我很确定很确定自己要做什么的时候，你来了这样的信。我说我很紧张，是突然的。我紧张是我的感受，紧张我对你的感受，紧张你对我的想法，根本原因是我对我彻底的认真紧张了。然后你什么也没说，走了。让我有点难过。

我从来不是无聊的人，我很确定地说。而且在我生活感觉最暗淡的时候我也从来不曾想过找一个人来谈恋爱来驱赶无聊。然后我碰到你，然后就是现在这个样子。

很感谢你的坦诚，也很谢谢阿雅，她对你讲的也很坦诚。只是我想说，别人看到的只有自己最清楚，所以别人对我的看法不会影响到我什么。但是她那样说了，也会让你可以做点心理准备的，而且不用让我再多解释什么。我说过我不喜欢解释，如果你知道了我有这样或那样的习惯的话，你就不会问什么了，因为本身没有问题。

我的过去很简单，我没有向你专门隐藏什么。阿雅讲到我和曾经的男朋友订婚的事，是我在寝室里大声讲出来的，所以她知道。我和阿雅相处的很远，虽然在一个屋子，但不是同一类人，所以交流的机会几乎没有。所以我对她的了解或者她对我的都只是最表面的东西，你应该可以看出来，否则我不会连她的QQ号都不知道。她的前提不错，她不够了解我，所以谢谢她的坦诚。

在她的或者你的眼里我是个特别的人，我能够知道，这句话的确不只一两个人说过，但是见过我的人都知道，我的特别不是来自于我的外表或者我的谈吐，或者我的气质。我想应该是那种只能意会不能言传的其他的什么东西，因为没人确切跟我说过我特别的地方。我着实不是一个漂亮得让人一见倾心的人，我也不是一说话就能吸引人的人。所以昨天你说我们来次邂逅，看看能不能一见钟情，我就很紧张地说我不要，不要分手两天，两秒都不要。其实我知道你是在开玩笑，但我很认真的在说不要，是很认真的，因为我不是能让人一见钟情的人。

阿雅用了一个词让我感觉很别扭，就是“暧昧”。如果跟一个男人暧昧也就罢了，要跟几个男人一起暧昧，那我自己也就疯了。我还真没有那么大的魅力来跟几个男人一起暧昧。谁都不傻，谁都不会甘愿被人耍，我是没那么大本事能把别人玩得那么潇洒自如。我很爱炫耀，但我还是有点自知之明的。所以那应该不叫暧昧。暧昧从来不会那么简单。我也仅仅是在真心相处，作为朋友。我的话会给人带来错觉，也许吧，因为我说话一直热情，一直热情的结果就是他们都在说爱上我了。我就只能逃了，像你那样说的“一般情况下逃得很彻底，连朋友也没得做”。因为我没有感觉，就只能逃，还不能像你那么善良，去内疚一下牵别人的手。我做事是分得很清楚的，

把握不了局势进展的话那我会全身而退。我不想自己受伤，也不要别人因为我受伤，但是我好像做得不好，因为从小到大因为我受伤的人，玲数了数好像不下十个。我很晕。她是跟我从小一起长大的姐妹，安慰我说其实我很好了，没耽误了谁。所以我保证我没跟谁去暧昧。这个词用很糟糕，我特别想说的就是这个词的含义。

我的脑子很简单，不委屈自己做不愿意的事情。那么就该跟你谈谈以前男朋友的话题。

也许那件订婚的事情，是我们分手的导火线。他的家人希望我和他有一个仪式，签订一个合同一样的东西，然后就可以合法地做很多事了吧。我们那边很传统，这样子是希望我毕业后能够听从他们的安排，结婚生子，全职太太。我当时觉得那个离我们太遥远了，而且我刚刚才开始大学生活。何况我们还没有上升到谈论婚姻的阶段，虽然已经在一起加起来有五年了，但是实质性的发展并不存在。我也跟你说过，其实我跟他真正在一起待的日子屈指可数，是很简单的你来我往。按很多人的讲法是“我们有名无实”。后来我才知道这样的含义。但我不得不说，我本来就还小。让我庆幸的是，我不能否认他是个好男孩，对我很大方，但对我不放心。他的不放心不仅是表现在对我的无微不至的关心上，而且还有带一点无理取闹的怀疑上。订婚也许就是想要从根本达到他束缚我的目的。他亲口这么跟我说，吓了我一跳。他家里人也跟我这么说，也吓了我一大跳。可能是因为我还小，觉得承受不来这样的爱，感觉被什么了一样。然后我开始问自己是不是爱他爱到了可以订婚的程度，于是反省，然后矛盾激化了，我想可能我该成长了。到最后的最后，妈妈说我还小，路还很长，谁都不知道到底是什么样子，也许到最后才发现我们那个怎么可以算是爱，芳姐也说“爱怎么就可以仅仅停留在那么肤浅的地步”。结果很明显，我们分手了，最后他说了一句话，说我太小了，真的承受不来他的爱。然后我说也许吧，我没办法接受。或者曾经那么多年的恋爱只是我一个梦想中的初恋感觉而已，越纯真就越美妙。我可能太天真了。他说他不能配合我的柏拉图了。我想是吧，然后整夜整夜伤心，然后逐渐平静。我再怎样特别，感情的事情我不当游戏来玩，我也玩不起。

之后许久以来的时间里，我有很多朋友出现，天南地北，还有国外的。他们或者知道我单身了还是什么的，蜂拥而来，有以前的同学也有后来的新朋友，都很关心我的生活。我很感激，但是发展到最后，还是只能逃，因为如果没有感觉的事情，我就做不来，没办法将就，也没办法内疚。我对自己很大度，能够享受自己的心情，好的或者坏的，别人都强迫不了我。感情这方面，我只是拥有自己的一套理论，说不上简单，也说不上是高手。我只是挺认真地对自己好一些。水水说我是个磁场很强的人。也许我自己隐隐约约感觉到了。

然后一个人混了很久，然后偶然经过那么一天的时候，也许潜意识里冒出了什么想法，于是鬼使神差记了你的号码，上天很是恰到好处地让我在莫名其妙的冲动下错发短信，再到后来下意识地专门进一步聊一下，再到这些天停不下来无法抵挡的想念袭来，我确定了自己

的目标，所以说出那些话，所以肆无忌惮地开始设想我们见面后的无限发展。我想我认真了，就是因为这个很不容易吸引我的这个男人，也就是你，搞乱了我所有的计划，占领了我所有的高傲。然后我确定了自己，即使我从来没见过你，其实到目前为止，我只看了你一眼照片，然后我就关掉，不再看着想象了。我想不管你是什么样子的，那已经不重要了。

现在一直盼着跟你见面。我好像仅仅是问了你平时喜欢穿什么样子的衣服。然后就开始天天构想我们见面的情形。也许有时候会觉得这样真的是太迅速，但是想念的感觉一点一点在增加，我停不下来。然后一直到前天晚上的确定，我跟你说，“我要你幸福了，从此刻起”。想到你在一周的纪念日里送来的“Kiss you，good night.”一直到昨天晚上的梦，我很心满意足地睁开眼睛发了短信给你，我说你的吻我在梦里接到了。你说，梦醒了，你还在，我很开心。笑出声来的时候，我从梦里彻底清醒过来。知道这一切就在我身边的时候，我很感谢上天送给我这么大一个礼物。

这是我想说的话，一股脑儿讲出的话，有点凌乱，而且依然很紧张，但是我说我确定了我自己，一点也不虚伪，更不矜持。你，我已经开始想念了。

野

我不知道我的心里是什么感受，我跟她曾经的室友谈了有关她的事情，也许是因为有点心急，也许是想知道她更多的神秘，我就不由自主地谈了起来。她差点订婚了，她还跟很多男人都暧昧不清，她还总让人产生错觉，这让我……然后我写了一段话发给了她，有点莽撞。我觉得自己有点控制不住地生气了，但又说不出原因，可能自己还不够资格。我问她，看完我写的话，有什么感觉。她说她很紧张，意料之中也是预料之外。我其实很害怕她说紧张，因为我知道心虚了才会紧张，我自己就是这样。然后我关上电脑，没等到她下一句话进来，就出去了。但我没去公司，直奔着母校的球场去了。我突然想，我可能是在潜意识中觉得这样太顺利了，太不可思议了，于是想借助别人的力量让自己跳出来一些。于是就真的跳到了让自己惊讶的地方了。

然后不知道怀着怎样的心情踢球，把别人的脸踢青了一大片，很不好意思，跟哥们儿道了歉，沮丧地回家，打开电脑，收到了她的信。我开始仔细阅读起来，一直读到心疼的地步，这让我很震撼。其实我在阿雅说了那么多话的结尾说了一句让阿雅大跌眼镜的话，我说“我不担心这些，我相信她”。但我没告诉她我说了这句话。现在看到这封信，我确定我自己是对的，真的很神了。

我不知道我应该怎样把这个女孩形容一下，我也不知道我应该把我当时的心情怎样描述一下。我只发了短信跟她说：“二十四年行善积德修来的福气终于让我捡到个宝贝！我会珍惜的。”

我知道有些东西是在乎不起的，比如她的过去。我终于知道她的过去的事情，有一个她曾经爱过的男人也曾经那么深刻地爱着她。我说过，过去的就是过去的，美好的回忆是很珍贵的宝藏，我相信时间会证明，我们都是向前看的。也许我本该生自己的气，为什么没等到她亲口告诉我她的过去。现在我知道自己的生气是多幼稚的事情，而当只剩下嫉妒时，我感觉到我心里充满酸涩的味道。这不是我的风格。但我还是继续酸涩下去。他们在一起的那五年里我却离她那么远那么远。我想，男人跟女人其实实质上都是一样的。我还从来都没有料想到有一天我会感觉如此狼狈又孤单。

如今，我想我终于明白了一个人对另一个人的依赖原来就是从开始的第一天起就注定了的，正如我对她的依赖。我对她说，现在我一安静下来就会想到她，越来越强烈，成了生理反应，是条件反射。我听到她的笑声穿越无色的天空，认真而倔强地说，“我就是要达到这个效果”。我感觉到生命有了无尽的精彩。

我开始学着去了解她的一切，学着去体会她的乐与悲。她是一个很聪明的女子，一定知道我的努力，然后她会因为我记住她一句随口说出的话而没完没了开心地大呼小叫。毫无疑问，我想带给她幸福的激动。

五

月

我好高兴他说的那句话：“二十四年行善积德修来的福气终于让我捡到个宝贝！我会珍惜的。”我看着手机笑了有十分钟，傻傻的。我从来没听到过这样的表扬。突然想起来他夸我有个特点——从来都是把自己做主体的。有一天他对我说：“嗯，这点我看好你！”我跟妈妈讲的时候，妈妈笑得前仰后合的。这是哪门子甜言蜜语啊。还有一次，冷不丁地夜里他冒出来一句“我对你今天的表现很满意”，看完之后我差点没笑昏过去，我跟他说“我爸爸从来都不这样夸我妈妈的，你没谈过，总见过别人怎么谈的吧。要好好学一下的啊，电视上就有很多可以学的嘛！”他很理直气壮地回话过来，“我是其他人吗？也不想想，当然跟别人不一样啦。我这样夸你，你不高兴吗？你不照样乐得合不拢嘴啊。”我真是无奈啊，没办法了。后来有一次他问我，有个女孩请他吃饭，让不让去。我说，没事，去呗，别是单独就行。他说，那当然是单独了呀，傻瓜，要不我跟你请什么假啊，问你就是看你对我放不放心。我就借用他的话来接：这点我很看好你的。说完这句，其实还是有点胆战心惊的。还好，他说，我已经推了，真是的，早知道你这么大方，我就跟美女一起去了呢，多美的事啊。我说，你不怕我不要你，你就试试。他好像很心满意足地说，紧张了？还以为你不紧张呢。我又说，我看好你的。他说，你别 copy 我的话啊，我只说给你听的，你以后别把这句话都传到外人耳朵里啊，你只管夸我就是。我没想到他的套路还真是多啊，想方设法取得专利权。其实我除了夸他之外还夸谁呢。傻瓜！

叫他“傻瓜”的时候，我感觉到许久以来的认真的幸福。几米漫画《失乐园》里的鬼小公主说，人世间的笑与愁全不由己。我觉得她的确是鬼话连篇，我相信自己的幸福就在自己的心里。

野

我跟她说，你以后不要盗用我夸你的话，我的话只说给你听的，你要是传出去，小心我不要你。其实不用想就知道我怎么会不要她呢，傻瓜。我知道很多时候，她像个小孩子一样，我有想要保护她的冲动。这种冲动好像是与生俱来的。不明白的人就不知道这是一种什么情感，但我想有女朋友的男人就应该有，这是必备的品质。她是个小傻瓜，简单快乐的那种，但是知性懂味，很悠远的那种美丽，一眼可以看穿却又有说不出来的神秘。我跟她讲我跟一个女孩约会的事情，就是想要看看她会以什么态度对

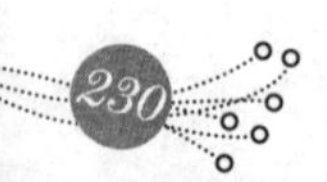

待这些事情，其实我本来就推了的。我说过我不是那么无聊的人，这种事情更是如此。她不是个小气的人，我很看好她。好像我已经看好她很多优点了，说了很多类似的话了。她好像听到的重点是我不应该使用这句话夸她，她说她爸爸从来都不会那么夸她妈妈，但是我想告诉她我的爸爸就是这样夸我妈妈的。小傻瓜，在我的世界里这句话是最贴切的表达。

叫她“小傻瓜”的时候，我感觉到从未有过的认真的幸福。古龙老先生的武侠剧里说，人世间幸福和不幸福都可以用一句话来概括——人在江湖，身不由己。但我相信自己的幸福就在自己的心里。

月和野都在幸福降临时，紧紧抓住了幸福的尾巴，一起飘起来，到天上了。云游在彼此的梦里，想着甜言和蜜语。一点一点地沉淀成珍珠般美丽的回忆，每一次记起都有惊心动魄般的感觉。也许那就是苦苦追寻的爱情了。也许在很多时候，人们总是把问题复杂化，想象着幸福多么难得，多么不可得。其实就在身边的东西，只要抓住了，就很简单地可以拥有，而且会是一辈子的拥有。否则……借用一句“哀莫哀兮生别离，乐莫乐兮长相依”！

月

今天我们见面了，在那一刻到来的时候，我想扑进他的怀里，但是没有，因为很多原因。现实和理想总是有着巨大的差距，本来就是很清楚这一点的，但当事情真的发生时，总需要一个过程。其实，在我见到他之前我对自己说，无论他是什么样子，都没有关系，我认定的人是上天赐予我的礼物，我会珍惜的。在我出门之前，室友给我做了一个测试，得到了答案——“紫色是代表注定在一起的人”。我告诉了他，他笑着，他笑起来的感觉很好看。我问了他这个测题，他的答案是，“你在我心里的颜色是白色”。“白色”代表“珍惜的人”。我很开心，这是天生一对的秘密。天生一对，这个词，我没有告诉他。

或许其实我不很在乎外表，我知道男人的外表太靠不住了，所以我接受了，在我先入为主的观念里我已经接受了。只是我还需要一个能够表达出的过程，而这个过程恰恰是让自己最动摇的阶段。我想，人不是那么肤浅的笨蛋，我也应该不是。

我谈得很开心，从矜持到放肆地讲笑话，我总是能把一件小事说得很搞笑。于是见面的时间，我们都在笑。其实我是个多向的人，很多复杂的人我都交往过，人际圈子也算是广，也算见过大世面，但在他面前，我的表现超乎想象的紧张。有时候越紧张就会越放肆，来掩饰紧张，这就要看对面的人是怎样了解的了。其实我觉得他还有点木讷。

我在讲话时，闻到自己的香水味，可是我的香水味他一定没有闻到，因为他的鼻子大大的，想象一下，他聚集味道的能力也不会强。有人说过，一个人寻找另一个人的时候其实只需要五分钟，五分钟就可以确定这个是不是自己想要的人。显然他的嗅觉不够灵敏。我有点难过。还好，他的味道，我好像有点感冒了。公平了。

幸运的是，他说，接下来，我们就应该在现实的世界里开始交往了。他成了我生命中第二个名符其实的男朋友，我想最好也是最后一个。因为我好像没那么大精力再经历一场这样的恋爱了，

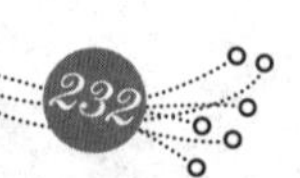

人生也许也只能这么深刻地爱一次了。祝他好运，也祝我好运。

野

今天我们见面了，我想要见到她时我会张开双臂抱住她，但是现实和理想的确是有巨大的差距的，我不知道我应该怎样应对，我甚至有点木讷。当她在大风中跑向我的时候，我把我的念头打消了。她给我看了短信，有关紫色代表注定在一起的人的短信，我很高兴，虽然有点眩晕。当她问我，在我心里她是什么颜色的时候，我说是白色，我不知道她怎么就能乐。

我不是一个帅哥，这点我从来都不强求，但是一样喜欢美女，但我对美女也并不强求。我说过我之前想象她的样子和气质类型应该是李冰冰那样的，但是实际上完全不是一个格调。我想人不是那么肤浅的笨蛋，我也应该不是。

她的声音很甜，说话很动听，内容很丰富，用一个我们惯用的词那就是“能扯”。我一直听着，一直笑，她是个可爱的孩子，有一点张狂，有一点顽固，她就生活在她那个小小的世界里做着公主，可爱的那种。我们的谈话算是进行顺利，因为可以看出来她越来越放得开的大笑，能扯的本领也算是发挥得淋漓尽致了。

我想，我的确是有点木讷了。但是还好，我说我们开始在现实的世界交往了，而且开了个不错的好头，她欣然同意了。我想我还是很开心的。回到真实，本来就应该需要一个过程。

我的初恋就开始了，之前一直慎重，我想我需要的是一个长久的爱恋，最好初恋到底，第一次也是最后一次吧。我不是个感性的人，我不需要积累那么多经验去寻找下一个，所以在潜意识中，我想我认定了吧。人生还能这么刻骨铭心地爱几次呢。

祝她好运，也祝我好运。

七

月

这是我们第二次见面，中间隔了几天，是电话联系，很甜，等到真正见面的时候，还是感觉有点生疏。这应该是正常现象，我想我们会慢慢好起来，像其他的恋人一样牵手，或者是接吻吧。所以我就喊了他的弟弟和我的好搭档，算是为我助阵了，但是明显他们助阵过了头，有点反效果了，真是糟糕。我也没办法阻挡，他们带有表演成分的谈话，有点让我手足无措了。因为明显感觉到他不是很开心了，而我也只能是尽力表现得开心些，来弥补一下我朋友的不满情绪吧。其实我真的很善良，很善良地想让大家都开心些，因为我知道这样单纯的快乐真的是很难得了。他俩的歌声其实很让我感动，“我们是一家人，相亲相爱的一家人。”好像那个傻瓜不能够理解。所以我就开始期盼下一次单独见面的到来。因为他还要工作，也许又要等到周末了吧。时间很慢。

“晚安，亲爱的，我很想你。”我编辑了短信，却没发出去，突然觉得有点累了。一天的时间我就在观察他的心思了。还从来没有过这样的一大。

野

今天我们见面了，我还精心地打扮了一下，因为她昨天说别在她的朋友面前丢脸，所以我精神了一点。但是感觉失望了，因

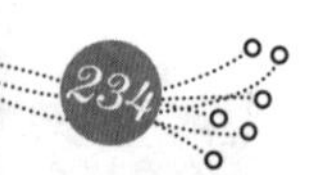

为四个人的行动明显是分成两派的，他们三个人，我一个人。我确定不是我不善交际，只是那不是我的圈子。我对她的表现很失望，因为她一点都不像大嫂的模样，显得过于幼稚。但是我还是陪了他们一整天，这让我蛮苦闷的。这不是我的风格。感觉变了，就在一瞬间。最后的最后，能看出她还是个善解人意的女子，看到我好像累了，提出要走了，我终于欣慰了一下。

我们今后会因为什么事情让我们分开呢？我在想我怎么会在当时说出那样的话呢，感情是多么脆弱的东西。我太狂妄不羁了。有点后悔说出的那些甜言蜜语，也许那全都是错觉了。而回头看看我们经历过的那些天，真的就是错觉吗？

我不知道了，有点累了，一天的时间，我在想我的心思了，还从来没有过这样的一天。我们单独的见面会好些吧，我还是在期待的吧。

“你今天做的不太让我满意，晚安。”我编辑了短信，却没发出去，的确有点无所适从的难受了。

但是我想告诉大家，月和野到今天为止还没有见上第三面，因为野太过追求现实中的完美了，月还太单纯遐想了。他们经过一个晚上的谈判，匆匆地结束了——幸福降临了，他们却不想要了。

我就是幸福，把他们的内心看得清清楚楚，分析得透透彻彻。我觉得我很悲伤了。因为我的降临居然会有那么多人轻而易举地错过了，我想知道，我真的那么不可得吗？为什么那么多浅尝辄止的人都不敢迈出一步？看一看幸福的样子是那么复杂的吗？未来是什么？是空口说白话？是空脑想一下？幼稚的人都在说，未来是不可知的，没有办法继续。我想告诉他们，“我叫幸福，只要

你们需要，只要你们努力，我就可以降临到你们的身上，长长久久，我会坚守承诺。而不是你们随便说说的动听誓言。”

月在我的督促下选择了不放弃，她准备要他知道，什么是她想要的幸福。月是个聪明的孩子，但我不知道倔强的野会不会还能接受感觉，能不能摒弃浅尝辄止的幼稚和维护决定的顽固。我也不知道，聪明的月会不会因为遇到挫折而就此放弃，能不能保持持之以恒的坚定和坚持不懈的努力。

祝他们好运。我想，我要把幸福给他们的！

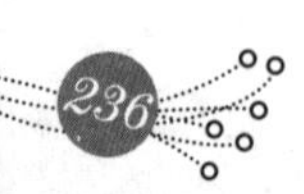

竹　针

有一种针叫做“竹针”，它不可能一下刺入，只能慢慢地揉刺进去，然而它给心的痛却是麻麻的，长久的，可愈来愈厉的，直到有一天……痛彻心扉。

离开电视台，和那几位编导告别时，我的脸上仍旧保持着我最常见的温婉的却又是极为做作的笑容。但我的心已在逐渐膨胀，把我的腹腔扩得满满地，好像我五脏六腑中只剩下这颗心，而它竟是坏死在里面的。

我拦了出租车，告诉司机住址。

司机竟然笑着说，不到一公里呀。

我不再微笑，拿出最普遍的刁钻女孩的样儿——脸部的肌肉下垂，大而亮的眼睛眯起斜视着一个无关紧要的地方，嘴角和眼角的延长线几乎平行。我刻薄地说，多事。

司机愣了片刻又恢复了笑容，那笑中有一些诡异，似乎他已明白眼前女子的冷面冷语不过是一种可怜的死撑。在这个都市里，在他每天的乘客中，这样的女子他见得多了。她们有体面的职业，有姣好的面容，有自以为是的胆识，更有着脆弱的心。所以，他不会与我计较，会原谅我的无礼。

我“扑哧”地笑了，恢复了我的友善，说：“谢谢。”

我关了车门，只身走进暮色中时，听到司机的喊声：“找你的纸币上有我给每个有缘坐我车的人的祝福。”

我赶忙就近凑到路灯下，那张有些残旧的五元纸币上有一行小字——快乐每一天。我用大拇指和食指捏了纸币的一角，挥动着。我说：“同样的祝福给你，不过往人民币上写字可是违法的，但法也容情。”

司机已启动车子，他最后的话语与车子启动的嗡嗡声混杂，但我仍听清了。他说：“你是个奇妙的女子！”

我是个奇妙的女子吗？

我眨眼——

我叹息——

因为纵是千千万万的男人惊异好奇并喜爱着我的奇妙。但文不喜欢，抑或说他根本就从来不以为。我常想，大约在他眼里我就是最平常而又平凡的人儿，甚至比不上庸脂俗粉。庸脂俗粉必定还会有她的绚丽多彩，而平常又平凡的我不过是这秋意渐浓时偶尔被风吹落的并未完全枯萎的叶儿，在落地之后便不会再有生长的可能。

枯萎是我的必然。

我在淡淡的月光下笑。我想念着文，想念着那个无法洞察我的奇妙的男人。

推开房门，我抑郁了片刻。其实一切与往日无常，我的小屋仍旧有一股潮潮的湿湿的却暖暖的味道，仍旧是我早上仓促而去

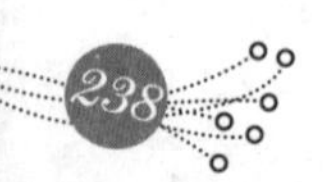

时的零乱。

我放下包，踢掉鞋子，打开音响。我不开灯！在黑暗中听着歌，我可以这样一张一张地听下去，不吃不喝，如果不是清楚地知道我活着，我甚至以为自己可以不呼吸！

我就是这样孤独地生活着，于是我创造想念，于是我渴求着推开门的刹那出现不同的景象，我与我想念的人儿可以懒懒地相拥着！

然而我想念的人儿是谁？我不知道我是否还有想念文的权利。

我们只有片刻的熟悉，那份熟悉已沉淀为感情。我们疏离后，他定然不会知道那片刻的熟悉是怎样地占据了我整个心房。

这样想着，我“嘿嘿”地笑了两声。打开灯，桌上的小闹钟告诉我——时间在不知不觉中已飞逝了两个多钟头。

此时已近凌晨。然而我的大脑仍清醒异常。

我已经习惯了失眠，习惯了在深夜中睁着眼望着我眼前的那片天。虽然我知道那不过是普通的房顶，但我臆想着它上面缀满了能发光的纸鹤。那光亮不醒目不刺眼，却柔和地温润我的眼睛，我的面庞，我的身体，我的心。

让黑暗中的我呈现出完美的妖娆，幻想着自己的身体可以在平静中通向天堂。如果有天堂，如果在天堂能够与文再重逢，我愿用一切换取。只是我知道文是不屑于此的。文不会在乎天堂或地狱，不会在乎与我的重逢，文在乎的只是他自己。

“我不快乐！”我冲着我眼前幻化出的那些有亮光的纸鹤们说。我告诉它们晚上在电视台，那个长着一张长马脸，眼神阴阴的高个子的导演故弄玄虚的话。他说——从你的眼睛可以知道，你是个将要把感情走偏的女子。因为你输不起，你也从未输过，所以你一旦输了就会沉沦。

他像个预言家似的轻轻松松地剖析着我。我好像在众人面前被他用一杯清水泼洒在脸上，我淡淡的妆容被水冲花，我三十岁的面容已经不起不加修饰的推敲。

但我倔强，我决心不帮那个电视节目写稿。我不是演员，可我会掩饰。我说："我不会沉沦，我只把沉沦留给男人。"但我明镜似的知道，不爱我的男人又怎会因我而沉沦，而我不爱的男人他们的沉沦又与我何干？

"报应！"我轻声说道。

文的出现是上天对我的惩罚，是报应。

我想到肖——肖是我的前夫。我们恋爱了两年，共同生活了四年。可我从未对他说过爱，无论肖怎么哄骗，怎么哀求，怎么怒视，那个字像是溺死在我心中的一只蝴蝶，它没了翅膀，飞不出我的唇。我想，那一刻的我比任何一个可以随口漫骂的泼妇更容易激起男人动粗的念头。但肖从没对我动过粗。他只是绝望地靠在那，眼里是死一样的萧色，仍如秋夜时寒冷的星。

好友彤说："你对你不爱的男人冷绝得让人心疼，那时的你不再是至善至美的女子，你是个可怜但不可怕的小女巫。"

"是的，你并不可怕，因为你不会主动地去伤害。但你可怜，你无意中的伤害不似利刃，但似竹针，你穿透别人心房的时候竟浑然不知。"

肖是被我用竹针一点一点地刺进身心的。他说，"世界上没有比得不到一直深爱的人的一个温暖的眼神更令人苦痛的了。"

我想到文的眼神——第一次注视文的眼睛是在他的车内，听着梁朝伟的《你是如此的难以忘记》，我偷望他。他的眼神。天啊，他的眼神与音乐的意境融合，他的眼神透出孤独的可以把夜浸没得更加死寂的色彩，我不知道那是一种什么颜色，或许可以称为迷蒙的黑，但绝对是会让爱他的女人溺死在里的。

我常冲动地想对文说：“我愿意，我愿意为你而死呀。”于是我把自己的身体放入他的怀中。我说：“我很虚弱，我需要你的怀抱。”

我在两个多月前的夏天的傍晚与文相遇。我游走在街上的时候，被闷热的天气折磨得快无法呼吸了！我轻倚在文的车边时换来的是一句关切。“你还好吧？”文的声音亲切得可以立刻拉近你和他的距离。

而我仍然有些胆怯。一年的单身生活让我对男人产生了恐惧。他们微笑着帮助你时必定是有企图的，如果你相信了笑容，那么很可能就要哭泣了。况且我是不了解男人的女人，我六年只与肖一个男人独处过，而肖在面对我时释放的又是他最单纯的一面。曾经如此简单的生活已让我变成一个无知的小女人，难怪那时肖对彤说，我也不是不想离婚，但离婚后梅将如何生活，谁照顾她谁保护她。肖对我说，你是个一点生活能力都没有的女人，不会洗衣、不会做饭、不会擦地，甚至不知道换季变天时要及时增减衣服，这让我如何放心？我说，肖，这些你真的不必担心，其实我一直都会的，只是你处处都做到了想到了，便以为我做不到想不到而已，但无论如何我都感谢你这些年的照顾。

肖忍住了眼中的泪。或许他一直都不明白我为什么就是不爱他，就如同我一直都不明白文为什么不爱我一样。

人是很贱的动物。

但我对肖没有欺骗。我是透明的真实的，我从不骗人。我与肖恋爱、结婚都清楚地告诉他仅仅因为感动。

而文呢？我始终不敢相信更不愿承认文是骗我的。我宁愿把所有的不好加在自己的身上。

我常常对彤说是我的爱逼走了文。彤会替我点燃一支烟。她说，你现实些，现实未必如你的想象。

我光滑而浓密的长发垂落下来，遮住我僵硬的半边脸。

我一口一口不停地吸着烟。我原是不吸烟的。我看到女人抽烟，即使再优雅也会不耻。抽烟的女人会让我想起旧上海滩的风尘女人，即使高级如陈白露也必是男人的玩偶，而我喜欢的人物——子君也好，清秋也罢，都是洁净纯美的形象。即使她们不快乐，即使子君因不快乐而死！

我在补习班给学生们讲《伤逝》，讲到子君的死。我说，她其实是因为怎么都不快乐才死去的，因为不快乐是一种可以致死的病。学生中大约是没有真正喜欢文学的，他们好像不大明白，除了满脸的疑惑还是疑惑。我只好释放一脸灿烂的笑容，因为即使我不快乐，即使我不快乐得就要死去，而面对他们，我必须选择笑容……不仅仅是缘于那不菲的讲课费，更因为那是我的职责。而这时全班最高的男生站了起来，他说："梅老师，我懂。我懂得不快乐是一种会让人致死的病。例如我们非常非常想念一个永远也回不来的人，我们就会不快乐，而每一次想念都会加重病情，甚至死去。"

我呆愣了片刻，我的泪花落在笑痕里。

我一直都在寻找懂我的人！"文？你是吗？"

初逢的那天，我的胆怯和提防被文细腻而温和的笑容摧毁了。或许摧毁只是个借口，或许我分明已在刹那之间爱上了他。

我对文说："我从小看过许多占卜的书，我对占卜略知一二。"

文被我没头没脑的话语搞得有些不知所措，但他就是那种永

远处乱不惊的男人。他仍旧温和地真诚地说：“如果你相信我，可以到我的车里歇一歇。”

我挑了眉偷笑，男人和女人之间当感觉来了的时候，会像老天不经意就安排好了般默契。

那晚我穿着布质的淡蓝色的长裙，披着一头黑黑的直直的长发。

文说：“穿布质衣服的女孩喜欢返璞。”

我说：“穿布质衣服的女人喜欢回忆。”

我们相视而笑。

我的手放在了我的膝盖上，文把他的手放在了我的手上。文说：“你刚刚还因闷热而目眩头晕，此时手怎么会冰凉？”

我一下子红了脸，在他的手掌里转了一下我的手，他的手便紧紧地握住了我的手。

我说：“因为你的车内开了冷气，而我已不能再承受些许冰冷。”

文靠近我，我更清楚地看到他的脸。那是一张极英俊的脸。

我说：“你的头发浓黑且粗硬，说明你是个坚强的男人，你能承受任何的打击，你的心肠有点儿硬。”

文失声而笑。眼角竟显出些许细纹，添了几分沧桑，眼睛的形状也被拉长。那笑眯眯的眼睛是无限的蜜意和一丝坏坏的神色。这真是一双能够激发女人热情的眼睛，不是撩拨，不是挑逗。他的眼神就是竹针，在那一刻已刺入我的心。

我说：“你的眼睛很性感，只要你用心地看一眼，没有哪个女人不会爱上你。”

于是文定睛地看我。我笑着别过脸去。那一刻我们还不知彼此的姓名。

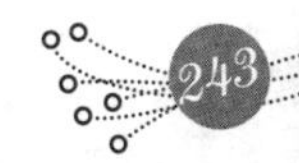

彤说："相信感觉的人都是情绪的人。"

我想起三毛的话——某些人的爱情就是当时情绪，如果对方错把这种情绪当作爱情是本身的幼稚。

无疑我是幼稚的。

今年的秋天总是阴阴的，在我的记忆中这样连绵的阴霾的天气是甚少的。

我喜欢秋季，也喜欢阴天，这样在休息的日子里可以给自己一个赖床的理由。但今天不是双休日，我没有理由赖在床上，尽管我已浑身疼痛。我知道我在发烧，但我必须得撑下去。我终于晕倒在房中央，我软软的身体没了爬起来的力气。我哭了。我的眼泪落在冰凉的水泥地上。我像作茧自缚的蚕儿把自己包裹在自己悲怜的情感世界。

我又想到那马脸导演的话，"我是输不起的，我会沉沦"。

彤送我到医院输液，她默默地照料着我，眼里却没有丝毫对我的同情。

我哀求着她，我说："不要在心里骂我，我不是故意生病的，我没有作践自己。我只是因为想念。你可不可以帮我在院中去捡几片落叶，然后放到杯子里，每天给落叶浇上水，看它会不会迟些枯萎？"

彤摇头，她说："如果水放多了，叶子会烂掉；如果水放少了，也会蒸发。不要试图去改变自然，自然是规律，是改变不了的。梅，你面对现实吧。文从来就没爱过你，他放下你不需要两个小时，你又何必用整颗心去装满对他的想念呢？"

"不！不！"我在心里抗拒着彤的话。我不相信文从来未爱过我。

我和文初遇的转天就开始约会。

我忘记了肖最后叮嘱我的话——名利是诱惑不了你的，但你会被你自己心底的真情所伤，你不会轻易地爱上谁，但爱上了就会付出全部。梅，你要当心呀。你不了解男人。

我是任性的。我不屑于去听别人的忠告，尤其是肖的忠告，他是个好人，却不是个可以让我信服的人。他的话永远都是我的耳旁风。

我和肖是在去年的中秋节那天办理的离婚手续。而那天办离婚手续的只有我们。

我真诚地对肖说："希望明年你能月圆人圆。"

肖笑了，淡淡的，有些无奈。

彤问："你们在那样的日子选择分离，是为了记住吗？"

我摇头，说："只是凑巧。"

真的只是凑巧，我们算错了日子，明白时也懒得去改了。

彤说："梅，你是不是就不懂得给自己一些保护？你为什么偏偏要给自己留许多伤心的契机呢？我不相信你每年的中秋节会快乐，即使你不会想念肖，但你也会清楚地记起那是你离婚的日子。"

我哑言。我和肖分居了半年才办理的手续。我以为一切都不过是一张纸的演变。

我对肖已没有任何的感觉，即使他在分居的时候把房子让给我住；即使他会趁我不在时，悄悄地把家里所有的已坏了的灯修好，留下字条——你要保护眼睛，我除了感动还仅仅是感动。所以我以为我不会在意我们是在哪天真正的分离。

但我错了！

中秋节的时候文已在疏远我。

那天我收到了所有的朋友的短信，我看完后便都立刻删了。我期盼的仅仅是一个人的一句问候。我不能有更多的期盼，我知道文是不会抽时间来看我一眼的。他对我已经没了那种渴望的感觉。然而我还必须生活着，生活中还有太多让我顾忌的人！

我早早地在一家餐馆订了位子，我把全家人约出来吃团圆饭。

我们闷闷地吃饭。

我的父母已经老了，他们更加不爱说话。母亲原就是喜欢沉默的；父亲笑的时候，他面部已松弛的肌肉会微微颤颤的。

我有些心酸，取出钱包，塞给母亲两千元。我说："你们要照顾好自己，而我，你们不必担心。"

母亲微笑着，她总是信我的。

一直不停地说话的是姐姐，她高高的调总让我揪心。她想说的话好像很多，只是那些都是她自己的喜怒哀乐。她终于说到了别人——她神秘地告诉我们，一个远亲家的二儿子也离婚了。她说："真是丢人现眼，一儿一女全离了，还瞒着，可世上哪有不透风的墙。"她鄙夷的目光无所顾忌地流露着。

我的脑子里空空的。她还说了很多，但我一句都没有听清。我最终抑制住了自己，没有拂袖而去，也没有把已想好的话说出来。我想说：姐，我是你的小妹呀。今天是我一年前离婚的日子啊。姐，你不需要疼爱我，但你可不可以不刺痛我？

我对家人一向都宽容到了极点，许是我早已习惯了姐的自私，习惯了父母的无能为力。

只是当我一个人走在回家的路上，走在清冷的街上，当初秋的稍许凉意覆在我所有裸露在外的肌肤上时，我感到了透彻的凉。

我把十指相交，让双手的冷刺激出些许温度。我凄然地笑，我问自己还有什么?

我把自己弄到了一无所有的地步。

肖发来了一条短信息，只有一句话——祝月圆人圆。

我的一滴泪无声地落在手机屏幕上。我忽然很想找到一张肖的照片。我翻遍了所有可以找寻的角落，自然是找不到——我当初决然地不保留肖的任何东西，哪怕是一张照片。我决然地认为自己不会再想起与肖的点滴，我认定了他给我的苦——不懂得如何让我爱上他，让我的生活中失去了光彩。其实我对肖的确是没有想念的，我已记不清他的样子，但我知道肖是至今对我最好的男人，所以我会想起他。我终于对他产生了一丝愧疚。

我坐在桌子前，桌上放着文的照片，文温柔地冲我笑。我把文的照片捧在手里，我吻他的眼睛。

我平躺在床上。我的小粗布床单是粉底白花，暖暖的颜色，我相信它可以增强我的睡眠感，因为我需要温暖。

我把文的照片放在胸前。我的胸口有丝痛，我没有在意，我这样抱着希望睡去。

半梦半醒着，我的思想依稀回到我和文的最初。

最初的我们是热情四溢的。

第一次约会的时候，文就握了我的手说——你是我的妻。

我“咯咯”地笑着，没有掩饰心中的喜悦和幸福。

我和文没有生疏感，我们好像认识了很多年。

我说:“文，我愿做你的妻。只是——文，你可不可以再专注地用你的眼睛望着我再说一遍。文，真的，你的眼睛很性感，我最

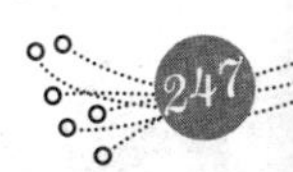

喜欢你的眼睛，我不知道它盛满深情的时候是否像大海一样深。”

文迟疑了片刻，笑着捏我的脸。但他没有依我的话而做。

我是最敏感的女人，我产生了瞬间的不安，但仅仅是瞬间，那时我们在一起实在快乐，我来不及多愁善感。

我们在深夜分手各自回家后，又开始后半夜的通话。

静夜里，只有文温柔又温暖的声音飘在耳畔，感觉他好像离我很近，猜测着文早已隐身在了隔壁，与我只有一墙之隔。我们的声音会触碰到彼此的心，因为我们的心是相连的。

我告诉文，我总有一种幻觉，我的房顶缀满了能发光的纸鹅，它们比星星还明亮。它们的光落在我的粉底儿白花的床单上，粉色多了丝银光，白花添了些晶透。我好像躺在一个童话中的象征美好幸福的花床上。而这种幻觉是你带给我的，你让我感到了幸福。因为被爱很幸运，而爱人是一种幸福，你是我至今爱上的第一个男人，而且只一眼。

文在电话那端给了我一个亲吻，文说：“我幸运，我也幸福，因为我也爱你。”

我说：“我们在一起会快乐似神仙，因为相爱似神仙。”恍惚的我好像听到文的轻叹。

文说：“也不要想得太美好。生活是现实的。我们做不了神仙，我们都经历过婚姻，我们该知道感觉是会变的。”

“不。”我是任性而又固执的。我说：“我们既是朋友又是爱人，我们的感觉即使游移在这两种情愫之间，也终是美好的。”

文对我的感觉变得实在太快。

彤说：“梅，这有你的责任，你就是不了解男人。男人要的永远都是自由，是随心所欲，男人唯一愿负责任的人就是他的孩子。而有过婚姻又追求事业的男人，他需要的不是爱情，爱情不过是

他生活中的点缀。他们的感觉来得快去得也快，他们把爱情和感觉画了等号，因为那样可以不负责任。所以，梅，如果你想永远和文在一起就要给他自由，否则他有一天就会离开你，而他离开你的理由只有一个——感觉没了。”彤说到这时，嘴角有一丝冷笑。

我不禁打了个寒战。彤该是了解男人的。彤不是很漂亮，却是我的女友中最有女人味的。彤的男友伟在两年前为了彤抛妻弃子。彤和伟终于可以厮守，然而彤越来越不快乐。先学会抽烟的人是彤。我没有问过彤为什么还不和伟结婚，我知道这个问题是会刺入彤的心底的竹针。

我想到这的时候，竟然接到伟的电话。

这个中秋之夜真是多事之秋。

伟和彤在去观灯的路上，因为彤盘问伟是否给他的前妻和儿子买了数码相机而争吵。

伟告诉我，他打了彤。彤跳车而去。

伟说他开车一路寻找也没找到彤，给彤打电话彤不接。

伟这么说时似乎只有气愤。伟已经四十岁了，虽然风度翩翩却无法掩盖内心的疲累。伟说在他的眼里彤越来越像个没有教养的妇人，伟说彤变了。

我惨笑。

我说：“伟，不是彤变了，是你的感觉变了。当初那个令你为之放弃一切的是彤，现在这个让你撕心裂肺的也是彤。”

“唉。”伟叹气。我清晰地感觉到这是属于中年人的叹息声了。

伟说：“所以我明白了当初根本不值得。”

我说：“所以你现在根本不打算和彤结婚。”

“对。”伟不否认，伟说：“我敢把我的后半生拴在一个不懂得

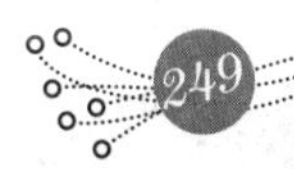

珍惜我们之间好不容易得来的感情的女人身上吗？”

我的心又在痛。我忍着痛，说：“伟，这是一场赌博，不为彤，不为彤有多么爱你，只为你自己的这场赌博。你已经下了巨额的赌注，你此时放弃，便一无所有，但如果你继续投注，至少还有一半赢的希望。”

伟是精明的生意人，但伟还是被我打动了！

我和彤通话。我不听彤的任何怨言气语。我说：“彤，你听我说，你考虑好，你认定你们该如何？你闭上眼睛想，失去伟会不会有死的感觉。如果会，你是了解男人的，你知道该怎么做。”

彤应了一声。

我淡淡地笑着挂了电话。我知道彤和伟没事了。因为彤比我聪明，比我了解男人。更因为他们都下了很大的赌注，都不可能让自己一贫如洗。

而我和文不同，我们还没有投入这场赌博。噢，不。应该说我早在第一次见到文时，便以为我们投入了这场赌博，于是我早已用整颗心做了赌注。

可是文——文不过是在一个小小的池塘里投下了一颗小石子，当他发现一颗石子都会惊起波澜时，他会毫不犹豫地把手中若干枚石子悄悄地放入池塘边一株向日葵的旁边，最多再看一眼尚未退去的涟漪，便会悄然而去。

文，为什么你不多试一次，或许你第一次投石的时候，恰好有一阵风吹过。是啊。纵然我不是最能够令你心动的女子，但我们毕竟有那么不可思议的非凡的开始，而且我是那么爱你！

曾经我也想要控制自己对文的迷恋，但聪明的文总能在适当的时候及时地激活我的情绪。我欲罢不能地爱着文，我在他的怀

中央求着，“文，你可不可以让我少爱你一些。”

文抱紧我，说：“不可以，我爱你爱我。”

我喜欢文有力的臂膀，喜欢他把我拥在他的胸膛，喜欢他霸道地对我的占有。不错，文是有一种与生俱来的霸气的。

文轻咬着我的耳朵，在我的耳边说：“我会让你越来越爱，让你越来越离不开我。”

我“咯咯”地笑。我用双臂环住他的身体，我说：“那我就做缠死你的小女人。”

于是他进入了我的身体。我以为我们是那么炽烈地深入彼此的身体和心灵，然而身体没有疼痛，心灵也没有震撼。噢，不。或许我们只深入到了彼此的身体，而心灵的深入不过是那时产生的错觉。

我投入地把自己交给文时，没有看到他温暖的眼神。

肖说过，最痛苦的事莫过于得不到深爱的人的一个温暖的眼神。

我要和文讨论他的眼神。文温柔地制止我——他吻我的耳朵，吻我的脖子，吻我的眼睛。他总能那么轻而易举地软化我，让我乖乖地顺从他。

于是我更加狂爱他，我彻底地变成了一个缠死他的小女人。我相信懂我的文会明白这全是因了爱他。

然而文的电话越来越少。我开始哭闹。

我委屈地问文：“为什么？”

文哄我，他说，“忙。”

即使我爱傻了文，我仍然清楚忙是男人最常用的借口。但我选择相信文。我也知道文的确忙。

文是极有野心的男人，他已是一家极具规模的美国独资公司的销售经理。文给自己的人生确立了很多目标。文在积极努力地争取每一个成功，他要争取在近期内升到市场经理的位置。

我说：“文，我会支持你。”

我去庙里烧香，我拜了许多菩萨，我求菩萨保佑文能够成功。我一共替文磕了二十七个响头。我真的有些头昏脑涨了，但是我快乐，我从未有过地执著地相信着神灵。

我盼望文的成功，因为成功是他最大的快乐。

我的手机又发出了收到短消息的声音，那平淡无奇的声音在中秋节的深夜里，在我空寂的小屋里尤觉响亮。

我紧张地握住手机，已近十二点了，中秋节就要过去了，文终于想起我了吗？那个曾说过要每晚抱着我哄我睡觉的男人，终于在最后的时刻要给予我一丝怜爱了吗？

我闭上眼，让自己的心跳尽量平稳。

是彤，彤告诉我她和伟和好了，他们准备买房子结婚。

我该替彤高兴的。但我实在快乐不起来。

我给文发了一条短信：去年的今天，我离开了这个世界上至今对我最好的男人，但我并不后悔，因为我只想找到一个我愿对他好的人。可惜，现在我竟等不来那人的一句问候。或许这是上天给我的惩罚。

文很快回了信——在加班，很忙。祝中秋节快乐。

文，这样的中秋能快乐吗？

文，你不疼不痒的话就是一枚竹针。

竹针慢慢地揉刺进我的心，我痛得要晕厥了。

竹针——就是这样的一种针，不会一下子直刺入心，却会让人慢慢地痛起，如同无数条小虫在吞噬心尖的痒，直到痛彻心扉。

我苦笑。我的眼里也是萧色，如同秋夜里寒冷的星。

文，你也不是懂我的人。但我已深爱着你。

彤一直不相信我是一眼就爱上文的。

彤说：“二十岁时可以，三十岁时还可以吗？”

我“咚咚”地一口喝下一杯冰冷的啤酒，一边把玩着杯子，一边说“我是的，我喜欢文的眼睛”。我飘忽的声音与幽暗的西餐吧的氛围无比和谐。

彤有些动容，她说：“痛苦真的能让女人平添一份幽怨的美。”

我笑了，笑声有点放纵。我斜眯了眼，我问彤：“我现在很美吗？”彤笑着点头。

我和彤出了西餐吧时，竟看到了海。

我呆愣的当儿，彤悄悄地对我说：“我替你答应了他的约会。”

我仍“咯咯”地笑。我握住彤的手问：“彤，你认为我需要男人？”

“不，”彤搂住我的肩说，“我认为你需要爱。”

我推开彤，我空洞的眸子如黑夜一般黑。我说：“我需要的是我爱的男人的一个温暖的眼神。”

我默默地毫不在意地望着海。海是彤的朋友，我与他只见过一面，但他说我美好的样子却已定格在他心间。而我县全无心去推测他话语中的真伪。

海冲我微笑着。

海是那种彤所称的有房有车有公司有素质的男人。但我说他没有文那样性感的眼睛。

我想念着文。

我和海站在河边的一艘残破的木船上。河风吹来，彻骨地凉。

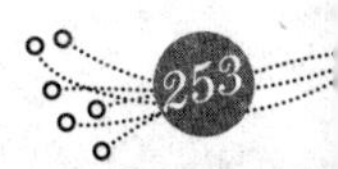

我着一套布质的淡紫色的长衣裤，显得整个人很单薄，很飘摇。我不想和海说话，尽管他的眼中充满了怜惜。尽管他大度地陪着我，我却并不感激。

我更加想念文。

我是个不可理喻的女人。我心里想念一个男人的时候根本就容不下别人，哪怕只是聊聊天，观观夜景。

我微闭上眼，我想象着海就是文。

我的声音如同魂魄从幽谷中飘出来那样模糊和凄冷。我说："知道那句话吗？世界上最遥远的距离？"

海应着："不是生与死的距离，不是天老一方，而是我就站在你面前，你却不知道我爱你！"

"哈。"我笑。我在心里说："文，对于我而言最遥远的距离是——明明你让我爱上你，你却佯装不知——因为你的心里没有我。"

真的是文让我爱上他的。

第一眼时的惊魂动魄让我夜不能寐；相拥时的一句"你是我的女人，一辈子只是我的女人"让我骨酥肠断；而稍许的关怀便会让我心甜如蜜；甚至文郁闷的倾诉都能让我对他产生纯粹的爱惜。

那时我已愈来愈感到了文对我的不在意。我挣扎着，要从文的怀里脱离出来。

文嬉笑着又环住我，又与我温存。

我嗔怪着说："文，你好坏。你是个坏男人。你太懂得女人的心了。"

文不说话，不理睬我的喋喋不休。他只与我温存，而后他一脸胜利地说："我是第一个敢这样对你的男人，对吗？"

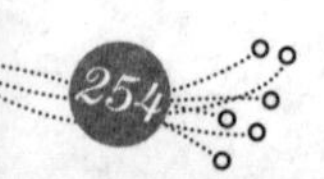

我傻傻地点头。

他捏我的脸，说："所以你才会爱我。"

我继续傻傻地点头。而后我疯狂地回应他，我真的很疯狂——我从来都没想到文弱的我能如此疯狂。

"哈。"我突然的讪笑吓着了海。

海问："你想到了什么？"

我不假思索地说："一个美丽的画面。"

海微笑着说："梅，你好似雾，缭绕着却抓不住。"

我冷静地望着海，海在我冷静的眼神中笑容殆尽。我想，此时的我又变成了一个可怜却不可怕的小女巫了。

我做了个梦，梦到一个美丽的仙女。我小的时候常幻想着自己能够变成一个穿着白色纱衣的仙女——纯洁而又美好。

梦中，仙女对我说："一个人的理想只有当他死的时候才会实现。"

我说："是啊。人只有死时才会获得平静，而人最大的理想便是能够平静。"

然而，我还活着，我无法平静。

我和文之间太像一个故事了。

我们始于激情，却没有感情的沉淀，于是我们之间经不起折腾。于是文很快就厌倦了我的痴缠，厌倦了我每天的电话追踪，厌倦了我的撒娇，厌倦了我。

文说："梅，你给我松绑。你爱得我喘不过气来。"

我跌坐在沙发里。我望着文，望着文的眼睛。我仍然没有从文的眼中找到温暖，文的眼里满是疲惫。我说："文，你忘了吗？是你让我爱你的，你曾说——你就缠着我吧，我会每天都带着你，无论去哪里。”

我哭泣，投入他的怀里，反复地问：“文，你忘了吗？”

文不语。他只是轻轻地拍着我的背。

我吻他，胡乱地吻他的脸。我拙笨的吻技逗乐了他。

我停下。我知道在文的面前，我已经变成了一个无知无味且幼稚可笑的女子。我说：“文，你是不想对我怀有责任，还是不想对女人怀有责任，还是你原本就是个没责任心的男人。”

文让我躺在他的臂弯，文说：“我有责任心，只是我的责任心只能给我的女儿，她那么小，我却没能让她有一个完整的家。”文这么说时显现出少见的忧伤和脆弱。

我更紧地贴近文的胸膛，幻想着我的靠近能够给文力量。

彤说：“你爱他，你就心疼他，可你却比谁都让人心疼。”

我苦笑。

我又理解了文。理解了文的忙碌，理解了文对工作的百分百的专注，理解了文对我的变化，甚至理解了文心中对我的疏淡。

我去逛街，一个人去逛街，去逛童装世界。

那是一个陌生却万分可爱的世界。多姿多彩的童装绚丽无比，宛若一个个可爱精灵的小童。

我为文的女儿精心挑选了两套漂亮的衣服。我想，文一个男人是不知如何打扮女儿的。

我把那两套女童装挂在我的衣服上，我无比欣赏自己的眼光——淡紫色的莲蓬裙配纯白色的棉质的小上衣；淡粉色的小外套内搭配了一件绒绒的白色小毛衣。

我想象着文给他女儿穿上了我买的新衣服。想象着文吻了我，说：“梅，你真是个好女子。”

我是那么快乐。我对我爱的人是细腻而饱满的。

但我一直没有机会把这两套女童装拿给文。

文再见我时刻意保持了距离。他甚至——不碰我。

我是骄傲的，我再爱一个男人，也无法不要自己的骄傲。

我应和他——也和他保持着距离。

中秋节的转天，我给文打去了电话。

我说："文，我累了。给我一个结果，我不想再猜。"

文说："我真的忙。"

"呵。"我冷笑，说："文，我只要一个结果。"

彤说："梅，你这是在逼他，而逼他的结果只有一个，就是彻底地失去他。梅，你实在太不了解男人了。文现在或许已经有了别的女人，或许已经在考虑离开。你的逼迫是在帮他放弃你，而他一旦完全放弃了你，你又如何活下去？"

是啊。我又如何活下去？

文并没有给我一个明确的结果，文有些气恼地说："梅，你太偏执了，没有必要非黑即白，至少我们可以做朋友。"

从爱人到朋友？

文可以轻松地转换角色，但我却不能。

彤说："这就是男人和女人的不同。这也是你和文给这个爱情游戏制定的规则的不同——文只要快乐，你却要爱情。你们又怎么会不矛盾？所以说，梅，你该在心底里让自己彻底放下了。文不懂你。而你一直都在等待一个懂你的人。"

我知道彤说的都对，但是我不语。我不能再次告诉彤——可是我爱他。我怕彤会把她手中的烟蒂杵入我的眉心。

我最后对文说："今晚我要见你，半个小时就好。我把要说的话说出来，然后我们天各一方。”

其实，其实我是要把那两套女童装给他。我一边和文通话，一边打开衣柜——我总不能让这两套新衣在我的柜子里变旧变小吧？况且它们是那么可爱。

“哎。”文叹息，说，“如果只为了这些，又何必再见呢？”

“不。我要见你。”我坚持着。

“恐怕不行。”文回绝我，他说：“明天我要参加城市经理的考核，我不想破坏自己的心情。”

“噢。”我咬住唇，说：“好吧。你去好好考试吧。”我总是愿意体谅文的。

我对彤说：“我不会再打扰文了。”

彤问我：“你已经明白他不值得你如此厚爱了吗？”

我摇头，我说：“我没有放弃爱他，但我放弃他。因为我已是他的一个小小的负担，一个急需放下的负担。”

我失眠得更加严重。

我托腮深思间，脑际闪过那首《偶然》：你不必讶异也无需欢喜，在转瞬间消逝了踪迹。于是我猛觉到每个人都有属于自己的爱的季节，但却是短暂的，而四季常青、爱情长存更是奢侈的。

爱的季节？它已远离了我。我已走入并沉迷在秋色里，即使拉上淡粉色的窗帘，即使关上所有的门和窗，封闭了与外界的所有交流，即使无从感受秋的萧色和乍寒。我仍然知道我的世界已无了爱意。尽管如此，奇怪的是我并不特别伤感，相反我很安适，一份连自己都不解的安适。

于是我点燃一支烟——我的确不是与烟有缘的人，不知道该如何拿捏抽烟的姿态，我只是想抽烟而已。于是我一手夹了烟，

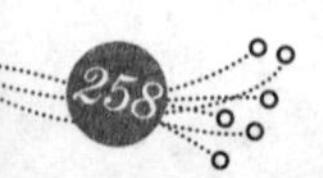

一手举了面精巧的镜儿，在镜中看到自己吐出的烟花，一时竟有些错愕——这不是属于我的东西，它给不了我灵感，也治不了我的偏头疼，也不能让我在烟雾缭绕间寻到段段往事的踪影。于是我痛哭。

我疯了似的揉碎了一整盒烟，并且狠狠地掷在地上。

原来爱情与这烟一样都是与我无缘的，曾经历过的情感不过是我感受人生的一个侧面，曾爱过我或我爱过的男人不过是我这种感受中的一个个亮点，而耀眼只是刹那。

那个导演说我会输不起，我会沉沦。

“不。”我虔诚地乞求所有神灵，求他们助我。我不要沉沦！

但是我知道我会有一段很长时间的沉淀。而在我沉淀的日子里，他们便成了我想象中的人物，美好也罢，丑陋也罢，却已不真实，已成虚幻，已成我内心的演绎。

于是我追忆，我承受着竹针愈来愈厉的痛。

我叹息——曾经有多少片断成为记忆，如今又在多少个无意中突然想起。然而，记忆是否是原貌的再现？我迷离的当儿，已不可能清醒。“文，你意气风发的时候，可知我的心碎？倘若你知道我是如此爱你，你是否会给我一个温暖的眼神，让我心底的那枚竹针渐渐软化，直到消失？”

第二天的早上，我不再打电话叫文起床。

在文已疏淡我之后，我仍旧坚持叫他起床，这样我至少还可以每天都能听到文的声音。

我告诉过文有一天我不再叫你了，就是真的消失了。文不以为然地点头。我失落的同时也很明白文大约早已把我当成了一个喜欢疯言疯语的疯婆子，大约早已看透我每一次的叫嚣不过都是为了能够得到他的重视和爱怜。

文明白我是不可能不爱他的了，即使我消失。文说：“你怎么高兴怎么不痛苦就怎么做。”

文？难道你真的不明白，我的高兴与不高兴，痛苦与不痛苦全是你主宰的吗？

文，我要你一个温暖的眼神，它可以软化我心底的竹针呀。

风雨交加，好冷的秋夜。

我想起那个初秋的夜晚。我在文的身边鼾睡。我突然感到了凉意，被冻醒。我一边可怜兮兮地喊着冷，一边摇文的臂。

文没有睁眼，却露出笑意。文说：“来，我抱紧你就不会冷了。”文果然抱紧了我，那拥抱几乎让我停了心跳，我的身心立刻温暖。

文，这是你曾给我的最大的幸福——你用你的身体温暖我的身体。那时我想，我们彼此都多么需要一个这样的人。

放弃文后，我只接到他一个电话，而那天恰好是我因想念他而病倒在医院输液的时候。

文说：“梅，我竞聘成功了。我已经升职了。哈哈！”文是那么喜悦那么兴奋。从他的声音里我分明看到了他幸福的样子，分明看到他的眼睛，他的眼里全是精彩。

文，你是个自己创造幸福的人，所以才拒绝我给你的幸福吗？

文继续说：“梅，我把这个消息告诉你。”

我的眼泪再次不争气地溢满眼眶。我匆匆地祝福了文后，便挂了电话。我倒在彤的怀里，我哭泣。

彤说：“你该让他知道在他享受成功享受快乐享受光明的时候，

你因他而枯萎。”

“不。”我擦干了泪，我说：“我流泪不是为了我的伤心，只是为了他的快乐。彤，我真心替他高兴。”

文，你愿意把你的快乐告诉我，是否因为我毕竟是你生命中出现过的一个女人，是否因为你清楚地知道我是你一生中最爱你最关心你的女人？

我臆想着，然而我永远都不会知道，因为文再也没有出现。

爱一个人时，分离会是一种痛苦，而绝望是会痛不欲生的。并且这世上也没有什么药方可以治疗这种痛苦——因为痛苦本身就是个治疗的手段。

于是我任由自己痛苦下去，我唯一可以做到的就是不让自己痛不欲生。

彤说：“你一直对文保留了一丝希望。”

我默认。我的手机里只留了文发给我的第一条短信——乖，我的妻。我舍不得删去，留着它，就能让我不必怀疑我和文短暂的情意只是一个美丽的幻境。

文，我想念你。

我们短暂的激情沉淀不下多少记忆，然而每个镜头都是属于我的刻骨铭心。因为你是我的刻骨铭心。

我的心尖有你刺入的竹针啊。

海执著地约我。

我忧郁的眼神不会给他一丝温暖。

海仍说：“放假的时候，可否请你去三亚？”

我挑了挑眉。

海见我没反驳，继续说：“曾经有人说，丽江是世上最美的地

方，如果爱上一个女子并想娶她为妻的话，就要带她去丽江。而我心中最美的地方是三亚，我爱上一个女子并想娶她为妻的话，就要带她去三亚。”

我捋了一下长发，淡淡地说：“我不看海！还是请我去罗马吧，罗马是我心中最美的地方。”

海不知所措，尴尬地似笑非笑。

我“哈哈”地笑。我笑得前仰后合，笑得流出了眼泪。

海更加尴尬。海说：“梅，难道你是个不会感动的女人吗？”

我停了笑。我随意地拍了下海的肩说：“我不能感动，我一旦感动了就会送给你一枚竹针。我不可能给你一个温暖的眼神，因为我的心中只有一个叫文的人。”

我拒绝了海。文给我的好处是我知道了我可以这样忘记我爱的一个人；文给我的苦处是我知道了我不可能再爱任何人。

我活在对文的想念中。

我不想工作不想挣钱不想快乐，只想把我和文的零零散散的些许片段遍遍重温。

文说：“梅，你愿意为我生个孩子吗？”

我痴痴地点头。我说：“文，我当然愿意，我们可以生个儿子，他会像你一样优秀。”

我和肖有过四年的婚姻，我不曾想过和他生个孩子。

我和文仅仅几次缠绵，我便想为他孕育生命。

我不知道我如此爱一个人是崇高还是低贱。文，你告诉我呀。

我说：“文，如果我们注定会分离，那么就让我们好好一起过十天。”

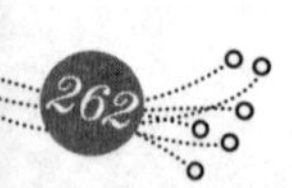

文摇头，说：“我要和你过十年。”

文，你忘了你所有的话语了吗？

我没敢幼稚地把那一切当诺言，因为我知道即使是诺言也可以轻易地推翻。但——我多么希望你能记住些许，因为你说过的每句话，无论真假都已深植于我心。

彤说：“梅，为什么你的记忆力那么好，你该吃一种叫‘忘记’的药。”

我说：“即使我吃了那种药，我的记忆仍会很好，因为我心底的竹针会在不经意的时候拨开记忆的门。”

我已经整整二十天没有见到文了。

彤说：“你怎么可以这样清楚地细数着过日子，如果过了二十年，你该怎么计算？”彤还说：“你可以不快乐，但你怎么可以不工作不挣钱？我们都清楚，在这个世界上，可以依靠的人只有自己。你有能力工作有能力挣钱，你是标准的单身贵族，你却偏偏要这样不死不活的。梅，如果有一天文又出现了，他看到你这个样子，就会更加不喜欢。文那样的男人是不会喜欢一个萎靡不振的女人的。”

我笑。傻傻地笑。

彤拉我去酒吧。我用十指梳了下头算是打扮了，我说：“彤，我好了，我们可以去喝酒了。”

彤拦住我，她打量我。我疑惑，低头看自己。我穿着一条黑色的莱卡质地的长裤，一件黑色的紧身套头绒衣。

彤说：“别再穿这套衣服了，黑色不适合你。你脸上有女孩般单纯的色彩，你适合白、蓝、淡紫色。”彤从衣柜中取了一套湖蓝的长衣裤扔给我。

我没有换衣服。我站在了衣柜前，望着那两套绚丽的女童装。

我说："彤，我得去找他，我总得把这两套衣服送给他吧。它们已经在我的衣柜里呆了一个月了。它们记载着我的当时情绪。"

彤轻叹，说："你去吧，如果你能高兴。或许爱真的是不能等待的。"

我站在文的楼下。

我踌躇了，胆怯了，像第一次见到文那般紧张了。

我抬起头，这是个晴朗的秋夜，满天的星闪闪发亮，天地间找不到丝毫悲凉和无趣。这么舒服的夜让我不禁想多站一会儿。

我在文的楼下整整站了两个钟头。我最终没有上去。我怕我最后留有的一丝希望破灭。

我知道，爱一个人时，分离是一种痛苦，而绝望是会痛不欲生的。

文，你会让我痛不欲生吗？即使会，我也不愿主动去揭开，我宁愿骗自己。

我傻傻地凝视着文的窗户，我幻想着文在窗前出现，我可以看到他的身影。

但我没能看到文的身影，甚至没有看到文房间的灯光。

是啊。文和我一样都喜欢昏黄的光，都不喜欢拉开窗帘。厚厚的窗帘足以遮住昏黄的光，我又怎么能看得到他房内的灯光呢？

一个三十岁的女人站在她想念的人的楼下，只为看一眼他房内的灯光，只为感受到他存在的气息。这是爱的奇迹，还是爱的悲哀？

我又把那两套女童装挂在了我的衣柜里。

我在心里说：文，若真有神灵，你该知我心。

我开始努力工作努力挣钱。

我明白，生活就是舞台，我们在这个舞台上都扮演着一个叫“自己”的角色。当舞台上的灯光亮起，只有神采飞扬的人才会得到掌声，得到尊重。

我仍然是众人眼里出色的女子。仍然是学生们最崇拜的梅老师。

我把自己分成了两个人。

回到我的小屋，我仍然是想念着文的小女人。每晚，我躺在床上，仰望着房顶的那一颗颗幻化出的能够发光的纸鹤。我双手合十于胸前，祈祷着愿文知我心，愿文能够给我一个温暖的眼神，软化我心底的竹针。

一年后，彤和伟终于要结婚了。

我陪彤购置嫁衣。我们在商场的通道处与文重逢——文领着他的女儿。

我的目光落在小女孩身上。她竟穿了与我衣柜中挂着的一套一模一样的衣服——淡紫色的蓬蓬裙配纯白的布质的衬衣。

文说：“很漂亮吧，是我妻子给她买的。”

“妻子？”我望着文，望着已经非常陌生的文。

我幻想了无数个与文偶然重逢的画面，幻想着文会问我“你好吗”。

彤说：“绝望虽然会令人痛不欲生，但也算是个结果。或许绝望过后还是重生呢。”

我笑。我说：“彤，如果可以重来，我仍然会让文的竹针刺入我的心，不管痛有多久多厉。因为……我爱文。”

就这样伴了一生

冯伯去世两个月了。

冯娘这两个月没怎么吃东西，原本干瘦的身子明显地更瘦了。

以前的冯娘很不喜欢说话，这两个月却不停地把她和冯伯的过往讲给人听，甚至讲给十岁的小孙女听。

冯娘说起时，很平静，该笑时笑，该恼时恼，就是不流泪。冯娘手里一直捧着一本纸张已经泛黄却没有一丝皱褶的日记本，却从不打开看。邻居们说冯娘的脑子可能有点问题了。

和他们同住一层楼有四五年时间了，老两口的吵闹直到冯伯突然心脏病发作的前夜。

还在正月里，冯伯家门框上的两张大红的吊钱儿，被穿过楼道的玻璃窗呼呼吹进来的寒风刮得七零八落了，其中一张几乎面目全非，剪纸的每一处相连的地儿都断开了。幸好大门正中间的红底儿金字的福还完好地矗立着，才让人仍能感觉到传统春节的红火。但冯伯的一声吼立刻惊扰了四邻，差一点就把那红纸上的

金字震落在地。

“你这人越老越不讲理。”

“你这人就是没事喜欢找别扭。”

“你这人怎么总晦气呢？”

“你这人知道好歹吗？”

冯伯一声高过一声，冯娘仍然沉着脸不理不睬。我们知道冯伯就要上国骂了。果然一通狂喊之后，冯伯的国骂就如雨星般地劈里啪啦落下来。

冯娘终于开了口，张嘴就是更恨的话。“我怎么和你这大老粗过了一辈子。”

“和我过了一辈子怎么了？大老粗怎么了？缺你吃了缺你喝了？”

……

如此的吵闹我已经司空见惯，没了初闻此声时的困顿和担忧，也不会再去劝慰他们，甚至会偷偷笑笑，因为这老两口转天就会忘了此时的争吵，当然也可能又有另一场吵架的爆发。用冯伯的话就是——我们吵了一辈子了，不吵了就该入土了。说完他“嘿嘿”地笑，好像吵架是他们的幸福。

冯伯和冯娘同年，今年整六十五岁，冯娘比冯伯还大三个多月。

冯伯说，女大三抱金砖。

冯娘还是不理不睬的。

于是又吵。还是冯伯的大嗓门。

“你这老婆子，什么话都不爱听啊？”

……

冯伯的身体一向很好，倒是冯娘总病病歪歪的。别看冯伯粗粗拉拉的，给冯娘熬汤药时可精细了，火候、时间都掌握得很好，俨然一位老中医。

冯伯说，汤药要是火候儿、时间不对，就白熬了。

冯娘慢条斯理地说，喝了这么多年，我的胃痛也没治好，你寻的偏方就是一堆苦草。

冯伯那个气呀，一碗汤药就倒进了马桶，又是一通吵。

不过不管怎么吵，末了冯伯还是会再熬一碗汤药，冯娘也会喝得干干净净。

冯伯的样子很凶，高大的身型，方方的黑黑的脸。冯娘撇撇嘴说，一看就是没文化的粗人。冯伯嚷嚷着，粗人又怎么了，你这资本家的娇小姐能嫁给我这个根红苗正的工人阶级是烧高香了。说完，他又暗笑，心想：要不是那场浩劫，他和她的确是无法相识的，仍如现在的年轻人的话——真是缘分。

冯伯和冯娘的结合的确缘于“文革”的动荡。

那是20世纪60年代的中期，正是“造反有理，知识有罪”的混乱岁月。即使是阳光明媚的春天，空气中也没有一丝清新，到处都是浓浓的没有缘由的斗争。到了夏季，就更是一片躁。而第一罐头厂的躁动，除了政治斗争的缘故，还有另一个原因——市歌舞团解散了，演员们下放到各个企业。而歌舞团里出身最不好却是最漂亮的两个女演员就来了最无产阶级的罐头厂。

玉梅，就是后来的冯娘，是其中的一个。

玉梅高高瘦瘦的，很白净。一张瓜子脸，两条黑黑的大辫子，只是一双水汪汪的大眼睛从来没有笑意。人们说，自从她那资本家的父亲被造反派活活斗死后，她就不会笑了。

玉梅和一起下厂的晓玲被分在了厂食堂，于是食堂便成了罐

头厂的一景儿。原本喜欢狼吞虎咽的工人师傅们，很明显放慢了速度，想在这个容易让人犯罪的地方多多逗留。起初大家的目光都在玉梅身上，可玉梅从不正眼看任何人，只是皱着眉低着头往一个个饭盆里放着馒头或白饭。倒是娃娃脸大眼睛的晓玲常常银铃般地说笑，俨如在唱花腔，渐渐招引了众人的目光。

晓玲开导不识时务的玉梅。她一边打开更衣箱的门，取出小圆镜子和一把杏黄的塑料梳子，梳理着成弧形的薄薄的刘海儿，一边瞥瞥玉梅。“玉梅，咱们得明白自己的处境，咱们这样的出身是低了别人几等的，早没了骄傲的权利。”

玉梅冷眼看看她，并不作答。

晓玲锁好更衣箱，白她一眼。“我知道你现在瞧不起我，看我天天对那帮大老粗笑脸相迎的。”

“不是。”玉梅终于开了腔，“你和他们说笑倒没什么，只是不该和咱们行政科的许科长……”玉梅没说完，想到许科长一双色迷迷的桃花眼在她浑身上下侵袭，想到她无意中看到打情骂俏时停留在晓玲胸部的被烟熏黄了的许科长的手。玉梅恶心得要吐了。

晓玲狠狠地把刚换下的白色大褂扔到玉梅身上。“就你清高，就你圣洁。我肮脏，我让你恶心。不过你等着瞧吧，看咱俩的日子有什么不同！”

果然晓玲从食堂调到了科室，坐到了许科长的对面。而玉梅则由售饭口调去择菜、洗菜、切菜。玉梅默默地干活，仍然少言寡语。

调动前，许科长找到玉梅。玉梅正弯腰掸裤子，猛抬头吓了一跳。许科长正使劲把目光往她的领口里射。玉梅忙用手捂住衣领，厌恶地瞅着他。

许科长清清嗓子，故作正经地说：“玉梅，厂里要抽调一名职工到科室，我看你挺合适。”说着，他往前凑了凑。玉梅闪开，不再看他，只说“我不去”，便径自走开了。

许科长吃了闭门羹正干生气呢，晓玲扭搭着过来了。她看到了刚才的一幕，也听到了他们的对话。她恨透了玉梅，也暗骂许科长占了便宜还装糊涂。许科长自知理亏，立刻满脸堆笑地答应把晓玲调到科室。她这才娇嗔地一搡，勾尽了他的魂魄。

许科长的老婆是有名的母老虎，很快耳闻了丈夫的一些事，气冲冲地来厂子里调查寻衅。她上下打量着晓玲，几乎认定了这就是那个狐狸精。

晓玲看着这个膀大腰圆的胖女人，腿和心都直哆嗦。忽然，她灵机一动，“嫂子，你千万别误会，从歌舞团来到罐头厂的可不只我一个，还有个叫玉梅的，长得可俊了，而且……我经常看到她和许科长单独在一起。”

那女人听完，一步步逼向自己的丈夫。

许科长正要解释，晓玲在他们的后面一个劲地摆手。

许科长便默认了。

傍晚，上完正常班的玉梅刚要出厂门，就被不知从哪里蹿出来的许科长的老婆一把揪住了大辫子。

女人开始破口大骂："真是不要脸。敢勾引我丈夫。你以为自己还是剥削我们工人阶级的资本家的小姐吗……"

女人越骂越难听，围拢的人都幸灾乐祸地看着热闹。玉梅平日不爱理人，大家对她也是心存怨恨。

玉梅甩开女人的手，并不辩解，一边整理自己的辫子，一边往厂门口走。这更激怒了许科长的老婆，她一下子扑过来，就要抓玉梅的脸。而她粗粗的手腕先被人死死地攥住了。

是大冯。

大家小声议论。

大冯就是后来的冯伯。

大冯是厂里的运输司机。三代工人出身，再加上粗犷得什么都不怕的脾气禀性，即使是造反派也让他三分。

大冯并没有像其他人那样，从玉梅进厂那天才目光追随。他对她的迷恋从几年前在工人文化宫看一场演出时就开始了。

当穿着对襟的蓝底儿白色小花的棉袄，梳了一条大辫子的玉梅，一手捏了辫梢，随着音乐跳起了《白毛女》中喜儿的独舞时，大冯都看傻了。

大冯初中毕业就进了罐头厂，虽说认识些字，却没写过什么书信。可从那天起，他竟然准备了一个日记本，断断续续地记录他对那个演喜儿的舞蹈演员的思念。但做梦也没想到，他天天想着的那个人居然到了自己的厂里。

第一次在售饭口见到玉梅，大冯黑黑的脸顿时变成了暗紫色。他机械地啃着馒头，再也不敢抬头。

大冯帮了玉梅，两个人算是认识了。

酷夏的日子，一场暴雨突降，并没有风，不是令人恐惧的天气，但着实地阻挡住了人们回家的路。

玉梅从食堂跑到厂门口时已经浑身湿透了，雨水很硬地打在身上，痛得很。她只好躲在厂传达室的屋檐下暂避。

大冯开着大货车过来了，雨气如重雾一般蒙胧了车窗，他却一眼看到了屋檐下瑟瑟发抖的玉梅。他立刻停了车，抓起副驾驶上一件黄绿色的大帆布雨衣就冲下车。他把雨衣扔给玉梅时，她没接。雨衣掉到积了雨水的地上，她愣愣地望着他。他那个气呀，嘴里随口溜出一句国骂，但还是捡起雨衣给她披上了。

玉梅穿上雨衣暖和多了，可看着大冯一边骂骂咧咧的粗样儿，一边瞬间浇透了的傻样儿，不知该气还是该乐。最终她还是乐了。她不喜欢这些粗鲁的男人，可他的粗鲁却有几分可爱。

大冯是在准备开车时，打算最后再望她一眼时看到她的笑容的。他差点没握住方向盘。这还是他第一次看到她笑，他前一天晚上还在那个日记本里偷偷地写下——她真的很俊，就是不爱说话，不爱笑，有点死眉塌眼，可我爱看。

这天他又写下——她竟然笑了，她原来会笑。而且笑时更俊，我更爱看。

大冯终能如愿娶到玉梅，还得感谢许科长和晓玲那对狗男女。

许科长的老婆没能伤害到玉梅，却从大冯的嘴里知道了勾引她丈夫的其实就是晓玲。

晓玲和胖女人打成一团，许科长急得团团转，刚要劝架，就不知道是被其中的哪个女人抓了一道，于是很快也伤痕累累了。好在当时行政科就他们三人，许科长终于一声怒吼“住手”，那两个已经披头散发的女人不知是打累了，还是被他震住了，总之是从纠缠的状态分离开了。她们呼呼地喘着粗气听他说。

“你们要是把事情闹大，弄得满城风雨，我就得倒霉。我倒霉了，对你们都没有好处。”

两个女人听了都觉得的确如此，于是三个人达成协议：晓玲调回食堂，胖女人也不再追究。

晓玲调回食堂后很是不悦，竟然把罪过记在玉梅和大冯身上，可大冯是有名的天不怕地不怕，就是许科长也不敢招惹他，所以她就一门心思想办法整玉梅。

已是初秋，早晚有些清凉。

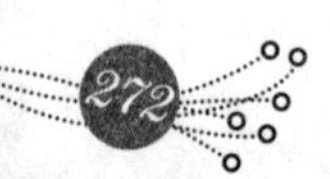

这天玉梅和晓玲同上夜班。早上，偌大的食堂空荡荡的，一排排长条的木桌子、椅子整齐地固定在水泥地上，两个穿着白大褂，戴着白帽子的年轻的女人，分别从两边擦桌子扫地。

玉梅不抬头，只干活。晓玲时不时地白她一眼，脑子里不停地想着如何惩治她。忽然她眼珠一转，计上心来。她们在一起很多年了，彼此都非常了解，她甚至知道她之所以不爱说话不爱笑不仅因为她那资本家的父亲是被斗死的，还因为她的母亲是父亲的姨太太，她是庶生，从小遭尽白眼，才有了她孤僻又倔强的性情。

晓玲清楚，玉梅最怕人提及她是庶生的事实。于是她用自己的一张嘴到处散布这件事情，又让许科长以领导的身份出面对玉梅展开调查。

不久，整个罐头厂的人都知道那个冷美人不仅是资本家的小姐，并且是小老婆生的。要知道在那个年代，那样的出身就是莫大的耻辱。

玉梅要崩溃了。

夕阳西下，秋日的傍晚，天空总是显得很高很远，余晖倾洒在水面上，泛起点点的金光。如此美妙的画面也不能令玉梅惬意欣悦。她一个人独自坐在河边流着眼泪。王梅下午刚刚被升为厂革委会主任的许科长叫去，调查了一番曾经是鼓书艺人的母亲。

许主任假惺惺地说："听说你母亲旧社会给流氓无赖们唱过堂会，这个问题可严重了，这是有反革命倾向的。"

玉梅站在他对面，一言不发，眼泪却大滴大滴地往下落，无比惹人怜惜。许主任的色心顿起，刚要凑前，玉梅就转身跑出去了。她去了运输队，找到了大冯。大冯正倒在车里，跷着二郎腿，来回摆动着大脚丫子。看到她，赶紧起身坐正。

玉梅只说："下班在河边见一面，我有事情找你。"

大冯有点不敢相信自己的耳朵，又怀疑自己是在梦里，便狠狠地拧了一下自己的大腿。真疼。他这才乐开花，随口又是一句国骂。

大冯在河边找到玉梅时，玉梅哭得正凶。大冯傻愣着，不知如何是好。

玉梅擦擦眼泪说："你家三代工人？至今有上顿没下顿？"

"嗯。"他点头应着。

玉梅又哭了，"我家是资本家，我母亲曾经还是鼓书艺人，许主任说我的问题很严重。"

大冯听到这，立刻破口大骂姓许的，只骂得玉梅不再哭泣，只有张大嘴的惊奇。他才咧咧嘴后尴尬地笑笑，他知道她肯定讨厌他说粗话。"玉梅，你可别瞧不起我，我没什么文化，字不认识多少，粗话却会不少，可我不是随便谁都骂，我就骂欠骂的。"

冯伯虽那么说只骂欠骂的，却生生骂了冯娘三十九年。

冯伯在那年的正月里的一天娶了冯娘，她便是真正的工人阶级家庭的一员了。

冯娘和冯伯吵架时，会不紧不慢地说："要不是因为出身不好，我才不会嫁给你这个大老粗。"

冯伯气得又是一通骂，骂完后冯娘不理他，他也还一如既往地煮饭熬粥。

这么多年，都是冯伯做饭，千金小姐出身的冯娘没有冯伯的厨艺好。一双儿女也喜欢吃他做的饭。

冯伯去世的那天就是他们结婚三十九年纪念日的转天。

冯伯在河边和冯娘初次约会就订了婚约，那一晚他乐得没合

拢嘴。悄悄地在那个日记本上写了最多的话：

> 玉梅说为了改变出身，她要嫁给一个工人阶级，而大冯我是她认为出身最好又最可靠的男人。我没敢告诉她，我早就看上模样俊俏脾气古怪的她了，这丫头傻乎乎的什么也不懂，说话也是直肠子，还说讨厌听到我骂街。可不会骂街还是老爷们儿吗？不过为了她，我以后再骂街就惩罚自己——骂一句少抽一根烟。

结果没过几年，冯伯的烟都戒了，粗话却没杜绝。

冯伯和冯娘是典型的先结婚后恋爱，只是没有花前月下。

冯伯喜欢冯娘，把她当宝一样疼惜，好吃好喝，全让给她，可就是不会说个好听的，想说好话时就记在那个本子上，神秘兮兮地还锁在小抽屉里。冯伯想等到哪天快闭眼时再拿给那老婆子，看她是不是还一副温吞样儿。

冯娘也早就注意到冯伯的日记本，她想这个没文化的老头哪里会写什么日记，准是每天的开销的记录，于是更没心思偷看。这么多年她从来没管过家里的进账和支出，过日子都是冯伯操持。她是懒得操心。冯伯是个粗中有细的男人，家里的一切安排得井井有条。

冯伯常一边往冯娘的碗里夹着菜，一边说“这辈子跟了我你可享福了”。

冯娘就把他夹的两块排骨又夹回一块给他，皱着眉头说“都少吃点肉，没看报纸上写着红肉吃多了对健康不利吗？哦，你大字不识几个，肯定没看呀”。

这话把冯伯噎得够呛，想把日记本拽给她，让她看看口口声声被她称为没文化的人，这三十几年为她写下多少话。可又看到冯娘"蔫不唧"的气人样儿，索性又痛痛快快地骂一场。等骂完了，也把日记的事忘了。冯娘便还是无缘看到那些话。

冯伯和冯娘吵了一辈子，却从没动过手。冯伯这样写道——有时候真想抡巴掌，可又不舍得，干脆就骂几句解解气吧。

冯娘也早习惯了冯伯的粗口，她知道那老头只是嘴不好，心热着呢。但年轻那会儿是无论如何也接受不了的，为此冯娘还去了法院，说什么也要和冯伯离婚。

他们的第一个孩子是儿子，儿子到了两岁已经开始牙牙学语。冯伯特别喜欢儿子，因为儿子的样貌、性情都很像冯娘。其实冯伯心里一直认定冯娘比他强，自然希望儿子更像她。

冯伯下班回家总是要先逗逗儿子的，可冯娘拦着。"你先洗手，那么脏的手是带了细菌的。怎么能碰孩子。"冯娘话不多，但每次说出来的话必定算数。

于是，冯伯半截黑塔般的身子被瘦弱的冯娘挡在了后面。冯伯那个窝火呀，可他没撤。他知道，如果不遵照冯娘的话做，他就别想碰儿子。手是洗了，嘴里却得出气。

原本冯娘也没在意，可忽然间儿子也咿咿呀呀地学了一句。冯娘可真急了。这性子又闷又拧的人要是急了可不得了，冯娘当即就去了法院。

幸好那时离婚不是个简单的事情，又要调查又要调解又要经过党组织。好心的大姐劝她，你娘家也没有人了，出身又不好，再拉扯个孩子，大冯除了说话粗点也没什么不好，还是凑合过吧。

这一次冯娘听了别人的劝。

冯伯好像早就料到她会回心转意，竟然在日记本里记下——她不会真和我离婚的，她哪里离得开我。

要说冯伯真的是个不错的男人——顾家，疼老婆孩子，还特别能吃苦。

冯伯在九十年代初，满大街刚开始出现黄大发那种出租车时，就借钱买了一辆。那时他早晚给厂里开班车，白天就跑出租。偶尔夜间也会出去拉活，虽说累是累点，但看着家里的生活条件逐渐好起来，冯伯就高兴得想上国骂。

冯伯第一次感受到冯娘真的离不开他，还是他夜里拉客人去北京的那次。

当时跑一趟北京能挣一百二十元，因为是夜路，客人还多给了三十。冯伯可高兴了，哼着小曲在天光泛白的时候回家了。

那是夏季，家里却门窗紧闭。他蹑手蹑脚地刚要开房门，门已被打开，一股潮潮的热浪扑面而来。冯伯不由自主地用手在面前使劲扇扇。

冯娘说："快进来吹吹电扇吧。"

冯伯听到她声音里带哭腔，便顾不得暑热。别看他自己总惹她生气，可他绝不能看她受别人的半点委屈。他把刚解开一颗纽扣的衬衫又系上了，说："怪不得到现在还没睡，怪不得都不开窗子，是怕人听见你哭呀。快告诉我，谁欺负你了？敢欺负我老婆，我立刻找他去。"

冯娘只抽泣，不说话。

冯伯便在屋里转开了磨儿。冯伯刚要开始骂。

冯娘终于说话了，"今天报纸上说最近有抢出租车的，抢了后还灭口。你一直没回来，以为你出了事。以后夜里不要跑活了，实在让人担心呀。"

换成冯伯半天无语了，他搔搔头发，脸似乎有点热，但绝对不是天气的缘故。

冯伯在日记本写到——玉梅原来这么关心我，我更得多挣钱。让他们娘仨过好日子。

于是冯伯的出租汽车司机的工作就一直干到六十岁。供着儿女们完成了本科学业，又帮他们都成了家。老房子拆迁，老两口便添钱买了商品房，日子越过越红火。可俩人的架却越吵越频繁。

冯伯说：“我身体可好呢，比小伙子都强。”冯娘撇嘴，嘟囔着“什么牛都吹”。

冯娘胃口不好，但还要吃剩菜。冯伯一下子抢过碟子，把剩菜全拨到自己碗里，说：“还想病得更重，给我添麻烦？”冯娘白他。

冯伯看球，跟着喊。冯娘说：“看清楚了，别和上次似的，进了自家的门还欢呼呢。”冯伯气得直打嗝。

冯伯真的很认真地和冯娘吵架就是他去世的前一天。

那天风真的很大，呼呼地，有点吓人。

冯伯却很开心，冒着大风就出去采购。临出门时看到刮破的吊钱儿，很是惋惜，便又取了糨糊再粘粘。

今天是他们结婚三十九年的纪念日，儿女们都要来给庆祝，冯伯心想门面要弄得好一些。

冯娘却不以为然，说：“你折腾了半天，一会儿还得刮破了，不是徒劳吗？怎么这么傻？”

冯伯不高兴了，气呼呼地买菜去了。冯伯是从来不会把不快乐的事往心里装的。于是他回来时买了鱼虾肉青菜，脸被大风中夹带的灰土弄得很脏，却仍然是乐呵呵的。

儿女提议还是出去吃，今年一家人小庆，明年就是老两口的

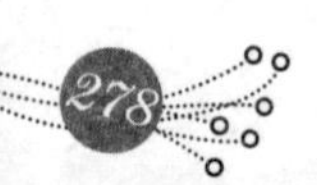

四十年的红宝石婚，到时要请亲戚们好好庆祝。

冯伯听了，乐开了花，立刻拽拽冯娘的袖口说：“我们结婚时条件不好，也没能给你一个讲究的婚礼，咱们明年补上。”

冯娘甩开他的手，径自去厨房洗菜。

冯伯说：“别弄了，我们听孩子的话，出去吃。”

冯娘说：“什么大庆、小庆的，都多大岁数了。庆祝我们吵一辈子呀？”

冯伯笑了，望着窗外已经风沙弥漫的混沌，若有所思地说：“你以为能吵一辈子容易吗？”

冯娘的拧劲儿上来了，就是不出去吃饭庆祝三十九年的婚姻。

冯伯恼了。冯伯竟然哭了。冯伯像个孩子似的对儿女们说：“你妈就是看不起我是个大老粗，她和我过了一辈子，可她还是后悔嫁给我。”

儿女们忙劝慰父亲别多心，忙劝母亲向父亲做解释。

冯娘天生就是不爱说话不爱解释的人。

老两口就那么僵持着。直到冯娘终于同意出去庆祝，终于敷衍他说“和你这大老粗过了一辈子是我的福”，冯伯才又像个孩子似的破涕为笑了。

那天晚上，冯伯来找我，他说：“闺女，你能把我和你冯娘的事情写成小说吗？”

我正疑惑，冯伯把他的日记本递给我。

“这是我从第一次见到你冯娘后记下的一些话，我原本想等我死的时候交给她，让那个从来不懂好歹的老婆子好好看看我的心里话。可我现在改主意了，死了再知道还有什么用？我决定把它作为四十年结婚纪念的礼物，呵呵。”冯伯一边说着，一边自己忍不住得意地笑了。

我也笑。

冯伯继续说:“我文化水平低，她肯定会笑话我写得不好还有错别字，所以我想请你帮忙，按照我的记录写成小说送给她。”

我望着冯伯。冯伯的两鬓已渐生华发，一张脸苍老而粗糙，但他的眼睛却是炯炯有神的。我的心里忽然有一种难言的感动，喜欢说粗话的冯伯对冯娘有太多的柔情和爱怜。

“冯伯，小说我一定写。只是明年，您就把这个本子毫不修饰地送给冯娘，她一定不会笑话您写得不好，一定不会给您挑错别字。她只会更加觉得自己幸福。”

“真的？”冯伯憨憨地笑着问我。

我点头。

冯伯高高兴兴地揣着他的日记本走了。

冯伯是急性心肌梗塞。静夜里，冯伯悄无声息地走了，枕边放着那个日记本。

冯伯和冯娘最后的对话:

“你那日记本里有什么？”

“嘿嘿，”冯伯傻笑说，“是这三十九年来给你写的情书。”

冯娘也乐了，搡他一把说:“这三十九年来你就会骂我，不是把骂我的话都记在里边了吧。”

“你说你这老婆子，怎么没有好心眼儿呢？”

“那我看看。”

冯伯闪开，自顾自地神秘说道:“明年的红宝石婚时就给你看。”

冯娘又白了他一眼，说:“真是越老越神经。”之后转身睡了。

冯伯去世了，儿子要把七零八落的大红吊儿儿撕下来，冯娘不让。

冯娘说：“那是你爸昨天好不容易粘好的，不许撕。”

冯娘不哭，冯娘说：“大冯知道我不喜欢他总爱骂街，所以躲个地儿改自己的毛病去了，你们快告诉他，这么多年我都习惯了，让他快回来吧。”

儿女们哭。

冯娘不哭，好像她的眼泪流下来了就证明冯伯真的去了。

深夜，我开始动笔写冯伯和冯娘的故事。

这是个不用我透过窗子，去通过星星来判断就可以感知的晴朗的夜晚，因为宁静得俨如没有一丝风袭。

忽然隔壁传来了冯娘的哭泣声，我的心揪了一下。

冯娘终于面对吵了一辈子的冯伯去了的事实。

冯伯的日记最后一句话是——原谅我和你吵了一辈子。

洁白的雪照亮了暗的天

一

妈妈从外面回来，一边拍打着身上的雪花一边说："我刚才又在学校门口看到苗子了。"说完后，似乎还漫不经心地瞟了我一眼。

屋子里的暖气供得很足，可我突然就哆嗦起来。

这两年，我有了个不能说与人听的毛病，那就是不能有人在我面前提"周郑苗子"这个名字。一提，我准哆嗦。苗子成了我心里的一个隐痛。

可我的父母不知道我的毛病，他们自顾自地感叹开了。

"可惜了，那么漂亮好学的一个小女孩，也不知道能不能治好？"我妈把刚买回的菜递给我爸，说道。

我爸接过菜，把它们放在水槽里冲洗，就着"哗哗"的水声

说:“可不，真是报应呀，只是，也不能报应到孩子身上呀。”

“嗯，但总比高老师强。”妈妈最后总结。一说到高老师，两人同时叹气，然后都不再说话，空气仿佛就此凝固。

“爸，妈，我出去一下，马上回来。”我放下手中的作业，裹上爸爸的羽绒服，开门冲了出去。

我突然很想见到苗子。其实，自从得知她患了抑郁症后，我一直害怕面对她那双与她的年龄极不相符的忧郁的眼，因为她得这病或多或少与我有关，对她，我一直心怀愧疚。所以，近两年，我一直都刻意地回避着她。

第二实验小学离我家不到二百米，转过一道围墙，就可以看到飘着几面红旗的校门口。

周郑苗子果然正痴痴地站在那里。雪，纷纷扬扬地落在她粉红色的羽绒服上，可她浑然不觉。

我呆呆地站在离她不远的地方，犹豫着。羽绒服裹不住我的腿，冷风飕飕的，十分刺骨。因为冰雪的缘故，使得本已经暗淡下来的日光，增添了几分亮度。恍恍惚惚的，好像看到高老师推着自行车向学校这边走过来。我一激灵，赶忙躲到旁边的一棵大树后……

二

曾经，我最喜欢在这样雪后的冰冻天，躲在那棵大树后，偷窥高老师。他的样子实在是滑稽，因为他有一副瓶子底儿般的大近视镜，灰白色的。只要他摔倒了，那大眼镜就剩下一条腿儿挂在耳朵上。要是他没能立刻爬起来，眼镜便“吧嗒”一声，掉到镜面般的地上。高老师便成了个盲老头，趴在地上一通乱摸。摸到后，他再戴上，喜悦荡漾在他消瘦的脸上，两颊更加凹进去，怎么看怎么像《指环王》里的小骷髅。于是我偷偷给他取了个绰号叫“骷髅高”。这绰号实在是太贴切了！

为此，我挨了我爸的打，就是用他翻煎饼的铁铲把打的。万幸的是，他没把我的屁股当成煎饼，否则一铲子一铲子扣下来，一定开花。

老爸打累了，才呼哧呼哧地说：“你这个混账东西听好了，高老师也是我的小学老师，一日为师终身为父，而且他对我们就像对自己的孩子一样，你要是再敢胡说八道，我一定把你的屁股当煎饼。”

我正痛得呲牙咧嘴，听到我爸的话差点笑出声，可真是父子连心，屁股和煎饼的关系，我们俩都想到了。

尽管老爸没把我的屁股当煎饼，可它还是连续好几天，只要一坐下，就好似针扎。我又在课桌下握紧了拳头，“萝卜苗子，我跟你没完。”

没错，就是苗子把我给高老师起外号的事情告诉我爸妈的。真是后悔死了，原本把偷窥高老师摔跤，还有给他取名为骷髅高的事告诉苗子，是想让她对我刮目相看，发现我很有语言天分，不要总把我当差等生对待，没想，却给了她一个害我的机会。

苗子是我的同桌，也是品学兼优的大队长。因为我是学习纪律双差生，老师便安排她这个三好生来改造我这个“困难户”。我实际上成了她的“扶贫对象”。为此，她一直在我面前摆出一副居高临下的臭架子。

我一直都敬畏并嫉妒她。这个与我同龄的小姑娘居然样样

都比我强，连父母都是机关干部，而我的父母却是摆摊卖煎饼果子的。

可那又怎么样，我照样要报我那屁股被揍的“深仇大恨”。

转天，我在我爸给我摊煎饼时，请求他只放一个鸡蛋，或者干脆不放。他黑着一张脸没理睬我，还是像往常一样放了两个鸡蛋在煎饼上。我无比心痛，因为它们根本不会到我的肚子里。

当我咂吧着口水，把双蛋的煎饼果子递给苗子时，她的眼睛立刻放出亮光，也开始咂吧着，直抿嘴。但她使劲咽了咽吐沫，推开我的手，警觉地问，“你想干吗？”

我眨巴了下眼睛说：“你不是总说吃腻了面包牛奶和鸡蛋，特别想吃煎饼果子吗？”苗子白了我一眼，之后眼睛又落到煎饼果子上，又咽了下口水说，“你不会没安什么好心吧？”

我装作特别真诚的样子说：“我爸特意摊了一套，让我给你带来，感谢你一直帮助他们监视，哦，不，是监督我。”

苗子侧了头望着我，还是有些疑虑，但经不住那越来越浓重的绿豆面香味的诱惑，终于接了过去。

我那个偷笑呀，心想：这人和人的口味还真是不一样，像我，天天吃煎饼，恨不得吃上面包火腿三明治呢，可吃惯了西式早餐的苗子，竟然因为一套煎饼而落入我的报复圈套。

苗子起初还有些不好意思，一小口一小口地吃，偶尔还瞄我一眼，但很快，就成了狼吞虎咽了。

噢耶！我高兴得手握成拳头，挥动着臂膀。当苗子吃完最后一口的时候，我激动地站了起来。因为那煎饼被我暗地里加了佐料——四口童子口水。

“谢谢你，张强。”苗子一边用纸巾擦嘴巴，一边忽闪着大眼睛感谢我，“要不是你，不知道我什么时候才能吃到这么好吃的东

西。我爸妈对我的要求特别严格，任何事情都是他们的安排，即使是吃喝。”

我坐了下来，没想到公主般的苗子竟然有这样的烦恼。

“那拉屎放屁管吗？”我嘻嘻地笑。

苗子的拳头落在我肩头，“你少恶心了。”

“哈哈。”我们俩难得友好地笑了。我喃喃自语地说：“我倒是也想吃别的，可我们家卖煎饼，这个是最省钱最方便的了，我也没别的可选。”

我和苗子互相望着对方，蓦然发现我们竟然同命相怜。于是，决定以后每周换吃一次早餐，用来缓解我们的肚子对不同食物的需求。

商量好后，我和苗子都很高兴，还击掌为证。而我最终也没实施最后的复仇计划——说出那煎饼的秘密，让苗子恶心死。我没说不是不敢说，而是不忍心说，也不能说。因为从那套煎饼果子后，我和苗子的关系发生了根本的变化，就算不是像董旭那样互相帮对方撒谎、抄作业的小哥们儿，但也不再是小反对派了。

最有趣的是，在下一场大雪后的冰雪天，乘轿车上学的苗子被我说动，跟我一起躲在了大树后面。骷髅高真是不辜负我们的苦苦守候，摔倒了，瓶子底儿掉了……

“哈哈哈……”我跟苗子差点笑岔了气，要知道上一次骷髅高根本没摔倒，只是踉跄了下，后面的一系列都是我看到他那样子想象出来的。而这一次，简直完全印证了我的想象。我亲爱的老爸老妈还有所有的老师们，我张强笨吗？

一阵北风吹来，吹起了地上的积雪，雪沫就要飞进眼睛，赶忙闭上，再睁开，骷髅高已经站到我们面前。

他瘦得皮包骨的手为我抹去脸上的雪沫，问：“你是张金来的

儿子，对吧？”

我摇晃着头，表示否认。冻得红红的鼻子流出了些黏乎乎的东西，我刚要用手背擦，骷髅高的方格子手绢已经把我的鼻涕擦净，还在我的鼻头上捏了捏，说：“怎么？连你爸叫什么都不知道了吗？天热的时候我去过你家，看见过你，你爸说你已经上五年级了，明年就该是我的学生了。”

我缩了下脖子，做了个鬼脸，冲着苗子使了个眼色，我俩就出溜地跑进了学校。

苗子压低了声音，“听到了吗？他说你快成他的学生了，那明年，我们的数学老师就要换成‘骷髅高’了。”

“哈，你也叫他骷髅高了。”我没回答苗子的问话，倒是抓住了她的“小辫子”。“大队长，以后我再给人起外号的时候，可别说我狗嘴里吐不出象牙了。”

苗子用她穿着粉红色棉鞋的脚踢了下我的腿肚子，皱着眉头，不理会我的“哎哟”。“你怎么那么不分轻重呢？六年级对我们多重要呀，是关系到小学毕业的，你今天回去就问问你老爸，那‘骷髅高’，哦，不，那高老师教得怎么样？”

看到苗子那么认真，我咧开嘴巴，露出一排整齐的小白牙，笑了。好学生就是好学生，总想着和学习有关系的事。不像我，只要老师留的作业少，不喜欢请家长，就会美得屁颠屁颠的。显然，这个高老师不符合我的希望，他和我老爸太熟悉了，会随时把我的问题告诉我爸的。

我如同泄气的皮球，耷拉着脑袋，说：“不用问我爸了，骷髅高那么老了，脑袋能好使吗？估计难点的数学题，还不如你做出来的快呢。”

苗子很不领情地嘟囔了声，可小脸蛋却涨得通红。我看出来了，她其实很认同我的看法，只是故意做出谦虚的姿态。于是，我便进一步说："还有，他那么老了，也不可能跟咱们一起玩躲避球，不可能知道周杰伦和SHE呀，还不可能像刘老师那样连批评人都酷得很。反正他教咱们，数学课就得变成睡觉的课。"

苗子的嘴巴嘟了起来，很发愁的样子，"那可怎么办呀，我爸妈说六年级的数学，已经是代数了，难得很，要是没个好老师，光自己努力也是白搭。"

这么严肃的话题，让我十分厌烦，我自顾自地在书箱里玩起了陀螺。

苗子趴在了桌子上，侧着头，小声说："我爸妈说过很多次了，我只能考取市重点中学，否则就是人生的第一次失败。"

我收起陀螺，笑了，庆幸我爸妈是下岗卖煎饼的，因为他们也警告我很多次了，那就是至少得毕业。当然，我深知，虽然目标不同，我和苗子所面对的难度是一样的。为了给自己打气，我十分认真地对苗子说："刘老师说过，咱们班要是有一个能考上市重点的，那一定是周郑苗子。苗子同学，这是多大的信任和鼓励呀，而且……"我转了转脑袋，向周围看了看，确定没有人偷听才继续说："而且你并不是她小班的学生。"

我知道我们的班主任，也是语文老师刘美玲，每到周末，会去我家旁边的楼里上课。那是我的铁哥们儿董旭的家，他妈妈是学校的后勤。把房子给刘老师用，董旭便不用交两个小时四十元的学费。班里大部分同学都去了，我爸也求董旭妈，想让我去，可刘老师坚决不同意，说像我这种程度，补习也不管用的，而且我总是招一把撩一把的，会影响别的同学。我真是沮丧死了，因为我非常喜欢刘老师，她年轻漂亮，声音也好听。

董旭后来告诉我说："我偷听到我妈和刘老师的对话，原来刘

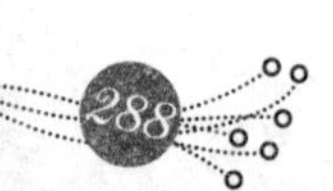

老师不收你上她的小班是因为你们家没什么钱，她倒不是怕你爸妈付不出钱，而是怕你没有进步，你爸妈会因为心疼钱而怨她。她说一切不能确定的因素都要远离，那样才能万无一失，不留把柄。因为老师是不能给自己班里的学生进行有偿家教的，但没有哪个老师不办班的。只要没有人告发，学校领导也睁一只眼闭一只眼，谁让老师的待遇低得可以触到脚面了呢。”

我明白了，美丽的刘老师是怕我家花钱了却看不到效果而告发她。我把这些话告诉了我爸妈，我妈正在磨豆浆，她狠狠地扔了一把豆子，之后又一颗颗捡起来，洗干净，继续磨。突然，她冲着一旁抽烟的爸爸说：“你说现在的老师怎么都这么现实，要是这样，干脆真去告发她。”

“妈，不行！”我竟然挡在了我妈的面前，“别告发刘老师，我很喜欢她的，她长得像‘小燕子’。”

爸妈先是一愣，随即“扑哧”笑出了声。

“金来，瞧你的傻儿子。”

是呀，我这个儿子真是够傻的，连他爸妈是什么人都不知道。爸说着，把我拎过去：“你真以为你妈会去告发？那么缺德的事，我们是干不出来的。再说了，老师的收入真的很少。我问过高老师，他都干了一辈子了，一个月全拿齐了，还不如我卖煎饼挣得多呢。”

爸又对妈说：“我劝过高老师很多次，让他也办班。没地方，就来咱家，可他坚决不肯，说什么为人师者必先为人，违背良心的事，就算是穷死也不干。”

“嗯。”妈停了手里的活计，说：“现在像高老师这样的人太少了，可这样的人就得受穷受累。”

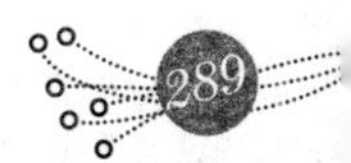

他们又说了很多，我就没再听进去，我对那“骷髅高”并不感兴趣。

苗子显然并不知道刘老师办小班的事儿。像她这么优秀的学生，根本就用不着进小班补习。可是看她不停地转着眼珠子，我心里就开始后悔不该把刘老师办小班的事儿给说出来。万一她也沉不住气儿把这事儿告诉了她那在机关工作的父母，而她的父母又告发了刘老师可怎么办？

“我才不会说呢，对我有什么好处呀？不过呢，嘿嘿……”苗子明白我的想法后狡黠地一笑，说：“不过，你得让董旭把每星期小班的试卷内容给我！”

我心里叫苦不迭，可只得点头答应。只要我崇拜的刘老师的小班办得安然无事，我就谢天谢地了。哼，换作是“骷髅高”办小班，我才懒得替他操这个心呢。

三

美好的时光总是短暂，还算轻松快乐的五年级，很快就被我晃荡完了。六年级，真是令人窒息，还没开学，就有一堆要预习的作业，整个假期，再难有时间和我的铁哥们儿董旭，一起踢球打蛋了。

好不容易我偷跑出来了，在楼下扯着脖子喊：“老董，去广场溜旱冰吧。”

“嘘。”应声的是董旭的妈妈，“张强呀，你自己去玩吧，我们家小旭在补习呢。”

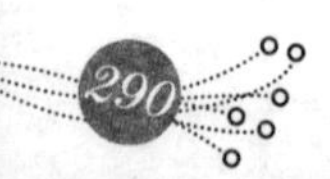

“哦。”我像是被泼了一大盆冷水，热情全无。心想，见董旭一面真难，比见周杰伦都难，至少周杰伦还经常在电视上看到呢，而董旭是上不了电视的呀。当然，我还有一些沮丧，因为班里大部分同学都在董旭家，聆听刘美玲老师的课程呢。我多希望自己能成为其中的一员呀。

我常常想象着和大家一起上刘老师的小班，我表现得特别好，刘老师终于冲我笑了。

“嘿嘿。”此时，站在董旭家楼下，我又那样想着，便笑了。我的笑声未落，一双骨节僵硬的大手落在了我的脑袋上，我的头在那个大手掌里转了 180 度。我的心彻底凉了，如同撞见鬼般撒腿就跑。刚跑到我家楼栋口，就被正往外走的老爸逮着了。

老爸二话没说，一边揪住我耳朵，一边对那人笑着说：“您来了，太好了，您快上楼吧。”

“骷髅高”是我爸爸请来帮我补习的。

“强强，你快过来。”我爸说着，使劲揪了揪我的耳朵。我自然而然地快速向前，和骷髅高便只剩了一步的距离。我噘着嘴拧着眉，老大不愿意地抬起头，看到了面带微笑的骷髅高，我“扑哧”笑了，因为面带微笑的“骷髅高”更像骷髅了。

“啪。”我爸给了我一个脖溜儿，“你少嬉皮笑脸的，人家高老师大老远来帮你补习，你要是不好好学，小心屁股成煎饼。”

高老师笑了，他的笑声都是闷闷的，根本没有办法和刘美玲老师的清亮相比。“金来呀，你这话怎么跟你爸当年说的差不多呢？我看你儿子跟你是一个模子刻出来的，脑瓜子聪明着呢，就是不好好使。”

“您说得太对了！”我爸的脸有些红，“就是怕他跟我似的，当初不听您的话，死活不好好学，以后也只能卖煎饼。哎。”老爸叹了口气，神色有些黯然。

高老师拍拍他的肩膀，算是安慰。

老爸摇头，“那时候，您一直告诉我们不上大学就没有出路呀，只是我们没有几个人听。”

老爸又开始滔滔不绝，一提起“骷髅高”，他就好像有很多话。我不爱听，但这一次，我希望他继续，一直继续。呵呵，那样时间就会流逝，我补习的时间就会减少。然而我的如意算盘落空。

很快，我和“骷髅高”就进入了一级战备，并持续了两个多小时，直到我爸妈包好了西葫芦虾皮馅的饺子，并斟满了两杯白酒。

盯着那一盘盘腆着圆滚滚的小肚子的饺子，刚学的“代数式”被我使劲咽下的口水压在了最底下。

“高老师，饺子就酒，越吃越有，这可是您最爱吃的西葫芦虾皮馅的。”老爸一连夹了好几个饺子，放到“骷髅高”的醋碟里。

“金来，你还记得呀？”骷髅高的声音有些颤抖，眼中竟然有些晶莹。

“他是忘不了的！”没等我爸回答，我妈先替他说了：“不瞒您说，我和他认识没有多久，他就跟我讲过您的事，说您从前就住在前面，经常把学生带回家，给他们补习，师母还给他们包西葫芦虾皮馅的饺子。”

“咳，那不算什么的。”高老师连连摆手，脸有些微红。

我假装烫到，把舌头伸得老长，心想：骷髅高呀骷髅高，你还知道脸红？天天都带学生回家补习，那得挣多少钱呀？

董旭曾经算过，刘老师一堂小班课共收了900元，一个月四节课，就是3600元。算出这些，就不奇怪月工资只有一千元的她

为什么总穿那么漂亮的衣服了。咦，那骷髅高为什么穿得那么寒酸呢?

我用眼睛斜睨着爸妈，斗着胆子问:“高老师，那您现在还常把学生带回家补习吗?”

“骷髅高”也喝了口酒，只是他的脸色更加暗淡了，“没办法带回家了。”他的声音更加干涩，仿佛有股重重的气流阻塞了他的喉咙。

父母对视一眼，一人夹给我一个饺子，说:“吃饭还堵不上你的嘴。”

那天晚上，我听到父母的对话。我爸说:“得劝劝高老师，老实人一辈子了，不能再傻了。”我妈应着:“是啊，不为自己，也得为师母和大壮想想，还有两年就退休了，得赶紧挣点钱，总不能连个家都没有吧。”“好，等下次他再来，我们就跟他说。”

我在黑暗中眨巴眨巴眼睛，大壮是谁?为什么说“骷髅高”连个家都没有?我有点后悔以前他们说到骷髅高的时候，我都用特异功能拒听了，弄得现在摸不着头绪。否则，就能多了解他一些，那样，想对付他就越容易多了。哎，想想以后他会经常来给我补习，把我在学校的表现统统告诉我爸妈，想想我爸的铲子，我下意识地摸了下自己的屁股，赶紧用被单蒙住了脸。

四

那个假期，“骷髅高”帮我补习了六七次，我一点都不感激他。他讲课能把人活活闷死，没有一句俏皮话。我要是插科打诨，他就拉长了脸，说："学是学，玩是玩，现在是学习，不要胡闹。"偏巧我刚预习了六年级的语文课文《从百草园到三味书屋》，便很自然地把他和那个私塾先生联系上了，或许他也是方正质朴的，但绝对不是偶像型。最可怕的是，他每天都给我留40道计算题。我气呼呼地问："干吗练这么多？我又不帮我爸爸收煎饼钱。""骷髅高"又哑又暗的声音里没有一点回旋的余地，"就是为了以后不用帮你爸爸收煎饼钱，才让你练那么多。"我趁他不注意，往他大玻璃瓶子里吐了口唾沫，看着他喝了，才稍微平衡了些。

董旭说像我这样单独补习的，至少一次一百元。我的天呀，眼前是一张张百元大钞像雪片般飞舞，可越飞越远。我知道它们全飞进了骷髅高的口袋里。

"骷髅高呀骷髅高，你不仅剥夺了我玩的时间，还掠夺了我爸辛苦卖煎饼挣的钱，而且每次上完课都会在我家搓一顿，你的脸皮怎么那么厚呢？"

气归气，却也改变不了什么，唯一能做的，就是在苗子向我打听的时候，拼命说"骷髅高"的坏话。

"真的吗？"苗子半信半疑，"高老师真的连列方程解应用题都没有你快吗？"

"嗯。"我摊摊手耸耸肩，故意很遗憾地说："就是最后一次他来给我补习，要和我比赛一道列方程解应用题，结果我赢了。"

我并没有骗苗子，那比赛我的确赢了，但后来才知道是高老师存心让我赢的，为的是能够让我有学好代数的信心。

我在同学中的一通胡言乱语非常奏效，"骷髅高"彻底成为了高老师的代名词，也成了衰老的、愚笨的、不受欢迎的代名词。

很快，第一单元的考核再次印证了我的话，我们班竟然有三分之一的同学不及格，满分为零，九十几分的也寥寥无几，但我

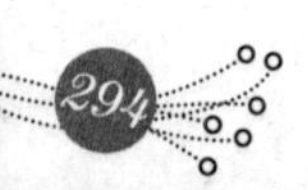

考取了94分。可怜的苗子历史性地没有上95分，她的眼睛哭成了桃子。

大家都围拢过来，劝慰苗子，其中包括只考了七十几分的董旭，“苗子，你别难过了，要不你也上高老师的小班吧。”

苗子猛地抬起头，问：“高老师有小班吗？”

“当然有了，我妈说了现在都是靠山吃山，靠海吃海，老师穷得叮当响，既不临山，也不近海，只有我们是现成的资源，不办小班，等于资源浪费。”董旭他妈是学校的员工，有意无意中，他知道的消息多，便总像个大明白一样，我们都称呼他为“外交部发言人”。“对了，高老师的小班就在张强家里，我妈也打算让我去呢。”董旭补充说。

苗子质问我：“你不是说他就给你一个人补习吗？”

我点点头，又摇摇头，我不知道给我一个人补习算不算是小班。不过，我听到过爸妈多次劝骷髅高多收些学生，多挣点钱，可“骷髅高”都没有答应。正想把这个情况告诉苗子，上课铃声响了，骷髅高走了进来。瘦高的他佝偻着背，喑哑的声音，温和的语气：“同学们，这次单元考试很不理想，不过也很正常，因为你们现在刚接触代数，难度很大，为了提高你们的成绩，我决定以后每周五放学后加一节课。”

啊？一石激起千层浪，多数同学都痛苦地趴在了桌子上，只有苗子的脸上露出了笑意，她白了我一眼，压低了声音说：“高老师加课是义务的，不用花钱，还能多学点，高兴还来不及呢，怎么反倒愁眉不展？真是傻呀。”

我冲她吐吐舌头，心想：就你不傻？义务？义务也占用的是我们的课余时间，并且那是我和爸妈恳求来的唯一的一点娱乐时间，难道？从此将不复存在？别了，我的足球；别了，我的溜冰鞋；别了，我的快乐。

人算不如天算，谁也没有想到，“骷髅高”的课没加两次就停了。究竟是谁对我们伸出援助之手，解救了我们呢？是我最喜欢的班主任老师刘美玲。

原来，刘老师交了男朋友，周末的时间得去约会，她就把小班安排在周五放学后，时间正好冲突。刘老师非常不高兴，即使是和“骷髅高”在教室里碰面，也对他不理不睬的。一向很少留作业的她还加大了作业量，我们全都是刘老师的粉丝，自然要先完成语文作业，于是每天都有很多人不写数学作业，骷髅高的工作简直进入了瘫痪状态。是董旭的妈妈暗示的“骷髅高”，他才恍然大悟，自己竟然无意中影响了人家的财路。

加课取消了，“骷髅高”便利用起一切可以利用的时间，比如课间，都被他见缝插针地变成了数学课。除了好学生周郑苗子，几乎没有一个同学不气愤至极。大家背着苗子，开始谋划“倒高”。刚好学校新开设了意见箱，我们便联名写了控诉信，希望学校能换掉剥夺了我们这些少年儿童的快乐的老师。

之后的几天，大家便静心等待，却没有发现“骷髅高”有任何异常，我们的兴奋慢慢化为灰烬，不再抱有希望。

其实“倒高”事件并不像表面上那么平静，“骷髅高”被扣除了部分奖金。这是在那个周末，他给我补习后，我偷听到的。我爸比他还气愤，嗓门一下子就大起来：“您怎么能吃这样的哑巴亏？您就是太认真也太老实了。”

“骷髅高”放下那个大玻璃瓶子，缓缓地说：“金来呀，学校有学校的制度的，只要有学生和家长提了意见，都要被扣发奖金的，不能因为我是个老教师就特殊对待呀。哎，学校也难呀。到处都在抢生源，学生少了，学校就会被吞并，为了学校的利益，

领导也是不敢有半点疏忽的。”

“可您那是对学生好呀。”我爸急得都站了起来。我开始浑身哆嗦，看老爸那青筋暴露的样子，倘若知道我是“倒高”事件的主要领导者，就不仅仅是屁股成煎饼那么简单了，非得把我的皮扒了不可。我仿佛已经感觉到了浑身的疼痛。

“而且，而且……”老爸一着急就打起嗝来。我妈忙给他杯水，说：“高老师，金来的意思是您家里的情形，本来就……还为这个扣了奖金，日子就更难了。对了，我看您就听我们两口子的，也把小班办起来，又能提高学生的成绩，还能帮衬自己的生活，也省得因为占课被那些不懂得好歹的孩子们冤屈了。”

“不，不。”“骷髅高”不停地摇头，“教委有文件，绝不允许给自己的学生做有偿家教，否则查出来通报批评，甚至开除公职呀。再说，我当了一辈子教师，让我从学生手里接过钱，我，我，万万做不到的。别看为了占课扣发奖金，我不觉得丢脸，但要是因为办小班，我这一张老脸可受不了的。”

“唉！”几乎同一时刻，我爸妈和我都发出了叹息，他们是为骷髅高不平，我则是在感叹他怎么能那么大言不惭，明明一直给我单独补习，每次要从我爸妈手中拿走百元，以前也经常把学生带回家，竟然还能说出那样冠冕堂皇的话，真不害臊。

这样想着，我刚刚的恐惧渐渐减少，愤怒逐步升温。但片刻便被老爸的喊声震慑住了。“现在的孩子也太坏了，什么都做得出，要是这里面有我家张强的份儿，一定狠狠教训他。”老爸说着，竟然朝我走来，“张强，张强，你过来，有话问你。”

“没有！没有我的事。”当爸爸两只大手紧紧地捏住我的肩膀时，我吓得缩成一团。老爸的手松了松，可随后，他就像拎小鸡般得把我拎到电话旁。

电话是打给董旭妈的，老爸情绪激动，言辞恳切：“麻烦你问问你家旭旭，联名写意见书的事我们张强参与了没有？高老师是我的恩师呀，他老人家认真正派，是个大好人老实人，不能一世英名毁在这帮不懂得好歹的孩子身上呀。”

董旭妈安慰了我爸几句，说过一会儿问清楚了就再打过来。

我蜷缩在角落里，脑袋里嗡嗡直响，特别嘈杂的声音，好像是来自遥远的星际，不神秘，却充满惊悸，又如同恐怖片中的音乐，直让人的身体发酥发软，再难振奋。

电话铃响了，我大嘴一咧，大滴大滴的泪和大颗大颗的汗全滚落下来。我太了解董旭了，他什么都好，就是嘴巴太大，秘密是死也守不住的。我松开双手，甩开胳膊，躲到高老师身后。“高老师，我错了，我改，再不敢了。”我的喊声像是正被屠宰的小猪崽发出的，充满了求生的欲望。

电话是高师母打来的，说家里有急事，催高老师快回去。可我爸并未因此而拖延“屠杀”我的时间，我的屁股、后背、大腿全都成了煎饼，倘若不是“骷髅高”用他如柴般的身体压住了我，并在一片混乱中替我挨了一铲子，我非皮开肉绽不可。

转天，我和董旭利用体育课，跑到厕所互相验伤，我的身上是一片片的青紫，而他的背部有七八条檩子，显然是皮带的功效。董旭说：“我妈从来都不舍得打我，可这次竟下毒手。”我抹一把眼泪，梗了梗脖子，说：“我爸是打过我，可也没往死里打过呀，这一切全是因为“骷髅高”。”我的两个鼻孔鼓得圆圆的，眼睛里冒着无处可撒的怒火。

正在这个时候，“骷髅高”进来了。我们俩警觉地望着他，激奋的表情渐渐淡化，一小步，一小步的，慢慢向外蹭。

“唉。”他叹了口气，眉头紧锁，一夜之间，本就苍老干瘪的

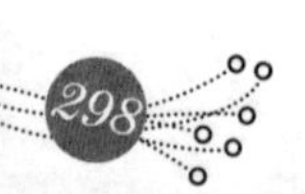

脸更加重了印痕，疲惫的声音，透着无奈。他说："你们俩别跑，让我看看你们的伤。"

我们只好掀起衣服躬了身，心想，看到我们惨不忍睹的背，该偷着乐了吧？

"唉。"他又叹了口气，"怎么打得这么重呀，你们俩要当心，一定不要洗澡沾了水。回头，高老师会找你们家长的，再不能这样了，会打坏的。不过，你们得明白，老师和家长都是为你们好的。"他说到最后一句时，异常地庄严。

我和董旭使了个眼色，准备开溜，可还没等我们抬腿，骷髅高径自走了，嘴里喃喃着："等你们长大了就明白了。"

这高老师既不拉屎也不拉尿跑来厕所干吗？难道就为了给我们验伤？真是有病！我和董旭对着高老师的背影撇嘴。

我把这事儿说给苗子听，她并没有像我期望那样大笑，而是歪着小脑袋似有所悟地说："我今天去送作业，看到高老师正在接水，结果水都溢出来了，他还在接。别的老师就说，您也别太着急了，着急也没有用呀。所以我猜想，一定是高老师家里出了什么事，他才恍恍惚惚的。哎呀，高老师家里可千万别出什么事情呀，否则，会影响他的教学的，那直接受害者就是我们。上次，刘老师有两天没来，我爸妈急得就要来找校长了，我爸妈说六年级，关系到升学，我们人生的第一个选择，可不能有半点马虎。"

我整个头重重地砸在了桌子上，我的妈呀，苗子的爸妈也太小题大做了吧。老师也是人呀，也吃五谷杂粮，也会吃喝拉撒呀，难道就因为我们是毕业班，就不允许老师生病休假吗？我忽然有点同情苗子，有这样的父母，未必好过我摊煎饼的爹娘。

苗子的爸妈是很气派的，她爸总是穿着西服，即使是北风呼啸的大冬天，手里握着汽车的钥匙，站在学校门口接苗子，目光从不斜视。他的个子很高，也很魁梧，一张方脸上挂着盛气凌人的劲儿。从他身边过，喊一声“叔叔”，他最多就“嗯”一声，没有一点笑的模样。苗子妈在我打电话询问苗子作业的时候，大声斥责过我，“张强，苗子的时间很宝贵，以后不要再打这样的电话了，否则，我会请你的父母管教你”。董旭告诉我，他听到刘老师和他妈说过，像苗子爸妈这样的人是不能得罪的。我很奇怪，老师还怕得罪家长？看看我老爸张金来吧，只要老师一声令下，准叫我的屁股开花。

我不知道“骷髅高”家里是不是出了大事，我只知道后来我差点让他出大事。

五

事情发生在两个多月后，那是立冬后的一个周末。以往，即使进入了冬季，但凡艳阳高照的日子，便是温暖的。而那年的冬天，特别地冷，天惨白惨白的，地干干的，隐约的，有一道道小小的龟裂，把偶尔肆虐的阳光统统吸收了去，想要温暖，只能把地翻了又翻。从来都不怕冷的我，也早就穿上了棉服，冷还能承受，但我受不了那风，那早早的，就呼啸而至的北风。

我妈说：“这样的天气，是收人的天，一些有慢性病的老人，稍不注意，就会病情恶化，随着那北风一起，飘向很远很远的地方。”我知道，其实就是死了。我看到很多楼栋口都摆放了花篮，写着“某某永垂千古”。各种美丽的花朵在那样的情形下，失去了娇艳，只剩下凋谢前挣扎的煎熬。我感到十分的悲哀，不是为

那永垂千古的某某，而是为了可怜的我们，在这样的天气，还得上课。

自从上次接到老伴儿的电话，匆匆离去后不久，“骷髅高”还是在我家开办了小班。他和刘老师不同，刘老师是把几十个学生都放在一起，可“骷髅高”说那样效果会比较差，他的班不能超过十个学生，于是，每个周六，他要在我家呆上一整天，上午一个班，下午两个班。董旭说刘老师和他妈说，“骷髅高”简直就是个“烧包儿”。最可怜的就是我，只能跟着他，上三堂课，一整天遨游在数学的海洋里。我对天发誓，巴不得自己早一点溺死其中。可董旭说她妈其实高兴得很，背着刘美玲老师一个劲地和别的家长说，同事都说高老师是个大好人老实人，以前没有什么接触，这回可清楚大家为什么这么说了。我很怀疑，在学校做会计工作的董旭妈会不会经常算错账？明明把自己的钱送进了别人的口袋，还认定人家是大好人、老实人，当然，要是刘美玲那样的偶像型的老师就另当别论了。

我和董旭也帮“骷髅高”算过账：一天三个班，一共 30 个学生，两个小时 40 元，那一天就是 1200 元，一个月就是 4800 元。这么多钱简直就是我们眼中的天文数字。“骷髅高呀骷髅高，你可真够黑的，那可都是我们的钱呀。”我不禁咬牙切齿，痛心疾首。

董旭安慰我，“你不亏，一天能上三次呢，而且高老师用了你家的地儿，会像刘老师不收我的学费一样，也免了你的。”

我摇头，说：“谁愿意上那么多课，都是一样的内容，并且我也不知道他有没有免了我的学费，我爸妈没说过，但他在我家吃一顿中饭是真的。”

董旭笑了，说：“你真能算计，怪不得我妈说你适合当会计，眼珠子跟算盘珠子似的，一转都有了。”

“你妈是说我眼珠子一转，什么坏点子都有了吧。”

董旭搔搔头，为了掩饰尴尬，他转移了话题：“老强，我怎么发现有的同学从没交过学费呢？”

“家长私下交的吧，现在不都流行私下交易吗？那叫潜规则。”我那段时间偷去过网吧，胡乱地浏览了很多新闻，模模糊糊地看到过那个词儿，也不管用得对不对，反正能蒙老董。

果然，董旭的眼中写满了敬佩。我眼珠子一转，又计上心来，我和董旭一通耳语，可他一直摇头皱眉。我着急了，问：“我们是不是好哥们儿？”“当然是！”他答。“那好，”我继续说，“现在你的哥们儿我有困难了，你必须要帮，这叫义气。再说，你忘记了你有生以来第一次挨的皮带的抽吗？忘记了后背上的道道檩子了吗？都是谁造成的？”

“可他毕竟是我们的老师呀。”这家伙嘴巴上这么说，语气里分明流露出兴趣，吞吞吐吐的，还有些犹豫，“我们那样做是不是太不尊重师长了？”

我故意轻松地说：“又不是真的做什么坏事害人，不过是恶作剧嘛，保准有趣又刺激。”

“真的？”董旭来了精神。

“真的！”我学着很多明星的范儿，拧拨着脖子，虚忽着眼睛，举起双臂，竖起两个大拇指。

“嘿嘿。”我们俩对视坏笑，仿佛看到了那滑稽可笑的一幕。

我们的计划拟订后，破天荒地盼望周六到来，一想到那个恶作剧很可能会令“骷髅高”在北风呼啸的天气里汗流浃背，或是湿了裤裆，我跟老董便兴奋得好像踢赢了场足球赛，只想攥了拳头对自己喊一声“耶”！

终于到了周六，我一大早就起来了，第一次主动摆放好了上

课用的桌椅板凳。一圈蓝色的塑料圆凳，是我爸特意从早市买来的，"骷髅高"的位置上是一把软软的皮椅子，是他俩一起从家具城运回来的，那可是我家最高档也最舒适的一把椅子。我爸说要是他有能力，会为高老师做很多很多，因为做多少都无法跟高老师对他们的付出成正比。我撇撇嘴巴，不以为然。

离上课还有段时间，"骷髅高"就带着一身寒气进来了，他穿了件墨绿色的棉服儿，棉服的帽子边儿露出了一圈瘪塌塌的黑色的毛毛，一看就是我妈最爱逛的"淘宝街"里的便宜货。

我妈递上了一大碗热乎乎的豆浆，说："外面太冷了，您骑了那么远的路，快喝碗豆浆暖和暖和吧。""骷髅高"勉强笑了笑，一边喝一边问："金来呢？"我妈答道："还没收摊呢，天冷了，人们都懒了，起得晚，一到周末，早饭的时间都往后推迟，咱也得跟着推迟呀，哎，挣俩儿钱太不容易了。""骷髅高"点着头，颇有同感地意味深长地说："是啊，活着太不容易了。"

我白了他一眼，心想：你活得容易着呢，办个小班，那票子就"哗"地来了。

正想着，我爸回来了。"骷髅高"望望已经端坐在桌子边的我，还是张了口："金来呀，我看这个班还是停办了吧。"

"为什么呀？"我爸很着急，也看看我，但还是说，"您不正需要用钱吗？"

"可是这点钱也解决不了根本问题啊，还得担惊受怕。前几天学校正式传达了文件，是中央的红头文件，要狠抓教师的不正之风，据说很多老师办小班都买了房子车子了，在社会上影响很坏，教师嘛，本应是无私的园丁，可现在……""骷髅高"沉重地叹了口气，接着说，"学校领导说局里会派人暗访，一经发现，必定严惩。你说这事儿要是被学校知道了，我这老脸可往哪搁啊！"

爸妈都沉默了，他们似乎也感觉到了问题的严重，许久，我爸说：“可师母和大壮……”

“我就是想着他们，才这样违了自己的良心。”“骷髅高”低垂着头，瘦削的脸看上去如一张风干的老树皮。

他们三个的心情好像一下子都很沉重了。“突突”，就要给暖气了，这样的试气儿声都把”骷髅高”吓了一跳。我差点没忍住，笑出声来。实在是佩服自己，那恶搞计划简直就是配合着教委的文件制定的，成功是必然的。

等董旭来上课的时候，我给了他一张纸条，写道：“照原计划，下午 4 点准时行动。”老董冲我做了个“OK”的手势。我俩会心一笑，等着看热闹了。奇怪了，那节课我做题的准确率是百分之百。我承认，胆战心惊的高老师仍旧教得很认真也很明白。上午的课就要结束的时候，突然有人敲门。”骷髅高”脸色大变，顾不得最后一道题还没有讲解，忙对从里屋走出来的老爸说：“金来，会不会是来查访的呀？”

老爸也一脸踌躇，高老师的一再担心让他也有点不知所措。我妈果断地把十个孩子都哄进了里屋，说：“谁也别出声，更别出来。”

都安顿好了，还没等我妈开门，外面的人已经很着急了：“有没有人呀，收煤气费了。”

哈，原来是一场虚惊。即使是虚惊，”骷髅高”也久久未能平静。午饭时，他竟然好几次红了眼圈，好几次念叨着，“活着怎么这么难呀”。

我的心里产生了微妙变化，不知道为什么，有点同情他，开始犹豫那个恶搞计划是否进行？可下午上课的时候，他单独给了我几道难题，作为差等生的我，经过他几个月的严教，经常能做

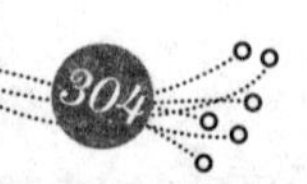

出别人做不出的难题。我也很喜欢解难题，就像是一头大象过一个很狭窄的独木桥一样，那样的难度是充满刺激的。那样的刺激使我没时间思考是否取消计划，直到我特意定时的闹表响起，才意识到该是行动的时候了。犹豫，真的犹豫了下，可我知道老董在等着了，做人不能那么没有义气呀。我咬咬牙，心一横，行动！

事先，我已经知道爸妈要去亲戚家。我谎称上厕所，”骷髅高”正专心讲题，根本没有注意我，我顺势溜了出去。楼门口，董旭冻得直哆嗦，埋怨着：“怎么这么晚呀，等半天了，冻死我了。”“我……”我张张嘴巴，一股冷风吹来，嘴唇和舌头立刻木了，“算了吧。”还没等说出来，董旭已经跑上去了。

片刻工夫，董旭就到了我家门口，他的拳头劈里啪啦地落在门上，扯着脖子喊着：“快开门呀，我是董旭。”

门开了，老董回手使劲儿关了门，模仿着电影里给八路军放哨，发现了鬼子的小英雄，一个箭步就到了高老师面前，呼哧带喘地说：“高老师，不好了。”

没等董旭说完，高老师拿着试卷的干瘦的手急剧颤抖，一双凹陷的眼睛惶恐地望着他。

董旭憋住了笑，继续慌张地说：“刚才楼下有人在询问，问是不是一到周六这楼里就有很多学生出入，一楼的郭奶奶特别详细地跟那人说了，我就赶紧跑上来告诉您，那人就快上来了。”

“什么？”高老师只发出这一声，便如同僵了般，手指脚趾都开始发硬。

“咚咚咚”，急促的敲门声。“咚咚咚，咚咚咚咚”，更加急促的敲门声。一声比一声更有节奏也更有力量。那敲门的不是别人，正是我。我的敲门果然是敲到了高老师的心上，他的心无法承受那和着北风更加强烈的敲门声，呼吸急促，面色惨白。

一分钟后，高老师心脏病发作。要不是我爸妈不放心，提早回来恰好赶上，及时给高老师吃了药，打发走了学生们，让他半靠在床上，他才慢慢恢复了点原色，否则真不知道会怎样。

我害怕了，有生以来第一次真真正正地害怕了。我相信，爸妈不会饶了我的。我错了，真的错了。但是有些错误不是改了就可以被原谅的。当我确定高老师脱离了危险，而他们还没顾得上惩处我的时候，我抹了一把不知道是因为悔恨还是因为恐惧而流下的眼泪，跟我的同党董旭一起跑了。

北风呼呼地吹，为什么这个冬天这么冷，才刚刚入冬呀。我出来的时候，并没有穿棉衣，身上只有一件毛衣，风一打就透了，透心凉呀。我看看董旭，他已经哭得稀里哗啦，一只手死命抓住了自己的脖领子，不让风从领口灌进去。

看着可怜的董旭，第一次，我又是第一次发现自己真是太坏了。我是个坏孩子，我爸妈不会原谅我，被我拉上贼船的好哥们儿董旭不会原谅我，被我害惨了的高老师更不会原谅我。我该怎么办？我终于“哇”的一声，号丧般地哭了。

六

冬天的夜来得又早又快，倏地，天就黑了。北风却没有停，行人少了，风声更显得凛冽。

我和董旭已经在街上流浪了两个多小时了。冷，割肉般的冷。望着家家户户的窗口透出来的温暖的灯火，我强烈地想我的被窝。

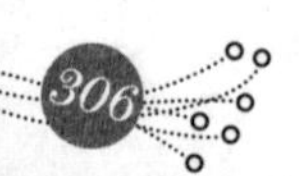

可是我们不敢回去。为了不被冻死，我和董旭躲进了这一个居民楼附近的公厕。公厕没有门，但拐弯处有个墙垛子，北风不容易直接刮进来，里面的气味也能散去不少。没地可选了，我俩挤挤挨挨地躲在公厕内尽右面的角落里。僵僵麻麻的脸稍微舒缓了些，想到很可能从此成为流浪儿，终于淌下了男儿泪。

“都是你。”董旭擤了把鼻涕，又推了我一把，愤愤地埋怨我，说：“连我妈都说高老师是好人是老实人，你就是不认同，现在闯了大祸，你说怎么办？”

我顾不得他的鼻涕是不是抹到了我的衣服上，一屁股蹲下身，用双臂把自己抱成一个团儿，恨不得自己的身躯越小越好，小到不复存在，因为冷更因为怕。我不知道高老师是否彻底脱离了危险，我是很淘很犟，可没坏到会伤天害理。

风越刮越猛，天越来越冷，脸又麻麻的了，胳膊腿都有点僵了。董旭不再埋怨我，而和我死命地抱在一起。迷迷蒙蒙中，有喊声夹杂在风中，在门口拐个弯儿，刮了进来，吹进了我们硬邦邦的耳朵。

我们俩都听到了，“董旭——张强”，分明是在喊我们的名字。我们豁地站起来，可腿太僵了，用力又太猛了，竟然难以挪动。

“妈。”董旭先扯开的喉咙，随后，我也不顾一切地喊着我的爸妈。

我们被大人们带回了我家，高老师一直在等我们。看到我们，他就想坐起来。我爸忙按住他，什么也不说，就是示意他躺着。

“唉。”高老师再次躺好后，长长地叹了口气，喃喃地说：“找回来了就好，找回来了就好。”

我们俩对视了一眼，心想：可我们哪里有脸见您呀。于是，我们便一直低着头，低着头喝了一大碗姜糖水，又低着头吃完一

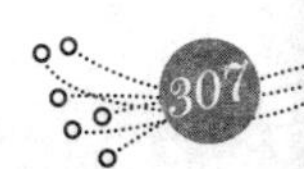

大碗鸡蛋挂面汤。很快，额头便落了汗，身体彻底暖过来了。这期间，我一直在琢磨着，后面会怎么收场，我爸和董旭爸始终没吭一声，但那两张脸阴得跟外面的天一样骇人。他们是在酝酿着如何惩戒我们吗?

我在餐桌下，踢了踢董旭，他冲我点点头，明白了我的意思。我们俩起身站到了房间中央，仍旧低着头，表示着我们最虔诚的悔改。

“咳，你们俩当爸的听好了哈，孩子找回来了，就万事大吉，都不要再追究！”高老师一脸慈爱地冲我和董旭招招手。我们乖乖地走到他面前，他一手一个地把我们拢在身旁，颤巍巍地摸着我们的头说:“冷坏了吧？以后可不许闹离家出走，更不许再恶作剧，知道了吗？”

我和董旭同时抽泣起来，愧得恨不能找个地缝钻下去。

“高老师，对不起，我向您保证，以后我们再也不敢了。”我吸溜了一下鼻涕，望着高老师那有些浑浊的眼睛说。那一刻，我突然发觉自己长高长大了不少。

我准备着等高老师回家后被我爸揍一顿结实的，甚至还想好了在挨揍时绝不吭一声，以示我发自内心的忏悔。

可居然一夜无事。

临睡时爸爸只是沉郁着脸斜了我一眼，说:“早点睡去，明天跟我去高老师家里！”

我躺在床上，非常忐忑，我不相信老爸就这样放过我。对呀，还有明天，明天得和他一起去高老师家，难道是想等高老师身体好了后，再当着他的面狠狠修理我，给他老人家出气吗？这么想着，我赶紧用被子把自己裹严实了，身体也缩成一个团。

那天夜里，我做了个梦，我到了高老师家，他的儿子大壮正

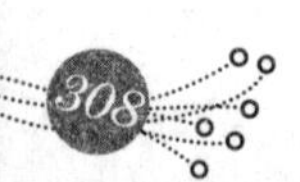

拿着我爸的铲子等着我，我看不清楚大壮的脸，但能感觉到他在笑。他用铲子打我的屁股，其他人全都不理会我们，好像他不是在体罚我，而是和我游戏。当他的铲子照准我的头就要落下来的时候，我的耳边是呼呼的风声。我吓醒了。定了半天神，才意识到原来是窗外呼啸的北风，风太大了，吹打在玻璃上，让人觉得随时都会把玻璃打碎。

我更加不想去高老师家了，这么冷的天，别说了用铲子打，就是拧一下我的耳朵，我家就能多个残疾人。

但，午饭后，我和我爸准时出门。

一路上爸爸都在沉默。坐了半个多小时的公交车，又步行了十来分钟，爸爸把我带到了个人尘土飞扬，破旧不堪的，一生狼藉的居住区域，这让一直不敢吭气儿的我纳闷极了。

“爸，这是去哪？”我忍不住问。不是说去高老师家吗？要收拾我也用不着跑这么个破烂地方吧？

我爸还是没有理会我。我更加疑惑，这里应该已经临近郊区了，高老师怎么会住在这？他原本不就住在我家前面靠近路边的楼里吗？那虽然不是多好的住宅区，可总比都能闻到屎臭的地方强吧？

终于在一排挂了灰霜的楼前停了下来，根本看不出砖瓦的原色，整排楼脏兮兮的，像是常年被浓烟熏着，又经历了无数次的沙尘的席卷。走进去，楼道狭窄而阴暗，幸好高老师家就在一楼，苍凉的并不温暖的日光从二楼拐弯处已经散了架的窗户射进来。没有防盗门，一扇灰绿色的木板门，难以显现绿色的生机，只把灰色的阴郁呈现。我下意识地躲到我爸身后，心想：这房子怎么像鬼片中冤魂出没的地方呢。

门开了，佝偻着身子的高老师看到我也来了，愣了下，随后，

满脸的纹路加深，他笑了。从我爸身后把我拉出来，孩子般雀跃。

我睁大眼睛四下瞧，灯光太昏暗了，眼睛睁得有点疼了，还看不清楚全貌，暗，真暗，更像是鬼魂出没的地方了。不过，倒是很暖和，扑面的热气。跟了高老师走过一条窄窄的直直的小通道，就直接进了屋。才发现，那热气来自屋子中央的一个大炉子，炉子旁有很多蜂窝煤，炉子上还架了烟囱。我没见过烟囱，对它非常好奇。然而一个声音转移了我的注意力。

“嚯嚯，哈哈，嘻嘻。”一个高出我一头的男人蹿到我面前，一连发出好几种不同的笑声。我之所以判定他是个大人而不是个孩子，是因为他额头明显的有几条抬头纹，但他的笑声和直愣愣的眼睛却分明像个孩子。

“大壮，去床边陪妈去。”高老师扯扯大壮的衣襟。

原来，这就是高老师的儿子大壮呀。可，可我怎么觉得他有点不对劲呢？我侧了头，再次偷偷打量大壮，他其实还要再高一些，但他似乎很不习惯把身板挺直，而且他的头偏小，枣核形。

高老师开了节能灯，屋子顿时被照得十分苍白。我的眼睛被晃了下，再睁开，看清楚了一切。墙皮的颜色很不均匀，有的地方的墙皮已经掉了。屋子里的陈设太简单了，一个大衣柜，衣柜旁边有一摞整理袋，鼓鼓囊囊的，被装得满满的。此外，便是一张圆形的折叠餐桌，和靠近阳台的一张大床了。床上堆着几条叠放整齐的被子，被罩是清一色的洗得发白的苹果绿。我本以为我爸妈是卖煎饼豆浆的，再没有比我们家更穷的了，所以特别不愿意让苗子那样家庭环境的同学去我家，没想到有着三十几年教龄的高老师比我家更困难。置身于这个房间里，我知道了什么是穷困潦倒。

高老师尴尬地笑了笑，说：“总想着就该买房子搬家了，就懒

得添置家具也懒得装修脸面了。”

我爸也淡淡地笑了笑，眼里闪过晶莹，把豆奶和芝麻糊递给高老师，“这是给师母和大壮买的。”

师母？那个斜靠在床上，看不出身影的老太太就是高师母吧？她也笑着，声音却是有气无力的，说：“金来，你每次来都带东西，你卖煎饼也难呀，不要总惦记着我们了。”师母又望望我，伸出手，“是强强吧，快到奶奶这里来，奶奶给你剥橘子吃。”

在我爸的示意下，我怯生生地蹭了过去，坐在床边的一把小椅子上。大壮也跟了过来，在我身边蹲下，双手托着腮帮子，“呵呵”笑着。我看了看他，突然有点紧张。

师母剥好了橘子，想侧侧身。高老师忙过来，和我爸一起帮她。我盯着高师母的两条腿，心想，没有毛病呀，怎么转个身还得有人帮忙？没等我闹明白这一切，可怕的事情就发生了。我发誓，我张强从小就调皮捣蛋，但从没有打过人，更别说自己的爸妈，我只有被打的份儿。而就在师母把橘子递给我的刹那，一直乐呵呵的大壮发出了像牛一样的叫声，同时扑向我，眼泪鼻涕横飞，就为了抢我手中的橘子。眼看他五指叉开，向我抓来，我吓傻了，不知道赶紧把橘子给他。于是，大壮更恼火了，“哞哞”叫着，两只手都叉巴开，朝我抓过来。说时迟，那时快，高老师已经从后面抱住大壮，呵斥着：“大壮，不能打你侄子，爸立刻给你剥橘子。”大壮的腰在高老师如柴的臂腕中疯狂扭动了几下，便挣脱了。父子俩面对着面，大壮的巴掌像雨点似的落在高老师身上。高老师一边躲避一边劝慰，没有惊讶没有气恼，完全习以为常。直到大壮打累了，平静了，脸上又有了极其无邪的笑容，像没事儿人一样坐到我刚坐的小椅子上，吧唧着嘴吃起了橘子，高老师才松了一口气。

“唉。”他像是叹息又像是苦笑，“没办法呀，没办法。”他只是重复着那三个字，并没有留意被大壮抓伤的脖子。我爸低下头，忍了忍泪，说：“高老师，我真没有用，没本事，也帮不上您什么，还养了个白眼狼，敢祸害您。”

“哇”，我哭了，不是怕被惩处，而是我的心被扎了下，很痛。

回来的路上，我爸告诉给我很多高老师的事情。

原来高老师单独给我补习也好，还是在我家办起小班后也罢，从来都没有收过我一分钱的学费，而班里几个家境困难的同学也都和我一样享受着他无偿的付出。而大壮，他先天智障，为此高师母无法工作，常年照顾他，家庭的经济重担便全都落在高老师一个人身上。

我爸拍了拍已经呆若木鸡的我，说：“尽管如此，高老师却没有因为自己生活中的不幸而耽误了我们。我们上学那会儿，家里都不富裕，他全是无偿地帮助我们，很多同学都在他家吃过饭，甚至因为大人上夜班，还很可能就住在他家里。高老师说虽然大壮是个智障儿，一辈子都需要他照顾，但要是能把学生教好，他也就心满意足了。”

“知道高老师为什么住在那么个破烂地方吗？”爸爸问。

我摇头。

“高老师原来住的地方拆迁了。”爸爸定定地望着车窗外，说：“政府补了一部分钱给高老师，但那笔钱根本无法追上这飞涨的房价。高老师全家便只能租住在那个地方。照目前的情形来看，高老师这辈子都很难再有自己真正的家了。”

我爸弯腰，狠命把烟掐灭在颠簸的车板上，好像那烟蒂是我的脖子。他叹了口气，说：“真是没有想到，我的儿子却这样对待我最尊敬的老师。”

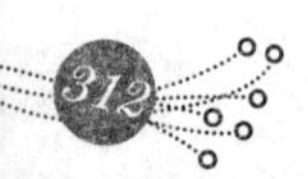

我爸的话又让我一阵心酸，我想高老师应该就是因为房租也涨价了，才决定违背自己为人师的原则，办起小班的，但我错了。

我张张嘴又闭上了，我还能说什么，说什么都是多余的，只能让人讨厌。嗯，我都讨厌自己了。

“还记得那天高师母打来的电话吗？”我爸盯着我的目光越来越平和了。大约他看出我是真的动容了。

我点头，我怎么能忘记呢？那是“倒高”事件被发现的那天，高老师曾经用他干瘦的身体替我挨了下我爸的铲子。

我爸说：“其实那天，是高师母为了把非得往外跑的大壮拉回来，而闪了下腰，可就那么邪门，就那么一闪，高师母她就动弹不得了。医院说需要住院，还需要做物理治疗。”

“天啊”，我的心使劲揪了下，怪不得高师母两条腿完好无缺，却连转身都需要人帮忙。而且，这场病，得花多少钱呀？别看我小小年记，但知道“有嘛别有病，没嘛别没钱”的道理。前一年，我妈就因为要做一个胆结石的手术，花了很多钱，心疼得她流了很多眼泪，不停地嘟囔：“多少个顶着星星摸着黑挣的那点钱呀，自己连套双蛋的煎饼都不舍得吃，却给医院送来了。”于是我知道了，没有医疗保险的人是看不起病的。我爸妈是下岗的，没有医疗保险，高师母没有工作，自然也没有。我终于明白了，高老师就是在那样万般无奈的情形下，才接受我爸妈的建议，办起了小班。即使如此，他还在无偿帮助家庭困难的学生。我爸还说他最懊恼的，就是自己没有好好学，没有能力去帮助像父亲般的高老师。

“唉”，他最后叹了口气说，“做人一定要有良心。”

我狠狠抽了自己一个嘴巴子，我真不是个东西，悔恨已经不能代表我的心情。夜里，我几乎一夜未眠，我想了很多很多，又好像脑袋一直是膨胀的空白的，什么也没有想。躺在床上，已经听不到北风的呼啸，不知道是我家的窗户密闭得比较牢固，还是风真的小了。但我的心底里却狂风大做，那是冲击我心灵的风声，并不寒冷，但是很凛冽，凛冽得好似把我的心扒了出来，突突地有节奏地跳着。我爸说得对，一个人可以什么都没有，但不能没有良心呀。

我用厚厚的被子蒙住了自己的头，想：如果闷不死，一定好好努力了，高老师说我是他学生的儿子，好比是他的孙子，那我以后得像照顾自己的爷爷一样照顾他，对，还有大壮和高师母。我爸没做到，但我要做到。我没被闷死，我笑了，心中有股说不出的力量，我相信即使北风吹得再肆虐，我的心中也没有丝毫的畏惧。更何况，说不定明天还是个无风的暖晴的天气呢。

七

果然，连续些日子，无风无雨更无雪。老天爷好像看到了我的诚心，无比地配合。本就脑瓜极其灵光的我，不再浑浑噩噩、偷懒耍滑后，成绩突飞猛进。把美丽的刘老师惊讶得直翻白眼，因为我的作文《我的老师》在一次征文比赛中获得了一等奖，刘美玲老师笑了，破天荒地允许我去她的小班上课了。董旭告诉我，刘老师跟他妈说，最后半学期，多收点学生，不挣白不挣，尤其是有潜力的，能出彩儿的，那叫双赢。

老董撇撇嘴，说："老强，你还以貌取人，把刘美玲当偶像吗？咱们班好多同学都发现她虚伪又不负责任。你看苗子她爸妈

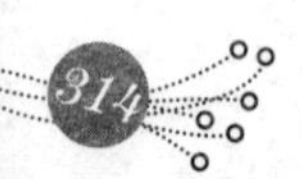

来学校，她就笑容满面，可陈喜、郭明他们的家长来了，就眉头紧皱，跟欠了她钱似的，不就因为苗子的爸妈是机关干部，而陈喜、郭明他们的家长都是打工的吗？还有，凡是在她小班的，她才用点心，可不上的，除了苗子，她都不搭理。”

我正在背英语单词，不想停下来，只随口说：“不管怎样，她也是老师，咱们得尊重。”

老董眨巴眨巴眼睛，嘟囔着：“你看你，快成周郑苗子了。”之后便悻悻地走了。

我望着他的背影，也眨巴眨巴眼睛：“是呀，只有苗子才会这样说话的，难道我真的已经是个不折不扣的好学生了吗？”这么想想，我不禁笑了。

然而，笑容越来越少的是苗子，眼看着我的一飞冲天，苗子既羡慕又懊丧，因为她的数学成绩再没有过以前的辉煌。我眼珠子一转，想了个万全之策，对苗子和高老师都好，也是双赢的——那就是鼓动苗子也上高老师的小班。那样，苗子的成绩能提高，高老师也能多挣点钱。苗子家是班里条件最好的，他爸妈应该舍得花这份钱。

果然，苗子也有此打算，说：“我今天就跟我爸妈商量，争取这周就去，既然高老师能让你这株铁树开花，更何况我这样的好苗子呢？”

我连忙说：“那是那是。”

可转天，苗子的一双大眼睛红红肿肿了，她说：“我爸妈不让我去上小班，说我成绩退步都是老师们不负责的结果，更不能再送钱给他们了。”我的脑袋“嗡”的一声，有点蒙，急得结结巴巴了：“苗子，求，求求你了，我可是为你好，你不去，不去就算了，可千万，千万别让你爸妈去告高老师。我先谢谢你了，我可是每周都把卷子拿给你的。”

我一通语无伦次，把苗子弄得有点不知所措。她侧着头，忽闪着大眼睛，说：“你要说什么呀？我爸妈为什么要告高老师？”

“不为什么。”我其实也说不出原因，但是有一种很强烈的感觉，就是苗子的爸妈像极了战争片里的特务或者是叛徒。我自然不敢把这种感觉告诉苗子，我怕她用纤细的手指掐我，她们女生都有掐人的功夫。

那天晚上就变天了，当夜降了场大雪，随之而来的，是气温的骤降，可以说是天寒地冻了。第二天，我早早起来，准备了两套煎饼和一保温瓶的热豆浆，其中有我妈给高老师准备的。她说这样的天，高老师出来得早，肯定顾不得吃早饭。另一份是贿赂苗子的，虽然不是换早餐的日子，可我想用双蛋的煎饼堵上她的嘴，不，是请她堵住她爸妈的嘴。我像以往的冰雪天一样，站在学校门口的大树旁等高老师，坐轿车的苗子到得也很早，她满眼疑惑地望着我，好像在问，咦，不是已经认为高老师是个好老师了吗？怎么还在这里等着看笑话呢。我被她盯得有点难为情，脸红彤彤的。幸好，高老师已经推着自行车小心翼翼地出现在那段最滑的小路上了。我拿出我溜冰的高超技术，连跑带溜地过去，跟在高老师的自行车的后面，双手用力握住车子的后架，这样自行车便更稳当，不会轻易倒下。高老师停了下，屏了口气，站住，腾出一只手臂，摸了摸我的头。在我的帮助下，高老师顺利地走过那段最滑的路，没有摔倒。

苗子看呆了，她的眼圈红了。第一节课的时候，她偷偷给我一张字条：“张强，今天我对你刮目相看，我好像看到了朱自清的《背影》里的一幕，你让我感动，我要向你学习。”

咳，都哪跟哪呀？我想向她解释：我并不是巴结他，高老师

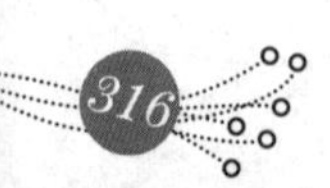

就好像是我的爷爷。可没等我张口，刘美玲老师已经给了我一个提醒的眼神，自从我上了她的小班后，她再不对我视而不见了。

奇怪的事情发生了，周六的时候，苗子一大早就和她爸妈来到我家。她的脸上笑开了花。我妈让她爸妈坐，但他们面无表情地拒绝了。苗子的爸爸仍旧穿着西装，手里把玩着汽车的钥匙。我打了个激灵，从心底替他冷。不久，高老师来了，我听到苗子的爸妈说："我们家苗子很早就在外面上奥数，现在的成绩大不如前了，请您给补习下，只要能提高，钱不是问题。"高老师很是尴尬，他最不习惯和家长谈及钱了。还是我妈帮着解围，说了上课的时间和收费的标准。高老师却补充说："不过，如果家长觉得没有提高的话，是可以不交学费的。"苗子妈浅笑了下，从那个银色的软软的手袋里取出两张百元大钞，说："我们先交五次的。高老师，苗子的数学成绩就拜托您了。"她说的话很客气，但语气中却分明已经凌驾到我家房顶上了。

苗子的爸妈走了，我和苗子会心一笑。

"你不是说他们不让你上吗？"我问苗子。

"是呀。"苗子回答，"他们那天是说不让我上的，可谁知道又改变了主意，大约是我这次单元测验又没有考满分的缘故吧。"

嗯，很有可能。我觉得苗子说得有道理。"对了，你只要跟高老师好好学，一定会提高的，我就是个很好的例了。"我俨然一副过来人的样子告诫着苗子。

苗子捂着嘴巴笑了。

一切都是那么美好地发展着，就如日渐变暖的天气，"冬天已经来了，春天还会远吗"。春天已经来了，真的希望春天久一点，最好四季如春。

高师母的病情得到了控制，虽然还不能活动自如，但也不需要再花费大笔的钱治疗了。我爸建议高老师还是要贷款买房子，我爸说：“您还记得姜军吗？听说他抓住了这轮房地产升温的机会，开始投资房地产了，火车站附近的公寓就是他开发的。我们小的时候，他在您家蹭的饭最多，您找他，准能便宜。”

高老师摇头，说：“我对你们好，可没指望什么，老师干的是良心活儿，现在额外挣了些钱，已经违背良心了，你知道我有多不安吗？哪还想去沾学生的光呢？”

我的心里一惊，原来高老师始终都没有放下那样的包袱呀，即使北风不再呼啸，可他的心里永远都有呼啸的北风。

我爸不再劝他，只对我妈说：“这高老师怎么就死不开窍呢？连个房子都没有，以后大壮怎么办？真替他发愁。”

我妈笑了，说：“你也是死心眼儿，等有机会见到那个大款儿同学，你帮着问问呗，你同学要是还有心，一定会主动找高老师的。怕只怕现在的社会，人一旦有了钱就忘了本，你那同学还记不记高老师也还是个问题咧。”

我爸摇摇头，说：“别人我不敢说，高老师，我们都不会忘记的，对不？张强。”

“嗯。”我使劲点头，“是呀，我也是高老师的学生，我有发言权，我是不会忘记他的。”

还有更令我高兴的，苗子说，她也是绝对不会忘记高老师的。

原来，高老师越来越发觉到了苗子的潜力。他说，论聪明，我和苗子不相上下，但苗子的基础实在是太好了，这样，她就比我强多了。苗子之所以成绩退步还是心理压力过大，主要是她爸妈给了她硬性指标，毕业成绩必须得是满分。她成天想着那些，难免会有失误。

高老师针对苗子的情况，经常表扬她，让她重新树立信心。

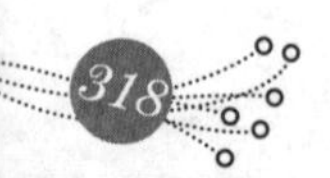

还连续一个多月，每天给她开小灶，进行难题训练，参加奥林匹克数学竞赛。要知道，高老师曾经是全区有名的竞赛老师。不过苗子的爸妈并没有付出额外的费用，高老师更没有想过要从他们那里得到什么。但苗子很争气，她取得了奥林匹克数学竞赛的一等奖。于是我们班的人气王周郑苗子红透整个学校，成为全校的人气王。顺理成章的，被推举到全校参加市级三好生的竞选，并以最高票数当选。

那些天，是苗子的爸妈往学校跑的最勤的时候了，脸上的笑容也多了，尤其是对班主任刘美玲，那可真是从没有过的谦恭。董旭告诉我，刘老师和他妈说，我可不是傻子，不就是听说今年有市级三好生保送的说法吗？平时傲得不得了，不过是个小官僚，现在知道我这个全国最小的主任的重要了吧，哼，那可得看他们的表现。

八

离毕业考试还有一个月的时间，幸运的苗子被我们无比向往的市重点中学提前录取了。得知这个消息时，我当着苗子的面翘了翘屁股，放了个屁。苗子捏住鼻子，打了我一下，说："你怎么那样恶心。"我憋着，不笑，严肃地说："你当是庆祝的礼炮吧。"

苗子托着腮，若有所思地说："张强，其实我应该感谢你，要不是你建议我去高老师的小班上课，要不是高老师那样尽心给我补习，我肯定不会得那个奖。"

我不好意思地应着："我嘛，你就不用感谢了，你记得高老师

就行了，咱们都要记住高老师的好！”

“那当然！”苗子认真地点头。我们相视而笑。

可我的笑容还没有散尽，一件天大的事情发生了。

高老师和刘老师都被人告到了教育局。高老师是因为办小班，而刘美玲老师则是收取家长的贿赂。教育局责令调查，一经核实，必定严惩。

高老师失魂落魄地坐在我家，我爸妈也是干着急，没有任何的办法。董旭妈也赶到了我家，她说：“高老师，您先别着急，我倒是有个主意，我和张强爸妈一起做通其他家长的工作，您就死活不承认。我相信学校领导清楚您的为人和工作表现，也不想拿您开刀的。”

“那怎么行？”高老师苦着一张脸，痛苦地说：“明明是做了的，不承认还撒谎，我怎么为人师表呀？”

我爸着急了，说：“高老师，您看您，都什么时候了，还这么傻老实，比您班办得多，挣得多的，有的是，你这是遇到坏人了。您要是承认了，领导想帮您都帮不了你了。”

“是呀，是呀。”董旭妈不住地点头，说：“老张说得对呀。”之后，她看看我，示意让我到里间去，我假装乖乖地进去，但把耳朵贴在了门上，我听到她说：“您看人家刘美玲，就死不承认，人家年纪轻轻可比您看得透彻。这不还泡上了病假，说什么是被冤枉得伤了心，提不起气，上不了课，假条一交就是一周的，弄得领导还得劝她来上班，眼睁睁这离毕业考的时间不远了，领导最怕这时候给撂挑子了。其实人家小刘就在家盯新房装修呢。不错，她是找了个有钱人，财大气才粗，可刘老师亲口跟我说，要不是这几年挣了点钱，凭那点工资根本没有办法打扮自己，也没有机会参加一些高档的聚会，就更不会遇到‘钻石王老五’的老

公了。人家这样，都脸皮一抹，就是大声喊冤，您怎么能承认呢？”

高老师沉默了。

我听到我妈说：“谁那么缺德呀，像高老师这样的好人都害，不怕天打雷劈遭报应吗？那刘老师那么精明，知不知道是谁告的狗屎状。”

“她应该心中有数，不过也不是收过一个家长的礼，也很难断定的。”

我心里“扑扑”直跳，脑海中闪过一个个家长的样貌，希望自己能寻出蛛丝马迹，好揪出那使坏的小人。

谁也没有想到，高老师的沉默只是一种无奈，而并非接受了大家的建议。他还是承认了办班的事实，而刘美玲老师因为具体情况无法核实，还因为她已经领取了结婚证书的老公与教育局基建处有业务关系，一切便不了了之了。

高老师仍旧每天给我们上课，每道题都讲解得清晰明白，但他的声音无比疲惫，只有我和董旭知道，他已经被逐级批评审查了。好在学校领导还算有良心，同情高老师，在上级处说尽了好话，才没弄得开除公职。但正派了一辈子的老实人高老师，怎么能承受得了呢？

我最后一次见到高老师，是在我们考完数学后，在学校后操场的拐弯处，我看到了来来回回不停踱步的高老师。他低着头，背更加佝偻，嘴里默默地念叨着，偶尔抬头，目光直勾勾地望望教学楼，但很快就又垂下头，从被通报批评后，高老师就很少抬头了，好像一抬头就能看到那些关于他的文字，又好像他没有力气抬头了。忽然，他打了个激灵，仿佛在那炎热的夏季，却有呼啸的北风吹透了他的心房。

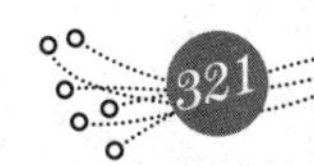

值得欣慰的是，我们班的数学成绩在全区名列前茅，可惜，领取成绩单的时候，高老师便没有来，他生病了，查不出病因，就是身体极其虚弱，精神也极其恍惚，再不能走上那三尺讲台。即便这样，竟然很多老师说，“呵，办小班就是好呀，成绩都顶刮刮”。尤其是语文老师刘美玲，大言不惭地说：“是呀，是呀，全班几乎都跟高老师补习，成绩能不好吗？不像我们的语文成绩，那都是我拼死拼活，干出来的。”她说这话时，我正站在她身后。她的脸还是那么漂亮，可我知道，我已经没有一丁点儿喜欢她了。

我爸妈经常去探望高老师，我也很想去，但因为我的毕业成绩并不是特别好，只考取了区重点中学。我决定，等初一第一学期考试后再去探望高老师。我相信，那时候我一定会比上了市重点中学的苗子她们成绩还好。因为我的心中有一团火，那火熊熊燃烧。

九

北风席卷，这个冬天比前一个还冷。我妈又说，这样的天气是收人的。我赶忙拉下了窗帘，不想让那北风侵扰半点。不知道为什么，我有些惧怕它，它让我从心里感到寒战。摸摸成绩单，我吸溜了下鼻子，笑了。我不仅是全班第一，并且比上了市重点中学的苗子还高了几分。

电话铃声响起，我妈叫我：“强强，接电话。”

是苗子打来的，她的声音很轻，一准又是背着他爸妈，“张强，明天几点去看高老师呀？”

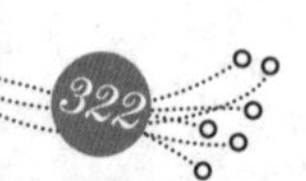

“十点，学校门口集合。”我的声音非常响亮，我可不怕我爸妈听见。

“嗯。”苗子好像受到了我的感染，声音清晰明亮了很多，“风雪无阻！”

我笑了，重复着，“风雪无阻！”

风越来越猛烈了，拍打着窗子，好像拍打在心上，心一下子就紧了。

电话铃又响了，我以为是别的同学又来询问，赶紧跑出去接。但……

电话是高老师的老伴打来的，“金来，金来……”随后便是撕心裂肺的哀号，与屋外那北风相呼应，形成了一首和谐的悲歌。

一个星期后，大雪漫天，但没有风，整个世界银装素裹，把人们的脸也衬托得分外纯净，只有眼睛，流露着不同的色彩，或伤痛或遗憾或愧疚或无奈。

不顾大人们的反对，我一直随同我妈留守在高老师家。由于房子是租的，房东怕不吉利，不允许把灵堂设在屋里，大人们便在楼前的空地儿搭了棚子，设为灵堂。

高师母再次倒在床上，大壮却忽然很安静，呆滞的目光灵活了很多，好像在努力地找寻什么。我拉住他的手，我知道他是在找他的爸爸，但他的爸爸再也不能陪伴他了。我失声痛哭。大壮竟伸出手，帮我擦眼泪，而那块手绢，就是高老师曾经帮我擦鼻涕的格子手绢……

地上是厚厚的积雪，空中的雪仍旧没有停的意思，继续纷纷扬扬，从铅灰色的天空，悄然无声向下洒流。我领着大壮，我们的双腿深深陷入雪地里，张望、等待。我爸来电话说，他们就要把高老师送回家了。

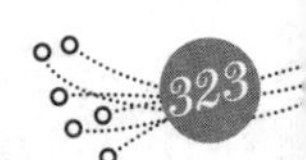

我对大壮说："高老师就要回家了。"

"呵呵。"大壮笑，高兴地笑。

我用袖口抹了把眼泪，而落在脸上的雪片被揉搓的，瞬间融进皮肤里，彻骨的凉。我清醒了很多，想起那天刚接到高师母的电话，知道高老师就穿着单薄的衣裤，嘴巴里嘟囔着"出路，我要找到出路"，便头也不回地走了。高师母哭喊着，"金来呀，快把你高老师给我们娘俩找回来呀，要是他有个三长两短，我们可怎么活呀。"

我爸爸立刻报了警，并把所有可以找到的同学都联系了。那个地产大亨姜军二话没说，推掉了重要的会议，花重金在报纸上刊登了寻人启示。于是，更多的学生看到了，主动地寻找高老师。地产大亨追悔莫急，他埋怨我爸，说："你为什么不早点告诉我他老人家的情形。"

我爸已经两天两夜没合眼了，他眨眨眼皮说："高老师家的情况你不是不知道，你怎么不主动来找他？"

"我找了。"地产大亨叹了口气，"前几年我去看过老师，可他说单位给了房补，师母和大壮也都很好，死活不收我的钱，我便当了真。后来，后来我生意越来越大，太忙了……"他的声音越来越小，哽咽着，一直哽咽着。

还是报社接到的电话，在距离本市二百多里，一条高速公路下的干裂的沟渠里，发现了高老师，但他已经没有了知觉。我妈哭着说，这样的天就是收人的呀，可即使是收人的天，也不该收走高老师呀，他是说要找寻出路的呀，难道他老人家就没有出路了吗？

没有人能回答我妈，大家只有无尽的悲伤。我把成绩单和纸钱一并烧了。可到那时我都没有哭，我总觉得他不会就那样走了，

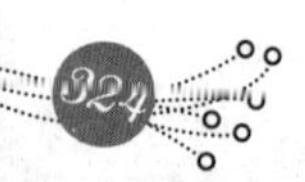

我忽然想，他或许就是跟我们开了个玩笑，但我妈和董旭妈的哭声惊醒了我。

大人们说，一个行动不便的老伴儿，一个混混沌沌的儿子，铁打的人也承受不了呀，更何况，高老师还受到那么大的打击，这半年来，精神一直混沌，找出路，他怎么去找呀。是呀，那告状的人太缺德了，会有报应的。

我飞起一脚，尘土、小石子被我踢得四散开来。多么希望我是踢到那告状的人的身上呀，我的眼中充满仇恨，我想到苗子。

高老师出走的当天，我气喘吁吁地跑到学校门口。同学们约好了去看他，我得把这个消息告诉大家，尽管我们还小，但是也得想办法帮着大人们去找呀。

“苗子，你爸妈本事大，你求求他们帮着找找吧？”我哀求着苗子。

苗子清秀的脸上是满面的泪花，她已经泣不成声，无法言语，但使劲点着头。

“他们不会帮忙的，”董旭抽泣着，把我拉到一边，说：“他们只会发坏。”

“你说什么？你说清楚些。”我着急地问。

董旭稍一迟疑，还是决定告诉我，只是他的声音很小，只有我能听得到。“张强，其实我早就知道是谁告发的高老师，但我妈一再叮嘱我，说绝对不能告诉你。”

我睁大了眼睛，一向嘴巴没有把门儿的董旭竟然隐瞒了我，但我来不及指责他了，我只想知道究竟是谁告发的高老师，因为那告发者才是害惨了高老师的罪魁祸首。

董旭的声音很轻但特别清晰——是苗子的爸妈。

我呆住。良久，我疯了般冲到苗子面前，推搡着她，嚎叫着，

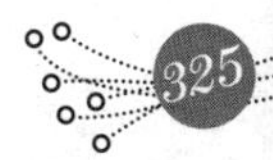

“是你，告发者是你的爸妈，你记住了，永远记住了，是他们害了高老师，如果高老师有个三长两短，他们就是凶手！”我的怒吼在风中盘旋，如同狮子王的怒吼。

苗子愣愣地伫立着，很久很久……后来，她慢慢地转身，慢慢地离去，她的身影渐渐地消失于寒冷的天际间。我没有看到她是否流了眼泪，但我感受到了她的悲伤。后来我才知道，从那天起，她就没有了笑容，甚至没有了言语。

“强子，强子。”大壮竟然能够清楚地叫出我的名字，他一边叫，一边扯我的手。我从刚刚的思绪中回过来，顺着他的目光望去。

那是怎样的景象？漫天飞雪，白刷刷，雾蒙蒙，上下相照，淡云和积雪，像是密诉衷肠，又像是难分天地。浩浩荡荡的队伍，素衣裹身，前面几个抬着棺木的是我爸和地产大亨等几个同学，他们全是一身孝服，我妈告诉我，他们穿上孝衣，就是把自己当成了高老师的儿子。他们越来越近了，我可以听到齐刷刷的踩着积雪的声音了。那声音清脆悦耳，不似哀曲，却像是一首永不休止的赞歌。我的心突然敞亮了许多，高老师，其实您已经找到了出路。我拉起大壮的手，说，走，我们去迎高老师。

在我们与那队伍近在咫尺的时候，我看到了一个小小的身影，一直跟随在队伍的最后，是苗子，她孤零零地跟着，没有任何表情。最后，她并没有走过来，而是在不远处停下了。我偷偷望望她，许久，她再次慢慢地转身，慢慢地离去，她的身影渐渐地消失于白雪蓝天之间。

我爸告诉我，苗子是在半路遇到他们的。她爸正要带她去看心理医生，可苗子下了车，就一直跟随着，跟随着，目光没有离开过那口红木的棺材。

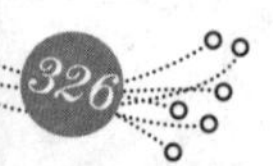

十

我没想到，苗子居然抑郁成疾，且病得不轻。唉，如果那天我没有那样指责她，或许就不会病。所以，这两年，我一直想见她又怕见她。

此刻，她就那样一动不动地站在校门口。像个雪人。我艰难地走到她面前。

她长高了，但非常瘦，一双大眼睛清澈无比，却没有丝毫的灵动。而我，已经是一米七的马上要进入初三的少年。

又一阵北风吹来，吹起了雪沫，雪沫吹进眼睛里，真痛。

风雪里，我不管苗子是否听得进去，我絮絮叨叨地告诉她很多事情。我说："自高老师走后，学校的老师和高老师的学生都自发捐了款，虽然那点钱微不足道，却暖了活着的人的心。我爸的同学，那个地产大亨全权担负起高师母和大壮的生活。所以，这样寒冷的日子，他们已经有了暖和的家。"

苗子瞄了我一眼。她竟然瞄了我一眼，也就是那一眼，她已经眼眶尽湿。

天渐渐暗了，洁白的雪却照亮了暗的天。

盛开的百合花

那天，我极认真地对慧姨说“我们这一老一小真是最佳组合”。慧姨笑，如银铃般清脆，我故作起鸡皮疙瘩状，她的笑声便又延续了许久。

我不禁摇头，自愧弗如——她的笑，她的仍旧风华绝代让你无法把她与一个已近六旬的老妇联系起来。

慧姨那白皙的脸上其实也是有些许小细纹的，不过她并不懊恼，总是轻抚了眼角，用她那年轻女子才会有的甜柔的声音道这些细纹都是快乐的记载，大笑的结果，乐观的象征。于是我沉思。

慧姨是该有不快乐、不乐观的理由的。慧姨那当初苦苦追求了她八年才得以与她生活在一起的男人，在慧姨刚刚进入更年期时竟一面仍然在家中充当着好好先生的角色，一面与一位较慧姨年轻却满脸雀斑的女人混在了一起。当然，慧姨是最后一个知晓的，最先发觉的是慧姨的一双儿女，那时他们才只是十几岁的少年。

小兄妹俩在寒冷的冬天，猛蹬着自行车，拼命地追着那辆载

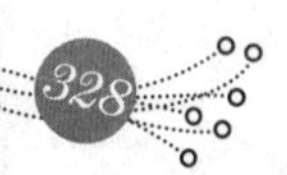

了那丑女人的汽车，而那汽车恰恰是他们父亲驾驶的公车，当他们气喘吁吁地终于追上了汽车时，更加气愤地把自行车一起摔在了地上。他们看到父亲正与那满脸雀斑的丑女人热吻。十六岁的女儿充当了厉害的角色，父亲与他的女人被揪了出来，结果是两人脸上都多了几道生硬的指甲痕。

当慧姨惊异于自己丈夫脸上的印迹时，还是女儿在一旁轻描淡写地帮父亲解释说，看到父亲被树枝划伤了脸。慧姨该是天底下最不爱动脑筋的女人，她对父女俩的谎话深信不疑，而善良的慧姨仍然执著地在每个周末邀请老邻居——雀斑丑女人来家做客，总是如老大姐般帮助那女人解决各种困难。儿女的劝阻也无济于事。慧姨会用一句“多可怜”来应付她们。

慧姨口中的“多可怜”就是指那女人两年前刚刚死了丈夫，自己又收入微薄。儿女苦笑，默念着这世上最可怜的人大约是他们的母亲——尽心照顾的苦命人早已抢了自己的丈夫，典型的引狼入室。好在父亲已在儿女面前发毒誓不会再与那女人纠缠，儿女为了父母的婚姻能够维系也只得沉默。却没想男人一旦偷过腥就很难再吃白米饭了，父亲已没了管束自己的能力了。

两年后，一个周三的中午，出差在外的慧姨提早回到家中，看到自己的丈夫正与那雀斑女人赤条条一丝不挂地翻滚在慧姨精心挑选的浅蓝色的床单上，慧姨 下了捂住了自己的嘴巴，她并未叫出声，轻轻放下手臂后，慢慢地从口中挤出四个字——太糟糕了！这四个字便成了慧姨多年来的口头禅。

当天慧姨便写下了离婚诉状。没哭、没叫、没闹，只是那白皙的脸颊苍白得可怕。儿女们嘀咕着母亲如此这般会不会才是真正的崩溃。

慧姨的男人死也不肯离婚，那个高大的男人跪在了慧姨和孩

子们的面前，不停地忏悔，辱骂，手掴自己，泣不成声。慧姨终于留下了一滴泪，女人的致命之处不是自身的懦弱而是对男人的心软。慧姨最终还是原谅了男人的不忠，这时是公元1990年。

慧姨并不是我的亲姨，她只是我好友的母亲，我好友便是那个抓伤了自己父亲脸的厉害丫头——小曼。早先关于慧姨的故事就是小曼告诉我的。慧姨的名字原也无“慧”字，是我觉得只有这个字才配她便这么一直称呼她。慧姨也欣然接受，她总是对我说——我喜欢你这么叫我，之后又是清脆的笑。我总是想慧姨真是个自信的女人。但小曼告诉我慧姨差点得了自闭症。

慧姨原谅了她的男人后变得有些小心翼翼，慧姨认为一切并非全是男人的过错，便开始检讨自己。她总是紧张兮兮向周围的人询问自己的发型老不老，衣着是否得体，话语唠不唠叨。不管别人怎么认真地对她说，她并不衰老，且充满韵味、气质迷人。她总会喃喃地道出一句——太糟糕了！她觉得大家都是在哄骗她，她天真地认为男人的移情别恋缘于自己的不够好。慧姨开始倦怠工作，那时她已是外贸公司的科长。她不再接受出差的任务，不再加班，她煲汤的水平已无人能及，她把她的男人养得满面红光。最可怕的是，慧姨竟然提前退休，连出国考察的机会都不屑一顾。只因为她发现她的男人迷上了跳交际舞，她要紧跟他的步伐。于是90年代中期俱乐部的舞厅里多了一对跳晨舞的夫妻。

跳晨舞的大多都是中老年人，慧姨在那结识了许多朋友，听说了许多故事。慧姨总是告诉那些故事中不幸的主角们“生活是美好的，前途是光明的”。那些正在抽泣的女人会一边擦着鼻涕一边羡慕地望着她，不停地重复着——你遇到了一个好男人。慧姨总会心头一惊，喃喃自语——太糟糕了！慧姨不想自己成为真正

的不幸的女人，她更加积极地学习跳舞，她仍旧保持很好的身段在舞池中央旋转。她的男人也不得不承认，她并不逊于那些较她年轻十几岁的女人。慧姨真是太迷人了，但慧姨只与她的男人跳舞，其他的老先生也只有期盼的份儿了。

生活似乎越来越美好，慧姨的儿女们庆幸当年帮助父亲恳求母亲，庆幸他们保留了一个完整的并正趋于完美的家庭。慧姨的儿子结婚了生子了。慧姨和她的男人又多了奶奶、爷爷的称呼。慧姨的心真的平静了，她似乎也真的忘记了那个中午难堪的一幕。她会对她的女儿说——女人就要学会宽容、忍让。可慧姨的容忍并未给她带来幸福。

慧姨的男人虽然离开了雀斑女人，但他的心也没真的回到慧姨身上——男人真的是多情又短情的。在舞场，慧姨的男人可真是如鱼得水了。他深沉稳重的外表，高大挺拔的身材，温柔可亲的蜜语足令那些单身孤独的女人着迷。即便是有丈夫的，也会不自禁地赞叹——瞧！慧姨的丈夫多好，五十几岁的人了仍旧情意绵绵、情趣盎然。慧姨的丈夫也是深知自己的老婆的好处的，也是想收心回家的，怎奈他天生就是个精力充沛的男人，他每晚的云山雾雨令患有慢性肾炎的慧姨无法招架。每每此时，男人便忘却了慧姨煲的汤，忘却了慧姨的温婉，忘却了慧姨的宽容，更忘却了他自己曾经深爱过慧姨的心，和慧姨当初被深深伤害的心。倘若此刻再有个会耍手段、会抛两个媚眼的半老徐娘投怀送抱，慧姨的男人若能抗拒倒真成新鲜事了。

俱乐部的舞厅里经常来跳晨舞的半老徐娘还真不少。起初慧姨的男人也是极为克制的，毕竟慧姨是其他男人眼中最风韵犹存又端庄圣洁的女人，但自从来了麻花辫便不一样了。

麻花辫只有四十出头，个头不高，身材不胖，相貌平常，却有一双摄人魂魄的总是滴溜溜转的杏核眼。在这中老年的交际场，麻花辫的两根并不黑亮却整齐地垂在胸前的辫子宛若拨动人心的弦。慧姨的男人的心是被拨动得最乱的一个。一切都像命中注定的那样，麻花辫刚出现的时候恰好慧姨得了肝炎。慧姨感动于男人无微不至的照顾，每天都催促着他去跳他热衷的晨舞，并对自己的不能陪伴愧疚不已。

慧姨的男人和麻花辫很快地熟络了起来。知道那女人竟然是位人类灵魂的工程师，知道那女人的丈夫出国后便抛下了她和儿子，知道了她现在寻觅的男人不必有很多的钱、很多的学识，只要像慧姨的男人那样有稳定的收入温存体贴身体健康就行。说这话时，麻花辫还有意无意地翘了一下自己的辫梢。慧姨的男人即刻被这一动作迷晕了头。麻花辫又不失时机地道出一句——其实如这般的男人世上恐怕也只剩了一位，真正懂得疼女人的男人恐怕只有您了。慧姨的男人竟如年轻小伙般地羞红了脸。那女人又道——可惜我没这福分。随之是一行清泪。男人那脆弱的道德线一下子被冲垮了，在柔和的灯光下，在旋转的舞池中慧姨的男人将麻花辫紧拥入怀。

这件事很快传到慧姨的耳中，毕竟跳晨舞的人中有许多已是慧姨的朋友。慧姨不信也不愿信。还是小曼死拽着母亲要去捉奸。慧姨一路踉跄着跟她去了。她们看到男人正与麻花辫极其亲昵地跳着慢四。慧姨一把抓住了要怒冲上去的小曼，说："他们只是跳跳舞又有什么问题呢？我们得相信自己的亲人。"火暴脾气的小曼急得直跺脚，但最终还是随着慧姨回去了。

慧姨对丈夫的信任真的有些盲目。男人这一次的移情可不同寻常，男人下定了决心要离开慧姨，与麻花辫厮守。这一次是男人写下了离婚诉状，他默默地把那张纸摊在慧姨面前，低着头像

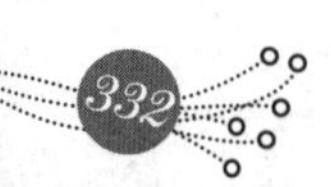

是在等待裁决。爱笑的慧姨哭了，撕心裂肺地哭了。小曼紧紧抱住母亲怒视着父亲。男人局促地站在那里却没想改变主意。小曼指着大门喊着——滚！快滚！男人说："小曼，你别激动。我对你们永远都有亲情。"小曼扑上去将父亲推出家门。

男人住到了麻花辫那里，慧姨却一直把自己关在房间里，不吃不喝整整三天。小曼叫来了哥哥、嫂子和侄儿，慧姨也未打开她的房门。小曼哭红了眼哭肿了脸，她已办好了出国的手续，这叫她怎么放得下心飞去那遥远的大不列颠？

第四天的早上，小曼发现慧姨的房门开了人却不在。小曼这一惊可不得了，正要冲出去找母亲。慧姨却提着油条，端着豆浆进来了。小曼发现母亲明显地消瘦了、憔悴了，慧姨却冲她笑得很坦白。慧姨说："小曼，你别这样看着我。我想开了想明白了，我放不下这三十年的夫妻情，我爱他像爱你们一样，我担心他真的老了以后人家会不要他。我了解他有一天会后悔这次的离开。可既然他觉得这是幸福，我们何必阻拦。小曼，你要记住一句话——若是真的想付出就别计较什么回报。"慧姨说完就去热豆浆了，小曼却傻在了一旁，半天才自语道——离开我妈是他这辈子的损失。

慧姨真是个伟大的女人，她没听女儿将男人扫地出门的话，她把积蓄的三分之一（四万元存款）和一套闲着的独单分给了男人，自己留了三分之一养老，而另一份给了要出国的小曼。

男人为了表达自己的诚心，立刻将独单卖掉换成七万块钱送给了麻花辫。小曼和哥哥听说后，发誓这辈子再不当这人是父亲。慧姨说："你们别太孩子气，只要他过得好就是你们的福气。"

小曼告诉我这些的时候，我实在不信这世上会有这样的女人。虽然我与慧姨很熟，也早就成了忘年交，虽然我总想自己若有慧姨的风采就好了，虽然我知道慧姨很善良很温柔，但是我还是不相信。直到小曼出国两年之后，直到我怀着深恶痛绝的心离开了当初在婚礼上发誓说会像爱自己的生命一样爱我的那个人，直到我将要结束伤透了心的四年的婚姻，直到那人在离婚协议时与我斤斤计较一台电视后更令我痛心疾首，直到我提着箱子、咬着嘴唇、噙着眼泪，可怜兮兮地投奔慧姨时，直到我和慧姨如朋友如母女般地在一起生活时，我真的信了！

慧姨没有被男人的抛弃伤到。

小曼出国后，慧姨上了老年大学，她学书法、学绘画、学养花，甚至学钢琴。她家中的盆栽极其旺盛地生长着，犹如慧姨愈发年轻的心。

慧姨告诉我，没有谁能真的伤到你，只有你自己内心深处的仇恨和丑陋。慧姨还说，无论是老年人还是青年人，都渴望爱情到永远，但不能因为爱情没有了就不再相信爱了。

听了慧姨的话，我哭了。慧姨摸摸我的头发，笑着说——太糟糕了！我破涕为笑，想着自己仍风华正茂却丢不开那一点点恩恩怨怨，以致差点就成了年轻的怨妇。慧姨又说："只要你们曾经爱过付出过真心，不爱时就要善待对方。"慧姨还狡黠地说："其实这是为自己好。"听这些话时，我竟如听《圣经》般地净化。

我带着慧姨的叮嘱，想着慧姨的坚强忍耐迈进了民政局的小木门。我轻松地在离婚协议书上签下我的名字，虽然我从未想到我的名字会有这样的用处。其实我和慧姨又有谁不渴望白头偕老的婚姻？

女人是容易受伤的但也是容易高尚的。我真诚地笑着祝愿我的前夫一切都好。转身的时候我想掉一滴眼泪却没掉。我想我不

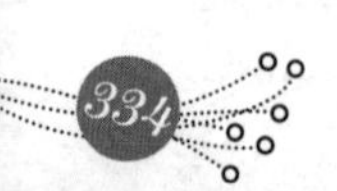

用像慧姨那样自闭三天，我想我可以立刻去工作去忙碌去享受生活。因为慧姨已给我这样的女子做了很好的榜样。

我和慧姨快乐地生活着。慧姨说："我们不必去想什么伤害什么痛苦，只要我们曾经幸福过就要相信不幸是暂时的。"我连点头带举手表示赞同。我没说话，由于我嘴里正大嚼着青萝卜。

上天对每个人都是公平的，慧姨独居了三年之后，迎来了生命中真正的春天。

慧姨在老年大学结识了陈老先生。老先生丧偶多年，儿女们也已各自成家而去。慧姨和老先生共同之处还真多。老先生也是个乐观开朗的人，还有着洪钟般响亮的声音。老先生比慧姨大两岁，但也有着魁梧的体魄，浅色的格子衬衣总是烫得很平整。老先生很爱开玩笑，慧姨和老先生在一起就笑得更清亮。

我总是故意使计谋想缓阻慧姨和老先生的发展，我怕善良的慧姨再受伤害。慧姨说："你怎么还是不明白，不能因过去的不幸就彻底失去了追求幸福的勇气。"我不甘示弱极力反驳："倘若他不是真心的，您受得了再次的打击吗？"慧姨说："你要知道，不付出真心就得不到真心，付出了就对得起自己的心了。"我沉思！

慧姨现在很少说"太糟糕了"。她把自己的经历毫无保留地讲给了老先生。讲这些时，我强烈要求也在一旁，我要替慧姨好好观察观察老先生。慧姨无奈应允，但很快我就忘却了自己的使命。慧姨那好听的声音娓娓道来，像是在讲述别人的故事。慧姨也没把自己定位成受伤的女人，她把一切归为一个"缘"字。她说，她对她孩子的父亲早已没了爱情，她再怎么做个尽职的主妇其实也已无用，前夫的最终离去是要获得真正的感情，虽然那可能只是一时的冲动，而非真爱，但前夫并没有错。慧姨最后说，到现在她对前夫仍有一份亲情存在，仍挂念着前夫的生活和处境。我和老先生都听得目瞪口呆。

老先生走了，我想他不会再来。我说："慧姨，您将失去他，为什么您好不容易碰到一个自己欣赏的人，却要那么坦白地说出那样的话。"慧姨笑，说："就算是失去，我也要说出真心话。我老了，我渴望有个伴，不仅仅是凑合着搭伙吃个饭。我要我的老伴儿真的懂我的心。"慧姨说这话时，眼里没有半丝的遗憾。而我的心却是又一次的震动。

转天是个星期天，我推开窗子告诉慧姨是个晴朗的日子。慧姨说："那我们就去附近的中心公园踏青吧。"

我们收拾齐备准备出发，却听到门铃响起。我和慧姨一起奔过去开门，只见老先生穿着合身的西装，手捧了一大束带着水珠的百合花。老先生说："我也学学年轻人送送花，不过我不送玫瑰送百合，我们老年人的恋爱不必太热烈，但仍需真诚和纯洁。"慧姨的手颤抖了，眼泪流了下来。这十年来，慧姨其实很少流泪。泪珠滴到了百合花瓣上，花瓣轻轻一颤，动人至极。

我把手中的相机递给了老先生，我说："你们两个去踏青吧，留下你们和这百合花最美好的瞬间。"慧姨和老先生带着我的祝福走了，房间溢满了百合花淡淡的清香。嗅着香味，我猛然警醒——热爱生活的美好的女人就是永远盛开的百合花。

放　飞

我 30 年的生命中共有三个重要的男人。

我的父亲——他早在 11 年前，便已离开了我。但他却是我一生的眷恋，是永远存在于我意念中的支柱。

我的丈夫浦——我在父亲离开我的时候认定了他，我以为他能替代父亲，给我力量，成为我的依靠，然而我错了。浦，他只成了我一生的无奈……

幸好我有了念念，我最疼爱的儿子！

我常常带着我的儿子念念去草地上放风筝。青青的草，蓝蓝的天，小小的念念，快乐的笑声。念念和放飞的风筝一起跑，一起飞！他偶尔会回头冲我嘻嘻地笑。我温柔地冲他微笑招手，念念便又向前跑去了。我总有些许恍惚，感觉念念小小的身体奔向了蓝天，他像一只绿色的小蜻蜓自由自在地在空中飞翔。这时我会流泪，因为念念的快乐是我最深的幸福，因为念念是我此生唯一的希望。

我知道，我不可能像念念那样放飞我自己，我已被生活的枷锁套牢！

但是，我又是多么渴望着，渴望着自己也能变成一只绿色的蜻蜓。

我用绿色的彩纸为念念制作蜻蜓图案的风筝。我告诉念念绿色充满了希望，蜻蜓象征着自由自在的飞翔。

念念忽闪着他晶亮的眼眸笑望着我，好像在说，妈妈，我明白的！

我会冲动地紧紧地抱住他，会深深地亲吻他小小的脸蛋，然后我举起念念。念念的笑声便谱出了这世间最美的乐曲。

于是我想到父亲。

我小的时候，父亲也常常会把我这样举过头顶的。我清脆的笑声也为父亲谱出了最美最动听的乐曲。

父亲是那么疼爱我。

我与父亲共同生活的20年中，他从没给过我一个严厉的眼神。父亲说："男孩子需要历练，女孩子需要宠爱，因为以后会成为别人家的媳妇，会孤单单地走入一个陌生的家庭，那其实是一件挺苦难的事情。所以在自家的时候一定要给她最幸福的一段时光。"是的！父亲是个说到做到的男人。他在他的有生之年给了他的女儿最快乐幸福的生活。

"只是，只是父亲，你为什么那么早就离开了我？你可知道，你眼中最纯洁、美好、聪明的女儿已成为了一个不折不扣的妇人。"我在穿衣镜前凝视自己。

我无比困惑。

我没有一丝光泽的面容，没有一点色彩的眼神流露出我的疲惫。

我苦笑！我只有30岁呀！然而我已苍老。

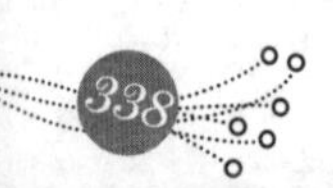

我淡淡地问浦：“你还记得我以前的样子吗？”

浦正缩在沙发里，一边抽着烟一边津津有味地看着《刘老根》。

我又问了一句，这一次我的声音稍稍提高了些。

浦疑惑地看了看我，似乎莫名其妙的人是我。

我平静地笑笑说：“没什么，你继续看吧！”

浦真的又立刻投入到电视中去了。

我来到念念的床边，看着熟睡的念念，紧紧地握住他的小手，把他的小手贴在我的脸颊上。

念念在梦中发出一声笑，于是我的心也被牵动，我也笑了。

我支起画板，我要画下念念酣睡的样儿。我没有为他拭去嘴角的口水，相反我特意用透明的银色点缀出这个小小的细节。它透出无限的自然的真实的美妙。我的念念是那么快乐无忧地酣睡于他的梦中。

我拿着画笔的手微微颤抖。

我并没有太多的绘画天分，但我仍然执著地学画画。那全是因为父亲！

父亲是位画家，春天的时候，他带我和弟弟去写生。父亲告诉我们，他是个对颜色极为敏感的人，每种色彩都能让他体会出快乐。而绿色是父亲的最爱。那翠绿的墨色会让他联想到我刚刚出生的情景——那是70年代的第一个年头的三月底，万物复苏，看不到冬月残余的半丝萧瑟。我乘了春风而来，和了绿草而生。父亲饱满的情绪倾注于画笔——青草地上的小摇篮，睁着明亮的大眼睛的小女婴。父亲给那幅画题名叫《放飞》。

父亲在画下题字：

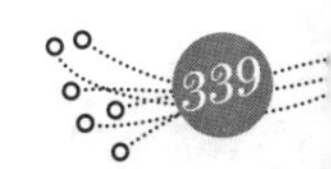

青儿，你会幸福地生活，没有任何羁绊地放飞于天际。

父亲对我的疼爱是那么直接而持久。如果父亲没有早早地离开我，我的人生该不会如此。

父亲去世之前，我已和浦交往。

我们在同学的一个聚会上认识。那时我刚刚从师范学校毕业，分配在一所小学教书。而浦刚刚从技校毕业，到了一个极不景气的工厂。

浦也是个极寡言的人，而他与我不同的是我的寡言是因为找不到知我心的人，他的寡言却分明是他的确没有什么好说的。

由于我们的寡言，便被大家硬性地归为了一对。至于我和浦似乎都没有太多的异样的感觉。即使我们并肩而坐，我没有靠在他肩头的念头，他也没有紧拥我的冲动。

但我们还是交往了，或许那种交往是那个年龄所需要的——所有的同学都在恋爱，我们也该尝试吧？

我们去看电影。是我买的票。

那是一部美国艺术片——蒙眬的画面激活了我所有的情绪；男女主角深邃而痴迷的眼神摇动了我的心。

我完全地投入了进去，我极度躁动又极度安静地融进画面中。我看到他们在夕阳的余晖下接吻。最美最柔和的光束倾洒在他们的脸上，他们忘我地接吻，那种幸福是连上帝都会嫉妒的。

那时我还从没有过接吻的经验。浦老实得从没牵过我的手。然而我渴望了。我骨子里是有激情有热血涌动的女孩。我的矜持并不是我的真实。

我望着浦，我希望他能与我一起跃动，希望他能像我一样充

满热情，希望他至少能够紧紧地握住我的手。

然而……浦竟然睡着了！

我呆呆地望着浦。这就是我的初恋吗？这就是我初恋的男人吗？这个男人可以与我共度一生吗？然而浦竟然真的成了我至今唯一的男人，而且极有可能会是我一生唯一的男人。

我把浦带到父亲面前的时候，父亲的反应是平静而又平淡的。

父亲又带我去文化馆附近的那家卖水煎包的小店。那家小店的生意几年来都是那么好，似乎永远座无虚席。我仍然傻傻地站在店堂内，不知道该去找寻或等待位子。我有些难为情，毕竟我已 20 岁了。

父亲买来了水煎包，他夹了一个放在我的碗里。黄黄的水煎包散发出诱人的香味儿，它肆无忌惮地诱惑着我。我一口咬下去！“呀！”我咂舌大叫。我像每次一样被烫到了！

我吐着舌头，冲父亲扮鬼脸。只有在父亲面前我才是顽皮而轻松的。就像冬日的雪花可以随意地漫天飞舞，放飞自己，而无所顾忌了！

父亲问我：“最喜欢吃水煎包？”

我使劲儿地点着头。

父亲又说：“那是因为你没有尝试着去吃别的东西，其实还有很多好吃的你还未吃到，不要过早地说‘最’，要学会给自己留余地，留下一片天空。”

父亲只说了这些，他是不会强迫我离开浦的，但父亲简单的几句话已把道理讲透。

晚上父亲把那幅《放飞》挂在了我的房间，他说：“青儿生命中的绿色是铺陈于四季的，因为人的希望是永远的。我的傻孩子，你懂吗？”

我蒙了被子不理他，我总是能对父亲放肆的，因为我知道他会永远宽厚地谅解我，而不会减弱对我的半丝爱怜。

我并不是对浦的感情已到了难分难舍的地步，实际上我们虽是恋人，却平淡得不及朋友。但大约那个年龄的人是有一种与生俱来的叛逆性，于是我违背着父亲的意愿。或许我骨子里就是不安分且叛逆的，或许我在找寻释放自己臆想的束缚的机会，我把自己想象成了旧中国出生在书香门第被父母从小定了亲，一心只想寻求婚姻自由的女子。这是多么可笑呀！父亲不是封建家长，他是最民主最慈爱的人！

他真的没有强硬地来拆散我和浦，他只是想让我明白这个世界上有许多比水煎包好吃的东西，而水煎包未必是我的最爱！

浦送我回家。

我们默默地骑着自行车。已是深秋，天气异常寒冷。偶尔一对年轻的恋人从我们身边骑过——他们的笑声温暖了寒夜，爽朗得让我怀疑自己并不是他们的同龄人。

空旷的街，行人稀少，他们一只手握车把，而另一只手紧紧地握在一起，时而还会脉脉含情地凝视。

我看呆了，我说："浦，我羡慕他们。"

"啊？"浦迟疑了一下，说："这样很不安全的。"

果然，那对恋人摔倒在路中央，然而他们仍然开心地大笑，无视我和浦惊异的目光。男孩先站起来，再去拉女孩，女孩倒在男孩的怀里。他们不去扶车，他们当街拥抱。

我停下，如同欣赏风景似的欣赏他们。我又说："浦，我羡慕他们。"浦没有和我达到瞬间的共鸣，他只是说："快走吧！真的很冷。"

那一夜我无法入眠。我的目光落在对面的那幅《放飞》上，

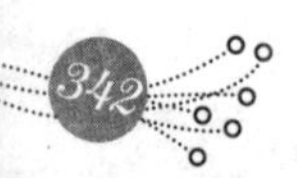

我凑近，又看到父亲的题字：

青儿，你会幸福地生活，没有任何羁绊地放飞于天际。

我有些茫然，我好想和父亲聊聊，但已是深夜，父亲早已睡了，我不能打扰他。

我从书中取出夹在里面的浦的照片——我们一帮朋友去游玩时拍了许多照片，我偷偷地留了一张浦的，偷偷地夹在我的书里。

我不知道我如此的行为是由于喜欢浦，还是因为想在内心给自己一个喜欢的契机。

我端详着浦。

浦真的是其貌不扬的——普通的分头，普通的五官，普通的神色。即使是浦那标志性的憨憨的笑容都让我产生了一种极不舒服的感觉。那憨笑可以对任何一个人释放，而属于我的又是什么？

我和浦是不适合的！

我终于开始面对这个问题了！浦是个简单男人，他渴望的也是简单的生活。浦以为我也是简单的女孩，然而我不是……我是渴望放飞于天际的！

“浦，我们这或许不能称之为初恋的初恋该结束了。”我在心里说。而后我轻松地美美地睡去。

我和浦分手了。

我和浦都没有太多的痛苦。我并没有明确告诉父亲我和浦分手了。但父亲似乎什么都知道，他抽更多的时间和我聊天，教我画画。

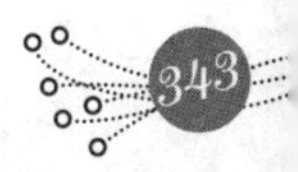

父亲说，当他拿起画笔的时候，世界是浓缩在画纸上的，而我和弟弟是其中最绚丽的两种颜色。

父亲这样说时他的眼里是满满的幸福。我和弟弟依偎在父亲的身边，我们是那么依恋他，崇拜他！

父亲病得十分突然。

就在那年的冬天，一向身体很好的父亲竟被诊断为胃癌，而且是晚期。妈妈、我和弟弟一下子全都失去了方向——父亲是我们的天，而此时天塌了！

望着父亲日渐消瘦憔悴的面庞，我知道我该长大了。我说：“爸，你安心治病，家里有我，我会照顾妈妈和弟弟。”

父亲伸出手，他那只拿画笔的手笨拙了僵直了。他握住我的手说：“青儿，我的傻孩子，爸最放心不下的是你啊！”

我终于忍不住了，哭着跑出病房。我给浦打了个电话。我实在是太无助了，太需要有一个人了。

浦来了。浦说：“青，你别太着急，我单位不忙，我会帮你！”

这是浦至今说过的最让我感动的话。我抽泣着望着浦，他的眼里是真诚的，我一下子扑到了他的怀里。这是我和浦的第一次拥抱，在那个凝重肃穆的充满了药水味的医院的走道里，我把浦当作了我的依靠。浦是个好人，我永远承认这一点。

病魔把父亲折磨得完全失去了神采，只有父亲的眼神还仍然流露着坚韧。

父亲弥留之际，母亲伤心欲绝，她说：“老林，你要撑下去，就是倾家荡产也得给你治病，这个家不能没有你呀！”

父亲虚弱地说：“我是要走了，好在我给你留下了一笔最宝贵的财富——我们的一双儿女。”父亲笑了，他是那么欣慰地笑了。

他最后的目光落在了我的身上，他的眼神中仍然有一丝不放

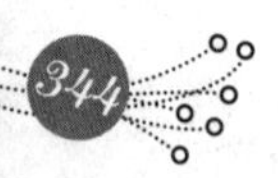

心。他留在这个世上的最后一句话——傻孩子！

父亲走了……永远地走了！

两年后，我嫁给了浦。我一个人孤零零地走入了一个陌生的家庭。从此我不再仅仅是父母的青儿，我还是浦的妻子，还是那传统守旧的工人家庭的大儿媳。

我们结婚的那天竟飘了小雪，我穿了一套玫红色的薄呢子的外套。雪花落在我的身上，像是绽放了朵朵梅花。我悄声说："浦，我最喜欢梅花了。"

浦似乎没听见我的话，他只是叮嘱我说："一会儿认亲的时候，别忘了改口。"

"噢！"我呆呆地应了一声，我的脑子有点晕。

我曾经梦想过自己的婚礼——青青草地上，葡萄美酒，宾客们的张张笑脸。着白纱裙的我和穿燕尾服的王子翩翩起舞。

而我真正拥有的却是一个极传统且俗气的婚礼。我从一大早就被折腾，什么出娘家门时要口中含糖，到了婆家要叫门，而且要一声比一声大，得连喊三声——妈，开门！婚宴时，我拎了个红色的皮包不停地去收红包和发红包，不停地去拜见浦家里那些我根本就不认识的亲戚。

然而我承受着，因为我太想要一个家了。

我家的亲戚全在北京。父亲去世的转年，弟弟考上了中央美院，母亲极度伤心便打算在我出嫁之后回北京生活。

我已别无选择。

幸好我已认定了浦，虽然他仍旧缺乏热情，但他毕竟一直在我身边陪伴着。

我甚至答应了浦的母亲不穿白色婚纱的要求。我答应得有些牵强。浦的母亲说："咱家有老人，穿白的不吉利。"我默然，但还是点了头。浦的母亲笑了，她说："小林这孩子就是懂事，现在像这么老实规矩的女孩真是不多了。"

新婚之夜？这是个多么美好而又羞涩的字眼儿。

我忐忑地等待浦的靠近。我们之前也有过亲密的动作，但没有真正的接触。

浦关了灯。浦在这时表现出了男人的天性——他急切地冲动地压在我的身上。

我对这突如其来的重荷产生了万分的困惑。

"应该是这样的吗？"黑夜中我用眼神问浦。

浦根本没有看我的眼。于是在浦的一通手忙脚乱之后，我由女孩变为了妇人，而我的身体只有疼痛。我哭了，我不知道是不是每个女人在这一时刻都会流泪，但我哭了！浦开了灯，他愣愣地望着我问："怎么了？"我含泪不语，而我的眼中却充满了渴望，我渴望浦能在弄痛我之后把我拥在怀里。浦却说："第一次都是这样，这说明你是好女孩。"他这么说时，显得很开心。我缩到了被子里，我想问，浦，难道你才知道我是好女孩吗？而浦竟很快地沉睡了。

我望着浦，钻到了他的被子里。浦睁开眼，冲我笑笑，搂住我，继续酣睡，而我已满足。蓦然发现父亲去世后，我对生活的要求越来越少，我需要的仅仅是个能够让我依靠的男人，需要的仅仅是一个家。

婚后，我们和公婆、小叔一起住在老城里的旧式平房，是浦的祖父留下来的。

没有了父亲，我的不谙世事显露无遗，我没有思考我与浦的家庭的格格不入，我只是希望尽快地把自己投入一个人群中，就像一个不识水性的人，只要周遭尽是戏水的好手，便不会担心自

己会溺水，潜意识是会相信会有人搭救的。

浦家是那种典型的老城里的家庭，男孩子在家里是极其有地位的。我从来没见过浦和他的弟弟做过任何简单的家务。一切的家事都由婆婆和我承担。

然而，并不是每一个心甘情愿承受苦累的母亲都是伟大的，我不明白婆婆的观念为何那么陈旧——她认为家事就该全权由女人承当。我不明白婆婆的这种旧观念对她的两个儿子有什么好处——浦和他的弟弟都是不折不扣的既没能力又吃不了苦的男人。

他们都是好人，然而好人未必都能很好地相处。当然，并不一定全是他们的错，我的错误在于我不善于表达，而我的内心却是翻腾的。抑或是谁都没有错，错的是命运的安排。

我在结婚的当月便怀孕了。全家都笼在一种无比欢喜的氛围中。那真是我最无忧无虑的一年。我成了全家的重心，被宠爱，被重视，被疼爱。连浦都说："青，你现在真美。"天啊！他哪说过这么动听的话。我受宠若惊，我更加懂事，我仍然和婆婆抢着做家务。但公婆却很不高兴，他们说："小林，照顾好你就是照顾好我们的孙儿。"我哑言！

念念刚出生的几个月，我的脑子几乎空白了，什么都不再想。我一心一意地看着念念长大，甚至减少了对父亲的想念。

念念躺在小床上，肉肉的粉嫩的小脸不沾染丝毫的尘埃。他常常笑也常常哭，而他的哭和笑都让我体会到幸福。我更加理解到了父亲，理解了父亲是如何以饱满的情绪画出了《放飞》。那其中蕴含的爱是无私的，一如我对念念。

那个阶段，我真的忘记了父亲，忘记了失去父亲的痛苦，忘记了内心深处对父亲深深的怀念，我的世界完完全全被一个小生命占据了。

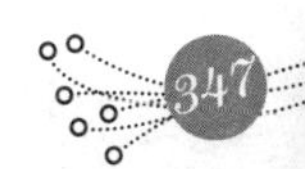

深冬的一天，念念过百日。

那天漫天大雪，片片雪花软软地轻盈地落在每一个角落，整个小院被白雪覆盖。屋里是暖暖的，公婆在忙着晚饭，浦像以往一样下班后就懒懒地躺在床上。我抱着念念在炉子前取暖。

念念忽闪着眼睛给了我一个笑容，我亲吻他粉嫩的脸蛋。我抱着念念来到窗前，哈了口气，把玻璃擦亮，念念好奇地望着窗外。我想，他定是被那纯白的雪景陶醉了。

小叔并不悠扬的笛声融入雪天世界，也使得小院犹如人间仙境。我的心绪飞扬，我是那么畅快，我喊着："浦，快来呀！"我连喊了几声，浦无精打采地出现在门口，他瑟瑟地抖了抖说："好冷，青，快进屋，别冻着孩子。"

我没有应他，我继续释放着我的欢乐，我说："浦，白雪笼罩的世界真的好美！你瞧，念念笑得多开心！"浦摇摇头，不置可否却径自又回屋了。

我悄悄对念念说："看看你爸爸，就是那样一个人！不过没关系，妈妈会陪伴你感受一切美妙。"我完全沉浸在我的遐想中，我甚至没有听到婆婆的呵斥，直到婆婆一把把念念抢了过去，我才从幻境中脱离出来，我呆愣着。婆婆狠狠地白了我一眼，便抱了念念回屋了。我默默地跟进屋，我有些局促，但又的确不知自己出了什么差错，让婆婆如此动怒。

我站在炉子前，盯着炉里煮得沸沸腾腾的面条。那是念念百日面，婆婆叮嘱一定不能把面条煮断。我知道我不能再犯错，我小心翼翼地看着，不敢去搅。面条在锅里随着沸水自在地扭着腰肢。我加了碗冷水，它们便瞬间塌了下去，粘贴在一起，软弱无力地等待着再一次的沸腾。

吃饭的时候，没有太多的喜气。婆婆一直沉着脸，她不停地

用手去试念念的体温，她固执地认为念念冻着了，念念会发烧。我把拌好的面放在婆婆的面前。我说：“妈，您先吃饭吧，我来抱念念！”婆婆没有抬头，她沉沉地说：“小林，你也该上班了，这以后念念主要由我来带，家务事你多做些。”婆婆的话掷地有声，容不得我有半丝回旋。家中的三个男人全被她照顾，也全被她管束。是的，婆婆是说一不二的。更何况我一上班，孩子只能由婆婆带，我多做些家务也是应该的。

我上班了，我教学生素描，我发觉我的手越来越僵硬，我的绘画才能几乎殆尽。这可给了我不小的震动。我对学生说：“学画其实是一件挺辛苦的事，它既要天分又需要勤奋。”我脱口而出后才意识到这是父亲曾对我和弟弟说过的话。我一阵心酸，一阵内疚，我竟然许久都未想念过父亲了。我的眼泪溢满了眼眶，我哽咽了，我在心里默默地说：“爸，请原谅我。”

我把那幅《放飞》挂在了教室的前面。孩子们争抢着观看，当然他们大多是出于好奇。

那天天气晴朗，明媚的阳光透过窗子倾洒在室内，教室里阴影与光亮交错着，更加令人产生了一种在阳光下感受暖意的渴望。我又把画放到了阳光可以照射的地方。刺眼的光洒在画面上形成了一种奇妙的柔和，画面上的青草蓝天更加蕴含了生机，与外面大自然中偶尔偷袭的新绿一起预告着春天就要来了。父亲，又是父亲在冥冥中让我感受到了春的气息。

然而我的生活中却难有春天。我完全陷入了那种单调、乏味且疲惫不堪的生活状态中。我把喂奶的时间留在了下午，这样就可以早些回家。而回家后便投入到了每天如是的洗碗做饭，胡乱地快速地扒几口饭，再刷碗，收拾残局这些家务事中。我闲下来的时候也该哄念念睡觉了，我已经累得没有心思和精力给念念讲故事唱儿歌了。我常常和儿子一起倒头而睡。我的睡眠质量很差，我经常做一些模糊而又隐约让人心慌的梦。不久，我开始失眠。我原本就不白皙的面色越来越灰暗。我的时间满满的，似乎连呼吸都不能从容。当周围的同事啧啧赞道这年头到哪里去找我这样的儿媳妇时，我只能勉强地挤出一丝笑。

我是那么珍惜我现在的家，我不能从自己的嘴里流露出一丝半点怨言。其实我真的是越来越体谅婆婆了，体谅了她之前的不容易。我承认婆婆是比我能干也能吃苦的女人，但我不是她，也不希望像她那样，我不愿仅仅是活着，我要的是生活。我无法接受两个女人忙得团团转转，而三个男人却心安理得地享受着。这是我的娘家没有的现象。我的父亲永远都是辛苦的，他一有空就会亲自下厨，父亲的厨艺比母亲更高一筹，我和弟弟会咂着舌把一盘子的菜抢个精光。每每父亲都会幸福地欣慰地笑，流露出他的慈爱和满足。

我没有权力对公公和小叔不满，但我对浦不满。我奇怪他怎么可以那样无动于衷地面对我的疲惫，他好像真的从未意识到我已被那些繁琐的家务搞得精疲力竭了。我常常想对他说："浦，你帮帮我！"然而，当他一离开饭桌就又和公公一边喝茶一边下棋去时，我又忍住了。我和浦似乎永远无法熟络到可以随意指责的地步，尽管我们有了念念。

虽然我们如此客气，夫妻生活却正常地进行着。浦正是壮年，对那种事乐此不疲，而我每天累得已没有任何兴致却不好意思拒绝他，我内心深处大约一直想通过各种方式让浦意识到自己是个男人，我幼稚地以为那样他或许会多一些责任心，但我错了……男人在释放自己和满足自己身体需要的时候，表现的是一种原始的冲动，而当他面对生活的时候，后天的一切便显现出来。浦后

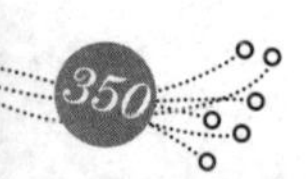

天形成的性情是怠惰的。他是一个不爱思考更不愿思考的人。浦永远都成不了我的世界，他读不懂我的心，更何况我们原本就是两个世界的人。

婆婆说得没错，我的确是外表温顺而内心执拗的。我不甘心这样生活，我向单位申请了住房。

我分到了市区边上的一套两居室。我和浦商量搬出去过独立的生活。浦疑惑地不可思议地望着我说："那不可能，我是长子，父母是打算让我们一直和他们住下去的。"我一边给念念掖被子一边反驳着说："但是现在还有多少人和父母住一起？"浦漫不经心却又毋庸置疑地说："别人是别人，我们家是不会的。再说搬出去，念念谁带？又那么远，我们上班也不方便。好了，别胡思乱想了。"我还要争辩，他竟已酣睡。

我哭笑不得。

浦的单位极不景气，每天都是混过八小时，家中一切不动一指，可他竟有睡不完的觉。

我真的羡慕他。我睡不着，我一个人来到了院子里。又是春天了，我吮吸着春天的夜里凉凉的涩涩的自然的味道。我站在院子中央，夜的静默让我更加清晰地听到自己的心跳，我的心跳不均匀，我的心没有一个平衡点。我环视着月光倾洒下的院落，柔和的光束下残旧的房屋和木门都显得清冷。那扇木门紧紧地关闭着，两个圆圆的铁把手孤零零地垂搭在门上，透着丝丝的寒意，让人不敢触碰，仿佛它会让你清楚地感受到初春的夜里并未返却的寒意。

我病了，头沉沉的。

我望着一桌子的碗筷，真的感到那是个很大的负担。的确，收拾碗筷并不是什么粗重的活儿，但如果日复一日，年复一年地下去，又怎能不成为种负担。浦又在一旁懒懒地随意地翻阅着晚报。

我挨了挨自己微热的额头，说："浦，今天你收拾吧！"浦愕然地放下报纸望着我。我的目光中渐渐地隐显出怨气，我不明白这又有什么惊异的。浦还是应了，他笑着说："青，我可从没干过，你得指导。"这一句给我的心底添了些暖意，原来浦并不是不想帮我分担，只是被他母亲宠惯了。我还是很容易满足的，我笑了说："好，我愿意指导你。"

我和浦高高兴兴地端了碗筷就要去厨房，却被婆婆拦住了。她说："浦，你不要去，咱家的男人是不能做这些家务事的，我来收拾。"她不看我，只把念念送到我怀里。但我却分明感受到了她对我强烈的不满。

我无语！

我和婆婆从没红过脸，大约就是由于我的沉默。但婆婆已经非常不喜欢我的沉默了，她认定那不是温顺，而是心里有主意的表现。婆婆现在常说她喜欢凤儿。凤儿是浦的同学，原也是邻居，虽然后来搬走了，可与浦的家人还是极熟络的。

我和浦都没有太多的朋友，婚后就更无往来的人了。只有凤儿，她会冷不丁地冒出来。

凤儿性格爽朗得如除夕之夜尽情燃放的爆竹。她的每次到来都会令这个沉静的小院顿显热闹。小叔会戏弄她说："凤儿姐，你一来就鸡犬不宁。"凤儿便是一串银铃般的笑，随后会在小叔猝不及防时，狠狠地在他的手臂上拧一把。小叔哎呦着说："凤儿姐，你这么刁悍怎么嫁得出去。"凤儿斜了她的单凤眼说："追我的人已经排过那条街了。"

我未嫁给浦时，婆婆会对我说："凤儿这孩子太不稳重了，我

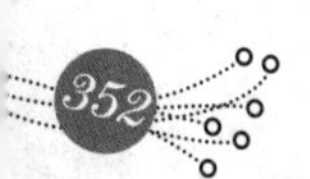

的儿子不可能找这样的媳妇。”现在婆婆则说：“瞧瞧凤儿，大大咧咧的直肠子，想什么说什么，多实在，多痛快。谁家娶了她做媳妇，谁都不憋闷。”

婆婆这话是说给我听的。

我望着浦，浦在颔首，应和着他母亲的话语。

我的心里极不舒服。“浦，难道你不知道我和所有女人一样也会吃醋，会在意，会希望自己的丈夫不去赞美其他的女人吗？”当凤儿来的时候，看着她与浦的一家人无拘无束的融洽，我更觉得自己像个外人。我和这个家是格格不入的。我没有奢求公婆像我的父亲母亲那样。我梦到了父亲。梦境中父亲只是微笑着，却没有说一句话。我惊醒后抱了膝坐在床上，我喃喃着：“爸，你想告诉我什么？”

凤儿又像一阵风似的来了。

婆婆很高兴，她其实是很喜欢说话的人，凤儿的到来，可以让她一吐为快。

我仍然按照我的轨迹运行着——做饭、快速地填饱肚子，再替换婆婆带念念，接着是收拾残局……我端起放了碗筷的盆。我听到凤儿叽叽喳喳地在大肆渲染她的最新恋情。我听到浦的笑声都迥异于以往。我放下盆，说：“浦，你来帮我！”我的声音淹没在大家的笑声里。我皱了眉，提高了声音再次说：“浦，你来帮我！”笑声暂时停止了。浦还未起身前，婆婆已站了起来。她走过来端起盆推开我，一边向厨房走一边嚷嚷着：“不就是想累死我吗？明知道我们家的男人是不做家务的，还喊什么喊？”

我呆了！

婆婆似乎越说越气，索性把她心中的所有不满通通吐露出来——我的寡言是阴损，我坚持念念晚上和我睡是为了让孩子疏

远爷爷和奶奶……

天啊！我实在佩服婆婆的想象力。如果她是画家，不知会给青草蓝天用上什么颜色？我忍住泪。

我笑了，我不可能和婆婆去争论去吵闹，但我受够了。我说：“浦，你出来。”我和浦来到了院外。

春天的傍晚是清凉的。我只穿了一件薄毛衣，我有些冷。我紧抿了唇望着浦。浦的目光中隐显出难得的复杂——些许抱歉，些许无奈，些许迷惑。我舒了口气，异常冷静而又坚决地说：“浦，我们搬走或者我们分开。”“青……”浦唤了我的名字，他试图劝慰我。但我制止了他，我重复着说：“浦，我们搬走或者我们分开。”我的坚决超乎了我的想象，自然也超乎了浦的想象。他呆愣着，我僵直着。我的脑子里似乎只剩下一个想法，那就是我要离开。

浦最终答应了我。

我们搬了出去，有了完完全全属于自己的家，虽然那个家离市中心离单位都很远也很简陋，没有像样儿的家具，没有简单的装修，然而我是畅快的。

我在雪白的墙壁上涂抹。我实在没有太多的绘画天分——墙壁上的梅花并不生动，然而我仍然陶醉于自己的情致中。

浦仅仅瞥了一眼，便不以为然地走开了。而对于他的不以为然，我也是不以为然的，因为我已很清楚地明白我与浦是不会有这种共鸣的。我不再存有得到浦的理解的幻想，没有幻想真的能让内心平淡得很。但是这种平淡似乎是一种催老剂，让我的心愈加地苍老。是的！我想世人大多是不愿平淡地度日的，所谓的渴望平淡不过是一种无奈的托辞罢了。不过，浦倒可能是个例外，因为这么多年我似乎从未看到过他热情似火的一瞬。

第一个到新居做客的人是凤儿，或许也只有凤儿了。婚后几近封闭的生活，让过去稍有往来的同学也都更加疏淡了。

凤儿的热情永远都能让我感到无法招架。她像在自己家似的大摇大摆地东瞧西看，夸张地笑着。我的心脏越来越无法承受她的吵闹时，她忽然安静了，她的目光被墙壁上高挂着的父亲的那幅《放飞》吸引。我一下子异常激动，父亲的画被任何一个人欣赏都会让我由衷地快乐。

我屏住呼吸，眼里充满了渴望。我渴望着凤儿能够看懂那幅画，或许我的内心深处始终都渴望着一种理解。

凤儿转过身望着我，眼里竟噙了泪。她说："小林，你真幸福，你的父亲很爱你。"

我放声大哭。

凤儿和浦都吓坏了。在他们眼里，我一向是没有大悲大喜的。我的痛哭让他们手足无措。刚刚学会走路的念念跌跌撞撞地来到我身边，扑在我的膝上。我赶忙蹲下来扶住他。念念仰起他的小脸，伸出他的小手，竟然帮我擦眼泪。我的泪更加肆虐地涌流，但我咬住了唇，不让我发自肺腑的哀怨声吓着念念。我止了泪时，凤儿抓住了我的臂，说："小林，我以前真以为自己才是最可怜的人，现在发觉你比我还要可怜。"

我淡淡地笑了，凤儿竟又大哭起来。

"唉！"浦叹了口气感叹道："你们这两个女人呀！你们女人呀！真是搞不懂。"

凤儿一下子蹿到浦的面前，呵斥道："都是因为有你们这些男人，你们这些不懂疼爱女人的臭男人。"凤儿的唾沫星子喷到了浦的脸上。浦咧了嘴皱了眉，伸出手抵挡着。那副窘态又把凤儿逗得咯咯直乐。浦憨憨地宽容地望着前仰后合的凤儿，有些无奈有丝怜惜。

我的心猛地一颤。蓦然地，我发觉浦和凤儿才更像是一对夫妻。而我和浦客气得像是无意中一同迷路后，便只能相扶相伴的陌生人。

我的心一颤后竟有些痛。

我又下意识地望了一眼父亲的画，不知道父亲的心里是否平静了。我困顿了，父亲的心是难以平静的，因为他永远惦念着他最疼爱的女儿。我更紧紧地抱住了念念，却忍住了我的眼泪。我的内心陡然涌起一股力量，我想那该是一种爱的延续——我爱念念，如父亲爱我。

独立生活后，婆婆为了惩罚我，坚决不再帮我带念念。我暗暗地告诉自己，再苦再累我都会把念念带大，不依靠任何人。

然而想象和现实总是有一段距离的。一个人带孩子所面临的困难太多了。整整两年，念念都和我一起披星戴月地早起晚归。若逢阴雨或雪天，我们母子就如同在受煎熬，但我都忍受了。只是当我看到念念可怜的小样儿时，我就不由得痛彻心扉。是啊！孩子跟我受了多少罪。幸好念念一天天地长大，而且超乎异常地懂事。

那是个雪天，下了公交车就已经快 7 点了。我望着被车辆压过的雪路真的有些踌躇了。要知道从车站走回家至少还得 15 分钟。我把书包斜背在肩上，喘了口气，蹲下身把念念揽在怀里轻声问："念念，我的宝贝，冷吗？"念念忽闪着他的大眼睛，一边使劲儿摇着头，一边用他的小手握住我的手说："妈妈，你冷吗？念念帮你暖手。"他的两只小手根本无法握住我的手，但他却执拗地紧紧地握着。

我哭了，我再也无法抑制自己的泪水。我抱起念念，亲吻他冻得红红的脸蛋。念念只有三岁，却比一般的孩子懂事。他先是狐疑地看看我，继而便挣扎着下了地。他从怀里掏出一把小手枪，如同一个小小男子汉般对我说："妈妈不哭，妈妈不怕！念念有枪，念念可以保护你。"

我的天啊！我的念念！我的希望！并且我的希望在此刻变为了一种好好地活下去的力量。

我拉了念念的一只小手，他的另一只小手紧握住那把小手枪。我们母子坚定地走在雪路上，摔倒了爬起来再走。雪路上留下我们的一串脚步和一串笑声。

我们终于到家了。

我再次蹲下身，再次捧住念念的小脸蛋，我说："宝贝，你是妈妈的全部。"之后我仰起脸，那个雪后的冬夜是晴朗的，我看到一颗颗亮晶晶的星星隐约在漆黑的夜空里。

我笑了……

忽然有一天，浦对我说："青，我下岗了！"浦说这话时，我正在收拾念念刚刚画图用的纸笔。我的手抖了一下，也仅仅是一下。我从未指望过浦能给我们母子多么富裕的生活，也早已不把他当依靠。那个时候我才明白，不是天天守在家中就是有责任心的男人，男人真正的责任心是能够为妻儿撑起一片天。不管那片天有多大，但总是要撑起的，就像我的父亲，而浦从未想过要为我们母子撑起一片天，所以浦的下岗不过就是令我们并不宽裕的经济状况更加紧张些罢了。于是我淡淡地问："那你有什么打算？"浦一边调换着电视频道一边漫不经心地说："我既没学历又没一技之长，恐怕是找不到什么好的工作的。"我已经收拾好了念念的纸笔，张了张嘴又闭上了，我想说：那为什么早劝你去上个自考或

去学些什么，而你就是不听呢？我咽下这句话，是因为说了也是徒劳。

浦后来拿了车本，到他表姑的水泥厂当了一名司机。

我和浦之间的距离越来越远了，当然并不是因为他是一名司机。或许我们之间的距离一直就是遥远的。

凤儿又来了，凤儿已经好久没来了，听浦说她又恋爱了。可这一次凤儿的到来有些无声无息。这倒令我有些愕然，但我看到了她红肿的眼睛和她抚于腹部的双手。

凤儿不再张扬，她迥异于往日，表现得可怜兮兮，眼巴巴地望着我说，“青，能把浦借我一会儿吗？”她说完，又泪流不止。我只有点头。她抓了浦的手腕便出去了。

我仍然平静地收拾屋子哄着念念。

浦在凌晨时才回来，他很奇怪我还没有睡。我说：“我不是在等你，我是睡不着。”他听了我的话，似乎没有丝毫的怀疑，仅仅“噢”了一声。而我看到了他眼中的疲惫和痛楚，这是令我惊讶的，因为这种疲惫和痛楚是来自心灵的，浦从来都没有这种心灵的释放。关了灯，我和浦背对背地躺着，我屏住了呼吸，许是不想让他知道我一直睡不着，又好像是想让他认为我睡着了。我心里是想发现些什么的，我预感到那晚我会发现些什么，女人的预感通常都是极准确的。果然，浦在辗转了片刻后便睡去了，而当我也迷迷糊糊的时候，我听到浦在梦中唤了“凤儿”。我还是震惊了，我倏地坐了起来。浦没醒，仍然痛楚地唤着凤儿的名字。我“啊”地大叫，这几乎是我近30年来的唯一的一声无所顾忌的大叫。浦醒了，他望着我，有些不解、有些迷惑，却没有一丝的清醒。我浑身所有的骨头都感到了痛，我疯了般地怒打浦——抓伤

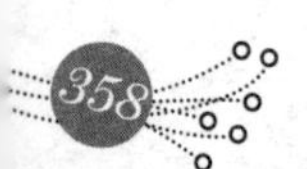

了他的胳膊，咬破了他的肩。那一刻，我体会到做泼妇原比做通情达理的小媳妇痛快得多。尽管我自己也已头发散乱，面容扭曲，但我仍不想罢手，直到浦给了我一巴掌，直到那一巴掌让我把所有的眼泪倾洒。

我声嘶力竭地哭泣的时候，浦默默地坐在一旁抽烟，念念则早已从他的房间跑了过来。我没有停止哭泣，我搂着念念哭。我终于哭累了，念念在我的哭声中又睡着了。浦也终于走了过来，他蹲下来，原本并不高大的身躯显得更加渺小，而他的话语是从未有过的坚定，他说："青，我承认我从初中就暗恋凤儿，但我知道她是不合适娶回家做老婆的，而你，青，即使再回到从前，我还是要娶你的。""哈哈！"我冷笑。浦真的在说一个天大的笑话，如果再回到从前，我又怎么会嫁他！浦没有理会我的冷笑，他继续说："青，你知道凤儿的妈不是亲的，她后妈根本不管她，她爸对她也不怎么样，所以她才那么疯疯癫癫的，她才……"没等浦说完，我冷冷地喝道："你闭了嘴吧，你要想表达对她的怜惜和爱意，可以直接对她去说。"浦向我身边凑了一下说："青，你知道吗？凤儿真的很惨，她被那个男的搞大了肚子！"

"什么？"我又一次地震惊。尽管我已愤恨至极，尽管我的灵魂都几近扭曲，而我的善良是我不变的本性，于是我安静了下来。

浦坐到了我身边说："凤儿说她后悔当初看不上我们这些普通得不能再普通的小男人，她后悔没能早些嫁个老实本分的人过平淡的日子。她说她羡慕你，羡慕你有爱你的父亲，有完整的家。"

我闭上了眼，我在心里让自己平静。

浦接着说："青，凤儿需要我帮助，她想让我明天陪她去医院堕胎。"

我"嚯"地站起，那一瞬间我还是想恶毒一下，于是我说：

“不许去，除非那个孩子是你的！”我这样恶毒完了后，看到了浦无法形容的尴尬和气恼，而我竟觉得痛快。我挑衅地望着浦。我想，女人倘若想小气想无聊想俗不可耐，原比清高、贤淑、宽容容易得多。浦站了起来，又燃了根烟，当他快把烟吸完时，很坚决地说：“明天，我肯定要陪凤儿去的。”

我倒在了床帮上，我想我只能说一句话了，我说：“浦，我们离婚吧！”我的目光移向窗外，天已大亮！

浦穿了衣服，准备出门。我叫住他，重复着刚刚的话：“浦，我们离婚吧！”浦回过身，看了看我，又看了看睡在我身边的念念，他说：“青，别傻了，我们有念念呀！”

浦走了，我的泪水就像那天寒地冻的日子里结在玻璃上的冰花一样僵硬而寒冷。我终于明白了，原来浦和我一样也想放飞……

我们的生活仍然继续着，也很快地恢复了原来的状态，不争吵也不快乐，但我知道那绝不仅仅是平淡。因为爱情总是会趋于平淡的。平淡并不可怕，可怕的是平行，若两个人永远平行，那就是一生的错。而平淡则是会有交点的，在那交点处是会有热度有激情的，而一生中只要有过那种灼热就会有醉心的回味，而我和浦是没有那种回味的。

我的嘴角是苦涩的笑，我轻抚了父亲的画，我在心里说：爸，我何时才能放飞？

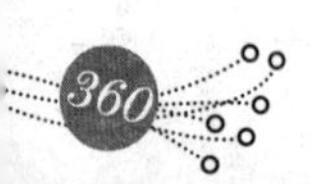